Nuova Narrativa Newton
1159

Titolo originale: *La luz invisible*

Autor representado por Editabundo, Agencia Literaria, S. L. / www.editabundo.com

Travessera de Gràcia, 47-49. 08021 Barcelona

Traduzione dalla lingua spagnola di Mariacristina Cesa
Prima edizione: marzo 2021

ISBN 978-88-227-4938-3

www.newtoncompton.com

Realizzazione a cura di Pàgina
Stampato nel marzo 2021 da Puntoweb s.r.l., Ariccia (Roma)

Jesús Valero

Il falso manoscritto

Newton Compton editori

Ai miei genitori, che con il loro esempio mi hanno mostrato ciò che è davvero importante nella vita. Vorrei che oggi foste con me a condividere questo momento. So che ne sareste orgogliosi.
A Karmele, che condivide il cammino con me.

1
Anno 2019

Marta aprì il libro nel punto segnato e rilesse l'unica riga sottolineata: "Quando una donna pensa da sola, pensa il male". Sorrise. Migliaia di donne erano state trascinate sul rogo da simili concetti e, agli occhi dell'uomo che l'avrebbe ricevuta a momenti, lei stessa rappresentava una moderna versione di strega. Richiuse il volume e ne scorse il titolo: *Malleus maleficarum. Il martello delle streghe.*

Guardò fuori dal finestrino dell'auto. Malgrado la pioggia, piazza San Pietro appariva strapiena di gente in attesa di visitare la basilica. Tutti diligentemente in fila sotto gli ombrelli, come formiche di ritorno al formicaio.

L'automobile nera con i vetri oscurati uscì da piazza San Pietro e imboccò via della Conciliazione; avrebbero utilizzato un ingresso laterale per evitare la folla di turisti. I due uomini che la scortavano non aprirono bocca. Perfino quando incrociò lo sguardo con l'autista attraverso lo specchietto retrovisore, lui rimase impassibile. "Avranno ricevuto l'ordine di non dare confidenza", ipotizzò Marta tra sé e sé.

Tirò fuori uno specchietto da borsa e si guardò. Il riflesso le rimandò un'espressione tesa. Si risistemò una ciocca dietro l'orecchio, il suo tipico tic nervoso, e abbozzò un sorriso per farsi coraggio, ottenendo però solo una smorfia impacciata che non fece altro che accentuarle i difetti del viso. Era più truccata del solito e gli occhi scuri sembravano più grandi e profondi, come se l'inquietudine per quell'appuntamento avesse conferito loro una tonalità diversa. O forse le vicissitudini delle ultime settimane l'avevano invecchiata. "Che sciocchezze!", pensò cercando di fugare i suoi dubbi, "non so proprio perché mi preoccupi tanto del mio aspetto".

L'automobile si fermò davanti a una porta blindata che varcarono pochi secondi dopo, per poi sbucare su una piazzetta con una fontana vuota e silenziosa al centro. L'autista scese, le aprì la portiera e la riparò con l'ombrello con indifferente naturalezza. Tutto si svolse in una calma apparente che contrastava nettamente con il turbinio che le si agitava dentro.

Marta si lisciò la gonna, ma più per un automatismo che per distendere le pieghe. "Forza e coraggio, Marta!", si rincuorò prima di scendere.

I tre avanzarono a passo rapido fino al portone in legno e ferro battuto che si aprì silenzioso, come in attesa del suo arrivo. Da lì partiva un lungo corridoio sorvegliato da due guardie svizzere nella caratteristica uniforme rossa, blu e gialla. Senza neanche un cenno di saluto, l'autista tornò alla macchina e Marta proseguì nel cortile, accompagnata dal sonoro scricchiolio della ghiaia sotto i piedi. Lasciando intravedere l'ombra di un sorriso, l'altro uomo la invitò all'interno con un gesto della mano.

Percorsero un corridoio fino a una porta laterale che dava accesso a una sala vuota, ampia e lussuosa, arredata con grandi arazzi. Lì Marta, dopo aver udito la porta chiudersi alle sue spalle, si ritrovò da sola. Aveva la bocca asciutta e le mani fredde, nonostante il riscaldamento in funzione. Le guardò e, con grande sorpresa, si accorse che tremavano. Cercò di calmarsi osservando gli arazzi che ornavano la stanza. Si fermò davanti al più maestoso, di dimensioni tali da ritrarre le figure a grandezza naturale. Al centro, una donna teneva in braccio il figlio, tentando invano di allontanare un soldato che lo aveva afferrato con una mano e cercava di pugnalarlo con l'altra. Ai loro piedi una donna in lacrime stringeva al seno un bambino morto e, sullo sfondo, diverse altre assistevano alla scena agghiacciante.

Marta distolse lo sguardo disgustata. Quell'immagine le richiamava alla mente il susseguirsi di torture e morte in cui, suo malgrado, si era ritrovata coinvolta. Ripensò a come tutto aveva avuto inizio qualche settimana prima, sotto i colpi di un piccone contro una parete risalente a più di ottocento anni prima.

La porta si riaprì quasi senza rumore e un cardinale fece il suo ingresso nella sala. Con il profilo aquilino e l'espressione severa somigliava a un abate morto più di otto secoli prima che, tuttavia, le pareva di aver conosciuto di persona. Non riuscì a trattenere un brivido.

L'uomo si fermò a un paio di metri di distanza e le rivolse la parola con sguardo opaco.

«Signorina Arbide, Sua Santità la riceverà tra un attimo».

2
Anno 33

Il furtivo rumore di sandali ruppe il silenzio della sera. Giacomo si fermò un attimo per guardarsi intorno, ma la piazza era deserta; a quell'ora gli abitanti di Gerusalemme erano già rientrati nelle loro abitazioni. Affrettò il passo verso un rado boschetto di ulivi. Alla loro ombra, vigile e in ascolto, una figura incappucciata attendeva il suo arrivo.

«Giacomo, da questa parte!», sussurrò.

«Maestro, mi hai chiamato e sono accorso», rispose Giacomo con voce appena udibile, innervosito dalla segretezza e dall'urgenza di quell'appuntamento.

«Ti devo parlare», spiegò con uno sguardo rassicurante. «Tra qualche minuto arriveranno gli altri e non ci sarà più possibile. Ascoltami attentamente, Giacomo. Oggi è l'ultima notte, temo un tradimento imminente a opera di qualcuno che siederà a cena con noi».

Parlò con tranquillità, ma nel suo sguardo si leggeva la profonda malinconia di chi si sente tradito da una persona molto vicina e dà per scontata la propria condanna.

«Impossibile! Metterei la mano sul fuoco per tutti loro!», si affrettò a rispondere Giacomo.

Subito, però, tornarono ad assalirlo i dubbi che lo avevano tormentato negli ultimi giorni e comprese che quella sua protesta altro non era che un desiderio senza alcun fondamento.

«Mio caro Giacomo», sorrise timidamente il Maestro posandogli una mano sulla spalla. «Ho fiducia in te, per questo ho deciso che sarai tu a proteggerla, a metterla in salvo».

«Ma io…», Giacomo fu travolto da un'angoscia devastante, come se stesse vivendo un incubo da cui non riusciva a svegliarsi.

«Sì, tu, Giacomo, fratello mio. Qualsiasi cosa accada stanotte, il tuo compito sarà di conservare la reliquia e portare avanti la mia missione. Tieni, confido in te, confido che agirai nel modo giusto».

Gli afferrò la mano con decisione e sulla palma aperta depositò un oggetto. Vi richiuse le dita intorno senza distogliere gli occhi da quelli di Giacomo, quindi strinse il pugno e il sorriso che gli rivolse, pur se ammaliatore come sempre, era colmo di tristezza e speranza insieme.

«Chi sono i traditori? Dimmelo! Me ne occuperò io insieme a quelli di cui mi fido veramente. Assaggeranno il ferro della mia spada!».

Giacomo, però, sentiva il coraggio svanire man mano. La rabbia alimentava le lacrime che cercavano di farsi strada a forza mentre un senso di desolazione gli stringeva il cuore.

«No, Giacomo. Non voglio che tu sparga il sangue dei tuoi fratelli a causa mia. Ciò che deve essere, sarà. È arrivato per me il momento di andare». Il tono di Gesù era risoluto, senza dubbi né tentennamenti, ma vibrante di fede onnisciente.

Alla tenue luce che dissipava appena le tenebre, Giacomo scrutò in viso l'uomo che lo guardava negli occhi e fu colto dal medesimo sentimento di ammirazione, di idolatria quasi, di cui era stato preda nei mesi trascorsi al seguito di quell'individuo tanto singolare, a volte vicino, altre volte distante e irraggiungibile.

Abbassò quindi lo sguardo e, immobile, lo posò sull'oggetto che gli era stato affidato. Lo aveva già visto un'altra volta, ma solo allora ebbe la possibilità di osservarlo con attenzione. Scuro, molto pesante per le sue dimensioni, freddo al contatto tanto da sembrare metallico, aveva la forma di un doppio ovale, come due pietre di fiume che si fossero unite trapassandosi a vicenda.

Quando rialzò la testa, Gesù era sparito. Giacomo si ritrovò da solo nella notte sempre più incombente e minacciosa.

3
Anno 2019

Il colpo di piccone contro la parete suonò vuoto e, come il rintocco di una campana, si propagò per tutta la struttura fin nel più profondo delle fondamenta. Dal punto di impatto schizzarono schegge di pietra e polvere, che brillarono nella morbida luce filtrata attraverso la cavità. L'uomo con la tuta blu lasciò cadere il piccone a terra, si asciugò il sudore con la flemma dell'operaio navigato e infine si voltò verso il silenzioso spettatore della scena.

«Visto?», sorrise con un certo autocompiacimento. «È una parete vuota».

«Così pare», rispose l'altro contrariato. «Eppure avrebbe dovuto essere un muro portante di almeno un metro di spessore».

«Quindi che si fa?», chiese con indifferenza l'uomo in tuta blu grattandosi la testa.

«Ci mancava solo questa. Un mese di ritardo nei restauri e questa maledetta chiesa non smette di riservare sorprese».

L'operaio si limitò a fissarlo: non era certo un problema suo e non doveva far altro che attendere istruzioni.

«Ora chiamo Marta, deciderà lei. Dopotutto è la restauratrice in carica. Non fate nulla finché non arriva».

Intanto, a pochi minuti da lì, anche Marta aveva il suo bel da fare. Nel primo giorno libero da un mese a quella parte, era scesa a fare la spesa nel negozio di quartiere. La sua intenzione era di tornare subito a casa e spararsi a raffica la sua serie TV preferita, ma la cassiera ne aveva approfittato per attaccare bottone.

«Il figlio di mia sorella è ingegnere», ammiccò convinta, dando a intendere che la riteneva un'informazione sufficiente per gettarsi tra le sue braccia.

Marta cercò di sorridere, ma dentro di sé progettava di far fuori sua madre alla prima occasione. Era chiaro che aveva spifferato in giro la sua recente rottura con Diego, gettandola così in pasto ai pettegolezzi di quartiere. Sembrava inammissibile che una donna potesse desiderare di stare sola per un po'. Per questo motivo, quando squillò il telefono, si strinse nelle spalle e ne approfittò per allontanarsi con una scusa. Tuttavia, il sollievo per l'arrivo di quella chiamata durò solo pochi istanti.

«Marta», la investì il caposquadra dei lavori senza preamboli. «So che oggi è il tuo giorno libero, ma non è che potresti passare di qui? Si è presentato un problema e vorremmo che dessi un'occhiata».

Mezz'ora più tardi, Marta aveva lasciato l'auto nel parcheggio sotterraneo del Boulevard e percorreva la calle Narrika diretta alla chiesa di San Vicente. Si riparò sotto le grondaie dei tetti dalla pioggia insistente che nelle ultime settimane conferiva a Donostia il caratteristico aspetto grigiastro, perfettamente intonato al suo umore. Quando arrivò alla chiesa, Simón la stava aspettando nel portico.

«Ciao, Marta!», la salutò con un timido sorriso. «Finché non smette di piovere non possiamo cominciare i lavori di impermeabilizzazione della facciata nord».

Quando l'impresa l'aveva assunta cinque anni prima, Simón le era stato di grande aiuto e si erano affezionati l'uno all'altra. Simón era in attività da quarant'anni e quel lavoro era tutta la sua vita. I più giovani lo prendevano bonariamente in giro sollecitandolo ad andare in pensione e occuparsi dei nipotini, ma lui sorrideva imbarazzato rispedendoli al lavoro.

«Non preoccuparti», rispose Marta restituendogli il sorriso. «Le previsioni dicono che presto dovrebbe smettere. Teniamoci pronti a lavorare in fretta. Che succede? Mi ha chiamato Luis per dirmi di venire qui appena possibile. Mi ha parlato di una parete che non esiste e di una breccia che avrebbero aperto».

«Non gli piace sbagliare», scosse il capo dispiaciuto, come se fosse più addolorato per l'arroganza di Luis che non per l'errore in sé. «Glielo avevamo detto che era una parete vuota».

Varcato il portico, girarono a destra e salirono per un'angusta scaletta laterale. Attraversarono un'antica porta di legno con guarnizioni e battente in ferro e percorsero un lungo corridoio che dava accesso a un'altra scala. Nella sala spaziosa e vuota che si apriva alla fine dell'ultima rampa sembrava essersi depositata la polvere dei secoli.

Le arrivò alle narici l'odore rancido che la maggior parte della gente trovava sgradevole, ma che per Marta rappresentava il vero e proprio odore della Storia. Era stato suo nonno a trasmetterle la passione per l'antico che, con il tempo, si era trasformata nel desiderio di restaurare chiese.

Disattendendo sia i consigli di suo padre, che l'avrebbe voluta infermiera, che di sua madre, per la quale un corso di laurea per una donna era solo un'occupazione passeggera prima del matrimonio, si era iscritta alla facoltà di Belle Arti, intenzionata a smentire il mondo intero.

Simón la riportò alla realtà e le mostrò il muro. Marta osservò il buco aperto nella parete e ripassò mentalmente la pianta dell'edificio che tante volte aveva studiato sulla carta. Quella chiesa era uno scrigno di sorprese. Alcune sezioni erano state ricostruite più volte, ma la parete in questione risaliva alla costruzione romanica originale risalente a più di ottocento anni prima e di cui non esistevano planimetrie.

Fu fortemente tentata di sbirciare all'interno.

«Vorrei entrarci, Simón. Potresti darmi una torcia?»

«Non vuoi che lo faccia io?», domandò inquieto.

Dentro di sé Marta sorrise. Aveva faticato a guadagnarsi il rispetto dei colleghi, ma ormai tutti sapevano che non la spaventava sporcarsi un po', né dedicarsi ai lavori più pesanti. Tuttavia, alcuni uomini non riuscivano a reprimere del tutto il loro innato senso di protezione, vuoi per vanità, vuoi per un istinto dominatore o, come in quel caso, per puro e semplice affetto.

Guardò Simón con falsa indignazione e lo spedì a cercare una torcia per fare luce. Intanto studiò la parete di malta e arenaria. Non si trattava di un'aggiunta posteriore, valeva quindi la pena di conservarla.

Al ritorno di Simón si misero a rimuovere altre pietre, un lavoro fisico che a Marta risultava sempre piacevole. Bastarono pochi minuti perché la breccia raggiungesse le dimensioni adatte per poter essere varcata. Di nuovo Simón cercò di offrirsi volontario, ma rinunciò quando incappò nell'occhiataccia di Marta che subito lo precedette attraverso il varco. Una volta all'interno illuminò lo spazio con il faretto. Misurava appena un metro di larghezza, chiuso da un muro che Marta identificò come la vera struttura portante.

L'aria nell'ambiente era fresca e asciutta e Marta provò un fremito insolito. Girò su sé stessa puntando la torcia a sinistra verso una sorta di cella vuota. A terra, nel fascio di luce, si delineò una piccola sagoma scura. La illuminò direttamente: era un oggetto piatto, coperto di polvere. Lo raccolse e lo osservò: era un libro antico, il più antico che avesse mai visto.

L'inequivocabile sensazione di aver trovato qualcosa di importante le diede un brivido. Il cuore le accelerò nel petto.

Per quanto versasse in perfetto stato di conservazione, Marta ne sollevò la copertina con estrema cura e vi scoprì una fitta scritta autografa. Il testo, probabilmente in francese antico, occupava la facciata da un'estremità all'altra. Con una certa difficoltà, riuscì a decifrare le prime righe:

Io, Jean de la Croix, redigo il presente testo nell'anno del Signore 1199. Con un passato dimenticato e un futuro incerto, custodisco in queste pagine la mia unica proprietà: il presente. Un presente che mi ha condotto ad affrontare prove al di sopra delle mie possibilità. Sebbene non abbia ancora stabilito cosa fare con ciò che mi è stato affidato, solo desidero che Dio mi assista nel trovare il cammino prima di essere raggiunto da coloro che mi perseguitano.

Marta richiuse il libro; ne osservò la copertina e il dorso consumati dal tempo e da chissà quante avventure. Doveva uscire da lì e mostrarlo a Simón, ma tentennava. Le prime parole del manoscritto erano misteriose e intriganti, un persuasivo invito a continuare a leggere. Lo nascose allora sotto l'impermeabile, non senza un certo turbamento. Quanto si sarebbe sorpreso Diego di vederla infrangere una regola; chissà, forse, finalmente libera dai suoi vincoli, era nata una nuova Marta.

Sorrise nel buio.

Fu in quel momento che trasalì alla netta sensazione di avere due occhi puntati sulla nuca. In quello spazio angusto si voltò lentamente, ma la torcia urtò contro la parete, cadde a terra e si spense. Nervosa, Marta si chinò e cercò a tastoni sul pavimento, mentre già prendeva piede il panico e l'angoscia le stringeva la gola. Quando già era decisa a infischiarsene della torcia e attraversare di nuovo il varco, la trovò. Cercò di azionarla senza successo, quindi la colpì più volte finché non si riaccese, tremolante. Allora si girò e illuminò alla sua destra. Il suo grido risuonò amplificato per effetto dell'eco delle pareti. Di fronte a lei, uno scheletro appoggiato alla parete sembrava ridersela mentre Marta cercava disperatamente di uscire dalla breccia nel muro.

Due ore dopo era seduta sul divano del salotto, con un caffè caldo tra le mani, a riprendersi dallo shock di quel ritrovamento. Non aveva mai visto un cadavere, ma nella penombra di quella stanzetta le era parso uno spettacolo terrificante.

Nonostante l'esperienza insolita appena vissuta, però, la testa non riusciva a staccarsi dal libro che riposava, inoffensivo, sul tavolo da pranzo. Se ne sentiva osservata, come se la invitasse a proseguire la lettura che aveva cominciato. Alla fine, quel richiamo risultò più potente del tremore alle gambe, così sedette davanti al libro, lo aprì e cominciò a leggere.

Gli accadimenti descritti in questo libro potrebbero risultare difficili da accettare. Metteranno alla prova la fede del lettore, come è successo alla mia. Demoliranno fino alle fondamenta verità da sempre considerate immutabili. Proprio come Chretien de Troyes fece con il *Perceval o il racconto del Graal*, ho voluto narrare sotto forma di racconto i fatti qui esposti. Ho mescolato ciò che ho vissuto in prima persona con accadimenti che mi sono stati narrati e frammenti partoriti dalla mia immaginazione hanno colmato le lacune della mia memoria. Se mai qualcuno, un giorno, leggerà queste parole, chiedo che la sua misericordia perdoni i miei errori. Vissuta mio malgrado, questa è la mia storia.

4
Anno 1199

La mia storia ha inizio nel Sud della Francia, regione nota agli abitanti del luogo come Entre-deux-Mers.

Il caldo sole dell'estate aveva tormentato diverse giornate del mio viaggio. Erano trascorsi due giorni da che avevo incontrato l'ultimo paese e il cammino pareva non portarmi mai a destinazione alcuna.

La mattinata stava volgendo al termine quando, dietro una curva, vidi il sentiero inerpicarsi su una collina per poi riprendere la discesa. Il lato sinistro era fiancheggiato da una densa distesa di cipressi, mentre a destra si apriva un burrone a picco sul fiume; intere sezioni del sentiero minacciavano di franare. Preferivo non guardare in quella direzione.

Quando arrivai alla collina, intravidi una valle che si estendeva verso sud, aprendosi su verdi pascoli e ampie distese boscose su entrambi i lati del fiume che ora scorreva ampio. Cercai qualche segnale di presenza umana, ma il luogo appariva pacifico, immerso in un silenzio rotto appena dal mormorio dell'acqua.

Sospirai; non mi sarebbe dispiaciuto incontrare qualcuno, ma non avevo incrociato anima viva per tutta la mattina. Guardai giù verso la campagna finché individuai una radura tra gli alberi che mi avrebbe permesso di raggiungere la riva del fiume. Aizzai l'asino che riposava sul bordo del sentiero brucando pazientemente l'erba e, salendogli in groppa, cominciai la discesa verso la valle, tappa conclusiva del mio tragitto. Accaldato dal sole di giugno avrei potuto rinfrescarmi prima di consumare una delle ultime razioni che avevo in serbo da quando avevo lasciato Méard, una settimana avanti.

In base a quanto indicatomi da un pellegrino pochi giorni prima, non doveva mancare molto per giungere alla mia destinazione, l'abbazia della Sauve-Majeure, ma prima avrei dovuto trovare un punto per attraversare il fiume Dordogna e dirigermi verso ovest.

Mi abbandonai sull'erba e tolsi i calzari. Inginocchiato sulla riva del fiume, immersi le mani nelle acque cristalline. Riflesso sulla superficie osservai il mio viso impolverato e madido di sudore. Pur essendo ancora giovane, la stanchezza del lungo viaggio sembrava avermi invecchiato. Il mio viso, solitamente pallido, era cotto dal sole e i capelli, che solitamente portavo cortissimi, si aggrovigliavano nei punti, sempre più scarsi, in cui non avevo ancora cominciato a perderli.

Continuavo a osservare il mio riflesso quando, all'improvviso, intravidi un'ombra muoversi sulla calma superficie del fiume. Prima ancora di rendermene conto, qualcosa mi colpì alla testa e su di me calò la notte, trascinandomi in un mondo di incubi ininterrotti.

Mi risvegliai su un morbido paglericcio. Nella stanza aleggiava il profumo dell'infuso di una pianta a me conosciuta di cui non riuscivo a rammentare il nome. Mi alzai sul letto e un'atroce fitta alle tempie mi confermò che i miei incubi dovevano contenere qualcosa di reale. Riuscii ad alzarmi in piedi e, non senza sforzo, a raggiungere la finestra di quella che sembrava un'umile abitazione di piccole dimensioni. Solo avvicinandomi mi resi conto che, in realtà, si trattava di una costruzione enorme, arroccata su un piccolo poggio che dominava buona parte della regione.

A ovest il fiume serpeggiava nel mezzo di una vasta e verde vallata, ricoperta per la maggior parte da boschi di querce e di castagni. In fondo, si stagliavano le pendici di alcune montagne. A sud il fiume sfociava in un'ampia insenatura di acque calme dove, tra i giunchi, sicuramente i martin pescatori e i batticoda bianchi cominciavano ad approntare il nido che, nel giro di qualche settimana, avrebbe accolto i loro pulcini affamati. Il sole era basso all'orizzonte e cominciava a tramutare l'azzurro del cielo in luccichii rossastri che contrastavano con il verde dei prati umidi e dei boschi. In quel luogo sembrava regnare un'insolita pace; la mia testa, al contrario, era un turbinio di domande.

Nel percepire una presenza alle mie spalle, mi voltai. Una figura mi osservava immobile nella penombra. Non riuscii a distinguervi alcun tratto, la luce che entrava dalla finestra a malapena illuminava gli oggetti più prossimi.

«Come ti senti?», chiese la figura senza muoversi. «Dovresti riposare e mangiare qualcosa di solido».

«Chi sei?», domandai. «Dove mi trovo? Da quanto tempo sono qui?»

«Troppe domande», rispose egli scuotendo il capo. «A tutte sarà risposto, ma è presto per parlare. Riposa, più tardi discuteremo. Mi compiaccio di vedere che ti sei ripreso con tale rapidità, sicuramente in virtù del vigore della tua giovinezza. Ci sono stati momenti in cui abbiamo temuto il peggio».

Mi coricai di nuovo e cercai di rilassarmi. Nel dormiveglia, la mia mente si sforzò di ricordare, ma le immagini mi sfuggivano in fretta. Un attimo prima di arrendermi, o forse già nel sonno, presi coscienza che la memoria mi aveva abbandonato del tutto.

Rammentavo solo il mio nome.

5
Anno 33

Erano passati tre giorni dalla notte dell'incontro segreto con Gesù e della cena con gli apostoli, ma a Giacomo sembrava una vita intera.

Il giorno successivo Gesù era stato tradito e, nonostante tutto l'impegno di Giacomo per individuare il colpevole, era morto orribilmente crocifisso. Giacomo, come tutti gli apostoli, era in preda all'angoscia e il ricordo di quelle ore si era trasformato in un macigno di cui non si sarebbe più liberato.

I discepoli si erano separati. Giacomo, Tommaso e Giuda, temendo per la loro stessa vita, avevano scelto di rifugiarsi a casa di Maria, la madre di Gesù, tuttavia la cattura e l'esecuzione del Maestro erano parse sufficienti. Probabilmente era convinzione comune che, una volta morta la loro guida, il gruppo si sarebbe definitivamente disperso.

Nella penombra di quell'umile abitazione, i tre apostoli discorrevano tra loro, osservati a prudente distanza da Maria e da Maria Maddalena che era stata accolta in quella casa come una figlia. Giacomo aveva deciso di non rivelare il proprio segreto al resto degli apostoli, neanche a Tommaso e Giuda perché, per quanto si fidasse di loro, le confidenze di Gesù lo avevano reso estremamente diffidente.

«Cosa facciamo adesso?», si avviliva Tommaso.

Qualche ora prima Pietro era passato ad avvisarli che quella notte stessa avrebbero recuperato il corpo di Gesù.

«Pietro non ci tiene in considerazione». Giuda parlava con acredine, infastidito dall'atteggiamento del compagno che sembrava essersi autonominato leader del gruppo.

«Fratello Giuda», intervenne Giacomo cercando di contenere la collera, «ora più che mai abbiamo bisogno della determinazione e della calma di Pietro, doti che noi non possediamo».

I discepoli erano persi, attoniti e scoraggiati. Forse tra tutti il più disperato era proprio Giacomo a cui pareva di essere un bambino smarrito, lasciato solo di notte. Probabilmente era anche turbato da quanto il Maestro gli aveva affidato in custodia e che portava sempre appeso al collo.

«Non hai sentito Pietro?». La rabbia di Giuda era più che evidente nella sua espressione. «Sembra quasi che la morte di Gesù non lo abbia minimamente toccato».

«Calmati, Giuda, aspettiamo gli eventi».

Due ore dopo, al calar del sole, i dodici si riunirono in una grotta nei pressi del luogo in cui era stato deposto il corpo di Gesù. Era una delle tante della zona, spesso rifugio naturale di chi non possedeva nulla ma che, grazie a Gesù, aveva imparato ad apprezzare la propria condizione: *A coloro che non hanno niente, la natura provvederà*. Era una grotta ampia, scavata dall'acqua, che offriva riparo dalle intemperie. Gli apostoli vi erano arrivati alla spicciolata, spinti dal desiderio di sentirsi vicini in quel momento infausto.

Davanti a Giacomo sfilarono volti scuri e preoccupati in un misto di tristezza e smarrimento. Quando incontravano gli occhi degli altri, quasi tutti chinavano il capo, come vergognandosi. Forse, in fondo al loro cuore, si annidava lo stesso senso di colpa che provava Giacomo per non essere riuscito a salvare il Maestro né aver avuto il coraggio di condividerne il destino. C'erano tuttavia anche gli sguardi sinceri di chi si sente parte di un gruppo, equipaggio di una stessa barca rimasta senza timoniere che si riunisce per decidere la rotta da seguire e a chi affidare il comando.

Una volta che furono arrivati tutti, si guardarono senza sapere cosa dire. Fu Pietro, nel pieno della sua sicurezza e del suo autocontrollo, a prendere le redini della situazione. Era un uomo di una pasta speciale, lo smarrimento diffuso non sembrava influenzarlo: i gesti si mantenevano misurati, le parole sempre precise e lo sguardo penetrante. La sua capacità di persuasione restava inalterata. Tutti riconoscevano in lui la nuova guida.

«Vi abbiamo convocato qui oggi per parlarvi», cominciò Pietro, ma subito si interruppe per girare lo sguardo sugli apostoli con un'aria di superiorità che fece smaniare Giuda sul posto. «Abbiamo due questioni da affrontare. Mi auguro che la prima, la necessità di recuperare il corpo del Maestro, ci trovi tutti d'accordo».

Tra i presenti si diffuse un mormorio di assenso. Seduto in un angolo, Giacomo studiava i gesti degli altri, nel tentativo di indovinare quale fosse la seconda questione da affrontare. Subito, però, si avvide che Pietro lo stava guardando, lo fissava come a voler soppesare il suo silenzio. Gli occhi di quell'uomo lo turbavano, lo facevano sentire trasparente; ebbe perfino la sensazione che gli leggessero nel pensiero.

«La seconda questione», proseguì Pietro riportando l'attenzione sugli altri, «riguarda il nostro futuro. Che faremo ora che il Maestro ci ha lasciato? Se mi permettete di semplificare, penso che dovremmo o separarci momentaneamente o portare avanti da subito il suo operato».

Si alzarono diverse voci di dissenso tra chi proponeva di andare avanti e chi riteneva più sensato lasciar trascorrere del tempo e far calmare le acque.

«E tu, Giacomo, che ne pensi?», gli chiese direttamente Pietro. «Finora sei rimasto in silenzio. So che la morte del Maestro ti ha sconvolto, come a tutti noialtri, ma dobbiamo tenere duro e fare gruppo di fronte alla sventura e al futuro che ci aspetta».

«Credo», parlò Giacomo d'impulso, dopo aver fissato a lungo Pietro, «che stiamo tralasciando una questione ancora più importante e urgente».

Non immaginando nulla di più pressante di quanto appena discusso, tutti gli altri apostoli si voltarono incuriositi verso di lui.

«E cosa sarebbe, amico Giacomo?», lo scrutò Pietro. «Puoi metterci a parte delle tue preoccupazioni».

Giacomo stava considerando se affrontare apertamente o meno la questione del presunto tradimento. Aveva valutato la possibilità di parlarne con Pietro, ma poi l'aveva scartata. Aveva anche deciso di non accennare alla reliquia, non sapendo di preciso quanti tra gli apostoli ne fossero a conoscenza, né quanti fossero coinvolti nel complotto.

«C'è...», tentennò prima di proseguire, «un traditore tra di noi che va smascherato quanto prima».

Si alzò un coro di voci e grida. L'espressione sui volti degli apostoli era di sorpresa, confusione, perfino rabbia.

«Cosa dici, Giacomo?», lo apostrofò Pietro una volta tornata la calma. «Non mi sembra una buona idea seminare dubbi in un momento così critico come quello che stiamo vivendo», aggiunse in tono pacato, triste, profondamente ferito dall'ingiusta accusa mossa da un fratello molto amato, al punto che il resto del gruppo rivolse a Giacomo uno sguardo di rimprovero.

Giuda lo osservava con un'espressione che Giacomo non riuscì a decifrare, forse ciò che aveva appena dichiarato non rappresentava una sorpresa per lui. Lo sguardo di Pietro, al contrario, trasmetteva una freddezza che Giacomo interpretò come fastidio per aver sviato la discussione dallo schema che si era prefissato. In seguito Giacomo si sarebbe reso conto del suo errore di valutazione, ma in quel momento non poté che provare una certa soddisfazione di fronte al disagio di Pietro.

«Non semino dubbi, Pietro», proseguì sapendo di aver imboccato un sentiero senza ritorno. «La notte prima della sua cattura, Gesù mi confessò che uno di noi lo avrebbe tradito».

Il mormorio riprese. Solo Giuda e Pietro rimasero in silenzio.

«Sono accuse molto gravi», intervenne Giovanni quando cessò la confusione, «ma sono certo che Giacomo ha i suoi buoni motivi per parlare in questo modo e ci mostrerà subito le prove che di sicuro possiede».

Sotto lo sguardo di tutti gli altri, Giacomo si pentì di aver mosso quell'accusa. "Non vacillare, Giacomo", si disse, "hai lanciato una sfida e adesso devi mantenere il sangue freddo".

Invidiò per un attimo la dialettica di Pietro. Da parte sua, era più un uomo d'azione, poco portato a discorsi e discussioni filosofiche. Non aveva la sicurezza di Pietro, né la capacità di scegliere la via giusta e prendere le decisioni adeguate. Non era nato per essere un capo.

Quando si riscosse, fissò a uno a uno gli uomini lì riuniti cercando di riordinare le idee e sperando di trovare ispirazione nei loro occhi.

Quei volti, tuttavia, mostravano solo sorpresa, attesa o rimprovero; che ingenuità pensare che gli avrebbero fornito qualche indizio per smascherare il traditore!

«Non so chi sia ad aver tradito», ammise alla fine, «Gesù non ha voluto dirmelo». Dai mormorii in risposta, Giacomo capì che l'occasione gli stava sfuggendo di mano, così decise di rischiare e giocare l'unica carta che gli restava. «Conosco però il movente del tradimento». Di nuovo si alzò un brusio alle sue parole, stavolta, però, di rinnovato interesse, rincuorante per Giacomo che capì di aver ripreso il controllo. «So che molti di voi sono a conoscenza che Gesù possedeva un oggetto, una reliquia che custodiva in segreto. Quando mi confidò i suoi timori sul tradimento, mi avvisò che dopo l'arresto qualcuno avrebbe tentato di impossessarsene. Gesù già sapeva cosa sarebbe successo e quando».

Dal silenzio che scese nella grotta, Giacomo dovette presumere che in molti sapevano dell'esistenza della reliquia. Si era arrivati al dunque e ciò che sarebbe accaduto da lì in poi avrebbe segnato il futuro dell'intero gruppo di discepoli.

«Se così fosse», riprese Pietro in tono severo, «se fosse questo il motivo per cui uno di noi avrebbe tradito Gesù, lo scopo sarebbe ormai raggiunto e non sarebbe più con noi. Invece non è questo il caso, quindi la tua teoria mi pare infondata».

Pietro, come sempre, sfoggiò la sua arte oratoria dando torto a Giacomo e presentandosi al contempo agli altri come persona estranea all'accaduto. Giacomo decise di stare al gioco. Era rischioso ma necessario.

«Infatti, Pietro», confermò in tono di sfida, «sempre che la reliquia non si trovi ancora addosso a Gesù. Recuperare il corpo significherebbe anche recuperare ciò di cui stiamo parlando».

Giacomo cercò di controllare il tremore del panico e sostenne lo sguardo di Pietro sperando che il sudore che gli imperlava la fronte non lo tradisse.

«Stai insinuando qualcosa, Giacomo? Se così fosse, accusami direttamente. Io non ho niente da nascondere. Senza dubbio ero a conoscenza, proprio come te, dell'esistenza della reliquia. O forse, sei tu a nasconderci qualcosa?».

Per un attimo Giacomo temette che Pietro lo avesse smascherato, ma subito si rese conto che si trattava solo di uno stratagemma per sviare l'attenzione da sé. Guardò allora Giuda, che seguiva la discussione con espressione beffarda.

«In ogni caso», intervenne il sempre diplomatico Giovanni, «la risposta è sul corpo di Gesù. Propongo di riunirci di nuovo qui domattina, prima che il gallo canti, per recuperare il corpo e cercare questa reliquia in modo da poter prendere le decisioni che riterremo opportune».

Un silenzio carico di tensione calò nella grotta, ma a uno a uno gli apostoli espressero il loro consenso alla proposta di Giovanni. Decisero di disperdersi in piccoli gruppi fino al mattino successivo. Pietro si trattenne con pochi altri e guardò Giacomo ritirarsi in compagnia di Tommaso e Giuda.

Giacomo non era molto sicuro di aver ottenuto qualcosa. Il provvidenziale intervento di Giovanni gli aveva evitato di commettere un errore ancora maggiore, dato che non sarebbe mai uscito indenne dal confronto dialettico con Pietro in cui aveva rischiato di trovarsi invischiato. Si era pentito di aver accennato alla reliquia, nonostante il suo iniziale proponimento, ma almeno era servito ad accertare che quasi tutti ne fossero a conoscenza.

Giuda gli camminava accanto, assorto.

«Che ti succede, Giuda?», chiese Giacomo con un sospiro scoraggiato. «Sei taciturno e ti vedo preoccupato».

«Non mi fido di Pietro, fratello Giacomo. Ora che tutti sappiamo della reliquia, sono sicuro che sfrutterà il poco tempo che gli resta per impossessarsene, così che domani sul corpo di Gesù non troveremo niente».

Giuda era molto diretto nelle sue valutazioni, ma la sua opinione andava sempre tenuta in gran conto. Era quello che meglio conosceva l'animo umano e le sue debolezze. Nel suo bisogno di un amico con cui confidarsi e senza neanche sapere bene perché, Giacomo scelse lui.

«Non temere, amico Giuda». Esitò un istante prima di proseguire. «Non c'è niente da trovare».

Giuda lo studiò con interesse e cautela, scegliendo accuratamente le parole. «Mi vengono in mente solo due spiegazioni a questa tua affermazione», decretò, saggiando il silenzio dell'altro. «Una è che questo oggetto non esista e che te lo sia inventato tu per cercare di indurre il traditore a svelare la propria identità. L'altra è che invece sia in tuo possesso. E so che la prima non è possibile».

«Se quindi fosse vera la seconda», continuò Giacomo con la sensazione di scivolare lungo un pendio senza fondo, «tu che faresti in quel caso?»

«Manterrei il segreto», rispose l'altro senza esitare. «Perlomeno il più a lungo possibile», aggiunse con un cenno del capo. «Qualcosa, però, mi dice che è già troppo tardi».

6
Anno 1199

Il luogo in cui si risvegliò la mia coscienza, ma non la memoria, fu l'abbazia della Sauve-Majeure o, per meglio dire, ciò che ne restava. Alcuni anni prima del mio arrivo era stata ridotta in rovina da orde di navarri e vasconi che l'avevano quasi completamente rasa al suolo, a eccezione di pochi ambienti. I monaci della congregazione dei Fratelli di Alcalá della Sauve-Majeure ne avevano cominciato la ricostruzione, ma i lavori progredivano lentamente, vista anche la loro massiccia partecipazione alla Riconquista di Spagna al fianco del re di Aragona.

Quando mi fui rimesso del tutto, il priore mi permise di trasferirmi dall'ospedale, dove ero stato ospitato fino a quel momento, in una delle celle dei monaci che affacciavano sul chiostro dell'abbazia. Ricevetti le prime istruzioni da frate Vincent, che mi introdusse al mondo dell'arte, delle lettere e delle scienze per le quali apparivo particolarmente dotato. Appresi molte cose, ma nulla sul mio passato.

Godevo di libero accesso a tutti gli ambienti dell'abbazia, che per me non celavano segreti, eccetto che a uno, una cella posta alla fine di un angusto corridoio cieco. Pur non essendo mai entrato in quella stanza né aver visto mai la persona che vi abitava, ogni giorno venivo inviato lì con un vassoio di cibo da lasciare davanti alla porta chiusa e da recuperare vuoto qualche ora dopo. Più di una volta avevo interrogato frate Vincent al riguardo, ma per tutta risposta non avevo ottenuto altro che un ostinato silenzio.

Una sera, mentre i monaci erano in preghiera nel refettorio, come di consueto mi recai con il vassoio alla stanza misteriosa, ma subito notai una sostanziale differenza: la porta era aperta.

La cella era in penombra, così esitai qualche istante, ma la curiosità di conoscere il segreto che vi era celato vinse il timore dei rimproveri muti che avrebbe potuto muovermi frate Vincent. Mi avvicinai lentamente alla porta e, prima ancora di aprirla del tutto, una voce profonda risuonò dall'interno.

«Entra, non restare fuori. È diverso tempo che vorrei parlarti. Chiudi la porta appena entri, così da non mostrarci a occhi indiscreti».

Rimasi un attimo titubante.

Un conto era gettare una semplice occhiata dallo spiraglio, tutt'altro scoprire che la persona che vi abitava mi stava aspettando. Aveva un tono di voce sicuro, magnetico quasi, così varcai la soglia senza troppi ripensamenti. Mi ritrovai in un ambiente buio, senza finestre, il cui unico mobilio era costituito da un paglericcio e una bacinella. Un uomo anziano sedeva sul letto. Il contrasto tra la sua esile figura e la voce profonda e vigorosa che mi aveva chiamato, mi spinse a controllare se qualcun altro fosse presente nella stanza.

«Salve, Jean», disse fissandomi con uno sguardo intenso. «Ebbene sì, conosco il tuo nome».

«Vi ho portato da mangiare», dissi ancora diffidente con il vassoio in mano.

«Lascia tutto nell'angolo», rispose indicandomi il lato opposto della cella, «e siediti accanto a me. Devo parlarti di una questione importante».

Mi irrigidii al suo modo di pronunciare la parola "importante". Obbediente, mi sedetti sul letto e lo osservai con attenzione. Centinaia di rughe solcavano un viso che pareva intagliato nella pietra al pari dei bassorilievi che ornavano le pareti dell'abbazia. Il naso, parecchio pronunciato e sottile, la barbetta appuntita e le orecchie aguzze gli conferivano un'aria piuttosto vivace a dispetto dell'età. Gli occhi, sormontati da sopracciglia spesse e ingarbugliate, erano così neri che sembravano osservarti dalle profondità della terra. L'uomo mi sorrise, come divertito da uno scherzo noto a lui soltanto.

«Jean, sei riuscito a ricordare qualcosa della tua vita precedente? Non ti meravigliare», aggiunse notando la mia espressione, «ho ancora contatti con quella che una volta fu la mia abbazia».

«Questa era la vostra abbazia? E ve ne state rinchiuso qui dentro?», chiesi incredulo.

«Sì, è così. Sono Pierre de Didone, antico abate della Sauve-Majeure e sono rinchiuso qui perché custodisco un segreto che, rivelato, scuoterebbe la cristianità fin nelle fondamenta».

A disagio, cominciai a temere che avesse perso il senno.

«E perché lo raccontate a me?», ribattei scettico.

«Perché è arrivato il momento che il segreto esca allo scoperto, che la farsa abbia termine e l'eredità di Cristo torni a guidarci in questi momenti di oscurità».

A quelle parole seguì un lungo e grave silenzio, durante il quale il vecchio abate mi osservò con occhi penetranti e severi, in attesa di rispondere alla domanda che non avevo ancora posto.

«Perdonate la mia audacia», mi risolsi a domandare imbarazzato. «Di cosa tratterebbe tale segreto e perché vorreste metterne a parte proprio me?»

«Perché il voto pronunciato dodici secoli fa è sul punto di essere infranto e sarebbe un errore irreparabile. Perché ti trovi nel posto giusto al momento giusto, perché sei una persona senza passato e senza futuro e, pertanto, senza nulla da perdere. E, soprattutto, perché è giunta la mia ora e se non lo confidassi a qualcuno, rischierebbe di andare perduto per sempre». Il vecchio si fermò per una pausa a effetto che parve dare per conclusa la spiegazione. «Ma adesso basta domande; è arrivata per te l'ora di ascoltare il più grande segreto di tutti i tempi e di occupare il posto che la storia ti ha riservato».

Parlava con una convinzione così vibrante, così sicuro di ciò che sosteneva, che mi fu impossibile trovare una qualsiasi scusa per fuggire da quella stanza. Mi limitai quindi ad assentire con un sorriso forzato, sempre più a disagio, in attesa che quell'incontro avesse termine.

Il vecchio abate mi raccontò allora la storia di un oggetto, dalle sue origini fino al momento in cui venne affidato agli uomini che lo custodivano tuttora.

«Molto, molto tempo fa, così tanto che l'umana memoria si dissolve nelle nebbie dei secoli, un gruppo di eletti divenne depositario di una reliquia che fu loro affidata esclusivamente in custodia, senza alcuna facoltà di farne uso.

«Quegli uomini avevano il dovere di proteggerla fin quando colui al quale era destinata non fosse tornato. Sono trascorse molte ere da allora e molte le vicissitudini, i pericoli e i trasferimenti che essa ha subìto da quando ha avuto origine nell'occidente della Penisola iberica, in un luogo chiamato Finisterre. Eppure tale gruppo di uomini è sempre riuscito a tenerla al riparo dai mali che l'hanno perseguitata. Finora.

«Ora, per la prima volta, tale reliquia corre un pericolo reale, dal momento che gli stessi uomini che avevano votato la propria vita alla sua protezione hanno deciso di infrangere il giuramento».

Guardai il vecchio con altri occhi, catturato dalla storia che andava raccontando. Un accenno di stanchezza gli passò sul viso e, per un attimo, parve ancora più vecchio. Riprese fiato e ricominciò a narrare.

«Molti secoli fa», riprese, «in seno ai custodi, due fazioni contrarie si affrontarono sull'opportunità o meno di riportare alla luce tale oggetto e utilizzarlo nella guerra contro gli infedeli. Per quarant'anni, da quando sono diventato abate protettore, la fazione favorevole al suo utilizzo è sempre rimasta in minoranza; tuttavia, oggi per la prima volta la situazione si è capovolta. Sono stato obbligato ad abbandonare la carica a favore dell'abate Clement, intenzionato a consegnare la reliquia all'abate di Citeaux che si occuperà di recapitarla a Roma».

«Forse loro sapranno cosa farci», lo interruppi con un'alzata di spalle.

«No, stolto!», gridò il vecchio con gli occhi iniettati di sangue. «Questo non deve accadere! Giammai dovranno possederla!».

Provai l'istinto di ribattere. Non comprendevo perché volesse opporsi al volere di Roma: era pur sempre un monaco.

«Stiamo parlando della massima autorità ecclesiastica. Non siete forse voi monaci al suo servizio? Coloro che hanno prestato voto di fedeltà e obbedienza?».

«Non l'hai ancora capito, vero?». La sua espressione passò dalla rabbia al disincanto. «Abbiamo scelto di vestire l'abito perché da monaci saremmo passati meglio inosservati e non avremmo destato sospetti. È così che siamo riusciti a adempiere al nostro compito, a depistare i nostri nemici, a conoscere i piani in tempo utile e salvare ciò che ci era stato affidato».

Da parte mia continuavo a non capire quale potesse essere il mio ruolo in tutto ciò che mi stava raccontando e il tono della conversazione cominciava a spaventarmi. Il precedente abate non era evidentemente nel pieno delle proprie facoltà mentali, così cercai il modo di porre fine alla conversazione. Sentivo di dover fuggire da quell'intrigo di monaci, tradimenti e amuleti.

«Posso fidarmi solo di te», proseguiva intanto il vecchio, ignaro dei miei pensieri. «Gli altri monaci sono tenuti sotto stretta sorveglianza per evitare che la salvino dal destino che è già stato stabilito. Per questo devi recuperarla, metterla al sicuro e proseguire il nostro operato».

«Ma...», tentai di oppormi al volere del vecchio che si aspettava da me una promessa fin troppo simile a un vaneggiamento.

«No», mi interruppe con un gesto categorico. «Ascoltami attentamente. Tra cinque giorni giungerà qui Guy Paré, abate del monastero di Citeaux e messo di Roma, che prenderà in consegna la reliquia e la porterà nel suddetto monastero. Hai ancora quattro giorni per metterti in viaggio, trafugarla e fuggire prima che possano localizzarti. Non sarai solo, ci sono ancora uomini che mi sono fedeli e che potranno aiutarti in questa impresa».

«E come farò a riconoscerli?», chiesi quasi senza rendermi conto che mi stavo facendo incastrare in quella follia.

«Non puoi. Non fidarti mai di nessuno. Io ti indicherò dove è nascosta e come rinvenirla. A partire da quel momento dovrai seguire il cuore. Promettimi che lo farai».

L'abate mi guardava in trepidante attesa: ero la sua ultima possibilità. Meditai alcuni istanti sulla mia risposta. Quell'uomo aveva perso il senno e, con ogni probabilità, si sarebbe dimenticato della promessa non appena avessi varcato quella soglia.

«D'accordo», acconsentii deciso. «Lo farò».

Ero nervoso, volevo allontanarmi al più presto da quella cella e dimenticarmi tutta quella stravagante e ridicola storia.

«Bene, così sia. Va' e tieni fede al patto».

Quella notte non riuscii a chiudere occhio, tormentato dal ricordo della conversazione con quel vecchio bizzarro. Mi aveva raccontato una storia assolutamente incredibile, ma la convinzione con cui ne parlava, il magnetismo che emanava e l'accuratezza del suo racconto risvegliavano in me sentimenti contrastanti.

Nei giorni seguenti all'incontro con l'anziano abate, la vita riprese la sua abituale routine, con la differenza che, mio malgrado, mi ritrovavo spesso a vagare con il pensiero, al punto che frate Vincent cominciò a nutrire sospetti. Cercai di dissimulare imputando la mia distrazione al riaffacciarsi caotico e disordinato di frammenti di memoria, ma in realtà non riuscivo a dimenticare quella conversazione e, pur continuando a ritenerla frutto di semplici vaneggiamenti di uno svitato, ero ben cosciente di non aver ancora mantenuto la promessa fatta. Man mano che si avvicinava il quinto giorno, la mia inquietudine cresceva, ma poi, la sera del quarto, si verificò un evento inaspettato.

Convocati dalla campana dell'abbazia, ci riunimmo nella piccola cappella ancora incompleta. Apparve l'abate Clement, con espressione grave. Nella congregazione aleggiava un silenzio insolito che non lasciava presagire nulla di buono.

«Fratelli», esordì l'abate in tono solenne, «vi ho qui riuniti per darvi una triste nuova. In questo infausto giorno il nostro precedente abate Pierre de Didone è stato chiamato al fianco di nostro Signore Gesù Cristo».

Un mormorio attraversò la congregazione, che subito tornò in silenzio meditando la luttuosa notizia. Ne restarono affranti, ma il loro stato d'animo era nulla in confronto all'effetto che l'evento ebbe su di me. Mi ero sforzato di dimenticare il segreto confidatomi dall'abate, ma in quel momento caddi preda del rimorso per non aver mantenuto la mia promessa. Le immagini di quel giorno si mescolavano nella mia mente e, per quanto mi sembrasse di mancare di rispetto alla sua memoria, non volevo sentirmi in obbligo nei confronti di un vecchio dissennato.

«Fratelli!», riprese la parola l'abate con un tono che ora sembrava impostato, come se vi si fosse esercitato innumerevoli volte, «dovete pregare per nostro fratello la cui vita al servizio del Signore e della nostra missione in questo mondo è stata tanto proficua. Domani verrà celebrata una messa a beneficio della sua anima».

L'abate e alcuni monaci si ritirarono in silenzio dalla porta laterale della chiesa che conduceva a una cappella interrata. Ad attirare la mia attenzione fu proprio il modo in cui vi si erano diretti nello stesso momento, lasciando il resto dei monaci nella chiesa. Per qualche strano motivo capii che tutto riconduceva a quanto confidatomi dall'abate.

Occultato dalle ombre della chiesa, li seguii. Il cuore accelerò. Mi sorprese la mia stessa risolutezza, ma avevo bisogno di sapere cosa stesse accadendo. La reazione dei monaci sembrava confermare che non formavano una normale congregazione religiosa, conferendo una certa veridicità alle parole di Pierre de Didone.

Quando arrivai nel luogo in cui si erano riuniti, scorsi i monaci in piedi, disposti in un perfetto semicerchio intorno all'abate. Erano in silenzio, a mani giunte, come in attesa di un segnale, con l'espressione grave di chi sa che sta per accadere qualcosa di rilevante. L'abate riprese la parola dando inizio a un cerimoniale le cui origini si perdevano nella notte dei tempi.

«Io, Clement, abate della Sauve-Majeure e sessantaquattresimo abate protettore», pronunciò quasi sussurrando, tanto che mi fu difficile capirlo, «apro la sessione del Consiglio dei guardiani. Come tutti voi sapete, la morte del mio predecessore ci svincola dal giuramento che per secoli ha guidato le nostre azioni». Si fermò per permettere a tutti di prendere atto delle sue parole. «Ritengo superfluo rammentarvi», proseguì solenne a occhi bassi, «che solo se c'è unanimità nel Consiglio dei guardiani qui riunito potremo prendere una decisione di tale peso. Fratelli», alzò il tono di voce, «non voglio prolungare ancora l'attesa: si vada ai voti».

Quando l'abate sollevò la testa, tutti i monaci avevano le mani alzate.

«Così sia», decretò l'abate lasciando intravedere un sorriso compiaciuto. «Domani riceveremo un emissario di Sua Santità che io stesso accompagnerò a Roma a consegnare la reliquia».

Senza alcun gesto né una sola parola, i monaci cominciarono ad avviarsi alla porta. Ebbi giusto il tempo di retrocedere di qualche metro e nascondermi dietro una colonna dove un centauro e una sirena scolpiti nella pietra mi scrutarono con sguardi accusatori.

Mentre i monaci rientravano nel santuario, meditai su quanto avevo appena udito e su ciò che mi aveva confidato l'anziano abate. Tutto si affollava nella mia mente: le parole che fino a quel momento non avevo preso sul serio, lo sguardo di cupidigia dell'abate Clement nell'informare gli altri che avrebbe accompagnato di persona la reliquia a Roma, le mani alzate dai monaci per infrangere il giuramento e infine me, nell'atto di impegnarmi in una promessa che non avevo mai avuto intenzione di mantenere.

Cercando di trattenere il fiato per non tradire la mia presenza, presi la decisione che mi cambiò la vita: abbandonare il luogo di pace che era la Sauve-Majeure e tornare in un mondo inospitale, ostile e ignoto. Prima, però, dovevo seguire le istruzioni ricevute: cercare la chiesa di Saint-Émilion e trafugare la reliquia.

A Roma, la porta del salone pontificio si spalancò. Ne entrò con passo deciso un cavaliere che si diresse direttamente verso il vicario di Cristo, come si era definito Innocenzo III. Il cavaliere si inginocchiò e, a capo chino, gli porse una lettera sigillata. Il papa si volse lentamente e osservò imperturbabile l'uomo ai suoi piedi. Riconobbe in un istante il sigillo dell'abate di Citeaux, Guy Paré. Con un gesto rapido, prese la missiva dalle mani del messaggero e congedò i suoi consiglieri con un cenno frettoloso. Quando rimase solo, l'aprì, ne estrasse la lettera e lesse l'unica riga che componeva il messaggio: «La mia missione è iniziata. Presto sarà nostra».

Innocenzo III sorrise compiaciuto. Da quando era salito al soglio pontificio si erano verificati grandi cambiamenti, ma ora avrebbe ottenuto ciò che gli avrebbe permesso di arrivare all'apice della sua strategia e tramutarsi nella spada vendicativa di Dio. Finalmente avrebbe potuto organizzare la crociata definitiva in Terra Santa per riprendere possesso dei luoghi sacri, bloccare la crescente diffusione dell'eresia catara nella Linguadoca e ristabilire l'ortodossia nell'impero. Il vicario di Cristo sorrise scoprendo i denti, come il lupo che mostra al suo branco chi comanda. L'ordine cistercense e i cavalieri templari rappresentavano il suo esercito e in quel preciso istante richiamò alla mente le parole di Bernardo di Chiaravalle: «Questa milizia aspira a sterminare i figli dell'infedeltà combattendo contemporaneamente su due fronti: gli uomini in carne e ossa e le forze spirituali del male».

Tuttavia, affinché tutto ciò potesse essere portato a termine, avevano bisogno della reliquia. Una volta ottenuta, nulla l'avrebbe più fermato.

Rimasto solo nel corridoio, tornai nella mia camera. Dovevo agire in fretta: i monaci sarebbero andati a dormire subito e la mia assenza sarebbe passata inosservata fino al giorno successivo. Inoltre, avevo la sensazione che se avessi lasciato passare troppo tempo, avrei dato modo al buonsenso di prevalere e impedirmi di agire. Recuperai i miei miseri averi e, data la necessità di procurarmi delle scorte di cibo, mi diressi in cucina.

«Vedo che la mia cena non ti ha saziato», osservò Nicanor, il frate cuciniere con una maliziosa strizzata d'occhio.

«In effetti no», sobbalzai «Forse un paio di mele mi placheranno l'appetito», aggiunsi con un gesto di scuse.

Non appena frate Nicanor andò a cercarle nel magazzino, approfittai per rubare qualche tozzo di pane e un po' di formaggio. Il cuciniere rientrò con tre mele e me le passò facendomi di nuovo l'occhiolino.

«Prendi», mi rimproverò bonariamente, «e spero di non vederti più qui per oggi».

Tornai nella mia cella sovreccitato e un po' spaventato: ormai era impossibile cambiare idea. All'alba, con l'arrivo dell'inviato di Roma sarebbe sfumata la mia ultima opportunità.

Attesi che su tutta l'abbazia calasse il silenzio. Solo il fischio del vento sulle cime degli alberi filtrava dai muri a ricordarmi i pericoli che mi attendevano all'esterno. Inquieto, corsi al chiostro e attraversai l'orto fino alla sezione più bassa delle mura perimetrali.

In quel punto i rami più alti di un vecchio castagno che cresceva al di là scavalcavano il muro e ricadevano all'interno. Mi aggrappai a uno di essi e mi issai fino al tronco. Poi, mi lasciai cadere e atterrai agilmente sull'erba morbida dall'altra parte. Senza guardarmi indietro neanche per un attimo, percorsi i pochi metri che mi separavano dal bosco dove mi addentrai in piena notte. Trovai facilmente il percorso indicatomi dall'abate. Il bosco non era troppo fitto e avanzai senza intoppi per un buon tratto. In seguito trovai una zona più densa in cui il sentiero si restringeva e saliva lentamente.

Fu allora che l'udii. All'inizio pensai che il bosco e la notte mi stessero giocando qualche brutto scherzo ma, quando percorsi alcuni metri, mi sembrò di udire la melodia di una canzone. Mi nascosi in mezzo ad alcuni arbusti e tesi l'orecchio. Un uomo solitario, illuminato dal fioco bagliore di un falò, si intratteneva canticchiando:

La douce mère au Créateur
dans l'église à Rochemadour
fait tant miracles
tant hauts faits...

La musica cessò di colpo ed entrambi restammo in silenzio, circondati dai rumori del bosco.

«Avvicinati», mi invitò con voce allegra. «Gradirei molto la compagnia di un pellegrino in queste terre inospitali e tu potresti riscaldarti alla luce del mio fuoco».

Dubitai sul da farsi, se dileguarmi nella notte o avvicinarmi allo sconosciuto. A malapena avevo iniziato la mia missione e una deviazione in quel momento non mi pareva sensata, tuttavia la musica e il riferimento alla madre di Dio e ai suoi miracoli, mi sembravano vagamente familiari; perfino in una situazione simile la mia mente continuava a cercare di dissipare le nebbie della memoria.

«Come sapevi che ero qui?», mi stupii, convinto di non aver fatto il minimo rumore.

«Ti sei mosso furtivamente, ma il bosco ha occhi e orecchie e si è fatto all'improvviso silenzioso. E io so ascoltare». Lo sconosciuto non sembrava pericoloso, così decisi di avvicinarmi. L'uomo parve leggermi nel pensiero. «Il mio nome», disse senza muoversi, «è Gautier de Coincy, monaco, musico e poeta. Non aver paura di me, perché non cerco niente in questo mondo che non sia glorificare la santa madre di nostro Signore».

«Ti ringrazio per l'accoglienza», dissi avvicinandomi con una certa titubanza.

Gli sedetti di fronte, accanto al fuoco. Da lì potevo osservarlo con attenzione. Aveva il viso più insolito che avessi mai visto. Ogni dettaglio sembrava scelto per non abbinarsi al resto. Un viso largo ospitava un naso minuto. Gli occhi erano così diversi l'uno dall'altro che sembravano appartenere a due persone distinte: uno rimaneva semichiuso, mentre l'altro era spalancato a dismisura, quasi volesse saltar fuori dall'orbita. Le orecchie erano molto staccate dalla testa e i pochi capelli che gli restavano ricadevano lisci a differenza delle sopracciglia folte e prominenti, che davano al suo aspetto un'aria inquisitoria. La bocca era piccola, labbra sottili e rosate che sporgevano da una mandibola sfuggente. Il risultato era comico e al contempo sconcertante.

«Dimmi, pellegrino», mi interrogò il musico osservandomi con l'occhio più aperto. «Sei per caso come me un uomo diretto ai luoghi sacri? Io vengo da Rocamadour, dove ho reso onore alla Vergine e sono diretto a Santiago di Compostela a visitare la tomba dell'apostolo Giacomo. Dove ti portano invece i tuoi passi?»

«Mi chiamo Jean, Jean de la Croix e sono sulla via di Saint-Èmilion. Non potresti per caso indicarmi se ho deviato dalla giusta direzione?».

Il musico parve meditare qualche secondo prima di rispondere e un silenzio imbarazzato calò tra noi.

«Allora», disse così d'improvviso da farmi sobbalzare. «Sei diretto a Saint-Èmilion a venerare la tomba del santo o per godere dei piaceri del vino che lì si coltivano?», domandò strizzandomi l'occhio più aperto mentre mi rivolgeva un sorriso impertinente.

«Forse entrambe le cose», risposi divertito.

Quella risposta parve soddisfarlo, dato che assentì sorridendo.

«Allora posso dirti che la direzione è giusta e che, se prosegui lungo il sentiero che mi ha portato fino a qui, arriverai alla tua destinazione entro le prime luci dell'alba».

«Grazie per l'informazione e per l'ospitalità», risposi con una riverenza. «Ti auguro buona fortuna per il tuo cammino».

«Vai con Dio, fratello, ma fai attenzione a dove dirigi il tuo passo e se dovessi incontrare dei cavalieri, diffida».

Quindi, riprese a canterellare la sua canzone come se io avessi smesso di esistere.

Ripresi il cammino di buon passo. Dovevo raggiungere la mia meta prima che all'orizzonte spuntassero i primi raggi del sole. Mentre camminavo, meditavo sulle ultime parole del musico. "Se dovessi incontrare dei cavalieri, diffida".

Sperai che non fosse una premonizione.

7
Anno 2019

Marta chiuse il libro per qualche istante e cercò di immaginare come si sarebbe comportata lei in tale situazione. Sola, senza memoria, spinta da un vecchio enigmatico ad abbandonare la tranquillità del monastero per trafugare un oggetto ignoto e caricarsi di una responsabilità che probabilmente andava oltre le sue capacità. Un'intera congregazione per custodire un oggetto appartenuto a Gesù che, dopo dodici secoli, Roma bramava ancora. Fosse stata in Jean non avrebbe mai creduto a un simile racconto. Sarebbe uscita da quella cella dimenticandosi di tutta la faccenda; aveva già abbastanza problemi a recuperare la memoria…

Di certo si presentava come un'avventura eccitante, ma davvero poco credibile. Eppure aveva solleticato la sua curiosità e voleva scoprire cosa ci fosse di vero o di inventato in quel racconto. Si trattava solo dei vaneggiamenti di uno squilibrato? Cosa si nascondeva dietro quell'oggetto che Jean de la Croix aveva intenzione di rubare?

Si alzò dal tavolo e si avvicinò alla scrivania dove era sicura di conservare una vecchia copia della Guida Michelin della Francia. Rovistò un po' e, una volta trovata, tornò sul divano intenzionata a cercare l'abbazia della Sauve-Majeure nel paese di Saint-Émilion. Non ci volle molto a localizzarla sulla mappa, a poca distanza da Bordeaux.

Subito la colse un pensiero fugace, un'idea folle. Quel libro l'aveva colpita e, se anche fosse stato il prodotto di una mente poco lucida, la spronava a seguire i passi di quel misterioso personaggio. Come lo stesso Jean, anche Marta prese una decisione su due piedi con un sorriso sulle labbra. Le pareva già di sentire la ramanzina di sua madre che la rimproverava di lasciarsi trasportare dall'immaginazione e la fantasia, ma… quand'è che le aveva dato ascolto?

Qualche minuto dopo aveva già chiamato in ufficio per chiedere due dei tanti giorni di ferie che l'azienda le doveva ancora riconoscere. La notizia del cadavere rinvenuto durante i lavori a San Vicente si era diffusa a macchia d'olio e non trovò difficoltà a farseli accordare con la scusa di aver bisogno di un periodo di pausa.

Preparò in fretta la valigia con lo stesso schema di quando partecipava a un congresso, ma con abiti meno formali: jeans, pantaloni da montagna, qualche maglietta, scarpe da città e da trekking, il completo da corsa, e biancheria per diversi giorni. Aggiunse inoltre tutti i suoi dispositivi elettronici: portatile, lettore MP3 e tablet.

Si ricordò all'improvviso della guida del cammino di Santiago che aveva comprato insieme a Diego con l'ormai inutile proposito, tante volte rimandato, di percorrerlo. Stava ancora lì, a prendere polvere sopra uno scaffale. La guardò per qualche istante. Quanto era cambiato il mondo in otto secoli? Grazie al suo lavoro di restauratrice, era ben cosciente che persistessero ancora resti di quell'epoca. Chiuse la guida, prese la valigia e scese in garage.

Due ore dopo lasciava l'autostrada principale a Bordeaux. Le squillò il cellulare. Rispose in automatico e subito si irrigidì alla voce di sua madre. La sua reazione era sempre la stessa.

«Ciao, Marta, come stai?». Era un tono di profonda rassegnazione.

«Bene, grazie, e tu?», rispose cercando di mantenere la calma.

«Senza tue notizie nell'ultima settimana», rispose in tono accusatorio.

Marta entrò di nuovo in tensione. Era contenta di non averle raccontato del cadavere di San Vicente, ma forse era venuta a saperlo in altro modo. A volte aveva la sensazione che fosse in contatto con i servizi segreti.

«Mi sono presa un paio di giorni di ferie. Una decisione estemporanea», aggiunse immaginando la sua smorfia infastidita per non essere stata avvisata.

«Mi sembra una buona idea, figlia mia», commentò invece con grande sorpresa di Marta. «Mi fa piacere che tu e Diego vi siate presi qualche giorno per sistemare le cose tra voi».

Marta sentì la delusione risalirle in gola. Non le andava giù che sua madre non l'appoggiasse in quella decisione.

«No, mamma», sbuffò. «Sono da sola».

«E io che mi ero illusa», commentò la donna senza minimamente cogliere l'esasperazione della figlia. «Ma devi pur dargli una possibilità».

Marta non sapeva come riuscisse a trattenersi di fronte a tanta insistenza. Solo suo padre aveva la pazienza per sopportarla.

«Invece no», ribadì. «E comunque non sono affari tuoi. Starò via qualche giorno», aggiunse nel tentativo di cambiare discorso.

«E dove vai? Se non è anche questo impicciarmi degli affari tuoi...».

«In Francia», rispose brusca ormai sul punto di perdere la pazienza. «Starò via una settimana, forse di più».

«Bene, Marta, lo sai tu», aggiunse in tono dolente, «ma ricordati di chiamare i tuoi poveri genitori di tanto in tanto».

Marta chiuse la telefonata e lanciò un grido per scaricare la tensione. Quando si fu ricomposta, si guardò nello specchietto retrovisore, sistemò una ciocca di capelli dietro l'orecchio e si sorrise per farsi coraggio. Qualche minuto dopo, mentre controllava sul GPS la distanza che ancora le restava per arrivare alla Sauve-Majeure, il telefono squillò di nuovo.

«Diego?», si chiese attonita.

Tutto il mondo tramava per rovinarle la sua piccola fuga.

«Marta, come stai?», chiese.

Le parve di cogliere un tono di genuino interesse nella sua voce.

«Bene, perché non dovrei?», rispose insospettita: non credeva alle coincidenze.

«Non lo so. Mi ha chiamato tua madre preoccupata. Dice che sei andata all'estero. Che non hai voluto dirle dove e che forse hai conosciuto un altro. Ti vedi con qualcuno? Penso che avresti dovuto dirmelo».

Marta non riusciva a credere alle sue orecchie. Ora non solo era infuriata con sua madre, si sentiva anche tradita.

«Da quando dai retta a tua suocera... a mia madre?», si corresse rendendosi conto della gaffe. «Non preoccuparti, quando avrò qualcuno sarai il primo a saperlo, vediamo se così ti entra in quella testa che tra me e te non c'è più niente. Pensavo di avertelo detto chiaro e tondo l'ultima volta. A proposito, vuoi essere avvisato solo se è un fidanzato ufficiale o anche se mi faccio qualcuno nei bagni dell'autostrada?».

E riagganciò.

Come fosse un segno, dietro la curva apparve una stazione di servizio. Non aveva nessuna intenzione di mettere in pratica la sua minaccia, ma aveva bisogno di fare una sosta.

Un attimo dopo, più tranquilla e un po' pentita di come si era comportata con Diego, arrivò alla Sauve-Majeure. La sua prima reazione fu di sincera delusione. Aveva immaginato un'elegante abbazia gotica, ma l'intero edificio era pressoché in rovina. Un dettaglio, tuttavia, la incuriosì: a essere meglio sopravvissuta allo scorrere del tempo era stata in realtà la primitiva chiesa romanica.

Chiuse gli occhi e immaginò Jean tra quelle mura, ottocento anni prima. Non conosceva il suo aspetto, ma la sua mente subito gli diede un volto: giovane, alto ma un po' allampanato, bello ma non troppo. «Marta, tieni a bada la fantasia!», si rimproverò mentalmente.

Si avvicinò a una parete e ne accarezzò la pietra ruvida. Era un suo gesto abituale, bizzarro forse, al quale gli operai si erano ormai abituati. Simón amava ripetere che le pietre parlano a chi sa ascoltarle, ma per Marta aveva solo un effetto rilassante.

«*Vous ne pouvez pas toucher les murs*», una voce aspra alle sue spalle la invitò a non toccare le pareti.

Con un sorriso di scuse non corrisposto, Marta si allontanò verso l'uscita. Rischiava comunque di fare tardi, così tornò alla macchina e guidò fino a Saint-Émilion dove aveva prenotato una stanza tramite internet.

L'esterno dell'hotel era notevole: si trattava di un antico edificio del XVI secolo denominato La Couleuvrine come riportato orgogliosamente sulla facciata. «Strano nome», pensò. All'interno l'arredamento era curato nel dettaglio secondo il gusto tipicamente francese. In Spagna un luogo così peculiare sarebbe stato trasformato in un albergo moderno e funzionale, con le pareti di color cioccolato e visone, spogliato di ogni personalità; lì, invece, le pareti interne e i mobili perfettamente conservati riportavano indietro nei secoli.

Entrò, ma il sorriso con cui ritirò le chiavi si spense nel momento in cui si accorse che la sua camera non prevedeva un bagno annesso, ma solo un desolato lavandino. Scese alla reception a protestare e le fu spiegato che la vasca si trovava dall'altra parte del corridoio, ma che ne aveva l'uso esclusivo; per le altre necessità c'era un'ulteriore pertinenza, stavolta in comune, nel locale accanto alla sua stanza.

«Assolutamente inadeguato», commentò all'amabile ma inflessibile addetto della reception.

La cena nel civettuolo ristorante dell'albergo le riportò il buonumore: uno squisito *magret* di anatra accompagnato dal vino di Saint-Émilion. Nonostante la fama di cui godeva, però non era il suo vino francese preferito. Scattò varie foto del locale e del piatto e le pubblicò su Facebook.

Errore. Non aveva infatti ancora cancellato Diego dagli amici e, nel rendersene conto, si colpì la testa con la mano sotto lo sguardo perplesso dal cameriere. Ricontrollò le fotografie, ma nessuna lasciava intendere se fosse da sola o in compagnia. Le immancabili telefonate le avrebbe gestite l'indomani, quella sera non avrebbe potuto sopportarle. Tornò quindi in camera, scollegò il telefono, si spogliò, si avvolse in un asciugamano e, dopo aver controllato che nessuno attraversasse il corridoio, si avviò alla vasca. Dopo un bagno rilassante e un sonno riparatore avrebbe affrontato la giornata seguente con maggior animo.

Tornata in camera, si coricò con il libro di Jean. Era ansiosa di conoscere il prosieguo della storia. Non poteva certo immaginare che quella bravata di tre o quattro giorni l'avrebbe trascinata, proprio come Jean, in un'avventura sconvolgente che le avrebbe cambiato la vita. Non avrebbe però tardato a scoprirlo.

8
Anno 1199

Un bosco risuona di rumori. Molti riconoscibili, come lo stormire delle foglie, lo scrosciare dell'acqua o il canto di alcuni uccelli. Altri meno e si prendono gioco della nostra mente portandoci sull'orlo, se non della pazzia, almeno della paranoia. Ciò provavo mentre ero diretto alla mia destinazione che pareva non voler arrivare mai.

Poco prima dell'alba, però, il bosco si diradò e, sull'altra riva del fiume, mi si presentò un paesello incoronato da una splendida chiesa. Si trattava senza dubbio di Vignonet, come mi aveva anticipato l'abate. Con un sospiro di sollievo, cercai il ponte che mi aveva indicato. Lo percorsi e attraversai i vigneti che mi separavano da Saint-Émilion.

Il paese dominava un altopiano e in quel momento potevo già ammirarne le prime case e la muraglia che lo proteggeva. Solo due porte permettevano l'accesso: una a nord e l'altra a sud. Mi diressi verso la seconda dato che era la più vicina oltre che la meno frequentata, stando a quanto mi aveva detto il vecchio. La trovai chiusa. Bussai fin quando non mi rispose un soldato.

«Chi va là? Cosa cercate all'alba a Saint-Émilion?», chiese infastidito per l'ora antelucana.

«Vengo dall'abbazia della Sauve-Majeure», risposi attenendomi alle istruzioni ricevute. «Mi manda l'abate Clement per allestire la chiesa per una funzione eccezionale».

«E quale sarebbe questa funzione?», diffidò il soldato.

L'abate mi aveva assicurato che la mia spiegazione sarebbe stata sufficiente a darmi accesso al paese, così mi trovai costretto a improvvisare. Cercai di mantenere la calma richiamando tutto l'autocontrollo possibile.

«Come immagino saprete, l'antico abate Pierre de Didone è mancato ieri. L'abate Clement mi invia a predisporre una celebrazione in suffragio della sua anima, che Dio l'abbia in gloria».

«Avanti! Non trattenetevi oltre, che il freddo della notte è traditore. Come mai non viaggiate a cavallo? Siete arrivato a piedi da lì?», si stupì a quel punto il soldato.

Decisi di sfruttare la compassione che la mia piccola impresa gli aveva risvegliato.

«Proprio così, amico mio! L'abate arriverà questa mattina con una parte della congregazione e non c'erano cavalcature a sufficienza per evitare a questo umile monaco la camminata notturna».

Le mie parole parvero accontentarlo e il soldato si congedò borbottando parole di pena per me e lamentele contro i superiori.

Guardai a est e mi avvidi che il sole cominciava a sorgere. L'alba mi aveva raggiunto prima che avessi portato a termine la mia missione. Mi avvolsi stretto nel mantello e avanzai a grandi passi verso la chiesa. Stando al resoconto dell'abate si trattava di una costruzione molto antica scavata nella roccia nella parte bassa del villaggio, non molto lontana dalla porta di accesso che avevo appena varcato.

In fondo alla strada vidi una porta incastonata in un arco di pietra sormontato da una croce. Mi fermai un istante sotto l'arco e, dopo aver guardato entrambi i lati della strada per accertarmi di non essere osservato, entrai. La porta cigolò sui cardini. All'interno l'oscurità era quasi totale. L'unica luce arrivava da una fiaccola posta accanto all'ingresso. La presi con la mano destra e avanzai cacciando indietro le tenebre.

Pur essendo parzialmente interrata, era una chiesa assai vasta. Impossibile immaginare quanto si fosse dovuto scavare per ricavare una navata centrale di quelle dimensioni.

Il rumore dei miei passi ruppe il silenzio. Con il cuore ormai impazzito, decisi di concentrarmi e di non pensare alle possibili conseguenze della mia impresa. Mi affrettai in fondo alla chiesa verso la scultura funebre di san Émilion, il santo da cui il paese aveva preso il nome. A figura intera distesa, era lunga più di un metro e scolpita in una pietra bianca ora annerita dal nerofumo delle fiaccole.

Cercai di valutarne il peso e la possibilità di spostarla. "Lo scoprirò solo provandoci", pensai. Mi posizionai alle spalle del santo e infilai le mani al di sotto. Cercai di sollevarla, ma non si mosse. Ritentai con più forza e stavolta la pietra cedette di una frazione impercettibile, così insistetti fino a spostarla di poco dalla sua posizione originaria. Il sudore mi ricopriva la schiena a dispetto dell'ambiente gelido in cui mi trovavo, ma raddoppiai gli sforzi e finalmente riuscii a staccarla dalla parete.

Alla luce della fiaccola scrutai attentamente il muro di mattoni a secco, in cerca del simbolo che l'abate aveva disegnato con un bastoncino sul pavimento della sua cella: il nodo di Salomone, un doppio ovale incrociato. Ed eccolo lì, incrostato dalla polvere dei secoli ma ancora visibile.

Estrassi un coltello e cominciai a rimuovere la calce intorno al mattone che cedette senza sforzo. Nel vano che si aprì incontrai con la mano un piccolo involto freddo. Lo estrassi dal suo nascondiglio e lo avvicinai alla luce per osservarlo con attenzione. Fino a quel momento nutrivo ancora scetticismo su tutta la vicenda, ma ormai ne toccavo con mano la prova definitiva. Aveva tutti i lati uguali, come un quadrifoglio di dimensioni uniformi. Era la rappresentazione fisica del simbolo disegnato a terra dall'abate. Non sembrava di pietra; la superficie era totalmente lucida, quasi brillante, e di un nero profondo.

Lo misi nella sacca di cuoio che tenevo al collo e mi rialzai. Non c'era nessuno nella chiesa a parte me ma la luce del mattino filtrava dalla porta socchiusa. Con uno sguardo valutai se rimettere a posto la statua, ma avrei rischiato di essere sorpreso a profanare la tomba e la paura cominciava ad attanagliare i miei pensieri.

Spensi la torcia, uscii in strada e mi avviai all'ingresso nord per non destare sospetti nella guardia incontrata poco prima. Attraversai la piazza principale e percorsi le anguste stradine. Gli abitanti del villaggio più mattinieri già aprivano le botteghe, uscivano in cerca di acqua o si dedicavano ad altre occupazioni. Camminavo con passo deliberatamente lento per non attirare l'attenzione, anche se nessuno sembrava meravigliarsi della presenza di un monaco. Non mi sentivo particolarmente nervoso, eppure strinsi la reliquia per infondermi calma. "Tra i miei antenati devono esserci stati dei ladri", pensai senza riuscire a trattenere un sorriso malizioso.

La porta nord si aprì davanti a me e vidi che, sotto lo sguardo vigile dei soldati, la varcavano i primi carri di verdure e chincaglierie. Mi coprii il capo con il cappuccio e accelerai il passo. Ero già al varco quando alcuni soldati bloccarono chi usciva.

«Alt! Aspettate!», gridò uno di essi. «Fate strada all'abate della Sauve e al suo seguito!».

Fui colto dal terrore. Ebbi giusto il tempo per una mezza giravolta verso uno dei banchi di seta che già offrivano in mostra la propria mercanzia. L'abate Clement, in groppa a un cavallo bianco, oltrepassò la porta accanto a quello che doveva essere il messo di Roma e imboccò la via che portava alla piazza principale. Poi, all'improvviso, fermò il cavallo proprio alle mie spalle e, per un attimo, temetti di essere stato scoperto.

«Aspettate un istante, abate Guy Paré», lo richiamò l'abate Clement in tono mieloso. «Sono certo che Sua Santità troverà squisita la seta di Saint-Émilion. Commerciante! Mostrateci le vostre stoffe più belle!», mi ordinò confondendomi con il venditore.

Intorno a me calò un silenzio carico di aspettativa. Se l'abate mi avesse riconosciuto, tutto avrebbe avuto termine prima ancora di cominciare, ma non potevo certo restare in silenzio senza destare sospetti. Per fortuna apparve il legittimo venditore a esporre le sue stoffe migliori all'abate che, dopo avermi rivolto un gesto sprezzante, concentrò la propria attenzione sulle sete in mostra. Sgusciai tra i curiosi verso la porta, di nuovo libera al transito in uscita. Con il cuore che batteva all'impazzata, superai l'arco e imboccai il sentiero che scendeva verso il bosco. Ormai lontano dal villaggio, cercai di tranquillizzarmi e riflettere; mi ero infatti reso conto che, totalmente preso dal furto appena commesso, non avevo pensato a come comportarmi una volta portato a termine.

Che cammino prendere? Dove andare? E, soprattutto, cosa avrei dovuto fare con ciò di cui ero entrato in possesso? Senza ancora avere ben chiaro quale sarebbe stato il mio passo successivo, risolsi che la scelta più conveniente era di allontanarmi da Saint-Émilion e cercare rifugio nel bosco fin quando non avessi meditato la mia mossa seguente.

9
Anno 33

«Vieni, accompagnami». Il tono di Giuda era enigmatico. «Devo mostrarti una cosa».

«Dove andiamo?». Giacomo diffidava.

«Tutte le tue domande troveranno risposta, ma non qui, in piena notte, dove orecchie indiscrete potrebbero ascoltarci».

Si lasciarono alle spalle le umili capanne del villaggio per scendere lungo un sentierino in mezzo a olivi e piccoli orti. Si stavano avvicinando al luogo in cui era stato deposto il corpo di Gesù. Giuda lanciava continuamente occhiate furtive all'indietro e intorno. Il suo nervosismo tanto palese finì per contagiare lo stesso Giacomo che cominciò a temere perfino le ombre che li circondavano; la notte ora gli appariva ancora più buia e insidiosa.

Si interrogò sugli amici che aveva scelto tra gli apostoli, sull'opportunità di fidarsi di alcuni ed eventualmente di quali, ma ormai era tardi per cambiare idea. Osservò Giuda camminare al suo fianco. Lo aveva sempre considerato un individuo particolare, poco propenso all'espansività, introverso e un po' aspro. Parlava di rado, ma le sue osservazioni erano appassionate, spesso poco apprezzate perché troppo dirette, ma pur sempre interessanti se si vinceva la reticenza iniziale. Era un animo solitario e più di una volta Giacomo si era chiesto cosa lo avesse spinto a seguire Gesù.

Giacomo sentiva che la fortuna lo aveva abbandonato e percepiva una sorta di aura fatale tutt'intorno a sé. Temeva un epilogo tragico per l'intera vicenda e la totale vanificazione della missione di Gesù, la cui prosecuzione gravava ora sulle sue spalle.

Superarono una curva del sentiero e lì, ai piedi di un piccolo masso circondato da ulivi, seminascosta da alcuni cespugli, Giuda gli mostrò una fenditura nella roccia che dava accesso a una piccola grotta. Inizialmente in dubbio se entrare o meno, Giacomo si risolse infine a fidarsi; oramai era arrivato fin lì e se l'amico avesse voluto impadronirsi della reliquia, avrebbe già approfittato dell'oscurità della notte.

La grotta era di piccole dimensioni tanto che, alla sola luce di due lanterne, era possibile vederne i confini. Su alcune pietre disposte al centro sedevano in silenzio tre figure. Una quarta stava in piedi, staccata dagli altri. Al loro ingresso, i quattro si voltarono e Giacomo riconobbe immediatamente Tommaso, scuro in volto e, in trepidante attesa, gli inseparabili Teodosio e Attanasio che si erano uniti a loro negli ultimi mesi. Formavano una coppia insolita: Attanasio, già avanti con gli anni, aveva i gesti pacati e il linguaggio contenuto di chi, avendo già vissuto a lungo, raramente si sorprende o si dimostra avventato. Teodosio, al contrario, incarnazione dell'energia giovanile, mostrava un acceso fervore verso il Maestro secondo solo alla sua voglia di vivere. Eppure erano inseparabili, sembravano aver incontrato l'uno nell'altro il necessario complemento.

La quarta figura era una donna. Aveva coperto il capo per passare inosservata, ma si svelò quando comprese chi era il nuovo arrivato.

«Maria Maddalena!», esclamò Giacomo.

«Mio buon Giacomo!», fu la sua risposta. I due si abbracciarono sotto lo sguardo silenzioso degli altri.

«Come stai?», si informò lui. «Ti ho pensato tanto in questi ultimi giorni».

La donna non rispose, bastò la tristezza nel suo sguardo. Non era necessario aggiungere altro, la sofferenza era palpabile in quel frangente. Nessuno disse una parola fino a che Giuda non si rivolse a Giacomo.

«Sei tra amici», lo rassicurò abbozzando un sorriso che voleva essere rassicurante. «Puoi fidarti di noi. Sappiamo della reliquia e non vogliamo che cada nelle mani sbagliate. Ora che il Maestro non c'è più siamo convinti che sia tu l'uomo adatto a proseguire la sua opera. È stato lui a sceglierti e tanto basta per noi».

Stordito da tale franchezza su una questione che fino a poco prima aveva creduto segreta, Giacomo sedette su una pietra senza aprire bocca. Anche gli altri scelsero il silenzio. Giacomo aveva la sensazione che troppi eventi si fossero susseguiti a sua insaputa. Gli stessi apostoli che negli ultimi mesi aveva considerato la sua famiglia, gli apparivano ora come nient'altro che un gruppo di cospiratori in confronto a lui, umile soldato in una guerra che non poteva né voleva comprendere. Le maschere però cominciavano a cadere, in prima linea si trovava proprio l'umile soldato e da lui dipendevano le sorti dell'intera guerra. Fu una sensazione così intensa da provocargli un capogiro in cui il pensiero di Gesù e della sua dolorosa assenza si fecero quasi palpabili. Guardò Maria Maddalena, che assentì come se comprendesse ciò che stava passando.

«Chi è il traditore?», si decise infine a chiedere dietro un sospiro rassegnato.

I presenti si scambiarono uno sguardo senza che nessuno avesse il coraggio di rispondere. Alla fine fu Tommaso a prendere la parola.

«Non ne siamo sicuri, Giacomo. Ne abbiamo discusso molte volte e non riusciamo a trovarci d'accordo. Abbiamo potuto solo avanzare supposizioni, ma oggi fugheremo ogni dubbio».

«Non capisco, Tommaso. Come è possibile fugare ogni dubbio? Siate trasparenti e non nascondete le vostre intenzioni». Si prese la testa tra le mani. Era stanco, affranto per la morte di Gesù, prostrato dall'incertezza e dai sospetti.

«Per questo ci siamo riuniti qui. Siamo convinti che il traditore agirà stanotte, è l'ultima possibilità prima che venga portato via il corpo. Non appena farà la sua comparsa, saremo lì per smascherarlo».

«E ti sei chiesto, mio buon Tommaso, cosa faremo una volta che lo avremo smascherato?», chiese Giacomo guardandolo negli occhi con un sorriso ironico. «Sono giorni che cerco di indovinare cosa farebbe Gesù nella nostra situazione. Aveva sempre una risposta per tutto, ma io non sono lui, nemmeno la sua pallida ombra. Forse sarebbe meglio consegnare la reliquia in mani più abili delle mie».

«No, Giacomo», intervenne Giuda scuotendo deciso la testa. «Questa sarebbe la via più facile. Hai appena detto tu stesso che Gesù aveva una risposta per tutto e si è fidato di te. Il Maestro non faceva niente senza una buona ragione».

Giacomo soppesò per qualche secondo le parole di Giuda, dettate dall'innocenza, dall'ingenua convinzione che le cose accadono solo perché lo crediamo. Lo guardò e prese la sua decisione.

«Allora lasciamo alla notte e all'alba del nuovo giorno le risoluzioni che noi non riusciamo a prendere».

Pochi istanti dopo, i cinque uomini lasciarono Maria Maddalena nella grotta e si avviarono in silenzio verso un piccolo rilievo dal quale era possibile controllare non visti il sepolcro di Gesù. Stabilirono dei turni di guardia e, mentre Attanasio copriva il primo, gli altri si ripararono dietro una roccia non potendo accendere un fuoco che avrebbe denunciato la loro presenza.

«Giacomo», cominciò Giuda dopo qualche istante di dubbio, «penso sia arrivato il momento di raccontarci tutto. Ce lo devi, credo».

Giacomo guardò a uno a uno i volti degli uomini che erano con lui. Vi si leggeva tensione e stanchezza, ma la franchezza e la determinazione nei loro occhi lo incoraggiarono a confidarsi.

«Non lo so, Giuda. Gli ultimi giorni sono stati molto strani... L'illusione diventa disperazione, gli amici si rivelano nemici e la verità... la verità mi si mostra davanti agli occhi tanto torbida quanto la nebbia che ci circonda».

Giacomo rifletté qualche istante se fidarsi o meno di tutti loro. Era sempre più scettico circa la scelta compiuta da Gesù. Pietro non avrebbe avuto i suoi dubbi e avrebbe saputo cosa fare della reliquia.

«Sì, forse è il momento», sospirò infine rassegnato.

«Puoi stare tranquillo», lo rincuorò Giuda sollevato. «Chiunque tra noi avrebbe dato la vita per il Maestro e siamo pronti perfino a immolarci pur di portare a termine il compito che ci ha affidato».

«In realtà non c'è molto da raccontare», rispose Giacomo stringendosi nelle spalle.

I ricordi lo riportarono alla sera dell'incontro con Gesù tra gli ulivi. Rivide quello sguardo profondo, quel misto di tristezza e determinazione mai visto in quegli occhi che lo avevano spinto a seguirlo e per i quali avrebbe dato la vita se Gesù glielo avesse chiesto.

«La sera dell'ultima cena, Gesù mi mandò a chiamare», cominciò a raccontare Giacomo, riavutosi dai propri ricordi. «Ci siamo trovati sulla piazza prima dell'incontro con gli altri. Mi disse che sospettava il tradimento e mi parlò della reliquia, anche se non per la prima volta. E, sì, hai ragione, Giuda, mi chiese di custodirla per restituirgliela in futuro».

La tensione divenne palpabile, alla fine era caduto il velo che a malapena aveva coperto il segreto. Immersi nelle proprie riflessioni, non sembravano avere altro da aggiungere.

«Venite! Si avvicina qualcuno!», chiamò Attanasio rompendo il silenzio.

Tutti si alzarono e si affacciarono dalla rupe. Quattro uomini avvolti nei mantelli si stavano avvicinando. Non riuscirono a distinguerli, perché avevano tutti il cappuccio sulla testa. Avanzavano in silenzio, in fretta, senza guardarsi intorno. Nel giro di un attimo arrivarono al sepolcro. Si posizionarono ai quattro angoli della pietra che lo sigillava. Non senza molti sforzi riuscirono a farla rotolare.

Giacomo allungò il collo cercando di guardare all'interno mentre due delle persone incappucciate vi penetravano. Dopo pochi secondi di attesa li videro tirar fuori il corpo e adagiarlo accanto alla pietra. Giacomo rabbrividì: era il corpo di Gesù. Fu sopraffatto dal pensiero insostenibile che non avrebbe più rivisto in vita l'uomo che gli aveva insegnato tanto su sé stesso e sulla natura umana. Quegli uomini lì in basso stavano compiendo un sacrilegio e la rabbia lo rodeva da dentro.

«È intollerabile!», esclamò alzandosi in piedi, ormai incapace di trattenersi.

«No, Giacomo!», esclamò Tommaso tirandolo per un braccio. «Aspettiamo».

Anche Giuda stringeva i pugni e Giacomo capì che, pur provando la sua stessa rabbia, la soffocava in attesa di quanto sarebbe accaduto al sepolcro.

Una delle figure si chinò a perquisire il corpo. A un suo rapido cenno, uno dei complici accese una lampada a olio e gliela pose accanto. L'altro proseguì l'ispezione con cura. Sotto i loro cappucci i membri del gruppo cominciarono a tradire l'impazienza, a guardarsi intorno nel timore di essere scoperti. La perquisizione continuava sempre più disperata finché, per via di un gesto particolarmente brusco, l'uomo lasciò cadere il cappuccio.

«Pietro!», esclamò Tommaso con gli occhi fiammeggianti d'ira. «Com'è possibile che sia lui il traditore? È sempre stato al fianco di Gesù, ha lasciato tutto per lui e adesso...».

Ammutolirono nel vedere le quattro figure incappucciate alzarsi e cominciare a discutere. Riposizionarono la lapide, sollevarono il corpo di Gesù e, a passo lento, si persero nelle ombre della notte.

«Dobbiamo seguirli», decretò Giacomo come risvegliandosi da una sorta di torpore. «Sbrigatevi, prima che spariscano».

«No, Giacomo», obiettò con decisione Tommaso. «Per adesso lasciamo stare. Ormai sappiamo ciò che ci premeva sapere. Mancano solo due ore all'alba e allora ci raduneremo per andare insieme a recuperare il corpo».

Tornarono alla grotta e, dopo aver informato Maria Maddalena su quanto accaduto, si persero ognuno nei propri pensieri. Quelli di Giacomo erano confusionari; andavano dalla tristezza per la morte di Gesù e la brama di potere del nuovo Pietro fino ai dubbi sul movente del tradimento ai danni del Maestro e sull'atteggiamento da adottare una volta che si fossero riuniti con tutti gli altri apostoli. Furono due ore interminabili che, nei lunghi mesi a venire, gli sarebbero tornate alla mente come alcune tra le più buie e solitarie della sua vita.

10
Anno 1199

L'abate Clement si compiaceva. Ancora qualche settimana e si sarebbe trovato al cospetto di Innocenzo III in persona, al quale avrebbe portato in dono, oltre ad alcune preziose sete della sua regione, il più grande regalo che un sommo pontefice avrebbe mai potuto desiderare.

Era stato un lungo cammino: l'ammissione al Consiglio dei guardiani della reliquia, la nomina ad abate protettore della Sauve-Majeure e, infine, la decisione di riportarla alla luce. I suoi meriti sarebbero stati finalmente riconosciuti e ne sarebbe seguita una rapida ascesa all'apice della gerarchia ecclesiastica romana. Forse, chissà, perfino la morte dello stesso Innocenzo III poteva essere ormai imminente.

Guardò di sottecchi l'abate Guy Paré che cavalcava alla sua destra. Era un individuo all'apparenza piuttosto sgradevole. Alto, magro e asciutto, un grande naso adunco e aquilino, occhi infossati in orbite profonde, un ciuffo di capelli lisci e radi a incoronare una testa ossuta e due orecchie grandi e appuntite. L'abito talare contrastava nettamente con la spada fissata alla cintura. In sella a un nervoso destriero nero, sembrava il ritratto della morte. A infastidire maggiormente l'abate Clement era però la profonda fede cristiana del suo omologo che, prima di mettersi in viaggio e, a dispetto di tutta la sua impazienza di arrivare a Saint-Émilion, lo aveva costretto a presenziare orazioni eterne nella cappella dell'abbazia.

Anche l'abate Guy Paré rifletteva sul futuro che l'attendeva e che si prospettava ben diverso da quello anelato dall'abate Clement. Guy Paré non aspirava al potere, né bramava sostituire Innocenzo III. Egli desiderava solo compiere la missione affidatagli da Dio: recuperare la reliquia e restituirla al legittimo proprietario. Ricevuta quella, Innocenzo III avrebbe potuto portare a termine l'impresa della sua vita, restaurare l'ordine a Roma e nello Stato Pontificio, esercitare la *Plenitudo potestatis*, indire una crociata di liberazione della Terra Santa e sconfiggere la crescente eresia catara del contado di Toulouse. Guy Parè si considerava un mero strumento: il lungo braccio che brandiva la spada. Spiò l'uomo che cavalcava alla sua sinistra. Non stimava neanche minimamente l'abate Clement. Lo trovava pigro e avido, privo di profondità nella fede e con l'ambizione come unico credo. Compiaciuto, ma senza mutare espressione, pensava che, una volta a Roma, si sarebbe occupato personalmente di infliggergli una fine rapida e dolorosa.

I due abati si fermarono davanti alla chiesa e Clement sentì crescere la propria impazienza. Da quando erano entrati a Saint-Émilion un pensiero molesto gli frullava per la testa, una sensazione strana e indefinita che si era impossessata di lui e che non riusciva a giustificare se non con l'eccitazione di aver portato a termine in modo eccellente il proprio incarico.

I due abati smontarono da cavallo ed entrarono nel tempio. Clement si stupì di non trovare fiaccole, dato che era consuetudine tenerne sempre una accesa per chi fosse entrato a pregare. Ordinò a un monaco di procurarne una. Quindi, gli intimò di lasciarli e chiudere la porta, raccomandandogli di non far entrare nessuno. Non appena il monaco fu uscito, si diressero in fondo alla navata. L'abate Guy Paré manteneva un'espressione impenetrabile, in netto contrasto con l'esultanza di Clement.

Subito, però, a entrambi si ghiacciò il sangue nelle vene. La statua di Saint-Émilion non era al suo posto e il buco nella parete a secco alle sue spalle pareva una bocca sdentata aperta in una risata beffarda. La tomba era stata profanata e la reliquia era scomparsa.

Fu allora che Clement interpretò come premonizione l'insistente inquietudine che aveva provato al suo ingresso a Saint-Émilion. Rammentò il monaco al mercato. Qualcuno dell'abbazia li aveva preceduti e trafugato la reliquia davanti ai suoi occhi. Emise un grugnito di sorpresa e disappunto. Girò su sé stesso e, seguendo l'abate Guy Paré che aveva reagito perfino prima di lui, si precipitò all'esterno.

Mentre rimontavano a cavallo, Clement espose i propri sospetti all'altro abate, quindi, si rivolse ai monaci che li accompagnavano e che li guardavano meravigliati.

«Tornate alla Sauve più in fetta possibile! Fermate tutti quelli che erano fedeli a Pierre de Didone e attendete lì nostre istruzioni!».

Nel momento in cui i suoi uomini si diressero a sud di ritorno alla Sauve, Clement e Guy Paré galopparono per le anguste stradine del villaggio verso la porta nord, tra gli abitanti di Saint-Émilion che si scansavano facendo largo spaventati.

11
Anno 2019

La voce di un edificio antico è unica. Scricchiola, protesta e cigola come una creatura mitologica al risveglio dopo un lungo sonno. Un'immagine che a Marta era sempre piaciuta; riconosceva una personalità all'intera costruzione.

Nella sua camera al Couleuvrine si stiracchiò sotto le lenzuola, godendosi il momento. Erano poche le volte in cui poteva farlo, forse per colpa della quotidiana tirannia della sveglia o dell'assillo ancora più tiranno della sua gatta che, indipendentemente dal giorno della settimana, saltava puntuale sul letto a ricordarle che lo scopo principale della sua vita era rifornirla di cibo e carezze. Eppure quel giorno sentì la mancanza degli occhi verdi e del morbido pelo di Raisha, ora sua unica compagna di vita. Ne era stata conquistata anni prima e si stava dimostrando una grande consolazione dopo la rottura con Diego.

Si alzò con un gran sorriso, un forte appetito e la voglia di cominciare la propria avventura, ma dovette aspettare prima di attraversare il corridoio verso la vasca da bagno. Era l'ora in cui gli altri ospiti scendevano a fare colazione. Sentendosi un po' stupida avvolta in un asciugamano con l'orecchio incollato alla porta, raggiunse infine la doccia e, sotto il getto d'acqua, accompagnata dal tintinnio dei piatti nella sala ristorante, pregustò il profumo di caffè appena preparato.

Nel bar dell'albergo, si viziò con un friabile croissant e un delizioso caffè e pianificò gli spostamenti della giornata.

Il programma era semplice: seguire per filo e per segno i luoghi descritti da Jean, sempre che esistessero ancora. Era già stata alla Sauve-Majeure e quel giorno sarebbe arrivata a Saint-Émilion per visitare la chiesa in cui Jean aveva prelevato l'oggetto misterioso. Si rifiutava di considerarlo un furto. Non desiderava altro che accarezzare la pietra che Jean, aveva spostato con tanto sforzo poco prima dell'arrivo degli abati.

Saldò il conto della camera e uscì incontro a un passato che credeva morto e sepolto, ma che l'avrebbe presto smentita. Tra le mura diroccate delle chiese e delle abbazie, accucciata tra le pietre, dormiente, la Storia attendeva solo di essere risvegliata.

12
Anno 33

Poco prima del sorgere del sole, Giacomo, Tommaso e Giuda si diressero verso il luogo in cui avrebbero dovuto incontrare gli altri apostoli. Non erano riusciti a definire in che modo procedere, per cui decisero di attendere gli eventi. Quando arrivarono, il gruppo li aspettava taciturno. Giacomo notò Pietro osservarlo con grande curiosità. In un pesante silenzio, Giovanni si alzò e, appurato che non mancava nessuno, prese la parola.

«Il momento è giunto», esordì in tono solenne. «Se qualcuno non è d'accordo con ciò che stiamo per fare, parli ora».

Si guardarono l'un l'altro. Giacomo si soffermò su Pietro. Pur se assorto nei propri pensieri, questi alzò la testa con un sorriso che, nelle tenebre della notte, a Giacomo parve sinistro, quasi crudele e che rivelava che era a conoscenza del suo segreto. Giacomo comprese in quel momento che le maschere erano cadute: Pietro sapeva che la reliquia era nelle mani di Giacomo ed era chiaramente disposto a tutto pur di ottenerla.

A uno a uno si alzarono e si avviarono al sepolcro. Giacomo si chiedeva come avrebbero reagito gli altri trovando la tomba vuota; pensava a Pietro e ai suoi complici ancora senza volto e al sorriso enigmatico che gli aveva rivolto qualche minuto prima.

Arrivarono proprio quando i primi raggi del sole cominciavano a illuminare il mondo. Alcuni si apprestarono a spostare la pietra, mentre la maggior parte aspettava lì intorno, con gli occhi fissi sul sepolcro. In due spinsero l'enorme pietra e la fecero rotolare il minimo indispensabile a permettere l'accesso. Giacomo alzò la testa e vide Pietro guardarlo di sottecchi.

«È vuota!», si udì allora esclamare dall'entrata del sepolcro. «Il corpo di Gesù è scomparso!».

«Tradimento!», gridò Pietro come se non avesse aspettato altro.

Giacomo prese quindi coscienza che si trattava di un'accurata messinscena. Di colpo risuonarono tutt'intorno le spade sguainate e diversi uomini armati sbucarono dai cespugli. Anche Pietro, Paolo e Giovanni sfoderarono le loro armi, animati da una fredda determinazione. Non era uno scontro alla pari: Giacomo aveva con sé solo Tommaso e Giuda contro i sette che spalleggiavano Pietro. I restanti apostoli osservavano la scena attoniti. L'esito di quel confronto dipendeva da ciò che avrebbero fatto questi ultimi.

Pietro si rivolse quindi a Giacomo in tono spietato. «Getta la spada, Giacomo, e consegnaci la reliquia. Nessuno deve uscirne ferito».

«Mai, Pietro!», si oppose con decisione Giacomo, fomentato dalla rabbia e dall'indignazione; solo qualche ora prima sarebbe stato disposto a consegnargliela, ma non con la forza. «Che diritto credi di avere per reclamare ciò che Gesù non ha voluto lasciare a te?», chiese recuperando sicurezza. «Che potere ti arroghi per decidere per conto tuo il destino di tutti noi?».

Pietro scoppiò in una fragorosa risata, ma perfino questa suonava falsa. Abbassò la spada e si guardò intorno, invitandolo a confrontare i rispettivi eserciti.

«È mio diritto e mio potere!», dichiarò indicando i suoi uomini. «Solo io ho la saggezza e la forza necessarie per reclamare la reliquia, non certo un pusillanime la cui principale virtù è la stessa obbedienza cieca che una pecora riserva al proprio pastore», aggiunse in tono sprezzante. «È su di me che Gesù sosteneva di voler fondare la sua Chiesa. Io sono il prescelto».

Con gli occhi iniettati di sangue, Giuda avanzò verso Pietro a spada sguainata, ma Paolo e Giovanni si interposero. A quel punto Giacomo ritenne più giusto cedere per limitare i danni. Proprio in quel momento, però, arrivarono di corsa altri due uomini e l'ultima speranza lo abbandonò. Poi sentì Giuda gridare che si trattava di Teodosio e Attanasio.

«Scappate!», gridò Teodosio avventandosi coraggiosamente su Pietro.

Con un violento spintone, Giuda costrinse Giacomo a correre via insieme a lui e Tommaso. Il clangore delle spade si perdeva in lontananza alle loro spalle man mano che i primi raggi del sole apparivano all'orizzonte. Corsero senza mai voltarsi indietro, ascoltando gli inseguitori farsi sempre più vicini.

Arrivarono sulle rive di un ruscello piccolo ma profondo, sormontato da un ponticello stretto oltre il quale li attendeva il silenzio del bosco. Ormai sulla sponda, valutarono che i quattro uomini, tra cui anche Pietro, sarebbero stati loro addosso in un istante.

«Li tratteniamo noi», propose Giuda con lo sguardo indurito dalla rabbia. «Ci vediamo al molo, se tutto va bene».

«Mai, Giuda», rispose Giacomo scuotendo il capo. «Non vi lascerò da soli. In tre possiamo batterli».

«Non temere per noi, è te che cercano», si intromise Tommaso mettendogli una mano sulla spalla. «Vai e aspettaci al molo all'ora seconda».

Alla debole luce del sole nascente, Giacomo gettò un ultimo sguardo ai suoi amici e più di ogni altra cosa al mondo desiderò di rivederli vivi. Avevano ragione: se voleva evitare che la reliquia cadesse nelle mani di Pietro, doveva proseguire senza di loro. Non era però del tutto consapevole delle conseguenze della sua decisione, la prima di molte che avrebbe preso nei mesi a venire.

Dopo un cenno di addio, attraversò il ponte e si addentrò nel bosco. Corse per un centinaio di metri fermandosi solo quando ritenne di avere un discreto vantaggio su chi lo inseguiva. Si acquattò tra i cespugli e lì rimase immobile, evitando di causare il benché minimo rumore che potesse rivelare la sua presenza. Era immerso nel silenzio più assoluto. Senza quasi rendersene conto, la stanchezza per una notte intera di veglia e il tormento delle preoccupazioni, lo trascinarono in un sonno profondo. O forse, chissà, fu un'altra mano ad accompagnarlo nel mondo dei sogni.

Tra le nebbie oniriche, si ritrovò in un paesaggio sconosciuto, una distesa di sabbia e sassi che si estendeva per diverse leghe. Lentamente, attraversava quel deserto una carovana composta da una decina di uomini a dorso di cammello. Provenivano da un paese remoto; la loro lingua e l'abbigliamento gli erano sconosciuti. Coperti di polvere e sudore, nonostante il calare della sera, continuavano caparbiamente la loro marcia. Si dirigevano verso una città lontana attraversata da un fiume sacro sulle cui sponde gli uomini avevano costruito gigantesche ruote di legno, alcune alte più di quaranta piedi. Giravano cigolando e scricchiolando mentre l'acqua saliva dal letto del fiume fino alle enormi strutture di roccia che la trasportavano ai ricchi palazzi della città.

L'immagine mutò nuovamente, mostrandogli ancora una volta la carovana nel deserto. Il vento cominciava a soffiare e la sabbia ruggì sollevandosi come uno sciame, seminando sconcerto tra i viaggiatori. Il fragore aumentò e il vento si trasformò in una grande tormenta che disarcionò quelli che erano a dorso di cammello, disperdendo il gruppo. I cammelli presero la fuga e gli uomini vagavano senza meta, proteggendosi al meglio da quell'inferno.

Quando la tempesta si fu calmata, le dune erano disseminate di cadaveri. La scena rimase fissa fin quando una figura scura cominciò a scendere da una grotta su una collina vicina. Giacomo tardò qualche secondo a riconoscere Gesù, perché l'aspetto era molto diverso da quello che aveva conosciuto. Giovanissimo, ossuto e imberbe, era quasi un'ombra. Osservò i corpi e scoprì un alito di vita nell'ultimo. Senza perdere un solo istante, lo sollevò tra le braccia con una forza inaspettata in un uomo di così esile costituzione, e lo portò alla grotta.

Passarono i giorni. Le cure che Gesù offriva al suo paziente operarono il miracolo, i postumi dei suoi patimenti svanirono e cominciò la guarigione. Quando si fu ripreso del tutto, arrivò il giorno della partenza. Gesù uscì all'imbocco della grotta per salutarlo. Prima di riprendere la marcia, l'uomo frugò tra le pieghe della tunica e ne estrasse un piccolo oggetto che gli porse. Gesù si mostrò grato ma lo rifiutò finché, davanti all'insistenza dell'altro, si decise ad accettarlo. L'uomo fece mezzo giro e riprese il cammino senza dire una parola. Gesù lo guardò allontanarsi, pensieroso. Alla fine abbassò gli occhi e osservò l'oggetto ricevuto in dono.

In quel momento Giacomo si risvegliò. Quello stesso oggetto era ora appeso al suo collo.

13
Anno 1199

Mi ero lasciato alle spalle il villaggio di Saint-Émilion. Raggiunsi il ponte per riattraversare il fiume Dordogna e decisi che, una volta sull'altra sponda, avrei lasciato il sentiero per addentrarmi nel bosco. Oltre al timore di essere inseguito, mi preoccupava non trovare niente da mangiare, dato che le scarse provviste che avevo preso dall'abbazia si sarebbero presto esaurite.

Quando finalmente scorsi il ponte, un lontano rumore di zoccoli mi strappò ai miei pensieri. Per un attimo temetti che l'abate mi avesse raggiunto, ma il galoppo proveniva dalla direzione opposta a Saint-Émilion. Non riuscivo ancora a vedere chi si avvicinava, impedito dalla curva del sentiero, così mi nascosi dietro alcuni arbusti.

Il cavaliere che apparve sul sentiero rallentò la propria cavalcatura e attraversò il ponte al mezzo trotto mentre osservava il villaggio da lontano. Nel giro di qualche istante, si fermò proprio all'altezza del mio nascondiglio, dandomi così la possibilità di osservarlo attentamente. Era un uomo molto giovane, alto, moro, dai lineamenti aggraziati e gli occhi scuri. Aveva la pelle cotta dal sole e ricoperta da un velo di polvere del sentiero. Cavalcava un destriero nero come i suoi abiti, senza alcun ornamento visibile. Lo cingeva una lunga spada dalla guaina consunta. L'assenza di guarnizioni o stemmi suggeriva un desiderio di passare inosservato, ma di certo otteneva l'effetto contrario.

Subito la mia attenzione fu attirata dall'impugnatura della spada. Aveva un simbolo stranamente simile all'oggetto ora al sicuro nella mia sacca. Non potei trattenere un brivido. Non credevo nel caso. Mi tornarono alla mente le parole pronunciate dal musico nel bosco solo qualche ora prima.

«Se avete intenzione di attaccarmi, vi consiglio di pensarci due volte», disse allora in tono calmo e disinvolto.

Mi si accapponò la pelle al vedermi scoperto con tanta facilità.

«Non avevo intenzione di attaccarvi. Temevo semmai l'opposto», chiarii nervoso.

«E che cosa possedete di così tanto valore da temere di essere aggredito? Anzi, no, non mi rispondete», aggiunse con un sorriso ironico. «L'ignoranza è il miglior modo di evitare la tentazione».

«Chi siete?», chiesi vincendo l'iniziale diffidenza. «Io mi chiamo Jean e vado a Rocamadour. Vengo da Santiago, dove ho visitato la tomba del santo», mentii.

Il cavaliere inclinò il capo per osservarmi e fece un sorriso più ampio, come se qualcosa nella mia voce avesse smascherato la mia menzogna.

«Il mio nome è Roger de Mirepoix e vengo da Carcassonne. Sono albigese e la ragione per cui sono qui non vi riguarda», rispose con un gesto distratto della mano. «Sareste però così gentile da dirmi se quel villaggio è Saint-Émilion?»

«Sì, così è. Si tratta di Saint-Émilion», risposi alquanto perplesso dal suo comportamento.

«Bene, vi ringrazio dell'informazione, pellegrino». Il cavaliere raddrizzò la schiena e mi osservò incuriosito, come se mi vedesse per la prima volta. «Vi auguro buona fortuna per il vostro cammino».

Detto ciò, spronò la sua cavalcatura e si diresse in fretta verso il villaggio. Da parte mia rimasi a rimuginare sul simbolo che avevo visto inciso sulla spada e sulle ultime parole dell'anziano abate. *Non sarai solo, restano ancora alcuni uomini che mi sono fedeli e che potranno aiutarti in questa impresa.* Di contro, mi aveva anche raccomandato di non fidarmi di nessuno e forse era solo un caso.

Lasciai i cespugli e attraversai il ponte. Non riuscivo a togliermi dalla testa l'uomo a cavallo. Quando tornai al limitare del bosco da cui ero emerso solo poche ore prima, guardai il villaggio per l'ultima volta. Fu allora che li vidi. I due abati e il cavaliere nero si erano incontrati sul sentiero e tutti e tre parlarono guardando dalla mia parte.

Fuggii terrorizzato. La persecuzione era cominciata.

14
Anno 2019

I vicoli di Saint-Émilion, caratterizzati da pavimentazioni lastricate e antiche case in pietra ben curate, erano percorsi da turisti in cerca di vini regionali e intenzionati a visitare ogni angolo del paesino. Seguendo una piccola mappa fornitale dall'albergo, Marta trovò la chiesa dove Jean aveva recuperato la reliquia. La notte prima, dopo una ricerca in internet, aveva scartato l'altra basilica del paese, troppo moderna. Nel 1200 esisteva solo la chiesa monolitica.

Si sarebbe aspettata un eremo raccolto, invece la costruzione scavata nella roccia calcarea quasi un millennio prima era enorme; era composta da un'ampia navata centrale e due laterali di dimensioni quasi equivalenti.

Una volta dentro, cercò ovunque la statua di Saint-Émilion, ma non ne trovò traccia. Tornò alla porta per chiedere informazioni all'addetto all'ingresso che era assorto nei propri pensieri con un'espressione di noia sdegnata.

«Saprebbe dirmi dove si trova la statua del santo?», domandò in francese Marta con un sorriso innocente.

«Quale statua?», ribatté interdetto.

«La statua di Saint-Émilion che è conservata qui».

L'uomo la guardò corrucciato, come se non sapesse di cosa stesse parlando.

«Non c'è mai stata una statua del santo qui, mi creda», affermò di fronte all'espressione incredula di Marta. «Lavoro qui da venticinque anni e non ho mai sentito parlare di una statua».

Marta mormorò delle scuse e si allontanò verso l'interno della chiesa. Era delusa; aveva dato per scontato che la statua fosse ancora lì, in attesa che lei, l'unica persona vivente a conoscenza di eventi occorsi ottocento anni prima, venisse a visitarla. Si era lasciata trasportare dall'immaginazione e aveva seguito una traccia persa ormai da secoli. Frustrata, abbandonò la chiesa e si diresse alla macchina. Sarebbe tornata a casa, avrebbe consegnato il libro e ripreso la sua vita. Quella ricerca non era che una fuga dai suoi problemi, dalla sua rottura con Diego. Era ora di affrontare la realtà da adulta.

Lasciò Saint-Émilion in direzione sud. La strada si snodava verso il fiume e, in basso dietro una curva, vide il ponte, un elemento moderno che senza dubbio aveva sostituito tempo prima quello utilizzato da Jean in fuga dagli abati.

Stava quasi per attraversarlo, quando si bloccò di colpo. Seminascosto tra gli alberi, a circa un centinaio di metri risalendo il fiume, c'era un altro ponte molto più antico, di epoca romana forse; resisteva lì, appartato, inutile, a invecchiare lentamente. Marta scese dall'auto e lo raggiunse in fondo a un sentierino sterrato. Il ponte si conservava in buono stato, anche se mancante di varie pietre e quasi totalmente inghiottito da muschi, licheni e felci. Vi immaginò Jean nascosto al di sotto, smarrito, senza ricordi, che osservava terrorizzato la conversazione tra il cavaliere nero e i due abati.

Allora lo scorse. Appena visibile in una delle pietre del ponte c'era un piccolo segno che solo il suo occhio allenato avrebbe potuto individuare. La firma che un orgoglioso capomastro aveva lasciato a testimonianza del suo lavoro. Era ancora lì, dopo duemila anni, a indicarle che il passato poteva sopravvivere al tempo, che bisognava solo saper guardare.

Non era quello il momento di tirarsi indietro: Jean la chiamava e Marta avrebbe risposto al suo richiamo. Fintanto che le pietre avessero continuato a parlarle.

15
Anno 1199

Senza guardare indietro un solo istante e preso da un panico atroce mi addentrai nel fitto bosco e corsi tanto che i polmoni mi parvero sul punto di esplodere. Non mi azzardavo a fermarmi e ogni secondo mi pareva di udire il galoppo dei cavalli in avvicinamento. Incerto se riprendere lo stesso sentiero che mi aveva condotto a Saint-Émilion, decisi infine di evitare l'abbazia e la rotta che presumibilmente avrebbero scelto i miei inseguitori. A poco a poco il cuore tornò a un ritmo normale e la paura mi abbandonò lasciando il posto all'angoscia che mi avrebbe accompagnato per il resto del giorno.

Non conoscevo alcun luogo in cui rifugiarmi: mi sforzavo di ricordarne qualcuno, un'immagine, un viso amico, ma la mia mente era ancora vuota. Optai per la direzione opposta a quella che avevo comunicato al cavaliere nero, nella speranza di avere maggiori possibilità di sfuggirgli.

A quel punto mi venne un'idea. Come il trovatore in cui mi ero imbattuto nel bosco la notte prima, sarei andato a Santiago di Compostela. Lì, tra i numerosi pellegrini che vi si recavano per visitare la tomba dell'apostolo, sarei di certo passato inosservato. Mi dispiaceva dover abbandonare la regione e, con essa, la ricerca della mia identità, ma senza sapere ancora bene perché, mi sembrava logico dirigermi proprio nel luogo in cui aveva avuto origine la reliquia che ora custodivo. Forse lì avrei scoperto cosa farci o come proteggerla dalla persecuzione di Roma, o magari consegnarla ad altri.

Al calare della notte individuai un luogo adatto a dormire, distaccato dal sentiero. In una radura trovai una quercia circondata d'erba che mi avrebbe offerto un morbido giaciglio su cui distendermi. Consumai in silenzio le ultime provviste, confidando nelle numerose chiese, monasteri e ospedali in cui il pellegrino riceveva aiuto, cibo e un letto per riposare. Stesi il mantello sull'erba, mi ci avvolsi e, con il favore delle tenebre, fui preso quasi all'istante dal sonno. Sapevo poco dei pericoli che si diffondevano in un bosco al calare del sole, se l'avessi saputo probabilmente non avrei chiuso occhio per l'intera notte, ma l'ignoranza, lo sfinimento e la buona sorte mi garantirono una notte intera di riposo.

La mattina seguente si presentò con un'insistente pioggerella che non aiutò a risollevare il mio animo abbattuto. Lo stomaco mi sollecitava a rimediare qualcosa da mangiare prima di proseguire. Avrei prima cercato un luogo in cui fare provviste, quindi mi sarei diretto a sud per attraversare la Garonna. Il passaggio del fiume rappresentava il punto critico del mio viaggio. Nutrivo la speranza che quanto più mi fossi allontanato dalla Sauve-Majeure, tanto maggiori sarebbero state le mie possibilità di seminare chi mi inseguiva.

La pioggia si rivelò una meravigliosa alleata. A malapena incontrai qualche viandante ed erano comunque troppo preoccupati di arrivare a destinazione e ripararsi dall'acquazzone per interessarsi all'ennesimo vagabondo in quel mondo ostile in cui ogni incontro inaspettato poteva comportare risvolti negativi.

A mezzogiorno arrivai in un villaggio chiamato Athala. Nel tentativo di passare inosservato, mi diressi al mercato; non era certo strano che un monaco acquistasse da mangiare, ma in caso qualcuno avesse posto domande indiscrete, si sarebbero di certo ricordati di me. Comprai pane, un formaggio, qualche striscia di carne secca un po' di frutta, un coltello per tagliare il formaggio, oltre che per difendermi, e un otre per l'acqua. Non mi restava altro denaro, perciò abbandonai l'idea di un mantello nuovo.

Ripassai mentalmente le necessità che avrei incontrato nel mio viaggio, ma non mi venne in mente nient'altro. «Non farti illusioni», mi ammonii demoralizzato. «Non sei un pellegrino, avrai sicuramente tralasciato qualcosa di essenziale».

Mi allontanai dal mercato e ripresi la strada. La pioggia aveva lasciato il posto al sole e alcune donne del villaggio erano intente a stendere i panni davanti alla facciata delle loro case. Fu l'intuizione di un momento. Controllai i due lati della strada, mi guardai alle spalle e, infine, mi nascosi in una casa con il bucato già steso. Nessuno sembrava prestarmi attenzione, così, tremante, mi avvicinai al filo e ne staccai in tutta fretta un grande mantello. Al suo posto lasciai il mio cercando di autoconvincermi che si trattasse di un semplice scambio. Avvolto in quel tessuto nuovo riflettevo sull'ironia di aver provato più nervosismo per il furto di un semplice mantello che di un oggetto di valore. Mi guardai di nuovo intorno, accelerai il passo e mi lasciai alle spalle le ultime case del villaggio.

Per tutto il giorno attraversai pascoli e boschi e mi fermai solo di tanto in tanto lungo i ruscelli per placare la sete e rinfrescare le membra stanche. Era evidente che non ero abituato a quel genere di fatiche; quale che fosse la mia occupazione nella vita precedente, senza dubbio non comportava l'impiego di grandi sforzi fisici, né lunghe marce sui sentieri. Mi ritrovai così a riflettere sul vuoto di memoria che occupava la mia mente in merito a tutto quanto accaduto prima del mio soggiorno alla Sauve-Majeure. Chissà se qualcuno aveva notato la mia assenza, se una donna mi stesse aspettando da qualche parte.

Assorto in tali pensieri non mi resi immediatamente conto dell'imminente pericolo che incombeva su di me. Un improvviso rumore di zoccoli di cavallo mi risvegliò dalle mie fantasticherie e, quando mi ritrovai davanti i due abati, era già troppo tardi.

Uno strano silenzio calò tra di noi, interrotto solo dal nitrito delle cavalcature o dal vento che stormiva tra gli alberi; il tempo parve fermarsi. I miei persecutori mi trafissero con lo sguardo, come lupi sulla preda. L'abate Guy Paré si allontanò di qualche metro con un'espressione profondamente concentrata, mentre l'abate Clement scopriva i denti in un sorriso crudele, godendosi la scena.

«Ladro!», ruggì l'abate Guy Paré con uno sguardo di trionfo. «Restituisci quello che non è tuo e che hai profanato. E dopo muori e vaga fino alla fine dei tempi nell'inferno degli eretici».

Non avevo scampo. C'era poco che potessi fare contro due uomini a cavallo armati di spada e disposti a tutto. Battermi non sarebbe servito a nulla e cercare di fuggire avrebbe solo prolungato la mia agonia. "Bene", mi dissi allora. "Qui termina la mia missione. È successo prima di quanto sperassi, ma in fondo non avevo mai creduto di poterla portare a termine con successo".

All'improvviso, in fondo al sentiero riecheggiò il galoppo di un altro cavallo e l'attenzione dei due abati volse per un attimo in quella direzione. Sguainarono entrambi le spade e si misero sulla difensiva. Il galoppo si avvicinava rapidamente; mi girai pieno di speranza in quel diversivo. Quindi apparve il cavaliere nero che teneva ben salde le briglie con la mano sinistra e nella destra brandiva la spada con lo strano simbolo. Per un attimo mi soffermai sul luccichio concentrato e imparziale nei suoi occhi. La mia ultima speranza era svanita. Non ebbi nemmeno il coraggio di muovermi dalla mia posizione e, quasi sollevato, rimasi in attesa della mortale calata della lama sulla mia testa.

Il cavaliere nero si sporse su di me ma, invece del freddo dell'acciaio, percepii un soffio d'aria quando il cavallo mi schivò all'ultimo momento. Il tintinnare delle spade mi distolse dalla mia immobilità e allora vidi i tre cavalieri impegnati in combattimento. Nonostante si trovasse in svantaggio, il cavaliere nero teneva a distanza i suoi nemici. L'abate Clement era un pessimo spadaccino; al contrario, Guy Paré appariva versato nelle armi. Presto lo scontro si ridusse a un duello. Clement interveniva con poco successo quando le circostanze lo permettevano. I cavalli si impennavano e nitrivano traspirando vapore mentre i cavalieri cercavano di farli girare secondo le necessità della contesa.

Ammirai sorpreso la destrezza del mio salvatore, che pareva quasi danzare sul proprio cavallo. La sua spada disegnava archi puliti e controllati mentre l'animale anticipava i suoi desideri con la stessa tranquillità del padrone. Il cavaliere nero fece una finta e colpì di lato la spada dell'abate Guy Paré che, per un attimo, perse il controllo del suo cavallo. Riuscì a recuperare, ma il suo avversario attaccò di nuovo e stavolta lo trovò impreparato. L'abate ebbe giusto il tempo di interporre la propria spada, ma il colpo lo disarcionò. Batté a terra la testa prima ancora del resto del corpo e rimase immobile sull'erba.

L'abate Clement approfittò della situazione per piombare addosso al cavaliere nero. Dalla gola mi sfuggì un grido ma, come mosso da una molla, quest'ultimo reagì appena in tempo per parare il colpo e lanciare una stoccata quasi alla cieca. La lama della spada attraversò con sorprendente facilità il petto dell'abate che rimase a guardarla con un'espressione a metà fra l'incredulità e lo sconcerto. Senza emettere neanche un gemito, cadde da cavallo e rimase bocconi a terra; un'enorme macchia di sangue si allargò rapidamente intorno mentre la luce si spegneva nei suoi occhi.

A quel punto il cavaliere smontò da cavallo e si avvicinò ai due corpi caduti. Rimase per un attimo a contemplare la vistosa ferita dell'abate Clement, quindi si avvicinò all'abate Guy Paré per tastargli il polso. Alla fine, rinfoderò la spada e si girò verso di me che osservavo esterrefatto la scena.

«Sali!», disse con tono urgente. «Dobbiamo fuggire al più presto».

Salii in groppa al cavallo che si agitò inquieto, forse eccitato dall'odore di sangue e dalla fatica della battaglia. Il cavaliere nero rimontò in sella e, sotto il sole della sera che già iniziava a calare, ci perdemmo in lontananza, lasciandoci alle spalle i corpi dei nostri nemici.

Cavalcammo finché l'oscurità non si addensò intorno a noi. Le mie membra cominciavano a intorpidirsi per il freddo e l'inattività. Avevo già perso le speranze che quella corsa interminabile arrivasse a una conclusione, certo che da un momento all'altro sarei caduto da cavallo per puro sfinimento, quando il cavaliere si fermò ai piedi di un piccolo promontorio.

Smontò e aiutò me a fare altrettanto. Salimmo la collina a piedi e ci fermammo nei pressi di un boschetto in un punto in cui si poteva scorgere un buon tratto del sentiero.

«Ci riposiamo un paio d'ore, poi ripartiremo», disse quasi senza guardarmi.

«Hai ucciso chi ci inseguiva», protestai irritato. «Non potremmo riposare un po' più a lungo?».

Il cavaliere nero mi scrutò attentamente come interdetto dalle mie rimostranze.

«Forse dovresti cominciare col ringraziarmi per averti salvato la vita», ribatté accompagnando l'osservazione con una smorfia sarcastica. «Uno di loro non è morto, è solo incosciente. Presto si rimetterà a inseguirci e non da solo. Non vorrai mica stare qui seduto ad aspettarlo, vero?».

Stavolta fui io a guardarlo incuriosito, come se lo vedessi per la prima volta.

«Perché non l'hai finito quando avresti potuto?»

«Perché non tolgo la vita a un uomo, a meno che la mia o quella di un innocente non si trovi in grave pericolo. Va contro ciò in cui credo».

16
Anno 2019

Seduta in auto con il libro tra le mani, Marta rilesse l'episodio dell'arrivo ad Athala e dell'incontro di Jean con gli abati e il cavaliere nero. Ne dedusse che quello in cui viveva Jean era un mondo pericoloso in cui la vita e la morte erano solo questione di fortuna. Un mondo molto diverso dall'attuale.

Fissò la sua tappa successiva proprio ad Athala, tuttavia, quando lo digitò, il navigatore satellitare non rilevò alcuna località corrispondente. Il nome, la dicitura o forse il paese stesso non esistevano più. Controllò allora su Google e in pochi minuti verificò che Athala non era che l'antico nome di un piccolo villaggio, oggi denominato Sauveterre-de-Guyenne.

Quando lo raggiunse ebbe la riprova che il luogo conservava ancora tracce del suo passato. Ripercorse le stradine cercando di immaginarvi Jean rubare il mantello e acquistare provviste. Mangiò nel ristorantino dell'albergo e dedicò il tempo del caffè a decidere la tappa successiva.

Da qualche parte più a sud, Jean era stato salvato dal cavaliere nero. Per quale motivo? Era difficile spiegare il comportamento di un soldato che difendeva un ladro da due abati fino a ucciderne uno. Jean non forniva alcuna spiegazione nel suo racconto, ma il fatto che avessero proseguito il cammino insieme, lasciava intendere che il cavaliere nero sapesse qualcosa. Forse, dopo aver incontrato i due abati al ponte, era entrato nel villaggio, aveva scoperto il motivo per cui lo inseguivano ed era tornato indietro per proteggerlo. Era evidente che la sua comparsa non fosse stata un caso, ma cosa stava cercando il cavaliere?

17
Anno 1199

I giorni seguenti furono un incubo.

Il cavaliere nero a malapena mi dava tregua e le giornate si susseguivano una uguale all'altra. Approfittavamo del giorno per riposare e riprendevamo il viaggio al tramonto fino al sorgere del sole, fermandoci solo per abbeverare il cavallo e sgranchirci le gambe anchilosate dalla sella.

Era un uomo silenzioso, a malapena mi rivolgeva la parola, ma intuii che ci dirigevamo verso sud, oltre il fiume Adour, per avvicinarci ai Pirenei. In base a quanto mi aveva spiegato, si trattava di territori pericolosi, abitati da individui noti per essere selvaggi, aggredire i pellegrini e impossessarsi dei loro pochi averi. Tuttavia, che fosse per la sua destrezza, per la conoscenza della zona o per la paura che incuteva, non subimmo alcun danno.

Il giorno precedente al nostro arrivo a Roncisvalle, mi azzardai a chiedere alla mia scorta quale fosse la nostra destinazione.

«Ci separeremo presto», rispose con calma. «Tra poco più di due giorni arriveremo a Pamplona. A quel punto io devierò verso est e tu potrai proseguire verso Santiago».

Trovandolo più loquace rispetto ai giorni precedenti, decisi di approfittarne per cercare di capire la situazione.

«Perché mi hai salvato?», chiesi titubante e non del tutto convinto di voler conoscere la risposta.

Il cavaliere nero mi guardò senza battere ciglio. Sembrava in dubbio se rispondermi, ma alla fine qualcosa lo spinse a farlo.

«Saresti morto», rispose come se l'affermazione fosse sufficiente. «Non so chi sei né perché gli abati ti perseguitassero, ma so che ti avrebbero ucciso e loro per primi non erano innocenti, ne sono certo. Forse neanche tu, ma questo ancora non lo so».

Meditai sulle sue parole. Volevo porgli altre domande, ma avevo il sospetto che non mi avrebbe dato altre informazioni e il timore che potesse chiederne lui a me.

Pensai al mio futuro. Non avevo avuto né tempo né voglia di riflettere su ciò che avrei fatto in seguito. Mi ero lasciato portar via da quell'uomo che mi aveva salvato la vita, ma presto sarei rimasto di nuovo solo. Forse non era una brutta idea proseguire fino a Santiago. Magari lì, al cospetto della tomba dell'apostolo, avrei scorto una via d'uscita dal pantano in cui ero invischiato.

Dopo il nostro passaggio a Roncisvalle, il numero di pellegrini che incontravamo non cessava di aumentare. Secondo il cavaliere nero, Roncisvalle rappresentava un punto di incontro. I pellegrini vi si radunavano per affrontare insieme la parte più insidiosa del viaggio da cui uscivano decimati per via di ladri, aggressori, incursori arabi o semplicemente fame e malattie. Gli unici a dar loro respiro tra i pericoli di quel pellegrinaggio erano gli ordini religiosi, in particolare i monaci guerrieri come i Templari.

Giorni dopo, con il sole già alto all'orizzonte, arrivammo a Pamplona. La città era la fiorente capitale del neo Regno di Navarra governata dal vescovo Martín di Tafalla. Attraversammo un grazioso ponte sul fiume Arga che sembrava osservare lo scorrere tranquillo delle acque sottostanti e vigilare sul lavoro dei vicini mulini. Numerosi venditori offrivano le loro mercanzie ai pellegrini che valicavano i Pirenei, tranne pane e vino, diritto esclusivo dei monaci.

Dopo aver attraversato le vie principali del villaggio, arrivammo alla cattedrale di Santa María la Real. Il cavaliere nero fermò il cavallo davanti all'edificio principale e smontò, aiutando poi me a fare altrettanto.

«Bene, amico, qui i nostri sentieri si separano», disse posandomi una mano sulla spalla. Fu il suo primo gesto amichevole; sorrise perfino e mi apparve molto più giovane e diverso dall'estraneo taciturno con il quale avevo condiviso gli ultimi giorni.

«Parti già così presto?», chiesi, lieto di tale trasformazione. «Non vuoi nemmeno riposare comodamente per stanotte?».

Il cavaliere mi sorrise ironico.

«Ancora non mi è dato riposare», rispose. «Sono già in ritardo con la mia missione, più di quanto fosse auspicabile. Già ieri ero atteso ma, con un po' di fortuna, arriverò a destinazione domani».

«Non so come ringraziarti per l'aiuto che mi hai prestato. Non ho niente con cui pagarti».

«Ah, no?», chiese con un'occhiata divertita. «Tutti abbiamo qualcosa con cui ripagare un debito, ma non ti chiederò di farlo adesso. Ti auguro ogni bene e spero che le nostre strade tornino a incrociarsi in futuro e che tu possa allora restituirmi il favore che sei convinto di dovermi».

Senza attendere risposta, rimontò a cavallo, lo spronò e scomparve sul sentiero lasciandomi con la strana sensazione di aver visto un fantasma svanire con la stessa rapidità con cui era apparso.

Quella notte dormii accanto a decine di pellegrini in un ampio salone predisposto a quel fine nel monastero di Santa María. La cena a base di brodo di verdure e legumi, insieme alla gradevole compagnia, mi fecero dimenticare per un po' le vicende in cui mi trovavo coinvolto. Quando infine calò il silenzio, interrotto appena da sporadici colpi di tosse, fui nuovamente assalito dal ricordo degli ultimi giorni e dell'inquietante sensazione di aver commesso un errore irreparabile.

Perché avevo dato ascolto a quel vecchio svitato e avevo abbandonato la sicurezza del monastero? No, quel vecchio non aveva perduto la propria sanità mentale e la prova era celata sotto le mie vesti. Accarezzai la reliquia cercando di farmi animo e fui invaso da un torpore che mi avvolse in un sonno pieno di incubi e fantasie.

Mentre il sonno dissolveva le preoccupazioni di Jean, il cavaliere nero quasi non ebbe riposo, determinato a giungere dov'era atteso, a una decina di chilometri a est di Pamplona. Attraversò Sangüesa senza fermarsi, sbucando in una valle protetta sul lato sinistro dalle prime cime prepirenaiche della sierra di Errando che, arcigne, parevano sorvegliare i suoi passi. Deviò quindi da quella parte addentrandosi nel rovereto che ammantava il versante sud dell'altopiano.

Qualche minuto dopo, gli si parò davanti un edificio immenso.

Isolato dal mondo, nel più profondo del bosco, c'era il monastero di San Salvador di Leyre. Senza smontare, il cavaliere si avviò direttamente alla chiesa annessa, dove contava di trovare l'abate Arnaldo.

Trovò aperta la porta speciosa, minuziosamente intagliata, e si soffermò a contemplare l'accurata decorazione realizzata un secolo prima dal maestro Esteban. Adornavano il portale sette figure: Gesù assiso tra la Vergine Maria e l'evangelista Giovanni, a loro volta affiancati da Giacomo e Pietro. A completare la scena, Matteo e Giovanni Battista, la cui allegoria era molto più profonda di quanto potessero immaginare i fedeli in visita alla chiesa o lo stesso cavaliere nero.

A capo chino, quest'ultimo varcò d'impulso il portale della chiesa, ma un suono all'interno lo bloccò. I canti dei monaci raccolti davanti all'altare si diffondevano nello spazio e riverberavano contro le pareti, compiaciute spettatrici della scena. Con il fiato sospeso, il cavaliere si pose in ascolto estasiato da quelle note attraverso cui i monaci entravano in comunione con Dio.

Iñigo, un monaco tra i più giovani, si avvide della sua presenza e, in silenzio, si staccò dal gruppo e gli si avvicinò con un gran sorriso.

«Roger, che piacere rivederti», lo salutò prendendolo per un braccio.

«Il piacere è reciproco, Iñigo», rispose il nuovo arrivato con uguale affetto.

«Vuoi unirti a noi nella preghiera?».

Il cavaliere nero valutò per un istante la proposta, non tanto per accettarla, quanto per una forma di rispetto.

«Ti ringrazio per l'invito, ma sai che guasterei la vostra assemblea tanto che Dio potrebbe non voler ascoltare più la vostra preghiera», sorrise.

Il monaco parve divertito da quell'affermazione.

«Dovresti già sapere che Dio non ascolta le voci, ma il sentimento che contengono».

«Anche così, mi vedo costretto a rifiutare, perché mi aspettano questioni più urgenti. Devo parlare con l'abate», si giustificò il cavaliere nero stringendosi nelle spalle.

«Niente può esserci di più urgente in questa vita che parlare con nostro Signore», rispose Iñigo con un sorriso complice, «ma questa è solo l'opinione di un umile monaco. L'abate sta meditando nella cripta, ma ti avverto che ha chiesto di non essere disturbato».

L'abate era una persona di straordinaria energia, ma nei momenti in cui la sua presenza nel monastero non era necessaria, si rifugiava in chiesa o nell'elegante cripta di proprietà del monastero per pregare o meditare in solitudine.

«Sono certo che mi darà udienza», rispose il cavaliere. «Non ti disturberò ulteriormente. Magari più tardi potremo parlare delle ripercussioni filosofiche delle tue parole».

Il cavaliere nero tornò sui propri passi e lasciò la chiesa diretto alla cripta. Ogni volta che entrava in quell'ambiente tanto peculiare provava un fremito. Era un luogo magico. Sembrava impossibile che le colonne potessero sostenere il peso dell'edificio. La pietra arenaria acquisiva una tonalità dorata, a metà tra l'oro puro e la sabbia fine e, seppure non accuratamente intagliata come quella del portale, era avvolta da un mistero che risaliva all'origine dei tempi. Le colonne sembravano ergersi dalle più estreme profondità della terra all'unico scopo di onorare Dio sostenendo l'intera costruzione.

L'abate Arnaldo si trovava lungo la parete in fondo alla cripta, rivolto verso una statuetta della Vergine perfettamente consona all'austerità del luogo. Il cappuccio del semplice saio marrone gli nascondeva la tonsura del capo. Forse per via dell'ampiezza della cripta, la figura dell'abate parve al cavaliere come ristretta; l'avanzare dell'età lo aveva rimpicciolito. Il cavaliere si fermò a pochi passi in paziente attesa.

«Non vuoi unirti a me in preghiera?», borbottò il vecchio abate. «Ti farebbe bene».

«Due proposte simili in pochi minuti», ribatté il cavaliere, «ma mai qualcosa di terreno, come una buona razione di cibo o un letto per riposare».

«Vedo che continui a preferire i piaceri terreni a quelli spirituali», sorrise il religioso mentre si voltava.

I due uomini si abbracciarono come vecchi amici che si rivedono dopo lungo tempo. Quando si separarono, l'anziano abate lo osservò scrupolosamente come se vi cercasse cambiamenti non evidenti a un primo sguardo.

«Noto che la fortuna ti ha accompagnato nel tuo viaggio. Che notizie porti dall'altro versante dei Pirenei?».

«Molti e diversi eventi si sono verificati dal nostro ultimo incontro. Dalla Linguadoca non porto notizie di speranza e, per quanto la dottrina dei catari si diffonda in fretta, stiamo riscontrando molte reticenze, comprese quelle di Roma, che non ci consentono di auspicare in un futuro tranquillo. Riguardo alla missione alla Sauve-Majeure che mi aveva affidato, la cosa più importante che dovete sapere è che l'abate Pierre si è spento pochi giorni orsono e anche il suo successore, l'abate Clement, è andato incontro alla morte».

Il viso dell'abate si trasformò completamente e nei suoi occhi calò l'ombra di un timore a lungo sepolto e che ora tornava di nuovo alla luce.

«Sono morti?», chiese sorpreso. «La dipartita del mio vecchio e caro amico Pierre de Didone era annunciata, che Dio lo accolga in seno, ma Clement? In quali circostanze ha trovato la morte? Cos'è quell'ombra nei tuoi occhi?»

«Sono stato io a togliergli la vita, ma vi posso assicurare che vi sono stato costretto unicamente per proteggere la mia vita e quella di Jean»

«Jean? Chi è Jean?», rispose l'abate spaesato.

«L'ho conosciuto poco prima di incontrare l'abate Clement, che era in viaggio insieme all'abate di Citeaux in missione per Roma. Entrambi gli davano la caccia e lo avrebbero ucciso se non mi fossi intromesso sul loro cammino».

Il religioso rimase qualche istante sovrappensiero. Non riusciva a capire chi fosse Jean e che ruolo ricoprisse in quello scontro trascendentale. Il fatto che gli abati lo perseguitassero poteva significare molte cose ed era rilevante che fossero insieme nei pressi di Saint-Émilion. Vista la morte di Pierre, poteva significare solo una cosa: la reliquia era venuta alla luce.

«Siamo ancora così pochi…», considerò l'abate parlando più a sé stesso che al cavaliere nero. «Riporti più di quanto indichino le tue parole e temo che neanche stanotte ti sarà dato modo di riposare in un letto che ti aggradi. Ascoltami bene. Partirai subito e raggiungerai la costa opposta della penisola. Laddove il fiume Tajo incontra il mare, troverai un piccolo monastero. Non chiedere indicazioni, perché solo in pochi ne conoscono l'esistenza e l'ubicazione precisa e, se si venisse a sapere, i monaci correrebbero un grave pericolo. Cerca i simboli sui monti vicini e lasciati guidare da essi. Quando arriverai, cerca frate Honorio e digli che è ormai ora che ritornino. Nel frattempo io tenterò di capire cosa sta succedendo al di là dei Pirenei. Avremo bisogno di informazioni prima di fare il prossimo passo».

Si guardarono in silenzio. Il cavaliere si voltò e uscì dalla cripta. Montò in sella e partì al galoppo. L'abate rimase a pensare, appoggiato alla colonna strombata. Aveva indubbiamente fiducia in lui, ma un uomo solo non era in grado di vedersela con gli emissari di Roma e di evitare che la reliquia cadesse nelle mani di coloro che l'avevano tenuta nascosta per dodici secoli. Per questo era necessario andare a Suntria. Era arrivato il momento per frate Honorio e suoi confratelli di porre fine alla loro clausura. La loro sorveglianza a sud non aveva più senso ormai; ora che l'oggetto avrebbe fatto di nuovo la sua comparsa, avevano bisogno di tutto l'aiuto possibile e non sarebbe stato comunque sufficiente.

Il vecchio si alzò a fatica sulle articolazioni doloranti fiaccate dagli anni. Lasciò a passi lenti la cripta e attraversò il piccolo patio diretto in chiesa. Lì convocò alcuni monaci.

«Lasciate gli inni per dopo», ordinò con sguardo grave. «Dovete partire senza indugio. Avete l'incarico di informarvi su quanto sta accadendo al di là dei Pirenei. Sarete i miei occhi e le mie orecchie. Tornate prima che sia trascorsa una luna completa».

18
Anno 33

Giacomo ci mise qualche istante per rendersi conto di dove si trovasse. Il bosco. Il ponte. La fuga. Il sepolcro di Gesù. Pietro.

Il giorno avanzava e doveva fare in fretta: l'ora dell'appuntamento con Giuda e Tommaso doveva ormai essere passata. Si coprì il capo con il mantello e avanzò nel bosco silenzioso fino al sentiero che conduceva al villaggio sulle rive del fiume. Non c'era quasi nessuno sulla strada a parte le donne dirette a lavare i panni. Il molo era deserto e i pescatori salpati già da ore, per fare ritorno solo a mattina inoltrata. Poche barchette sparse dondolavano sulle acque placide. Tutt'intorno regnava una quiete assoluta.

Camminava senza sapere bene cosa fare e dove andare quando si sentì chiamare da una barca di grosse dimensioni. Si voltò e si rallegrò che almeno Tommaso fosse ancora vivo. L'imbarcazione era a pochi metri dalla riva, per cui si tolse i sandali ed entrò nell'acqua per raggiungerla.

«Tommaso, fratello mio!», esclamò salendo a bordo. «Che gioia rivederti dopo questa notte oscura!».

Subito, però, lesse nei suoi occhi un'espressione insolita, l'espressione di chi ha dovuto prendere una decisione contro la propria volontà pur con la consapevolezza che le relative conseguenze lo avrebbero accompagnato per il resto della vita.

Tommaso scoccò un'occhiata fugace alle spalle di Giacomo. Questi si voltò e, a poppa, trovò Pietro e Giovanni con il viso contorto in una smorfia crudele. Si girò allora verso Tommaso, più con un moto di sorpresa che di collera.

«Ma cosa...», balbettò.

«Ebbene sì, Giacomo», esordì Pietro in tutta calma. «Tuo fratello Tommaso ti ha tradito o forse non è mai stato dalla tua parte. Ti sei sempre fidato troppo... Certo, Gesù non avrebbe potuto operare una scelta migliore se cercava qualcuno che lo avrebbe seguito fino alla tomba. Bene, allora, se è questo che desideri, così sarà. Gesù avrebbe dovuto forse prediligere altre doti: intelligenza, autocontrollo, perseveranza, chiaroveggenza perfino. Avrebbe dovuto scegliere me. Ma ora siamo qui per rimediare all'errore. Consegnaci la reliquia e mettiamo fine a questa fastidiosa questione».

«Forse Gesù ha preferito la modestia», ribatté ironico Giacomo. Da una parte era stufo, stanco di lottare, ma dall'altra aveva recuperato la lucidità ed era determinato a impedire a Pietro di ottenere ciò che anelava.

«No, Pietro», riprese, «non era questo il desiderio di Gesù. Mi rammarico di udire tali parole proprio da te e soffro per il sangue versato in questa notte infausta. Adesso vattene. E tu, Tommaso, dimmi che ne è stato dei miei fratelli Giuda, Attanasio e Teodosio».

«Mio buon Tommaso!», esclamò Pietro con un sorriso falso e un gesto sdegnato. «Giacomo vuole sapere cos'è successo a Giuda. Forse dovresti spiegargli che non si è schierato dalla parte giusta, come hai fatto tu. Per quanto riguarda gli altri, non contano nulla: sono fuggiti come codardi e a quest'ora saranno nascosti nel pozzo più profondo che avranno incontrato. Fine del discorso».

Nell'istante esatto in cui Pietro e Giovanni si lanciarono su Giacomo, una forte collisione a babordo fece ondeggiare pericolosamente la barca. Giacomo riuscì a mantenere l'equilibrio aggrappandosi al bordo. Qualcuno, che sul momento non riconobbe, lo chiamava a gran voce. Si girò e vide che un'altra barca li aveva affiancati; Teodosio gli faceva segni disperati.

Giacomo scattò come una molla e, mentre la poppa dell'altra barca già si staccava, saltò, sfuggendo per un soffio alla presa di Pietro. Attanasio gli consegnò un remo e tutti e tre vogarono di gran lena per qualche minuto. Nello sforzo fisico dimenticò per un attimo la situazione che stava vivendo e gli eventi degli ultimi giorni. Si aggrappò alla solidità del legno con tutta l'energia che aveva, regolando il respiro sul movimento del remo che fendeva ora l'acqua, ora l'aria. Incapaci di prendere una qualsiasi decisione, remarono fino alla foce sospinti dalla lenta corrente e si lasciarono tutto alle spalle.

19
Anno 1199

L'alba sorse a Pamplona illuminando i pellegrini col suo tenue bagliore. I colpi di tosse e il russare sordo lasciarono il campo a sbadigli e sussurri. Dopo i giorni di solitudine con il cavaliere nero, mi sentivo quasi a disagio tra così tanta gente.

I monaci ci offrirono tozzi di pane secco e latte che divorammo con piacere, meditando sulla lunga giornata che ci attendeva. Condivisi quel primo pasto con un gruppo di muratori che ridevano e chiacchieravano, animati dal sorgere del nuovo giorno. Il capo, di nome Thomas, vedendomi da solo, mi invitò ad avvicinarmi.

«Perché non ti unisci a noi?», mi propose amabilmente. «Piccoli gruppi o pellegrini solitari sono il bersaglio preferito dei malintenzionati».

Fui tentato di rifiutare, più propenso alla diffidenza, ma subito pensai che all'interno di un gruppo sarebbe stato più facile passare inosservato.

«Sarà un piacere accompagnarmi con voi, vi ringrazio di cuore», risposi allora. «Dove siete diretti?»

«A Santiago, a venerare le reliquie del santo. E a cercare lavoro strada facendo; sappiamo che ci sono vari cantieri che hanno bisogno di manodopera specializzata».

«Non so niente di cantieri, ma mi unirò a voi. Anch'io sono diretto a Santiago».

Thomas assentì soddisfatto dalla mia risposta e mi raccontò che lui e i suoi uomini avevano preso parte alla costruzione di alcune delle più maestose cattedrali di Francia e Inghilterra. Mi risultò simpatico; il suo orgoglio era dovuto più alla certezza di un lavoro ben fatto che non a semplice boria.

Con il sole ancora basso, ci mettemmo in cammino. Chiacchiere e buonumore furono le note predominanti: eravamo a stomaco pieno e non ancora sfiniti da una lunga giornata sui sentieri. Il giorno trascorse in totale calma e procedevamo a un ritmo che tolleravo a malapena, perché ancora mi trascinavo dietro la stanchezza delle tante ore sopportate in compagnia dell'implacabile cavaliere nero. A mezzogiorno, condividemmo le scarse provviste rimaste. Chiese e ospedali fornivano il minimo indispensabile per portare a termine la successiva tappa del nostro pellegrinaggio a Santiago. La maggior parte del cammino la percorrevo con Thomas, a raccontarci la nostra vita.

«La tua storia è incredibile», commentò il muratore meravigliato.

Lo avevo informato della mia amnesia, omettendo però di menzionare la Sauve-Majeure e, ovviamente, gli accadimenti delle ultime settimane.

«Ho iniziato il pellegrinaggio per rendere grazie a Dio per questa seconda possibilità», mentii con una certa agitazione.

Thomas annuì, probabilmente condivideva la mia decisione.

«La mia motivazione è meno trascendentale», rispose con un sorriso timido, come a discolparsi. «Voglio arrivare a Garex entro tre giorni, perché lì stanno costruendo una chiesa e hanno bisogno di mani abili come le nostre. La paga sarà sufficiente, conosco il *magister muri* e so che avrà lavoro per me e la mia squadra».

«Anche costruire chiese è un modo per venerare nostro Signore», osservai con un moto di vergogna, sapendo che la mia vera motivazione era molto meno spirituale di quella dichiarata.

«Infatti», confermò Thomas. «Anche se un giorno spero di poter arrivare a Santiago. Il mio pellegrinaggio è un ex voto all'apostolo, per aver salvato mia moglie dalla tisi».

Attraversammo un terreno fertile, dove verdure e ortaggi crescevano con facilità. Il clima era buono, come sempre all'inizio dell'estate, e in lontananza la neve sulla cima delle montagne ricordava l'inverno ormai distante. Mi meravigliai della quantità di pellegrini che incontrammo. Alcuni diretti a Santiago come noi, mentre altri, già di ritorno, raccontavano di miracoli, apparizioni e sacre reliquie a tutti coloro che si trovavano ancora in cammino e li ascoltavano con gli occhi lucidi. Ascoltavo anch'io, stupito da quanta speranza tutti quegli uomini riponessero nel pellegrinaggio. Per quanto molti lo ritenessero un viaggio di scoperta, quei racconti lo facevano apparire alla stregua di un esodo, di una fuga dalla cruda realtà del mondo.

Dopo due giorni e mezzo di marcia, in lontananza apparve Garex. Gli uomini erano ansiosi di arrivare, riposarsi del viaggio e mettersi all'opera contribuendo con il loro lavoro a elevare verso il cielo la chiesa attigua al monastero. Quale non fu la loro sorpresa nello scoprire che l'edificio, già avanzato nella costruzione, era stato distrutto da un incendio pochi giorni prima.

Delusi, attendemmo alla porta del monastero di essere ricevuti. Un buon numero di monaci dell'Ordine dei Templari si avvicinò a cavallo. Mi spaventai. Nella mia mente si riaffacciò la persecuzione di cui ero oggetto. Mi portai la mano al cordone che teneva la reliquia, di cui mi ero quasi dimenticato durante il tragitto.

«Non preoccuparti», mi tranquillizzò Thomas rassegnato, confondendo il mio disagio con l'amarezza per il rogo della chiesa. «Di certo troveremo un altro luogo in cui è richiesta la nostra arte».

Mi commosse la sua capacità di non farsi sopraffare dalla delusione o abbattere dagli imprevisti, ma di guardare sempre al futuro con speranza. Mentre riflettevo su questo, uno dei monaci dell'Ordine ci condusse dall'abate il cui aspetto si addiceva più a un guerriero che non a un religioso, soprattutto per via della spada legata in vita. Alto e di spalle larghe, con due mani enormi, si muoveva con l'agilità di un felino. Diede mostra del suo pragmatismo andando direttamente al sodo.

«Come vedete, i vostri servizi non sono più di nostro interesse», aveva il tono di chi è abituato a dare ordini e a vederli eseguiti senza discussioni. «Mi dispiace molto che vi troviate in una tale situazione dopo un così lungo viaggio, ma ora non posso far altro che rimandarvi al prossimo anno, quando avremo raccolto il denaro sufficiente per riprendere i lavori».

«Nessuno può comprendere i disegni di Dio», rispose Thomas con un gesto di serena rassegnazione. «Tuttavia, non vogliamo andar via senza prima offrirvi il regalo che avevamo portato per onorare la chiesa in cui avremmo dovuto lavorare», aggiunse facendo un gesto a uno dei suoi aiutanti che si avvicinò portando un grosso involto.

L'abate parve sorpreso e forse provò imbarazzo per il modo in cui aveva trattato quegli uomini i quali, per tutta risposta, gli offrivano un dono portato fin lì da terre lontane.

I muratori posero delicatamente l'oggetto sul tavolo rimuovendo i vari panni che lo avvolgevano. Si fece un totale silenzio e tutti contemplarono senza fiatare la squisita opera d'arte: una croce come mai se ne erano viste. Dal gesto che fece l'abate, ne rimase impressionato a sua volta.

Il primo elemento ad attirare la sua attenzione fu la particolare forma a Y, sulla quale il Cristo assumeva una posizione anomala, con il tronco contorto nella sofferenza. Il legno non scortecciato richiamava un albero, come se Dio Padre lo avesse posto sull'albero del peccato originale, a memoria imperitura del nostro errore e di suo Figlio offerto in sacrificio. L'abate lo sollevò e lo contemplò a lungo.

«State pur certi», e profondo rispetto trasudava dalla sua voce, «che avrà la collocazione che merita non appena sarà terminata la chiesa. Tutti i pellegrini che passeranno di qui l'ammireranno per più anni di quanti ne sono trascorsi dalla crocefissione di nostro Signore. Per ringraziarvi, vi auguro il migliore dei viaggi e vi raccomanderò per iscritto agli altri abati perché vi riservino il trattamento che meritate. Dirigetevi al monastero di Irache, nei pressi di Estella; lì troverete il *magister muri* che cercate, partito da qui solo qualche giorno fa. Ho sentito che si sarebbe diretto a ovest, in un paese di nome Villasirga, dove i monaci del nostro Ordine stanno avviando la costruzione di una nuova chiesa dedicata a santa Maria. Riposatevi stanotte tra noi e partite all'alba».

Il giorno dopo, a mattina inoltrata, arrivammo a Estella che, secondo quanto mi aveva detto un pellegrino citando il libro V del *Codex Calixtinus*, era considerato "fertile di buon pane e vino eccellente, abbondante di carne e pesce e fornito di ogni genere di beni". Pur incontrando sul cammino ben tre chiese in cui avremmo potuto ricevere cibo e riparo, non ci fermammo, ma, girando al largo dell'ospedale di San Lazzaro, ricovero di lebbrosi, lasciammo il centro abitato diretti all'ormai vicino monastero di Irache dove, sotto l'auspicio di re don García él de Nájera, era stata costruita una casa di pellegrini.

Il *magister muri* e il suo gruppo già non si trovavano più lì, avevano proseguito verso ovest, verso le nuove opere che li attendevano. Presentavano un discreto vantaggio su di noi, potendo contare sui muli mentre noi dovevamo affidarci soltanto ai nostri piedi. Decidemmo di partire il giorno dopo per Torres del Río, a una sola giornata di distanza.

Nell'albergo dei pellegrini ci fu riservata un'accoglienza straordinaria: ricevemmo vino e latte in quantità, oltre che pane, frutta e perfino pesce. Commentai stupito con i miei compagni di viaggio l'ospitalità, la qualità e la quantità dei viveri di cui ci avevano fatto onore.

«Non illuderti di trovare simile accoglienza ovunque», mi mise in guardia un meditabondo Thomas. «Forse vuoi che ti racconti una storia che ascoltai tempo fa».

Assentii con il capo, già pregustando qualche leggenda meravigliosa che avesse conferito fama a quel luogo, attirando pellegrini da ogni parte del mondo.

«Si narra», cominciò a raccontare Thomas, «che poco dopo l'arrivo del millennio, tutta la regione intorno a questo monastero benedettino si trovò in grave necessità. L'abate riservava ai pellegrini i pochi alimenti disponibili anche quando agli stessi monaci mancava il cibo quotidiano. Per questo motivo la congregazione, riunitasi per discutere sulla carestia alimentare, prese la decisione, contro l'opinione dell'abate, di distribuire da lì in poi ai pellegrini soltanto un po' di acqua e un tozzo di pane duro.

«Ogni sera, però, Veremundo – così si chiamava l'abate – sottraeva la cena dalle cucine nascondendola sotto l'abito per poi distribuirla ai viandanti. Ma ecco che, quando i monaci lo perquisivano, il cibo si trasformava nei più splendidi fiori del bosco o in legna che l'abate dichiarava di voler portare ai pellegrini perché potessero scaldarsi intorno a un fuoco. Quando legna e fiori arrivavano a destinazione, però, si trasformavano ancora una volta in deliziose pietanze. Alla vista del miracolo operato da Veremundo, i monaci resero grazie al Signore e compresero la missione che Egli gli aveva affidato».

«È una storia molto bella», risposi colpito, «e non posso che compiacermi che un tale evento meraviglioso sia accaduto in questi luoghi».

Il cavaliere nero viaggiava verso sud. Sentiva nei muscoli la stanchezza delle ultime settimane, ma la preoccupazione sul volto dell'abate Arnaldo era stata sufficiente a evidenziare l'urgenza di quella missione.

Anche così, la destinazione fu una sorpresa. Non capiva cosa pensasse di trovare Arnaldo all'altro capo della penisola. Se davvero quanto accaduto alla Sauve-Majeure era così grave, che aiuto avrebbe potuto garantirgli un monastero sperduto chissà dove? Era sicuro che, come sempre, l'abate avesse una spiegazione ma che, come sempre, non si preoccupasse di condividerla. Arnaldo nascondeva molti segreti e, sebbene il cavaliere nero si fidasse ciecamente di lui, a volte era difficile comprendere le sue istruzioni.

Il suo piano per raggiungere Suntria era di continuare verso sud per poi deviare a ovest. Difficile sapere per certo quali zone fossero dominate dagli arabi o quali da cristiani. A sud c'erano vaste aree disabitate per via della guerra o della peste in cui sarebbe stato facile passare inosservato. Sebbene preferisse non utilizzarlo, in caso di difficoltà disponeva di un salvacondotto dello stesso abate di Leyre che però si sarebbe rivelato inutile se fosse caduto in mani arabe.

In sella al suo cavallo, il cavaliere nero contemplò il sole sempre più offuscato dalle nubi che ingombravano il cielo. Proseguì assorto nelle sue riflessioni. Gli si prospettava un lungo viaggio.

20
Anno 2019

Il viaggio di Marta verso sud si rivelò molto più semplice di quello di Jean. Evitò l'autostrada cercando di seguire il tragitto da lui percorso insieme al cavaliere nero. Attraversò i Pirenei da Roncisvalle lungo la via francese del cammino di Santiago. Le sarebbe piaciuto visitare la casa dei pellegrini e il mausoleo di Sancho VII, che regnava sulla Navarra al tempo in cui Jean valicò i Pirenei, ma ci rinunciò perché aveva già ritardato viaggiando per vie secondarie e voleva arrivare a Puente la Reina prima che scendesse il buio. Come aveva appreso da internet, era infatti quella l'attuale denominazione del villaggio che Jean chiamava Garex.

Attraversò Pamplona, il luogo in cui Jean si era separato dal cavaliere nero. In lontananza vide la sagoma della cattedrale, senza dubbio poco lontana dal punto in cui si era unito a Thomas e al resto dei muratori. Faticava a capacitarsi che si trattasse degli stessi luoghi, il tempo sembrava infatti averli dissociati, resi inconciliabili.

Non si spiegava neanche perché il cavaliere nero avesse infine deciso di abbandonarlo. Sembrava avere fretta di dirigersi a est, quindi il suo comportamento era ancora più incomprensibile. A Marta tutto ciò che stava vivendo pareva irreale: il libro, le vicissitudini di Jean, la decisione di seguirne le orme a otto secoli di distanza… Forse si trattava solo di una fuga dalla sua vita, dalla sua rottura con Diego. Si concentrò sul ponte, sulla firma del muratore. Si sforzò di non pensare a Diego, ma di godersi l'avventura e il senso di libertà che provava.

Quando la luce cominciò a calare, arrivò a Puente la Reina e cercò un albergo dove passare la notte. Scorse su internet la lista di alloggi e non poté resistere all'impulso di prenotare una camera all'hotel El Peregrino. Si registrò alla reception già con la mente rivolta alla chiesa e al crocifisso donato all'abate dai muratori. Voleva scoprire se esistevano ancora.

In quel momento non poteva certo immaginare che, di lì a poco, si sarebbe trovata coinvolta in una partita a scacchi iniziata molto tempo prima in cui lei, puro e semplice pedone, era sul punto di raggiungere un protagonismo che nessuno avrebbe potuto prevedere.

La porta della chiesa di Puente la Reina cigolò e scricchiolò ma, a poco a poco, cedette. Marta sentì l'inconfondibile odore di cera fusa invaderle le narici. Aveva sempre un effetto calmante su di lei, al pari dell'odore di casa dopo un lungo periodo di assenza. Era così tanto tempo che restaurava chiese che ormai le considerava casa propria.

Prima di entrare tese l'orecchio, ma non udì alcun rumore, né la musica di un organo, né la voce di un sacerdote e neanche il mormorio ovattato dei turisti. Era sera e lungo la strada aveva incrociato solo qualche paesano desideroso di rincasare dopo il lavoro e un pellegrino che, zaino in spalla, portava a termine la sua lunga tappa di sudore e stanchezza.

Entrò e in silenzio fece il giro della chiesa, cercando una croce che, a quanto pareva, non c'era. Non restava alcuna traccia della struttura romanica e, senza chiesa, era da ingenui pensare di trovarvi un crocifisso. Stava quasi per rinunciare, quando con la coda dell'occhio vide una tonaca sparire in una porta laterale dietro l'altare. Senza riconoscersi in quell'impulsività, si avvicinò e l'aprì. Un uomo alto, con il lungo abito talare nero le dava le spalle. Sembrava giovane, i capelli erano ancora scuri e folti, senza dar segno di ingrigire.

«Chiedo scusa», disse con un filo di voce, rendendosi conto di aver invaso la sua privacy.

Il sacerdote sussultò e si voltò di scatto nascondendo al contempo qualcosa sotto la tonaca. Non fu però abbastanza rapido e Marta riuscì a vedere uno specchietto in cui l'uomo si stava guardando prima di essere interrotto. "Un comportamento alquanto insolito per un uomo di Dio", pensò. Sconcertata, tardò un attimo a guardarlo in faccia. Il sacerdote era arrossito, una caratteristica che in un uomo l'aveva sempre incantata. Era attraente, poco più che trentenne, con profondi occhi castani. "Santo cielo, Marta, datti una regolata", pensò, "è un sacerdote!".

«Posso aiutarla?», chiese il religioso dopo un silenzio imbarazzato. «Se è venuta per donare degli abiti può lasciarli nei contenitori alla fine della strada».

«No, no», rispose Marta forse fin troppo in fretta. «Cerco un crocifisso a forma di Y che avrebbe dovuto trovarsi in questa chiesa».

L'espressione sorpresa dell'uomo scomparve.

«Qui non lo troverà», rispose con un bel sorriso ma, di fronte alla delusione di Marta, si affettò ad aggiungere: «Posso però indicarle dove si trova».

«Credevo fosse qui, nella chiesa di Puente la Reina».

«Così è, infatti, solo che non ci troviamo nella chiesa giusta», spiegò divertito. «Lei sta cercando la chiesa del Crocifisso, questa invece è la chiesa di Santiago».

Che potessero esserci due chiese in quel paese così piccolo non lo avrebbe mai potuto immaginare.

«Oh, mi scusi», rispose confusa, pensando che come investigatrice non sarebbe arrivata lontano. «Potrebbe indicarmi dove si trova l'altra chiesa?», domandò mentre dava mentalmente le testate al muro.

«È chiusa», rispose l'altro senza smettere di sorridere. A Marta sembrò ancora più attraente.

«Si sta divertendo, eh?», sbottò sperando di coglierlo in contropiede.

«Questo tipo di divertimento è uno degli scarsi piaceri della vita che mi sono concessi», ribatté lui con un'alzata di spalle.

Marta aveva sempre odiato la sua incapacità di controllare le reazioni del corpo. Sentì le guance andare a fuoco.

«È arrossita», osservò l'uomo.

Sembrava prenderci gusto a rispondere al suo attacco. Marta non si sarebbe mai aspettata un comportamento simile da un sacerdote.

«Allora siamo in due», contrattaccò con un chiaro riferimento a quando lo aveva colto con lo specchietto in mano.

Il religioso scoppiò a ridere.

«Me lo sono meritato. Mi chiamo Iñigo», si presentò tendendole la mano, «e sono il parroco di questa chiesa traboccante di fedeli», ironizzò aprendo le braccia. «Venga con me, ho la chiave della chiesa del Crocifisso; non posso fare a meno di accompagnarla, visto che è venuta da lontano solo per vederlo».

Mentre avanzavano lungo la strada, Marta si presentò cercando nello stesso tempo di stare al passo con le lunghe falcate del parroco. Impiegarono tuttavia quasi quindici minuti a ripercorrere i duecento metri scarsi che separavano le due chiese, dato che diverse persone, quasi tutte di una certa età, fermarono Iñigo per ringraziarlo dei vari aiuti elargiti. Quando finalmente arrivarono, il parroco aprì la porta della chiesa con un'enorme chiave di ferro. Marta ne approfittò per porre la sua domanda.

«Mi sembra abbastanza conosciuto da queste parti. Questi fedeli non dovrebbero affollare la sua chiesa?».

Iñigo la guardò, divertito da quella nuova frecciata.

«La gente gradisce il mio aiuto e alcuni anche il mio conforto, ma ciò non significa che siano disposti a perdere la mattinata della domenica per ascoltarmi», concluse facendo spallucce.

Quindi spinse la porta e le chiese di aspettare che accendesse le luci. A poco a poco, un chiarore invase la navata e gli angoli più bui della chiesa. Prima si illuminarono le pareti laterali, decorate in modo semplice, poi la zona centrale, occupata da sobri banchi da piccolo santuario di paese. Infine apparve l'altare privo di qualsiasi pala ornamentale ma con una piccola statua della Vergine.

«Perché si siano costruite due chiese praticamente attaccate nello stesso periodo è un mistero», disse al suo ritorno, «ma qualcuno sostiene che fu opera dei cavalieri templari, che preferivano pregare in privato invece che mescolarsi con gli altri fedeli. Lì c'è il crocifisso», aggiunse poi indicando una parete.

Marta si avvicinò e lo osservò per qualche istante. Doveva essere proprio quello portato fin lì da Jean, Thomas e i muratori. Era impressionante, di dimensioni molto maggiori di quanto si sarebbe aspettata. Emozionata nel trovarsi di fronte a un oggetto descritto da Jean con tanta precisione, aprì lo zaino e ne tirò fuori il manoscritto. Lesse il paragrafo in cui lo descriveva e non ebbe più dubbi che si trattasse dello stesso.

«Pare che sia stato un regalo di pellegrini tedeschi», spiegò il sacerdote che, accanto a lei, osservava il crocifisso con le mani dietro la schiena.

«Francesi», lo corresse Marta senza riflettere. «Alcuni muratori che vennero qui a lavorare alla costruzione della chiesa».

Iñigo inarcò le sopracciglia sorpreso.

«È una versione che non avevo mai sentito. È scritto così in questo libro? Sembra molto antico».

Marta lo guardò confusa. Doveva tenere a mente che lo aveva rubato e che avrebbe potuto crearle dei problemi. Aveva abbassato troppo la guardia con quello strano, e al tempo stesso attraente, sacerdote.

«Sono una storica», mentì, a disagio. «Studio le leggende del cammino di Santiago. Seguo il percorso svolgendo ricerche sul campo».

Iñigo parve soddisfatto della spiegazione e uscirono, ognuno perso nei propri pensieri. Ripercorsero il tragitto fino alla chiesa di Santiago e Marta approfittò per congedarsi quando il parroco fu di nuovo fermato da una donna.

«Grazie davvero», disse trattenendogli la mano troppo a lungo. O forse era lui a trattenere la sua?

Si allontanò prima che il rossore che di nuovo le copriva le guance la tradisse. Tornò in albergo e, dopo una cena leggera, decise di uscire a correre nel villaggio. Doveva sfogare l'energia accumulata nell'incontro con Iñigo; forse così lo avrebbe dimenticato. "È il primo uomo attraente che incontro dopo aver lasciato Diego", pensò, "e doveva essere un sacerdote".

Indossò il completo da corsa, fece una smorfia alla propria immagine nello specchio della camera immaginando che fosse Iñigo e uscì intenzionata a sudare. "Ma chi vuoi prendere in giro?", si disse. "Non sarà mica così facile dimenticarlo".

Nello stesso momento in cui Marta contemplava la sua immagine allo specchio, Iñigo meditava. Donna Eulalia si prolungava in spiegazioni sullo splendido lavoro svolto per la riffa parrocchiale, lanciando intanto velenose frecciate alle proprie vicine. Iñigo sorrideva senza prestare molta attenzione. Nella mente vorticavano le misteriose parole pronunciate dal suo predecessore due anni prima, il giorno in cui aveva preso servizio in quella parrocchia: «In questa cartellina c'è un numero di telefono della Città del Vaticano. In venticinque anni che sono qui non ho mai avuto necessità di usarlo e lo stesso posso dirti del mio predecessore. Le istruzioni che ricevetti sono state chiare almeno quanto strane e ora le trasmetto a te. Un giorno o l'altro qualcuno verrà in visita alla chiesa in cerca di un oggetto andato perduto molti anni fa. Forse potrebbe portare con sé un libro antico. Farà domande. Quel giorno dovrai chiamare questo numero e seguire le istruzioni che ti verranno date».

Diretto alla sacrestia dopo essersi liberato di donna Eulalia, Iñigo ebbe dei dubbi. Marta non aveva chiesto di un oggetto perduto, ma di un crocifisso molto conosciuto, ma il libro che aveva con sé e la sensazione che cercasse qualcosa gli frullarono nella testa per tutta la sera. Si mise a letto, ma non riuscì a dormire. Rivisse, non senza un piacere colpevole, il suo incontro con Marta. Non era da tutti i giorni conoscere una donna attraente, decisa e sicura di sé. «Santo cielo, sei un sacerdote!», si rimproverò. «E un uomo», aggiunse subito dopo. «Un uomo con molti dubbi su sé stesso e sul proprio ruolo in questo mondo».

Cercò di mettere da parte i propri pensieri su Marta e di concentrarsi su ciò che lo preoccupava, ma non sapeva come procedere. Alla fine prese la sua decisione, si alzò e tornò in sacrestia.

Trovò la cartellina e l'aprì. Al suo interno un unico foglio ingiallito riportava un numero di telefono scritto a mano. «Metti fine a questa storia e tornatene a letto», si disse. Alzò il ricevitore e compose il numero. Probabilmente non esisteva più, pensava, quindi lo sorprese prendere la linea. Si era imposto di abbassare dopo il sesto squillo a vuoto, ma all'altro capo il ricevitore fu alzato immediatamente, come se qualcuno fosse stato in attesa della chiamata.

«Pronto?», rispose una voce maschile.

Iñigo raccontò quanto accaduto. Non fu interrotto e continuò fino alla fine. Quando ebbe terminato, seguì un silenzio prolungato. Infine la voce parlò.

«Mi ascolti attentamente».

21
Anno 33

I tre uomini osservavano in silenzio l'instancabile scorrere dell'acqua. Davanti a loro si stendeva il fiume Soreq, la sua placidità in netto contrasto con i tormentati momenti appena vissuti. I giunchi oscillavano alle dolci onde create dal passaggio della barca e, di tanto in tanto, qualche uccello, insetto o altre creature che non riuscivano a distinguere si agitavano tra i rami o sotto la superficie dell'acqua. Nessuno parlava.

«E adesso che facciamo?», chiese Teodosio evidentemente innervosito da quel silenzio prolungato.

Attanasio lo rimproverò con lo sguardo, come se non avesse diritto di parlare, ma Teodosio non gli badò.

«Potremmo abbandonare la barca da qualche parte lungo la riva e tornare a piedi a Gerusalemme», propose.

«E una volta lì che facciamo?», osservò Giacomo, stringendosi nelle spalle.

«Possiamo rintracciare gli apostoli che non si sono schierati con Pietro e cercare di coinvolgerli nella nostra causa», insisteva Teodosio ansioso.

Lo scontro lo aveva infervorato e appariva disposto a dare battaglia.

«Forse», suggerì il più prudente Attanasio, «sarebbe meglio allontanarci dal pericolo per qualche giorno e meditare bene sui passi successivi».

Giacomo aveva dei dubbi. La proposta di Attanasio di lasciar passare un po' di tempo lo attraeva, ma riconosceva che Teodosio aveva ragione. Quello che dovevano fare era tornare a Gerusalemme e riunirsi alla maggior parte degli apostoli.

«Siamo vicini a Bet Shemesh, dove vivono i miei cugini», concluse

Attanasio. «Passiamo la notte lì; il sorgere del nuovo giorno ci aiuterà a prendere una decisione».

«Così sia», convenne infine Giacomo, ritenendo più prudente prendersi del tempo per meditare.

Durante il tragitto i due apostoli gli raccontarono l'accaduto. Lo scontro non era durato molto, dato che quasi tutti si erano coalizzati contro di lui. Loro quattro erano riusciti a trattenerli quel tanto che era bastato a Giacomo per mettersi in salvo. Tuttavia, quando Attanasio fu ferito al braccio e lo spargimento di sangue era parso inevitabile, lo stesso Tommaso aveva disarmato Giuda e chiesto di deporre le armi. Fu così che Giacomo venne a sapere che Giuda era stato catturato.

«Attanasio e io abbiamo deciso di non consegnarci», dichiarò Teodosio con un gesto di orgoglio, «e siamo scappati per poterti cercare e decidere insieme il da farsi».

«Non incolpare Tommaso, Giacomo», disse Attanasio guardandolo tristemente negli occhi. «Lo ha fatto per proteggerci. Se avessimo continuato a lottare, non ne saremmo usciti vivi. Almeno io», scherzò. «Lo sai che sono fatto più per la buona tavola e il buon vino che per combattere. E questo qui», aggiunse indicando Teodosio con un sorriso, «si sarebbe fatto ammazzare solo perché gli sembra un modo eroico di morire. Dopo la fuga, siamo tornati indietro per spiare Pietro e, non appena intuite le sue intenzioni, abbiamo preparato l'attacco al fiume».

Giacomo sedette a poppa della barca a riflettere. Non riusciva a credere a tutto ciò che era successo e aveva la sensazione di essere l'unico ad aver seguito Gesù in totale trasparenza mentre gli altri apostoli formavano fazioni interne interessate principalmente alle lotte di potere.

Quando il sole cominciò a calare, arrivarono a destinazione, stanchi e affamati. La casa dei cugini di Attanasio era un'umile capanna situata a poco più di un centinaio di metri dalla riva del fiume. Sembrava avere tanti anni quanti ne contavano i suoi proprietari e il legno utilizzato per la sua costruzione era già stato riparato innumerevoli volte. Il tetto era un misto di foglie e malta preparata con sabbia di fiume, ma l'interno era asciutto e pulito.

I cugini di Attanasio e i loro figli vivevano di pesca vendendo poi al vicino villaggio di Bet Shemesh ciò che raramente avanzava al loro fabbisogno. Durante la cena nessuno accennò al loro arrivo inaspettato, anzi, i loro ospiti osservarono un educato e rispettoso silenzio. Nei lunghi anni della loro esistenza avevano imparato entrambi che la curiosità non portava mai nulla di buono e che, spesso, l'ignoranza è la migliore delle virtù. Poco dopo il calare del sole, la famiglia si ritirò nelle proprie stanze e i tre rimasero soli a discutere dei loro affari.

«Di cosa hai paura, Giacomo?», gli chiese preoccupato Attanasio.

«Di un possibile ritorno a Gerusalemme e del conseguente incontro con Pietro», rispose lui bendisposto alle confidenze.

«Neanche fuggire senza una meta precisa sembra auspicabile», intervenne Teodosio. «Forse potremmo utilizzare la reliquia in qualche modo».

Giacomo non ci aveva pensato, ma la sola possibilità lo spaventava; non si sentiva pronto. Fu Attanasio che lo corresse severamente.

«La reliquia non è stata affidata a te, Teodosio, tantomeno ti è stato dato il potere di deciderne l'impiego», disse in tutta serietà. «Nella sua infinita saggezza, Gesù ha agito come riteneva necessario e nessuno di noi è degno di una tale responsabilità. Solo Giacomo lo è».

«Comunque sia», intervenne Giacomo, «non so come potremmo utilizzarla e in che modo ci tornerebbe utile. In realtà ho paura di compiere gesti che ci costringano a fare marcia indietro».

Aveva la netta sensazione di trovarsi senza via di scampo. Pietro non doveva, in nessun modo, impossessarsi di quell'oggetto. Tuttavia, solo e senza il supporto del resto degli apostoli, non poteva continuare l'opera di Gesù. Dando per chiusa la questione, andarono a dormire sperando che il nuovo giorno portasse idee risolutive.

Nella stalla il cugino di Attanasio aveva preparato per loro pagliericci e coperte. Da persone umili quali erano, avevano insistito per cedere loro il letto per riposare quella notte, ma i tre avevano tassativamente rifiutato. Erano già abituati a condividere il sonno con gli animali, e la compagnia di un paio di capre e un mulo non sarebbe stata insolita per loro. Si coricarono e subito alle orecchie di Giacomo arrivò il lieve e regolare respiro di Teodosio e l'inconfondibile russare di Attanasio.

Prima di addormentarsi rifletté sulla sua situazione per qualche minuto. Che fare? Tornare a Gerusalemme e affrontare Pietro da solo con il rischio di morire per la sua spada o, peggio ancora, crocifisso dai romani? Fuggire, stabilirsi in qualche luogo lontano e dedicare la vita a predicare gli insegnamenti del Maestro? No, fuggire non sarebbe servito a nulla. Pietro avrebbe finito per scovarlo in qualsiasi luogo della Giudea. Mentre ancora meditava sul da farsi, fu vinto dalla stanchezza e, quasi senza accorgersene, cadde in un sonno profondo.

22
Anno 2019

L'alto campanile della chiesa del monastero di Irache sembrava vegliare su Marta. Alle sue spalle coronava il tempio lo spettacolare ciborio, la cui forma ottagonale richiamava i cavalieri templari e le loro pratiche esoteriche. Marta non aveva mai creduto a una sola parola di quelle strampalate teorie, ma ora la storia di Jean la faceva riflettere. Quale oggetto poteva mai risvegliare tanta cupidigia al punto da uccidere e morire? Aveva qualche potere o era solo il valore simbolico a farne bramare il possesso? "Stupidaggini", si disse, "gli oggetti non hanno alcun potere se non quello di controllare chi ci crede".

Erano quelli i suoi pensieri mentre contemplava il campanile lucente che, sotto il sole di mezzogiorno, quasi non proiettava ombra. Decise di visitare il monastero prima di scegliere un posto dove mangiare. Voleva attraversare i diversi villaggi in cui era passato Jean e magari aspettare la notte a Torres del Río.

Prima di entrare si fermò davanti al portico che Jean aveva descritto con tanta dovizia di particolari. Le figure scolpite sembravano inoffensive, ma molto tempo prima dovevano aver atterrito i fedeli che vi entravano. Dato che la porta era chiusa, girò intorno all'edificio e accedette alla chiesa passando per il monastero. Avanzò lungo la navata centrale mentre gli occhi si adattavano alla poca luce che penetrava dalle vetrate. All'interno, il tempio appariva massiccio, possente e privo di decorazioni, al punto da dare l'impressione di entrare all'interno di una tomba.

Gli unici visitatori oltre a lei erano alcuni giapponesi e un giovane in jeans e zainetto. Arrivò al centro della navata e si fermò davanti all'altare per osservare il luogo in cui doveva essere stata la pala. Qualcuno la toccò sulla spalla.

«Ci rincontriamo di nuovo», disse una voce.

Marta sussultò. Si girò e si trovò di fronte Iñigo. Stesso sorriso, stessi occhi, ma abbigliamento totalmente diverso. Era lui il giovane con lo zainetto, ma non lo aveva riconosciuto.

«Cosa ci fa qui?», chiese Marta cercando di riprendersi dallo spavento.

«Vacanza», si giustificò lui facendo spallucce, un gesto che a Marta cominciò a diventare familiare. «Ma se per te va bene, penso che possiamo darci del tu».

«Non sapevo che i sacerdoti andassero in vacanza», rispose senza pensare.

Iñigo sorrise divertito al suo commento e intanto la osservava.

«È solo per qualche giorno», spiegò con uno strano sguardo, «ma volevo approfittarne per ripercorrere una parte del cammino di Santiago, come mi sono sempre ripromesso».

«E cosa ti piacerebbe visitare?».

Marta cercò di suonare innocente, ma nella chiesa vuota la sua voce riecheggiò con una tonalità non voluta.

«La mia idea è di andare a ovest e... fin dove mi portano i giorni liberi che ho. E tu?», si informò Iñigo.

Nel rendersi conto che andavano entrambi nella stessa direzione, Marta percepì un leggero fremito allo stomaco. "È la fame", cercò di ingannarsi, ben cosciente che a provocarlo era stata invece l'improvvisa e fugace idea di viaggiare insieme.

«Vado anch'io verso ovest», proseguì tentando un tono indifferente. «Devo visitare diverse chiese del cammino per i miei studi».

«Posso accompagnarti?», si propose di getto Iñigo. «Sono innocuo», precisò alzando le mani, «come puoi ben immaginare. Tu hai la macchina e io no. In cambio posso aiutarti con le tue indagini. Può tornare utile un sacerdote per aprire le porte delle chiese».

Marta percepì un lieve corteggiamento, ma era impossibile, era un sacerdote l'uomo con cui stava parlando. Era tutto solo una bizzarria della sua immaginazione.

«Non pensare di convertirmi, però», puntualizzò con un sorriso. «È bene che tu sappia che sono atea. Agnostica, quanto meno».

Iñigo la interrogò con lo sguardo, poi proseguì.

«Un'atea che studia arte sacra?», chiese inarcando un sopracciglio.

«Uno psichiatra deve forse essere pazzo?», ribatté in tono acido lasciandosi un po' troppo trasportare dal piacere del gioco.

Si pentì però subito del suo commento. Forse aveva esagerato, ma provocare Iñigo era diventato un passatempo.

«Prometto di non cercare di convertirti in una cristiana devota», rispose tranquillo. «Ma non mi togliere la speranza che, a furia di visitare chiese, arriverai alla luce da sola», aggiunse sorridendo.

A Marta piacque come aveva incassato il colpo. «L'unica luce che ci mostra la verità è la ragione. Tutto il resto sono fantasie. Forse un giorno lo scoprirai anche tu», sentenziò sfoderando il suo migliore sorriso.

Visitarono la chiesa in silenzio, come una delle molte coppie di turisti. Di tanto in tanto, Iñigo esprimeva un commento sulla vita monastica del Medioevo e Marta gli illustrava l'architettura. Iñigo si dimostrò un abile conversatore; attento alle spiegazioni, poneva sporadiche domande e osservazioni che dimostravano senso dell'umorismo e intelligenza. Marta si sentiva rilassata e a proprio agio come non le accadeva da tempo.

Lasciarono il monastero e presero a ovest diretti alla tappa successiva. Iñigo mantenne la parola e l'aiutò a localizzare il villaggio seguente. Durante il pranzo Marta gli parlò di Jean e gli mostrò il libro senza accennare a come lo avesse avuto né al furto dell'oggetto misterioso. Per un attimo vide il parallelismo tra le loro storie. Per quanto fosse restia a raccontare a Iñigo tutti i dettagli, sapeva che era impossibile continuare la ricerca senza menzionare il libro. Avrebbe dovuto pensarci, prima di accettare la sua proposta di viaggiare insieme, ma ormai era troppo tardi. O forse quell'uomo le sembrava interessante come la storia dello stesso Jean.

Il libro nominava il villaggio di Villamaior, che Iñigo identificò con Villamayor de Monjardín, situato a pochi chilometri da Irache. Marta si stupì che non avesse espresso alcuna curiosità circa l'origine del libro, dato che non era da tutti i giorni trovare un manoscritto tanto antico al di fuori di una biblioteca. Si era invece dimostrato molto interessato alle vicende di Jean che Marta gli aveva presentato come un semplice pellegrino sul cammino di Santiago. Intanto sorrideva tra sé e sé, la situazione era apparentemente sotto controllo.

Niente di più lontano dal vero.

Mentre Iñigo e Marta visitavano la chiesa di sant'Andrea apostolo a Villamayor de Monjardín, dall'aeroporto romano di Fiumicino un aereo era in fase di decollo. Un uomo banale, al quale nessuno degli altri passeggeri aveva prestato attenzione, aprì il tavolinetto del sedile non appena si spensero le luci di emergenza. Sul passaporto era identificato come Federico Costanza, un nome fittizio, ma quello vero ormai non lo ricordava neanche più. Per tutti era semplicemente l'Ombra.

Sistemò sul tavolinetto alcune carte e si mise a sfogliarle distrattamente. Non aveva bisogno di rileggerle di nuovo: grazie alla sua memoria eidetica ricordava per filo e per segno il contenuto delle due relazioni che componevano il memorandum. La prima era una sorta di identikit di Iñigo Etxarri, parroco di Puente la Reina, un giovane particolare che non sembrava destinato ai voti. Rimasto orfano ancora bambino, aveva avuto qualche trascorso illegale in compagnie poco raccomandabili fino a trovarsi coinvolto in una vicenda in cui qualcuno era morto in circostanze mai del tutto chiarite. In seminario era entrato in seguito all'intervento di alcuni familiari che avevano cercato in quel modo di tenerlo al riparo dai pericoli.

A quella relazione ne seguiva un'altra ancora più corposa su Marta Arbide. I servizi segreti vaticani l'avevano rintracciata senza sforzo. Il cadavere rinvenuto giorni prima durante i lavori in una chiesa; la denominazione dell'impresa che eseguiva il restauro; nome e cognome del responsabile dei suddetti lavori sulla pagina web della ditta. Diverse foto ottenute dai social network e da alcune conferenze tematiche. La vita pubblica, spensierata e facile, di chi aveva scelto di non avere legami. Infine, la trascrizione della telefonata in Vaticano di Iñigo e la descrizione da lui fornita.

Federico guardò le foto di Marta. Era una donna attraente, con un sorriso sincero, amabile. Aveva uno sguardo molto espressivo, inquieto e sveglio; non molto alta, ma in ottima forma fisica. Abbigliamento in stile moderno, niente tatuaggi né piercing visibili, al contrario della maggior parte dei giovani di oggi, capelli biondi, probabilmente naturali. Una ragazza di buona famiglia con una vita senza grossi problemi. Il contrappunto perfetto di Iñigo.

Sarebbe stata una missione facile. Avrebbe recuperato il libro in modo rapido e indolore, senza feriti, come piaceva a lui. Una volta nelle sue mani, prima di consegnarlo ai propri superiori avrebbe avuto tutto il tempo per scoprire perché quelle pagine fossero così importanti. L'informazione era potere.

Chiuse la relazione e rimise a posto il tavolinetto. Tempo due ore e sarebbe sceso in campo. Aveva il telefono di Iñigo, ma avrebbe optato per pedinarli con discrezione fino a che non avesse verificato quanto necessario. Solo dopo sarebbe entrato in azione.

23
Anno 1199

La mattina seguente, prima di rimetterci in cammino, noi pellegrini desiderammo ringraziare per l'ospitalità e andammo al monastero accanto all'albergo per pregare nella chiesa costruita qualche anno prima. Era la prima chiesa che visitavo da quando avevo lasciato la Sauve-Majeure e rimasi attonito di fronte a tale spettacolo.

L'abside centrale si ergeva a un'altezza impossibile, rimpicciolendo quelle laterali molto più basse. Era copiosamente decorata con un'insolita mescolanza di figure umane, mostri e animali che davano all'intero ambiente un'aria sinistra e irreale. I contrafforti sopportavano massicci il peso della struttura. Sul lato nord si trovava la porta d'ingresso carica di rappresentazioni di teste di aberrazioni sorte dall'immaginazione del capomastro e alcuni raffinati capitelli intagliati con maestria a motivi vegetali e animali. Adornavano il portico scene mitologiche di centauri e cavalieri in lizza, animali fantastici, verghe e arpie che suggerivano al visitatore di trovarsi alle porte dell'inferno.

L'impressione causata da essi, però, fu nulla in confronto a quella avuta entrando. La luce arrivava in abbondanza attraverso numerosi vani, oculi, finestroni e un rosone finemente rifinito dal mastro vetraio, rappresentante il Cristo e il miracolo dei pani e dei pesci. L'altezza era in armonia con quella esterna ed enormi pilastri cruciformi si innalzavano fin dove si spingeva la vista. Vagai per le navate, ammirando a bocca aperta i delicati dettagli a ogni arco e ogni pilastro, su ciascun capitello e cornicione; in modo particolare rimasi impressionato dallo strabiliante ciborio che coronava la chiesa e sotto il quale si trovavano le figure dei quattro evangelisti in placida contemplazione dei fedeli riuniti al loro cospetto.

Non c'era dubbio che fosse stato Dio a ispirare quell'opera e poteva benissimo essere quello il luogo in cui saremmo tornati per liberarci del male che dilagava nel mondo.

Davanti a tanta meraviglia, il tempo trascorse senza che me ne rendessi conto. Per questo sussultai al tocco della mano di Thomas.

«A cosa stai pensando, Jean?»

«Che invidio i manovali che hanno costruito questa chiesa», risposi ancora colpito. «Mi è sempre sembrata una professione poco interessante, ma ora comprendo l'orgoglio con cui ne parlate».

In quel momento, senza passato né futuro, presi coscienza che dedicarmi alla costruzione di chiese poteva rendermi sufficientemente felice per il resto della vita.

«Andiamo», mi spronò Thomas, «ci siamo già trattenuti troppo. Il sole è già all'orizzonte e dobbiamo partire subito se vogliamo arrivare a Torres del Río prima che cali la notte».

Ci fermammo alla chiesa di Villamaior per rimetterci in forze e subito riprendemmo la marcia. La fermata successiva fu la vicina località di Arcos, nella cui chiesetta trovammo ancora una buona accoglienza.

«Prendete dal fiume l'acqua che vi serve», ci consigliò il frate in capo al modesto eremo. «Più avanti è stata avvelenata quando gli arabi sono stati espulsi dalle nostre terre».

«Grazie del consiglio», rispose Thomas. «Faremo attenzione a bere solo dove siamo sicuri».

«E non trattenetevi troppo», aggiunse il frate. «Dicono che ci siano aggressori quando scende la notte. Vi restano ancora diverse ore di viaggio. Cercate la luce, vi guiderà».

Ce ne andammo senza aver capito l'ultima raccomandazione del frate. Ci sforzammo caparbiamente di avanzare, con le spalle incurvate dal peso delle ore. Davanti a me vedevo solo i piedi di Thomas e di tanto in tanto sentivo qualcuno maledire l'ennesimo inciampo.

Quasi senza avvedercene, la luce divenne insufficiente per proseguire e il bosco assunse un aspetto lugubre. Accelerammo il passo, intimoriti dalle raccomandazioni di guardarci dagli aggressori e allora vedemmo una tenue luce in lontananza. Si trattava senza dubbio di quella di cui ci aveva parlato il frate, forse posta lì dagli abitanti di Torres del Río per guidare i pellegrini come noi, sorpresi dal calare delle tenebre. Era difficile calcolare a che distanza si trovasse; a volte sembrava dietro la curva e altre, lontana come la luna. In certi momenti sembravano perfino essercene più di una, ma era il buio del sentiero che giocava con le nostre percezioni.

All'improvviso ci trovammo a un bivio dove sostammo in dubbio. Uno dei sentieri, il più stretto, saliva sulla destra, mentre l'altro, più ampio, scendeva a sinistra. Qualcosa nella mia testa mi spingeva a scegliere il secondo e, tuttavia, la luce era a destra. Come me anche Thomas guardava da una parte all'altra senza decidersi. Tutti gli altri ci osservavano in attesa.

«Ascolteremo il frate e proseguiremo verso la luce», disse infine.

Cominciammo a salire, ma una soffocante sensazione si impadronì presto di tutti quanti. Il silenzio era tanto assoluto da far male all'udito. Ci fermammo di colpo, in allerta, tendendo l'orecchio nell'oscurità. Un sibilo fendette la notte seguito da un colpo e Thomas cadde a terra di peso. Alla maggioranza di noi ci volle un po' per reagire e, quando lo facemmo, eravamo circondati da uomini armati di pugnali e bastoni.

«Consegnateci tutto ciò che avete di valore e vi lasceremo proseguire in pace», gridò uno dei malfattori.

Ci guardammo l'un l'altro senza sapere cosa fare. Veder cadere Thomas ci aveva paralizzati. Io ero atterrito. Lo guardavo e anelavo avvicinarmi per aiutarlo, ma temevo la reazione dei malviventi. A uno a uno depositammo a terra i nostri averi. Nessuno di noi aveva oggetti di valore, forse qualche moneta, ma i manovali consideravano i propri utensili – martelli e scalpelli, ceselli e righelli – alla pari di tesori. Per questo molti aprirono malvolentieri le proprie borse, a denti stretti e pugni serrati.

All'improvviso però udimmo sopraggiungere un fragore di zoccoli. Dalla curva apparvero diversi uomini a cavallo di enormi cavalcature e vestiti di bianco con un'enorme croce rossa sul petto: erano i monaci guerrieri dell'Ordine dei Templari. Uno di essi si fermò accanto a noi, mentre gli altri inseguirono gli aggressori che erano fuggiti a nascondersi nelle ombre della notte.

Mi avvicinai per prendermi cura di Thomas e lo puntellai contro un albero. Con un sospiro di sollievo, vidi che la ferita alla testa non era molto profonda.

«Sopravvivrò», mormorò dedicandomi un sorriso mentre cercava di scostarmi per alzarsi in piedi.

I cavalieri templari tornarono dall'inseguimento trascinandosi dietro uno dei malfattori con le mani legate.

«Siamo usciti dal monastero quando abbiamo visto le luci sulla collina», ci raccontò con voce grave quello al comando. «Questa banda di fuorilegge continua ad agire impunemente da diverse notti».

Quando Thomas fu di nuovo in grado di camminare, riprendemmo i nostri averi e, scortati dai Templari, ci dirigemmo verso Torres del Río, dove fummo accolti dai monaci benedettini, già avvertiti del nostro arrivo.

Tuttavia, non fu una notte tranquilla.

Non appena filtrarono i primi raggi del sole, fummo svegliati e, sotto minaccia, costretti a raggiungere la piazza del paese dove, nonostante l'ora antelucana, erano radunati tutti gli abitanti, inquieti. Parlavano tra loro animatamente, interdetti, indicando i cavalieri templari e il nostro gruppo di manovali.

Da una delle stradine che sbucavano sulla piazza apparvero due dei cavalieri con in mezzo il malvivente ancora legato. Si misero al centro e si fermarono. Si fece un profondo silenzio e tutti gli sguardi si posarono sul comandante dell'Ordine, che si alzò sulla sua cavalcatura e parlò con voce austera.

«Ascoltatemi ora, gente di Torres del Río! Sapete che abbiamo portato qui questo disgraziato, accusato di aver infranto le regole di Dio e dell'uomo e di aver attaccato un gruppo di pellegrini, spogliandoli dei loro averi e ferendone uno. E per questo, proprio qui, davanti a Dio e a voialtri, lo condanno alla forca. Che Dio abbia pietà della sua anima».

Di nuovo nella piazza calò il silenzio, rotto solo dal sibilo della corda che scorreva sul legno della forca. Nessuno guardava il condannato, che osservava in preda al terrore ciò che avrebbe voluto considerare solo un brutto sogno.

Mi trovai a pensare che forse non era un uomo malvagio, ma spinto a quella vita da proscritto dalla malasorte o dal destino. Ora tremava come una foglia e ai suoi piedi si allargò una pozza di urina. Guardava di qua e di là, come aspettandosi che qualcuno parlasse in suo favore, ma nessuno si mosse né alzò la voce.

Colto da una nausea improvvisa ero certo di vomitare. A furia di spintoni, il bandito fu costretto a salire su una scaletta. Quando uno degli uomini gli mise la corda intorno al collo cominciò a singhiozzare. La corda poi si tese e dalla gola dell'uomo uscì un verso gutturale. Percepii le gocce di sudore colarmi sulla fronte e un brivido mi attraversò da capo a piedi. Pochi secondi dopo le gambe dell'uomo smisero di oscillare e l'ultimo soffio di vita lo abbandonò.

Tutto ebbe fine con la stessa rapidità con cui era cominciato. La massa umana si disperse in piccoli gruppi, i monaci staccarono il corpo e lo portarono via per dargli sepoltura al di fuori del piccolo cimitero del villaggio, come era uso con chi veniva giustiziato.

«Quanto poco vale una vita in questo mondo ostile», riflettei a voce alta.

«E con quanta facilità il castigo supera il danno», rispose Thomas al mio fianco.

Alzai gli occhi e incontrai i suoi: aveva un'espressione di profonda tristezza.

«Per questo incido pietre», disse. «Non restano mai cicatrici come quella che a partire da oggi mi porterò sulla coscienza, perché chi ha dispensato la giustizia non ha voluto ascoltare la parte offesa. In questo mondo di distruzione, creare è ciò che permette a un uomo di non trascinarsi avanti come una bestia».

Desiderosi di abbandonare quanto prima quel villaggio, consumammo una colazione frugale e, dopo aver ringraziato i monaci, riprendemmo il nostro cammino verso nord. Il malessere fisico non mi abbandonava, ma lo attribuivo alla scena cui avevamo appena presenziato certo che, camminando, mi sarei sentito di nuovo bene.

Thomas si era totalmente ripreso dalle ferite fisiche, ma avevo la sensazione che quelle dell'anima avrebbero faticato a guarire. Ben presto il sole del mattino cancellò il ricordo della notte difficile e della triste alba e gli scherzi e le battute di alcuni manovali allontanarono il fantasma dalla nostra coscienza. Tuttavia non riuscivo a smettere di pensare che avrei potuto essere io quel disgraziato, che anch'io avevo rubato. Mi afferrai il cordone intorno al collo e fui tentato di lanciarlo nel più profondo del bosco, ma qualcosa mi trattenne: la promessa fatta a un moribondo.

Lo sforzo e la debolezza dello stomaco vuoto fecero sì che restassi indietro. Per acquietare il corpo mangiai un po' di pane, ma l'effetto fu contrario a quello che speravo. Tornarono i brividi e il sudore e presto mi ritrovai stremato. Avevo finito tutta l'acqua che portavo con me. Non capivo cosa mi stesse succedendo e non credevo più che fosse stata l'esecuzione del ladro ad aver avuto un effetto tanto devastante su di me. Dovevo avere proprio una brutta cera, perché nelle numerose pause alle quali costrinsi i miei compagni notavo sguardi e mormorii di pena e preoccupazione. Non tolleravo nessun tipo di alimento e il corpo finì per rifiutare perfino l'acqua; a poco a poco le forze mi abbandonarono. Il giorno seguente, dopo una notte di vomito e insonnia, ebbi perfino bisogno di aiuto per camminare.

«Siamo vicini a un villaggio di nome Viana», annunciò Thomas con l'angoscia evidente sul viso. «Lì, stando a quanto ci hanno detto alcuni pellegrini, c'è un ospedale intitolato a santa Catalina dove i monaci potranno prendersi cura di te. Vedrai che ti riprenderai in fretta. Non manca molto ormai», aggiunse abbozzando un sorriso incoraggiante che mi preoccupò molto più dell'espressione angustiata degli altri manovali.

«Posso proseguire, già mi sento meglio», mentii ricambiando il sorriso.

La notte si avvicinava e io, testardo, continuavo a mettere un piede davanti all'altro cercando di sorridere a quelli che mi venivano accanto per aiutarmi, per offrimi acqua o semplicemente infondermi coraggio. Presto il sole scese così tanto all'orizzonte che non ci permetteva più di vedere il sentiero. Quando già sembrava che dovessimo passare la notte all'addiaccio, uno dei manovali indicò il campanile di una chiesa circondato da alcune case. Sfinito dallo sforzo, sorrisi e crollai a terra.

Il ricordo successivo è di uno strano odore al risveglio, un odore acre, un misto tra sudore rancido, aceto e vomito, insieme a qualcosa che si poteva solo descrivere come odore di malattia. O di morte.

Mi alzai con difficoltà e mi ritrovai disteso in un lettino in fondo a una grande sala. I monaci, furtivi, si muovevano tra altri ricoverati nelle mie stesse condizioni; il loro silenzio contrastava con il coro di gemiti, lamenti, tosse e conati. In fondo, un frate somministrava un trattamento e, accanto a me, un altro puliva un ammalato. Alcuni letti più in là, un terzo teneva per mano un uomo la cui sofferenza non si riusciva a lenire. Sapevo che negli ospedali accoglievano solo coloro che erano destinati alla morte e mi sentii nell'anticamera dell'inferno. Mi spaventai. Quando vide che mi ero svegliato, uno dei religiosi con un saio consunto, mi si avvicinò. Evidentemente percepì la mia apprensione.

«Non preoccuparti». Mi rivolse un gesto che voleva essere rassicurante. «Presto starai bene, il peggio è passato».

«Cosa mi è successo? Dove mi trovo?», chiesi più timoroso che confuso.

«Mi chiamo Esteban. Sei in buone mani. Sei arrivato nel nostro ospedale due giorni fa, fiaccato dal mal di stomaco e arso dalla sete. Gli amici che ti hanno condotto qui hanno vegliato sulla tua malattia mentre noialtri aiutavamo la natura a fare il suo corso. Sei giovane e forte. Domani ti sarai rimesso e potrai ripartire per la tua destinazione».

In quel momento ricordai tutto ciò che era accaduto nelle ultime settimane e d'istinto mi portai la mano al collo. Ero stato spogliato della reliquia e di tutti gli altri miei averi. L'avevano i monaci? O magari Thomas o uno dei manovali? Il segreto era andato perduto? Forse coloro che mi inseguivano mi avevano localizzato e, recuperato l'oggetto, erano partiti convinti che sarei morto lì. Come se avessi espresso i miei timori a voce alta, il monaco rispose alle mie domande.

«Tutti i tuoi averi sono al sicuro, compreso l'amuleto a cui sembri tanto legato. Nonostante delirassi quando sei arrivato qui, non è stato facile separartene e lo hai invocato in sogno innumerevoli volte. Ti verrà restituito non appena potrai rimetterti in piedi».

Quindi si allontanò, lasciandomi immerso nel mio silenzio. Mi sorprese accorgermi che, per un istante, per quanto potessi apparire vigliacco, avevo desiderato che me lo avessero rubato davvero, che ne avessi perduto la responsabilità. Ancora non era il momento, però, dovevo ancora portare a termine quanto promesso all'abate Pierre de Didone. A Santiago avrei trovato qualcuno a cui consegnare la reliquia, qualcuno che sapesse cosa farci, solo allora avrei tentato di recuperare la mia vita.

Qualche ora dopo, quando alla fine riuscii a mangiare qualcosa, vennero a farmi visita Thomas e altri manovali. Colmi di apprensione, attraversarono l'enorme sala traboccante di malati. Nessuno andava mai in visita negli ospedali, a meno che il ricoverato non fosse un parente stretto o un malato grave. Per questo lo apprezzai molto: da quel loro sforzo appresi di essere stato accettato come uno di loro. Thomas si avvicinò a grandi passi.

«Abbiamo tanto pregato per te Jean», mi disse con un sorriso preoccupato, ma anche sollevato.

«So che avete fatto molto di più», risposi con un gesto di gratitudine. «Passare il tempo qui non è facile a meno che, come nel mio caso, non si abbia altro rimedio e si passino le ore addormentati o incoscienti».

Thomas mi lanciò uno sguardo che interpretai come tenerezza. Anch'io cominciavo ad affezionarmi a quel vecchio capomastro.

«Basta parlare di momenti bui adesso», concluse Thomas. «Ci sarà tempo per i ricordi quando cammineremo sotto il sole. Con la luce del mezzogiorno, le tenebre si ritirano».

Restammo alcuni istanti in silenzio. La sua compagnia era per me pari a una celebrazione in mio onore. Thomas sembrava così contento di vedermi ristabilito che non si risparmiava il dolore né il pericolo di trovarsi in un luogo in cui aleggiava la morte. O forse non gli importava. Era un uomo straordinario. Mi aveva adottato come un figlio, anche se in realtà trattava tutti quanti con bontà e sembrava che niente di ciò che gli accadeva intorno potesse cambiarne l'essenza. Era come uno scoglio nel mare, che sopporta i colpi delle onde senza mai cedere.

Al contrario, era ben visibile il disagio degli altri miei compagni che si guardavano intorno titubanti, bramosi di allontanarsi al più presto da malati e moribondi. Sorrisi a Thomas e, a beneficio degli altri lo invitai ad andare a riposare. Gli promisi che li avrei raggiunti il giorno dopo, ai primi raggi del sole per proseguire il viaggio verso ovest.

Quando dal vicino villaggio di Viana il primo canto del gallo annunciò l'alba, domandai a frate Esteban di riconsegnarmi i miei abiti. Ero ansioso di riunirmi ai miei amici senza ritardarne ulteriormente il cammino. In pochi minuti, l'infermiere tornò con i miei scarsi averi e una buona dose di consigli che ascoltai con pazienza e gratitudine. Misi di nuovo l'oggetto al collo e ringraziai ancora una volta il monaco per le attenzioni che mi aveva riservato. Prima di partire, però, mi azzardai a domandare: «Perché lo fai?». Dalla sua espressione stupita, compresi che non aveva capito la mia domanda. «Dedicarti alla cura dei malati e vederne morire molti, rischiando la tua vita ogni giorno», precisai.

«Non hai mai sentito la voce?», fu la risposta di Esteban. «No, non mi riferisco alla voce di Dio», aggiunse puntando un dito verso il cielo. «Mi riferisco a quella vocina nella testa che ti dice qual è la via giusta. Molti uomini passano la vita intera senza udirla, altri cercano perfino di soffocarne il grido. Io no. Io l'ascolto, l'ho eletta a guida della mia vita ed essa mi dice che il mio posto è qui. A volte vorrei che non fosse così, vorrei avere la debolezza sufficiente per non darle ascolto, ma suppongo che allora non sarei me stesso. E che mi resterebbe allora? Alcuni la chiamano coscienza. E tu? La senti?».

Percorsi pensieroso i corridoi accompagnato dai gemiti e dai colpi di tosse emessi dai volti scarni di coloro che avevano perso le speranze di lasciare vivi quel luogo. Nessuno poteva più dar loro ciò che i loro sguardi imploravano e allora compresi che la mia vita non sarebbe mai stata piena come quella di Esteban.

Quando uscii alla luce del sole mi sentii più vivo che mai, contento di essere fuori da quelle mura, ma ben cosciente di dover ascoltare la mia voce. Thomas e gli altri mi aspettavano sulla porta con le loro sacche pronte.

«Andiamo!», dissi loro. «O la notte ci coglierà prima che troviamo riparo!».

24
Anno 2019

Dopo aver visitato le chiese di Monjardín e Los Arcos, Marta e Iñigo fecero rotta per Torres del Río. Lì visitarono la chiesa del Santo Sepolcro, dove era stato accolto Jean dopo l'aggressione notturna e la piazza in cui era stato giustiziato l'aggressore.

C'era qualcosa che preoccupava Marta. La sera avanzava e presto avrebbero avuto bisogno di un luogo in cui dormire, il che la costringeva a una conversazione imbarazzante con Iñigo, una conversazione su cui entrambi, o almeno lei, avevano sorvolato per tutto il giorno. Quando finalmente si armò di coraggio e pose la fatidica domanda, la risposta che ricevette le arrivò del tutto inaspettata.

«Passeremo la notte a casa di mia zia Beatriz», le comunicò Iñigo. «Le ho detto che ci saremmo fermati da lei a cena e ne è stata felicissima».

«Non mi avevi detto di avere dei parenti a Torres del Río», disse Marta aggrottando la fronte, un po' infastidita per non essere stata consultata.

«Scusami, hai ragione», disse lui. «Volevo farti una sorpresa e quando al bar sei andata al bagno ne ho approfittato per chiamarla. In realtà non ho solo dei parenti a Torres, ci sono nato», confessò con una certa tristezza.

Rimasero in silenzio. Marta aspettava che le raccontasse qualcosa di più, ma Iñigo rimase in silenzio a riordinare i suoi pensieri. Alla fine continuò: «Mia zia Beatriz è come una madre per me. Quando sono morti i miei genitori è lei che si è occupata di tutto. E non sempre le ho reso le cose facili».

«Che cosa vuoi dire?», lo spronò a continuare.

«Brutte compagnie. In quel periodo ero arrabbiato con il mondo che mi aveva portato via i miei genitori. Quando non sai quello che vuoi, cerchi sempre qualcosa o qualcuno che dia un senso alla tua vita. Io lo trovai in due giovani delinquenti. Quello che facevamo mi sembrava eccitante, fino a che una notte…».

Iñigo si interruppe, incerto.

«Se non vuoi proseguire, lo capisco».

Marta aveva notato l'angoscia che gli stava montando in gola. Forse neanche lei voleva ascoltare quello che Iñigo le stava per raccontare. Poi l'uomo le fece un gesto con la mano a dissipare la preoccupazione.

«Quella sera rapinammo un benzinaio. Mikel aveva una pistola, ma diceva sempre che era scarica. Scoprii che non era vero. Sparò al ragazzo della cassa perché fece resistenza a dargli i soldi. Ci arrestarono ma, dato che non avevo precedenti, mia zia mosse mari e monti», sorrise a ripensarci, «e riuscì a farmi commutare la pena con l'ingresso in seminario dove sono rimasto fino a oggi».

Marta era intrigata dalla storia di Iñigo e desiderava conoscere la zia Beatriz, una donna evidentemente molto in gamba. Quando arrivarono a Torres del Río, Iñigo la guidò per i suoi vicoletti fino a una modesta abitazione al numero 3 di calle Ote. Prima ancora di scendere dalla macchina, la vecchia porta della casa, che aveva conosciuto tempi migliori, si spalancò. Una donna minuta e dinamica si slanciò su Iñigo e lo abbracciò. Quindi si staccò per guardarlo e vedere con soddisfazione che non era dimagrito più del dovuto.

A Marta ricordava sua zia Lucia, che insisteva sempre che mangiasse di più e non poté reprimere un sorriso. Beatriz si voltò verso di lei, l'abbracciò e le stampò due sonori baci su ciascuna guancia. Senza smettere di parlare, li accompagnò dentro una casa umile ma accogliente. Dai fornelli arrivava un profumo di cucina casalinga che le risvegliò l'appetito. Salirono per una scala stretta al secondo piano e proseguirono lungo un corridoio ancora più angusto.

«Questa sarà la tua camera», disse Beatriz guardando lei. Quindi si voltò versò Iñigo e gli strizzò l'occhio. «La tua già la conosci».

Marta si fece una doccia e approfittò per lavarsi i capelli. Li lasciò sciolti per farli asciugare e, dopo aver indossato abiti comodi, scese seguendo il profumo della cena. Ascoltò zia e nipote che chiacchieravano in cucina.

«Lo sapevo che sarebbe successo prima o poi», diceva la donna in tono allegro. «Che un giorno ti saresti presentato qui con una ragazza e mi avresti detto che lasciavi la Chiesa».

Marta rimase di sale. Era questo che le aveva detto Iñigo? Non poteva credere che le avesse raccontato una cosa simile.

«Marta è solo una ragazza che è venuta in visita alla mia chiesa ieri», la contraddisse Iñigo con una voce molto seria. «Non ho intenzione di lasciare l'abito. La sto solo accompagnando nelle sue ricerche».

Marta si era fermata sulla scala a metà strada per la cucina. Espirò più tranquilla dopo quella dichiarazione di Iñigo, ma non riusciva comunque a muoversi, catturata dalla conversazione.

«Pensi forse che non mi sia accorta di come la guardi?», continuò Beatriz. «Io ho voluto che entrassi in seminario solo per proteggerti da te stesso, perché diventassi l'uomo che sei diventato. Ora però è il momento di uscire da quelle mura e tornare ad affrontare il mondo».

«Sto bene dove sto. È quello adesso il mio mondo e non intendo lasciarlo», si difese lui.

Marta cambiò posizione per continuare ad ascoltare, ma le assi della scala scricchiolarono. I due smisero di parlare, così Marta scese fingendosi disinvolta e ignara. Riuscì a ingannare Iñigo, ma aveva la sensazione che con Beatriz non sarebbe stato altrettanto facile.

«Che profumino!», esclamò cercando di reprimere il rossore. «Ho davvero fame».

«Non sai cosa hai appena detto», rise Iñigo apparentemente sollevato dall'interruzione. «Quando mia zia ti farà uscire dalla cucina non passerai neanche più per la porta».

La zia Beatriz lo colpì con il canovaccio della cucina e tra le risate sedettero a tavola. Proprio come aveva predetto Iñigo fu una cena abbondante e Marta per un attimo temette che la minaccia dei chili di troppo si compisse per davvero. A poco a poco, la conversazione si spostò sullo scopo del viaggio di Marta toccando anche l'esecuzione capitale che si era svolta nella piazza del villaggio ottocento anni prima.

«Che orrore!», esclamò Beatriz. «Non avevo mai sentito questa storia. Nessuno merita di morire in quel modo».

«Erano tempi molto difficili», disse Iñigo. «Non si trattava solo di giustizia, ma di educare la popolazione».

«In ogni caso sono felice che oggi il mondo sia un luogo più tranquillo», concluse Beatriz.

Marta guardò Iñigo. Era serio, pensieroso, come se non fosse del tutto d'accordo su quell'ultima affermazione della zia.

«Domani possiamo visitare la piazza», propose Beatriz. «Ma vi avverto che la cosa più interessante che vedremo saranno i paesani seduti al bar del villaggio che guardano passare la vita».

25
Anno 33

Un boato risvegliò i tre apostoli. Si udirono dei violenti colpi alla porta di casa e minacce gridate all'esterno. Il portone che metteva in comunicazione la stalla con l'abitazione si aprì di scatto e sulla soglia apparve il cugino di Attanasio con la faccia stravolta. Attraversò la stalla a grandi passi e mostrò loro una botola nascosta in un angolo. Avevano appena avuto il tempo di vestirsi e il primo di loro stava uscendo dalla botola quando un frastuono annunciò che gli aggressori erano riusciti a sfondare la porta di casa. Restavano solo pochi preziosi secondi per raggiungere il fiume e salire in barca.

Attanasio, buon conoscitore del luogo, li condusse in fretta verso il molo. Lì scoprirono subito che i loro nemici avevano sicuramente considerato quell'eventualità. La loro barca era in mezzo al fiume e un uomo teneva i remi. Li guardò per un attimo, quindi cominciò a gridare per richiamare i propri compagni. Se non avessero preso una decisione in fretta, si sarebbero trovati in trappola tra gli inseguitori e il fiume.

Attanasio fu il primo a reagire e, con un gesto e un grido ordinò agli altri di seguirlo. Si addentrarono in un boschetto e attraversarono un ponticello. Allora chiese loro di aspettarli un momento; riattraversò il ponte, lasciò delle impronte dall'altra parte del fiume e tornò da loro.

«Quando eravamo piccoli giocavamo a nascondino nel bosco», disse con un sorriso timido sulle labbra, come se il ricordo di un'epoca tanto lontana lo facesse arrossire. «Non avrei mai pensato che sarei tornato a farlo da adulto».

Ripresero quindi la marcia, prima paralleli al letto del fiume e poi allontanandosene. Trascorso un lasso di tempo che a Giacomo parve interminabile, si fermarono e rimasero in ascolto, pronti a cogliere segnali dell'arrivo degli inseguitori. L'iniziale silenzio lasciò il passo ai rumori della notte.

In quel momento nella testa di Giacomo prese forma un pensiero bizzarro: la notte, quando l'uomo dormiva, era immersa in un suono particolare, profondo, ancestrale, che avrebbe continuato a palpitare anche se un giorno l'umanità fosse scomparsa dalla faccia della terra. Non era però quel suono che si aspettavano di sentire, ma rumore di passi, movimenti furtivi, sussurri o respiri affannosi. Eppure, per quanta attenzione prestassero, niente giunse alle loro orecchie e poco alla volta rilassarono i sensi in allerta. A quanto pareva erano riusciti a fuggire.

Nonostante la stanchezza, senza niente da mangiare né da bere e senza un luogo dove andare, Attanasio mostrava una determinazione fino ad allora sconosciuta in lui. Diede agli altri giusto qualche istante per riprendere fiato e li spronò a proseguire.

Di quella notte Giacomo avrebbe conservato il ricordo dei sandali di Teodosio davanti a lui, le innumerevoli pietre del sentiero che sorgevano come ombre nel buio per scomparire allo stesso modo, la gola secca, la stanchezza e la paura. E, alla fine, il ricordo del giorno che spuntava in mezzo a loro e illuminava il mare.

26
Anno 2019

Mentre Marta meditava a letto sugli avvenimenti che l'avevano portata fin lì, Federico Costanza si registrava in una malridotta pensione nel centro di Pamplona. Avrebbe potuto alloggiare presso una delle numerose congregazioni religiose della città, ma la discrezione era la sua arma. Se nessuno avesse ricordato il suo soggiorno lì, tanto meglio. Perfino l'addetta alla reception si sarebbe dimenticata la sua faccia nel giro di qualche minuto, desiderosa com'era di tornare allo schermo del cellulare per leggere gli insulsi messaggi che probabilmente le aveva inviato il fidanzato.

Una volta in camera, Federico girò intorno un'occhiata indifferente, come se dovesse farne l'inventario. Quindi compose il numero di Iñigo e attese.

«Sì?», rispose una voce.

«Salve, Iñigo», disse senza presentazioni. «Presto ci conosceremo».

«Chi parla?».

La voce di Iñigo era sospettosa. Federico fece una smorfia infastidita; quel giovincello non gli avrebbe reso le cose facili. Stese la gamba dei pantaloni per portarla alla lunghezza dell'altra e tolse un filo con espressione annoiata.

«Il mio nome non ha importanza, solo la mia missione», dichiarò dopo la pausa.

«E qual è la sua missione?»

«Sono qui per sapere perché ci hai chiamato, di quale libro parli e cosa cerca la tua amica restauratrice».

«Restauratrice?», si stupì Iñigo.

Federico inarcò il sopracciglio: aveva trovato la prima crepa a cui aggrapparsi.

«Vedo che la tua amica non è stata del tutto sincera. Chi ti ha detto di essere? Una storica, magari?».

All'altro capo della linea si udiva solo silenzio. Iñigo cercava di decifrare quello che l'uomo aveva appena lasciato intendere. Alla fine fu Federico a parlare.

«Aiutami nella mia missione e io me ne andrò», concluse.

«Così e basta?».

Iñigo non era solo diffidente, ma anche a disagio. Aveva percepito la velata minaccia.

«Così e basta. Al giorno d'oggi ancora si scoprono opere d'arte, libri e scritti occultati in angoli sconosciuti. Molti di essi ci aiutano a conoscere e spiegare l'opera di Cristo. Il mio dovere è scoprirli e proteggerli. E il tuo dovere di sacerdote è di aiutarmi».

All'altro capo della linea Iñigo si sentiva stranamente inquieto. Qualcosa nell'impassibilità di quell'uomo risultava inquietante. Parlava con la freddezza di un medico legale che effettua un'autopsia ma, senza dubbio, aveva ragione e il suo incarico era necessario, anche se gli sfuggivano le implicazioni contenute nelle sue parole. E se ciò che è stato trovato fosse stato qualcosa che non doveva venire alla luce? Ripensò a tutte le volte in cui la disobbedienza l'aveva messo nei guai, sia prima che dopo aver preso i voti.

«Siamo a Torres del Río», disse dopo aver preso la sua decisione. «Domani a mezzogiorno andremo a visitare San Millán de la Cogolla. Possiamo vederci lì. Ci andrò con Marta».

«Di questo non ti preoccupare. Mi occupo io di tutto».

«Cosa vuol dire che si occupa lei di tutto?», chiese per nulla tranquillo.

«Che domani mattina incontrerai per caso un vecchio amico, Federico Costanza, che non vedevi dai tempi del seminario. Sono venuto in visita in Spagna desideroso di incontrare i miei vecchi compagni di studi».

La voce di quell'uomo era sconcertante; non trasmetteva alcuna emozione, solo informazioni, come un risponditore automatico. Si udì un *clic*. Federico aveva riattaccato senza salutare. Non aveva altro da comunicare.

Iñigo sedette sul letto della sua vecchia camera e rimase a pensare. Non gli piaceva la piega che stava prendendo la vicenda.

Il giorno dopo, Marta si alzò presto e uscì a correre. La notte prima non si era resa conto di quanto fosse piccolo il villaggio e in poco tempo lo girò del tutto. Deviò dalla strada, vuota a quell'ora, arrivò al vicino Sansol e ritornò; tutto in poco più di mezz'ora. Quando rientrò in casa trovò Beatriz che preparava la colazione. Iñigo ancora non era sceso.

«E non ti aspettare che lo faccia presto», la avvisò la donna quando glielo chiese. «Gli è sempre piaciuto dormire, ma non importa, così io e te potremo parlare un po'».

Subito Marta si sentì come una scolaretta convocata dal preside con l'accusa di qualche birichinata.

«Sei una ragazza molto carina», esordì Beatriz.

«Grazie», rispose Marta forse un po' troppo bruscamente. Non era abituata ai complimenti e non sapeva come reagire. Decise di rimanere in attesa e scoprire le sue intenzioni.

«Tu e Iñigo siete una bella coppia», continuò guardandola di sottecchi per sondare il terreno.

«Non siamo una coppia», rispose con decisione Marta per non alimentare false speranze. «Ci conosciamo da due giorni».

«Però ho visto come lo guardi e come lui guarda te».

Marta maledisse la sua incapacità di nascondere le proprie emozioni. Era sicuramente attratta da Iñigo, ma non sapeva che fosse tanto evidente agli altri. Da quel momento in poi avrebbe dovuto impegnarsi di più per camuffare i propri sentimenti.

«Iñigo è un sacerdote», obiettò con un'alzata di spalle a sottolineare l'ovvio.

«Non dovrebbe esserlo», affermò Beatriz con sua grande sorpresa. «Iñigo è rimasto orfano prestissimo e io non sono stata in grado di tenerlo a bada. Non ho avuto figli miei e non ho saputo affrontare la sua situazione. Si è messo nei guai e alla fine sono stata costretta a mandarlo dai preti. Volevo solo evitare che si rovinasse da solo. Poi un giorno, è tornato all'improvviso ed era cambiato: era sereno, maturo. E mi comunicò di voler prendere i voti».

«Quindi è stata una sua decisione».

Marta era soddisfatta di come stava gestendo la conversazione, ma dal gesto di Beatriz capì che per la donna non bastava.

«Non è felice», rispose con uno sguardo triste. «E lo sa bene, anche se cerca di non pensarci. Per questo il tuo arrivo capita a proposito, tu sei ciò che gli serve per decidersi».

"Mi sta caricando di troppa responsabilità. Lo trovo attraente, non lo nego, ma non lo conosco. E ha un lato oscuro", pensò Marta senza azzardarsi a dar voce a quella considerazione.

«Non ti chiedo molto, non potrei mai. Ti chiedo solo di accompagnarlo qualche giorno. E di tener presente che, sì, è un sacerdote, ma è anche un uomo».

Nell'udire i passi per le scale si scambiarono uno sguardo imbarazzato e si interruppero. Iñigo entrò in cucina.

«Ho fame», disse. «Potevate chiamarmi per la colazione».

Dopo le parole di Beatriz, Marta lo guardò con altri occhi. Notò che arrossiva.

«Vado a farmi la doccia», comunicò allora, alzandosi fin troppo in fretta. «Scendo tra qualche minuto».

Notò il sorriso di Beatriz mentre Iñigo si stupiva della sua reazione. Marta fuggì per le scale.

Dopo aver fatto colazione, visitarono la piazza di Torres del Río che non corrispondeva affatto all'immagine che si era creata Marta. Era una piazza minuscola rispetto alle dimensioni del villaggio. Quindi, delusi, si diressero alla chiesa del Santo Sepolcro. Lì dovettero aspettare qualche minuto l'arrivo di Ofelia, l'incaricata di aprire la chiesetta, che Beatriz aveva dovuto chiamare. Arrivò sbuffando con una faccia poco amichevole, come se fosse stata buttata giù dal letto.

Per Marta valse la pena aver aspettato. Era una costruzione davvero singolare. Solo pochi metri separavano l'entrata dal lato opposto della navata. In realtà era una torre che produceva un effetto piuttosto particolare. Stando al racconto di Jean, la chiesa era di origine templare, con la caratteristica pianta ottagonale. Iñigo e la zia Beatriz seguirono attentamente le spiegazioni di Marta sulla volta *mudéjar* e gli otto archi che formavano una netta stella sotto la cupola.

«Non avrei mai potuto immaginare tutte le meraviglie che ci hai raccontato», disse Beatriz. «Per me è sempre stata la vecchia chiesa del villaggio e adesso scopro che ci parla di Templari, musulmani e simbolismi esoterici».

Uscendo, salutarono la zia Beatriz che diede due baci a Iñigo e un caloroso abbraccio a Marta, approfittando per sussurrarle all'orecchio alcune parole che il sacerdote non riuscì a capire. Quando salirono in auto, gliene chiese conto.

«Che ti ha detto mia zia?»

«Solo che è stata felice di conoscermi», mentì Marta.

"Una bugia pietosa è un peccato veniale", pensò. E poi non ci si vedeva a spiegare a Iñigo cosa le avesse detto per davvero: «Sono sicura che ci rivedremo». A Marta le sembrava tutta una follia, ma un tarlo aveva cominciato a roderla e le ripeteva che forse Beatriz non si sbagliava. O forse era ciò che voleva credere.

27
Anno 1199

Durante l'ascesa dal monastero di Suso fummo abbracciati da un bosco piccolo ma fitto. Dava l'impressione di trovarsi in mezzo a un'antica foresta con l'impalpabile pioggerella e la nebbia a enfatizzare la sensazione. Mi stavo giusto chiedendo dove potesse nascondersi il convento, quando la nebbia si diradò e davanti a noi apparvero sette piccoli sepolcri scavati nella roccia. Dalle dimensioni sembravano tombe di bambini e mi si strinse il cuore a pensare alla triste storia che, indubbiamente, celavano.

Erano trascorsi cinque giorni dalla nostra uscita dal monastero di Santa Catalina, a Viana, e alla fine eravamo giunti alla nostra destinazione successiva che ci salutava dal fianco della collina che proteggeva i piccoli sepolcri.

Thomas, che i monaci conoscevano perché anni prima aveva lavorato per loro, mi incoraggiò ad accompagnarlo a visitare il monastero.

«Così vedrai le opere che abbiamo compiuto nelle grotte primitive», aggiunse con orgoglio, «ampliandole con muri e archi semicircolari».

«In queste grotte si ritirò l'eremita Aemilianus», precisò il priore con voce tranquilla mentre ci camminava accanto con le mani dietro la schiena.

Non riuscii a trattenere un sorriso. Thomas e il priore passavano nello stesso monastero ma vedevano cose diverse, nella forma e nella sostanza.

Thomas mi indicò le colonne visigote, le più antiche del tempio. Quindi quelle mozarabiche, di gran bella fattura e, alla fine, quelle erette da lui stesso. Tutte insieme sembravano narrare la storia dei loro abitanti attraverso i secoli.

In una delle piccole grotte ci fermammo davanti a un sepolcro finemente intagliato nella roccia.

«È il sepolcro di san Millán», spiegò il priore.

Thomas si inginocchiò davanti alla tomba, subito imitato dal resto dei manovali. Pregammo in silenzio qualche minuto fin quando Thomas non si rialzò.

«Bene», disse, «dobbiamo proseguire fino a Yuso dove potremo riposare».

«Ma credevo che fosse questa la nostra destinazione!», esclamai temendo di avere ancora davanti diverse ore di cammino.

«No, ma stai tranquillo», mi rispose sorridente Thomas. «Yuso è vicina, sarà una passeggiata. Lì potrai riposarti e recuperare».

E così fu. Poco dopo arrivammo al monastero di Yuso, a un tiro di sasso, in fondo alla valle. I monaci ci offrirono la cena e dei paglericci dove dormire e decidemmo di prendere un giorno intero di riposo prima di continuare il nostro cammino verso ovest. Anche lì l'abate conosceva Thomas e subito lo aggiornò sui cambiamenti che erano intervenuti dalla sua ultima visita.

«Abbiamo intenzione di realizzare un'opera per ampliare lo *scriptorium,* dato che è diventato piccolo per conservare tutti i codici che copiamo», lo informò il priore. «Inoltre», aggiunse con orgoglio, «la bottega di scultura che abbiamo creato ha già realizzato alcune raffinate opere in avorio per il nostro reliquiario».

«Potreste magari demolire una delle pareti», suggerì Thomas entusiasmato dall'idea, «e ampliare la zona arrivando a raddoppiare le dimensioni dello *scriptorium* attuale».

«Jean, ti piacerebbe visitarlo?», chiese il priore girandosi improvvisamente verso di me. «È l'orgoglio del monastero. Abbiamo codici unici in lingue come quella vascona e romanza».

«Mi piacerebbe molto», risposi senza pensare, dimenticando la stanchezza delle gambe.

Non ero mai entrato in uno *scriptorium,* o perlomeno la mia memoria non lo ricordava. Mentre vi andavamo, il priore continuò a raccontarmi dei suoi sforzi per convertire San Millán in un centro mondiale del sapere.

Quando entrai rimasi senza fiato. Decine di monaci erano curvi sul proprio lavoro, sagome tremolanti alla tenue luce delle torce. Erano in assoluto silenzio, rotto soltanto dal grattare delle penne sulla pergamena. Ci avvicinammo a uno di loro che il priore ci presentò come Eneko, un giovane alto, esile e un po' smilzo, con una barbetta a punta, un naso affilato e più che generoso e uno sguardo schivo a suggerire timidezza.

«Eneko è qui con noi da due anni», spiegò il priore. «È vascone e gli abbiamo affidato la riproduzione di alcuni testi sulla storia e la cultura del suo popolo».

Continuammo a camminare tra i tavoli, fermandoci a ogni monaco; dopo le dovute presentazioni, il priore sottolineava l'importanza del lavoro specifico cui era intento a ognuno di loro.

«Nicolás è guascone», disse il priore indicando il monaco più vicino. «Trascrive su commissione diverse opere di sant'Agostino, come *Enchiridion* e *Liber quaestionum*, per un cavaliere di indubbia ricchezza».

Osservai il lavoro di Nicolás e vidi che non usava la pergamena, ma un materiale a me sconosciuto. Il priore percepì la mia curiosità.

«Avvicinatevi», ci invitò, «e vedrete che alcune delle nostre opere si trascrivono su quella che è stata chiamata carta. È una nuova invenzione arrivata dall'Oriente e siamo tra i primi a utilizzarla».

Ci chinammo sulla cosiddetta carta interrompendo il lavoro del monaco che sembrava non desiderare altro che ce ne andassimo e lo lasciassimo terminare. Un piccolo dettaglio attirò la mia attenzione e, prima di poterci pensare, le parole mi uscirono di bocca.

«Qui c'è un errore», dissi pentendomi immediatamente di quel commento.

«Non è possibile», rispose il monaco tra il sorpreso e l'irritato.

Tutti si guardarono, aspettando che continuassi. Non avrei voluto farlo, ma ormai era tardi.

«Questa frase», indicai. «*Quisquis se laudaverit, ad nihilum / sepe devenit. Nam fornica et musca contendebant / acriter, quae melior illarum fuisset*. Avresti dovuto scrivere "formica" al posto di "fornica"».

Quasi tutti gli altri monaci alzarono la testa dai codici e mi lanciarono occhiate interrogative.

«Bene», intervenne il priore con fare urgente. «Lasciamo lavorare i confratelli; manca ancora molto all'ora terza».

Mentre ci allontanavamo, Thomas mi interrogò con lo sguardo. Non ci feci caso; in quel momento ero troppo occupato a chiedere a me stesso come mai fossi in grado di leggere il latino. Aveva a che fare con la mia vita precedente? Una successione di immagini mi passava vertiginosamente nella testa: archi che si elevavano su poderose colonne, finestrelle da cui filtrava un tenue chiarore appena sufficiente a illuminare una stanza, numerose lampade a olio che diffondevano luce e un odore che impregnava libri, abiti, le spesse pareti di un monastero… era uno *scriptorium*.

Così come era apparsa, l'immagine sfumò fino a sparire, lasciando un vuoto che mi arrivò alla bocca dello stomaco. Chi ero? Sapevo leggere e probabilmente anche scrivere. Avevo vissuto o perlomeno ero stato in un monastero. Forse era per questo che mi sentivo così a mio agio circondato dalle pietre. Ma tutto mi sfuggiva tra le dita, come la sabbia del mare. Dove si trovava quel monastero? Ero forse un monaco? Un copista forse?

Guardai Thomas e feci spallucce.

28
Anno 2019

«La nostra fermata successiva è Viana», annunciò Marta avviando il motore. «Andremo a cercare l'ospedale dei pellegrini in cui è stato curato Jean».

«Non ricordo che ci sia un ospedale dei pellegrini, ma Viana è uno dei paesi più carini che conosco. E, a ogni modo, magari troveremo informazioni su questo antico ospedale», rispose Iñigo.

Marta si godette molto la visita a Viana. Tra angusti vicoli lastricati e graziose casette ristrutturate, trovavano anche costruzioni storiche sormontate da antichi stemmi nobiliari. Iñigo sembrava conoscere molto bene il villaggio e le mostrò angoli che solo persone del luogo potevano scovare. Il tempo trascorse così in fretta che, quando finirono il giro, si accorsero che non avrebbero fatto in tempo ad arrivare a San Millán per pranzo.

«Possiamo mangiare qui», propose Marta desiderando prolungare quel momento magico.

Subito l'umore di Iñigo cambiò. Prima si mostrò contrariato, poi nervoso. Alla fine si diede per vinto ed entrarono in un ristorantino adocchiato durante la passeggiata. La magia era scomparsa e sembrava più che altro rassegnato. Marta fu spiazzata da quel cambio di atteggiamento, tanto che le sembrava di trovarsi davanti a una persona diversa. Tra loro calò il silenzio.

«Adoro vederti mangiare», disse Iñigo all'improvviso. «Voglio dire che hai un grande appetito per essere…».

«…così magra?».

Marta terminò la frase per lui, in parte divertita e in parte sorpresa da un commento del tutto inaspettato.

«No, io… e va bene, sì».

Marta scoppiò a ridere senza poterne fare meno. Iñigo a volte le appariva lontano, attraente e misterioso, altre volte scherzoso e sfacciato e, altre ancora, perfino innocente. L'unica cosa certa è che il sacerdozio non gli si addiceva.

«Sono magra perché faccio sport e perché la genetica mi ha favorito. Deve avere a che fare con mia madre: è una donna molto attraente».

«Immagino», rispose lui. «Scusa, non volevo dire che...».

A quel punto gli squillò il telefono, Iñigo controllò il display e si allontanò per rispondere.

«Salvato dal gong!», esclamò Marta con un sorriso.

Quando tornò, era di nuovo ombroso e taciturno.

«Chi era?», gli chiese Marta curiosa.

«Ehm... nessuno. Un problema in parrocchia», rispose lui a disagio. «Dovremmo andarcene, ci resta ancora un po' di strada fino a San Millán e vale la pena visitarla».

Marta aveva la sensazione che Iñigo le avesse mentito o che, almeno, non le avesse detto tutta la verità sulla telefonata appena ricevuta.

Federico chiuse il telefono. Rimase a pensare per un attimo e intanto girava il caffè già freddo. Non gli piaceva Iñigo, non era prevedibile come i sacerdoti che conosceva. Legati al mondo dalle loro regole e all'obbedienza, in pochi avevano un proprio spirito critico, figuriamoci una voce. Iñigo invece era diverso e doveva essere cauto con lui. Non era una questione di tempo, la sua pazienza era infinita, ma di affidabilità. Forse quella missione non sarebbe stata così facile come sperava. Federico abbozzò un sorriso.

Gli piacevano le sfide.

29
Anno 33

I garriti dei gabbiani svegliarono Giacomo dal sonno in cui era sprofondato, vinto dallo sfinimento e dalla fame. Aveva un sapore di sale in bocca e il corpo indolenzito dalla posizione scomoda. A giudicare dall'altezza del sole, la sera volgeva al termine. Attanasio e Teodosio continuavano a dormire lì accanto. Si alzò e, senza svegliarli, si avvicinò alla riva. Si spogliò, entrò in acqua e immerse la testa godendosi per qualche istante una pace e un silenzio che credeva dimenticati.

Quando uscì. Attanasio e Teodosio erano sulla riva. Teodosio esultò di gioia entrando in mare e schizzando tutt'intorno mentre Attanasio, reticente per la temperatura dell'acqua, rimase sulla battigia cercando di decidere se ne valesse la pena. Giacomo non poté evitare di sorridere alle reazioni tanto differenti dei suoi amici. Entrambi si erano dimostrati compagni fedeli e nobili e aveva finito per affezionarvisi.

Qualche minuto dopo si gettarono tutti e tre sulla sabbia. I sorrisi lasciarono il posto al silenzio, man mano che prendevano coscienza che la loro missione non era ancora finita. Alla fine, Teodosio evidenziò in maniera diretta e pratica quello che Attanasio e Giacomo non osavano esternare.

«Ho fame. Dobbiamo trovare qualcosa da mangiare».

«Possiamo andare a Jaffa qui vicino», suggerì Attanasio. «Forse troveremo del cibo e un posto per dormire».

Si alzarono a malincuore, si vestirono e cominciarono a camminare lungo la riva verso nord. Se non fosse stato per le circostanze e per la fame si sarebbero goduti la passeggiata in riva al mare. Accompagnati dal verso degli uccelli e dal mormorio delle onde che si infrangevano ai loro piedi, avanzarono fino a una zona di spiaggia dorata, saltando tra le rocce in mezzo al mare e fermandosi per prendere qualche cozza o patella per placare la fame.

Teodosio, sempre avido di storie, chiese ad Attanasio di raccontargli qualche leggenda della zona. Dopo qualche istante a pensare, l'uomo raccontò loro dell'origine della città in cui erano diretti.

«Narrano gli antichi», iniziò, «che dopo il diluvio universale, quando il mondo si salvò dalla distruzione, Noè e i suoi figli si dispersero per tornare a popolare la terra. Fu uno di loro, di nome Jafet, che decise di fondare sulle rive del Mediterraneo una città che chiamò Jaffa e che finì per diventare uno dei porti più antichi del mondo. Altri ritengono invece che Jaffa prenda il nome dall'ebraico Jafa che, come sapete, significa "la bella" e che fu fondata dai cananei. In ogni caso, c'è una collina che domina il porto e presto, se continuiamo a camminare e non mi trattenete, la vedremo apparire in lontananza».

Sul far della sera arrivarono nella città che, in effetti, disponeva di un importante porto di pesca. Attanasio li guidò fino a una locanda chiamata Noaj dove, secondo quanto affermò, avrebbero ricevuto qualcosa da mangiare e un letto a un prezzo abbastanza ragionevole. La prospettiva di un pasto caldo risollevò loro lo spirito.

Era una locanda umile, situata in un angolo del porto, lontano dalla zona più trafficata. Contava appena un pugno di tavoli malandati che, sotto la scarsa luce che rischiarava la stanza, avevano l'aria di aver conosciuto tempi migliori. Il locandiere era un uomo di una magrezza estrema, la pelle rinsecchita, quasi come pergamena, più tipica di un marinaio. Li guardò con sospetto quando varcarono la soglia del suo locale, ma il timore si dissipò alla vista delle monete, che sparirono tra le mani con la stessa rapidità dell'ostilità sul suo viso. Indicò un tavolo all'angolo della sala che a quell'ora era quasi deserta.

Subito arrivarono le vivande: fagioli e pesce sotto sale ai quali si dedicarono con avidità, quasi senza neanche pronunciare parola finché i piatti a tavola rimasero vuoti. Parve soddisfatto perfino Teodosio, il più famelico dei tre, e non c'era da meravigliarsene visto che non era mai rimasto così tanto tempo senza mettere qualcosa sotto i denti.

Il locandiere sedette loro accanto e, senza nascondere la propria curiosità, li investì di domande su chi fossero, da dove venissero e dove fossero diretti. Teodosio e Giacomo rimasero in silenzio, tutt'al più annuivano con il capo ogni tanto. Attanasio inventò una storia su tre amici partiti per vedere il mondo e in cerca di un lavoro che garantisse loro sostentamento, disposti perfino a imbarcarsi su una nave con destinazione esotica.

«Qui lavoro non ce n'è», sentenziò l'uomo sputando a terra con disprezzo. «Jaffa è un villaggio di pescatori in cui raramente arrivano mercantili. Dovete andare a Tiro; lì troverete ciò che cercate proprio secondo i vostri desideri», aggiunse diffidente, con ogni probabilità non ritenendoli nel pieno delle proprie facoltà mentali.

«Ottimo consiglio», lo ringraziò Attanasio. «Andremo lì non appena avremo raccolto un po' di denaro. Credete che qualche pescatore del luogo ci darà lavoro? Tutti e tre abbiamo passato più tempo con le reti in mano che... nella nostra situazione attuale».

Il locandiere li osservò per qualche istante senza rispondere, forse incuriosito da quel ripensamento finale.

«Andate al porto e cercate di Ismaele. Lo troverete in fondo al molo sud. La sua barca si chiama *Aurora.* Ditegli che vi mando io. Credo che stesse cercando gente per aiutarlo».

I tre ringraziarono il locandiere per le informazioni e si ritirarono a riposare nella camera che questi aveva loro preparato.

«Dovremmo andare a Tiro», suggerì Teodosio una volta rimasti soli.

«Tiro è lontana», replicò Attanasio in tono di rimprovero.

«Ma lì le possibilità di nasconderci saranno migliori», insistette il giovane guardando Giacomo quasi senza prendere in considerazione il proprio compagno.

Teodosio non poteva non sentirsi tentato da una grande città che trasudava mistero e gli permetteva di conoscere il mondo. Giacomo era in dubbio come sempre, certo solo del fatto che si stesse facendo trascinare dagli amici e dagli eventi. Li lasciò entrambi a discutere, si avvolse nel mantello e si abbandonò a un profondo sonno riparatore. Non sapeva quale sarebbe stato il risultato della conversazione, probabilmente nessuno, ma in ogni caso lo avrebbe saputo la mattina.

30
Anno 2019

San Millán de la Cogolla aveva due monasteri distinti ad appena un centinaio di metri l'uno dall'altro. Suso, il più antico, era il preferito di Marta. Sviluppato sul dorso di una montagna, abbarbicato dietro un bosco, guardava verso valle. Era antico, molto antico, tanto che pareva fondersi con la roccia come se ne facesse parte. Yuso, seppure con vari secoli in meno di vita, aveva visto la nascita di due idiomi: il castigliano e il basco; nel suo *scriptorium* erano state trovate le prime testimonianze scritte in entrambe le lingue. A Marta risultava ancora strano che Jean avesse passeggiato tra quelle mura e visitato il suddetto *scriptorium* molto tempo prima; forse aveva anche letto quelle prime parole.

Iñigo, sul suo sedile, era teso. Le mani appoggiate sulle cosce e lo sguardo dritto davanti a sé, sembrava immerso in chissà quali pensieri. Marta non era più sicura che quel viaggio fosse stata una buona idea. Non lo conosceva affatto e dopo la visita al monastero avrebbero dovuto parlare, stavolta sì, di come e dove dormire. Non sapeva perché la preoccupasse tanto, era lui il sacerdote, non lei. Marta non doveva rendere conto a nessun credo e a nessuna regola, se non alla propria volontà e desiderio. Forse era per quello: lei era libera e lui no e non sarebbe mai potuto succedere ciò che forse sarebbe nato spontaneamente in altre circostanze. Cercò quindi di non pensare mentre osservava i sepolcri dei sette bambini che Jean aveva descritto nel libro. Erano stati rimossi dal luogo originario di fronte all'ingresso, ma continuavano a fare lo stesso effetto ai visitatori. Dentro la chiesa si poteva ammirare la tomba di san Millán e gli archi visigoti, *mudéjar* e romanici. Sembrava un miracolo trovarli ancora in piedi. In quel momento, Marta percepì una profonda connessione con Jean, come se il tempo che li separava si fosse fuso fin quasi a sparire.

Accanto a lei, Iñigo camminava assorto. Sopraffatti dalla pace e dal raccoglimento che trasmetteva quell'abbazia oggi abbandonata, quasi non parlarono fino all'uscita.

Nel monastero di Yuso si unirono a una delle visite guidate che stava per cominciare. Tuttavia, con loro grande delusione, il giro non includeva lo *scriptorium*.

Iñigo le aveva preparato, però, un'altra sorpresa. Terminata la visita, uno dei monaci gli si avvicinò e lo salutò con affetto. Si trattava di un uomo giovane, sulla trentina, di bassa statura e un po' tracagnotto. La carnagione era biancastra e le guance rosate. Aveva l'aspetto di chi non è molto abituato all'esercizio fisico o alla vita all'aria aperta. Aveva occhi grandi, tondi e leggermente diversi tra loro che gli conferivano un'aria perennemente sconcertata.

«Che piacere rivederti, Iñigo! È da un sacco di tempo che saresti dovuto venire a trovarmi!».

«E finalmente sono venuto», rispose il sacerdote con un sorriso aperto, appoggiando le mani sulle spalle del nuovo arrivato. «E ti chiedo anche un favore personale, Alberto. Lei è Marta, una mia amica. Vorrebbe vedere lo *scriptorium* se possibile. È una studiosa alle prese con una ricerca sul campo sui monasteri della zona. Che mi dici?»

«Sai già che non posso dirti di no», rispose l'altro con un gesto timido. «Hai fatto così tanto per me che sono ancora in debito».

Alberto prese Iñigo sottobraccio e insieme avanzarono lungo il corridoio. Marta non poté evitare di sentirsi una bambina gelosa cui nessuno prestava attenzione.

Entrarono nello *scriptorium* attraverso una piccola porta di legno e Marta sentì accelerare il battito del cuore. Davanti a loro si apriva un'ampia sala, piena di scaffali in cui erano esposti enormi volumi e tesori storici di incredibile bellezza. Marta si soffermò a osservare un'opera debitamente illuminata, aperta a una pagina che mostrava un cavaliere e un castello su un prato verde.

«Posso farti una domanda, Alberto?», disse quando entrambi i sacerdoti fecero un passo indietro e le si fermarono accanto.

«Certo, Marta, se posso aiutarti...».

«Volevo sapere se conservate un esemplare del libro intitolato *Liber quaestionum*».

Alberto si strinse nelle spalle e fece di no con la testa.

«Non so rispondere alla tua domanda», rispose in tono di scuse. «Ma so chi può farlo: frate Anselmo. Aspettate qui un attimo».

Alberto scomparve da una porta laterale e Iñigo guardò Marta incuriosito.

«Perché hai chiesto di questo libro in particolare?»

«Lo cita Jean. Parla di un monaco di nome Nicolás che lavorava a una copia di quel libro quando Jean venne qui. Volevo solo controllare quanto c'è di vero nel suo racconto».

Alberto tornò accompagnato da un uomo minuto, con lo stesso colorito pallido e occhi piccoli ma sporgenti, sottolineati da occhiali spessi di corno che gli conferivano un'aria distratta, quasi comica. Si rivolse direttamente a Marta.

«Frate Alberto mi dice che forse posso aiutarvi», esordì spalancando gli occhi ancora di più. «Avete chiesto di un libro preciso. Forse uno dei due che si trovavano nell'infernetto?», chiese con un sorrisetto che Marta non riuscì a interpretare.

«Infernetto?».

Frate Anselmo andò a un'estremità della biblioteca e indicò una porta socchiusa.

«Qui conserviamo i libri che erano considerati inappropriati o eretici. Per questo sulla porta è inciso il simbolo dell'Inquisizione, con la croce e la spada».

«Oh, no! Niente di tutto ciò», chiarì Marta. «Il libro che cerco si intitola *Liber quaestionum*; è un'opera di sant'Agostino di cui forse avete una copia».

L'omino parve concentrarsi e scavare nel più profondo della memoria. Marta non avrebbe mai pensato che qualcuno potesse essere in grado di ricordare tutte le migliaia di libri che si conservavano lì.

«Senza dubbio era così», rispose infine il monaco con grande sorpresa di Marta. «Non una, ma varie copie uscirono da questo *scriptorium* intorno al XIII secolo. Era un libro molto apprezzato da quei cavalieri che potevano permetterselo, e che non erano molti. Tutte le copie note furono realizzate dallo stesso monaco».

«E come fa a saperlo?», si meravigliò Marta.

«Per due motivi», disse come se fosse una risposta ovvia. «La prima è che i copisti firmavano l'opera con un segno distintivo. In questo caso in particolare, mi pare si trattasse di due lettere, una N e una C, che è buffo...».

«Nicolás», lo interruppe Marta eccitata.

Ad Anselmo si dilatarono le pupille.

«Come...? Come lo sa?», balbettò.

Il suo sconcerto era divertente e Marta dovette sforzarsi di non ridere. Cercò di non guardare Iñigo perché a quel punto non sarebbe stata capace di trattenersi.

«C'è un libro molto antico che menziona il monastero e un copista di nome Nicolás che a quell'epoca stava realizzando una copia del libro in questione».

«Posso vedere il manoscritto di cui parla? È senza dubbio un documento unico».

Nei suoi occhi splendeva il luccichio del collezionista e Marta si sentì in colpa per non poter soddisfare il suo desiderio.

«Certo», mentì, notando lo sguardo accusatore di Iñigo. «Solo che ora non ce l'ho con me, ovviamente».

«Nicolás...», mormorò Anselmo tra sé e sé. «In questo monastero conserviamo il registro di tutti i manoscritti e dei loro copisti. Il monaco che si firmava N. C. era di origine guascona e si chiamava proprio Nicolás».

Uscirono dallo *scriptorium* dopo aver promesso ad Anselmo di fargli arrivare una copia dello scritto che menzionava San Millán e si congedarono sulla porta del convento.

«Iñigo», disse Alberto con un abbraccio affettuoso, «non mancare di tornare a trovarmi quando vuoi. Sai che le tue visite sono sempre gradite».

«Lo so». Iñigo gli restituì l'abbraccio. «Stai certo che lo farò».

Si allontanarono diretti alla macchina e Marta non resistette dal commentare, con un sorriso allusivo: «Alberto è stato felicissimo della tua visita e già aspetta con ansia la prossima».

«Alberto se l'è passata male in seminario e io ho cercato di aiutarlo con i suoi dubbi», rispose Iñigo in tono molto serio.

«Dubbi... religiosi?», tentò.

Iñigo rifletté un attimo e cercò di scegliere attentamente le parole.

«No, niente di così elevato», rispose infine. «Dubbi più... personali».

«Alberto è omosessuale, vero?», azzardò Marta.

Il sacerdote la guardò, stupito che avesse scoperto un segreto custodito con tanta cura.

«Come lo hai capito?», chiese ammirato, come se le concedesse un merito straordinario.

«È abbastanza evidente. Ed è anche follemente innamorato di te».

Iñigo sorrise, dando a intendere che quella notizia non gli giungeva nuova.

«La Chiesa consente l'omosessualità», disse infine facendo spallucce. «Purché sia discreta».

Quel commento scioccò Marta. Pensava che la Chiesa non tollerasse ciò che per sua stessa ammissione considera contro natura.

«Come nell'esercito americano», concluse infine sapendo che si stava addentrando in un terreno scivoloso. «Non dire, non chiedere».

«Esatto».

«E tu cosa pensi?».

Iñigo si girò lentamente a guardarla, pensieroso.

«Gesù ha comandato di amarci gli uni con gli altri. Se Alberto preferisce amare gli uomini, per me non è un problema. Il problema ci sarebbe se odiasse».

«Sei un sacerdote molto moderno», disse Marta cercando di provocarlo.

«La Chiesa traccia una linea, ma ciò non vuol dire che io non possa avere la mia opinione». Marta stava per ribattere quando udirono un'esclamazione alle loro spalle.

«Iñigo! Che sorpresa!».

Si voltarono verso l'uomo che si avvicinava. Era piccolo di statura e dai tratti marcati. Furono gli occhi ad attirare immediatamente l'attenzione di Marta. Smentivano tutto il resto. Era un tipo comune, quasi volgare, di quelli che passano inosservati, ma gli occhi brillavano intelligenti e inquieti. E non sorridevano. Si avvicinò a Iñigo con fare amichevole ma lo sguardo era freddo, imperturbabile. Senza sapere bene perché, Marta si sentì a disagio in sua presenza.

La reazione di Iñigo fu prima di stupore, poi di nervosismo. Rispose all'abbraccio del nuovo arrivato con espressione seria e un po' impettita. Era chiaro che quell'uomo aveva su di lui l'effetto simile a quello avuto su Marta.

«Sempre così serio», proseguì l'uomo rivolto più a Marta che a Iñigo, «e dato che non mi presenti la tua amica, mi presento da me. Federico Costanza», disse inclinando appena il capo.

«Marta», balbettò lei, sconcertata per l'assenza di reazione da parte di Iñigo.

«Vedo che sei occupato. Non ti trattengo allora», aggiunse strizzandogli l'occhio. «Resterò qui qualche giorno, non esitare a chiamarmi; o meglio, ti chiamerò io. Così ci aggiorniamo. Ci sono delle questioni di cui dobbiamo discutere».

Detto questo si allontanò senza aggiungere altro, tantomeno salutare. Iñigo e Marta rimasero a osservarlo in silenzio. Federico aveva pronunciato l'ultima frase con particolare enfasi. Alla fine fu Iñigo a parlare.

«Dai, andiamo a cercare un posto dove dormire».

31
Anno 1199

I due giorni nel monastero di San Millán de la Cogolla trascorsero in una pace che ci permise di recuperare forze e animo. L'abate e il priore applicavano alla congregazione la regola di san Benedetto con una inflessibilità che, tuttavia, i monaci sembravano apprezzare. Non mancava loro da mangiare e le opere realizzate negli ultimi anni contrastavano con l'austerità in cui vivevano i religiosi, dediti alle loro orazioni, occupazioni quotidiane e alla copia dei manoscritti, loro principale fonte di guadagno.

Mi affascinava la vita di quei monaci votati alla preghiera, alla riflessione, all'abnegazione nel servizio verso i numerosi pellegrini e infermi che si presentavano alle loro porte. Fatiche interamente consacrate a glorificare Dio e a dare rifugio nel monastero ai più sfortunati.

Al termine del secondo giorno, ci congedammo da coloro che ci avevano così ben accolto. Thomas promise loro che avrebbe deviato dal proprio percorso per far loro visita di nuovo, se fossimo tornati a est.

Nelle giornate successive ci accompagnarono le piogge torrenziali di fine estate. La nostra incapacità di prevedere le intemperie fece sì che in un attimo passavamo dal caldo, sferzati da un sole che ci castigava senza pietà, alla pioggia che ci infradiciava fino alle ossa.

Lasciammo alla nostra sinistra i monti di Faiago e, alle spalle, le cime ancora più elevate di San Lorenzo e San Millán. Camminavamo caparbiamente verso la nostra destinazione successiva, la città di Burghia, che Thomas e il resto dei manovali avevano già visitato in precedenza. Durante uno dei nostri brevi riposi, Thomas me la descrisse come una grande città, attraversata dal fiume Aslanzón e suddivisa in quartieri racchiusi entro mura elevatissime. Durante i suoi lunghi anni come capitale del regno di Castiglia e León era stata fortificata e attrezzata alla difesa; contava numerosi bazar e spacci e la popolazione non aveva conosciuto cali dopo la perdita, un secolo prima, dello status di capitale.

Noialtri, tuttavia, non avremmo cercato riparo lì, ma al di fuori delle mura, nella vicina abbazia di Las Huelgas, che secondo Thomas era stata completata alcuni anni prima e affidata alle monache cistercensi di san Bernardo.

«Vedrai, caro mio, cos'è il lusso», esclamò sgranando gli occhi. «Fu eretta per volere di Alfonso VIII in persona che la visitò anche in occasione della sua fondazione con sua moglie Eleonora Plantageneto, sorella di Riccardo d'Inghilterra. Lo so perché ero lì e l'ho visto».

Al calare del sole sul nostro quinto giorno di cammino, arrivammo nella fiorente città di Burghia, ma attraversammo il fiume senza fermarci, diretti all'abbazia. Se il monastero di San Millán mi era sembrato bello e raccolto, questo si ergeva maestoso accanto al fiume. Una muraglia racchiudeva la chiesa e il chiostro, conferendo all'intero complesso l'aspetto di una fortezza. All'ingresso incrociammo un pellegrino.

«Buon cammino», lo salutò amabilmente Thomas.

«Altrettanto a voi», rispose l'altro con espressione burbera. «Anche se non sarà certo qui che troverete riposo e ospitalità».

«Strane parole», commentò Thomas. «Questo luogo è conosciuto proprio per la qualità del trattamento riservato a chi vi cerca riparo».

Il pellegrino guardò per un attimo Thomas con una smorfia di fastidio e, prima di rispondere, scosse il capo.

«Senza dubbio era così, ma a quanto pare la nuova badessa, donna Maria, ha apportato diversi cambiamenti. Lo vedrete da voi», aggiunse congedandosi con un gesto stanco.

«Che il cammino vi sia lieve», rispose Thomas guardandolo allontanarsi tra lo sconcerto di tutti noialtri.

Una religiosa dal viso amabile uscì per venirci incontro presentandosi come sorella Elena. Si offrì di accompagnarci sul retro dell'abbazia dove erano le stalle.

«Perdonateci, sorella Elena», disse Thomas in tono diffidente. «Credo di ricordare che l'ultima volta che siamo stati qui, quattro anni fa, i pellegrini riposavano accanto alla chiesa».

Prima di rispondere, la monaca lo guardò con un misto di pietà e compassione.

«Così era», rispose scegliendo bene le parole. «Così era prima. Scoprirete presto che non è l'unica cosa a essere cambiata».

Senza spiegare cosa intendesse dire, sorella Elena ci portò in un locale che non molto tempo prima era stato adibito a stalla. L'umidità filtrava dalle pareti accentuando l'odore animalesco che aleggiava nell'ambiente e che fece arricciare il naso a tutto il gruppo. La suora ci indicò la zona del rifugio che sembrava più protetta dal vento e dalle infiltrazioni.

Lasciammo i nostri averi e ci avvicinammo all'abbeveratoio situato a pochi passi dall'ingresso. L'acqua era verdognola; approfittammo per rinfrescarci pur senza bere né riempire gli otri già mezzi vuoti. Alcuni si tolsero i calzari e si curarono le vesciche alle quali si erano piano piano abituati. Erano uomini solidi, ma più avvezzi ai calli sulle mani che alle ferite ai piedi.

Alcune consorelle si avvicinarono con delle vivande, rinfrancando il gruppo che però non tardò a esternare la propria delusione. Acqua in abbondanza, appena colorata da una goccia di vino, qualche pezzo di carne secca e qualche meschina fetta di formaggio con pane di qualche giorno furono tutto ciò che ci venne offerto.

«Magro pasto per un monastero che si trova sotto la protezione di re Alfonso in persona», commentò uno dei manovali a voce sufficientemente alta perché le consorelle potessero udirlo.

Da parte mia temetti che si arrabbiassero con noi, invece ci lasciarono la cena in silenzio e uscirono in fretta, vergognandosi per quella situazione.

«Sorelle!», le chiamò Thomas che era l'unico a non sembrare deluso. «A che ora celebrerete la messa oggi? I miei amici e io siamo buoni credenti e durante il cammino non abbiamo avuto molte occasioni di ascoltare la parola di Dio».

«Ai vespri», rispose la maggiore con una certa titubanza. «Ma non so se potrete assistere».

La pazienza di Thomas sembrò arrivare al culmine e un accenno d'ira, finora sconosciuta in lui, gli passò sul volto.

«Sorella, questo è un luogo rinomato per il buon trattamento riservato ai pellegrini», riprese Thomas in tono serio. «Almeno così era l'ultima volta che ebbi la fortuna di essere accolto qui», aggiunse. «Potete dirmi per quale ragione l'ospitalità è così peggiorata? Se dei buoni cristiani devono dormire come bestie da tiro, mangiare come topi ed essere tenuti lontani da Dio, ora comprendo perché siamo gli unici oggi a ricoverarci qui».

Le dure parole di Thomas colsero alla sprovvista le consorelle e le più giovani si dimostrarono irritate dalla scortesia del pellegrino. Sorella Elena, invece, rimase triste.

«Faremo tutto ciò che è in nostro potere perché possiate assistere alle preghiere», rispose nuovamente la monaca, «ma la nuova badessa ha dato ordini espliciti affinché non sia permesso ad alcun pellegrino. Torneremo prima dei vespri per condurvi in un luogo da dove poter assistere alla liturgia».

Quindi si voltò e si diresse al chiostro, discutendo con le consorelle più giovani che, spaventate, cercavano di farle cambiare idea.

Noialtri sedemmo a terra mentre Thomas e alcuni tra i veterani condivisero i propri ricordi dei bei tempi del monastero sotto la precedente abbadessa, sorella Misol. Sembravano ricordi di un'altra epoca. Ci parlarono di sovrani, di cavalieri dall'armatura sfavillante e spade lucenti, di dame agghindate in splendide sete. Ci raccontarono di come ci si prendeva cura dei pellegrini, di vino appena appena corretto con acqua e viveri che erano sempre accompagnati da una buona dose di birra. Ci parlarono dell'interno dell'abbazia, delle opere lignee policrome, delle statue di pietra e dei sepolcri in cui riposavano re e regine, infanti e infante, che avevano scelto quel luogo per il loro eterno riposo. Poi si fece silenzio e gli echi della ricchezza e dei tempi migliori si dissolsero davanti ai nostri occhi, contrastando ancora più duramente con il presente.

Non ci fu da aspettare molto prima che, fedele alla sua promessa, sorella Elena ritornasse per condurci ai vespri. Ci fece cenno di seguirla in silenzio ed entrammo nel monastero da una porta laterale. Era molto seria, sul suo viso si leggeva la preoccupazione di chi sta infrangendo le regole e ne conosce le conseguenze. Si diresse in fretta attraverso un lungo corridoio appena illuminato, camminando a schiena dritta, senza prestare attenzione intorno. Noialtri, invece, non potemmo resistere all'istinto di contemplare i sepolcri che, su entrambi i lati del corridoio, scortavano muti i nostri passi.

Sorella Elena vide che ci eravamo fermati e ci spiegò sussurrando che le tombe erano state scolpite dal maestro Mateo, *sculptor lapidum liberorum*, lo stesso che aveva scolpito il portico della gloria della cattedrale di Santiago. Thomas allungò la mano e la fece scivolare sulla superficie del sepolcro decorato con un castello inciso all'interno una di serie di archi. Le sepolture erano poste su due piedistalli a forma di felino.

«Si dice», spiegò la religiosa, «che sia stato Alfonso in persona a chiedere che venissero scolpiti questi due sepolcri gemelli per sé e sua moglie dopo la sconfitta nella battaglia di Alarcos. Si trovò così vicino alla sua fine terrena che volle assicurarsi che, in caso di morte, avrebbe riposato in questo suo amato monastero accanto alla sua regina».

All'improvviso nell'angusto corridoio risuonò una voce.

«Si può sapere cosa ci fate qui?».

Ci girammo nel vedere l'espressione di panico di sorella Elena di fronte a quella che, senza dubbio, era donna Maria. La badessa alzò la mano sinistra e indicò la porta dalla quale eravamo entrati, come se non ci fosse altro da aggiungere. Sorella Elena chinò il capo e si diresse a passi piccoli e rapidi verso l'uscita. Thomas, invece, si avvicinò lentamente alla badessa.

«Badessa Maria, siamo manovali pellegrini sul cammino di Santiago. Volevamo seguire la liturgia del monastero. Non abbiamo avuto molte opportunità durante il nostro viaggio e siamo buoni cristiani».

«No! Ascoltatemi bene!», li investì la badessa. «Questa non è una chiesetta di paese dove qualunque indigente possa bussare alla porta a chiedere l'elemosina. Questo è un monastero di re», affermò a testa alta. «Non c'è posto qui per voialtri. Dovete lasciare andarvene immediatamente».

Thomas non arretrò dinnanzi agli insulti e all'espressione altezzosa della badessa. Raccolse pazientemente le mani in grembo e, dopo una lunga pausa, aggiunse senza alzare la voce.

«Un monastero non è reso grande dalle ricchezze di coloro che vi vengono a pregare, ma dalla loro fede. E non è compito delle ancelle di Dio preparare sontuosi sepolcri, ma adoperarsi per il bene di coloro di cui parlò nostro Signore nelle sue Scritture».

La badessa cambiò espressione e fissò Thomas con palese rancore. Senza aspettare risposta, Thomas si voltò e se ne andò. Lo seguimmo non senza aver prima ringraziato, uno alla volta, sorella Elena per il suo aiuto.

«Mi dispiace per i problemi che vi abbiamo potuto causare», dissi passandole accanto. «Non era nostra intenzione».

«Non preoccupatevi per me», rispose la religiosa con un sorriso rassegnato di ringraziamento. «A volte Dio ci parla con voci inusuali come quelle che oggi avete portato fin qui. Forse stavolta il messaggio è stato recepito».

Ce ne andammo augurandoci, con poche speranze, che sorella Elena non incorresse in punizioni. Quella notte dormimmo all'aperto, condividendo in silenzio il cameratismo che unisce chi è stato cacciato, ma ancora conserva il proprio orgoglio.

Thomas e io restammo a parlare fino a notte inoltrata. Ripercorremmo gli eventi delle ultime settimane, tra congetture sul futuro che ci attendeva alla fine del cammino.

«Sono deciso ad arrivare fino a Santiago», disse guardandomi negli occhi. «E vorrei che tu venissi con me per contemplare insieme la tomba dell'apostolo».

Non ne ero, però, tanto sicuro. Mi ero affezionato all'anziano capomastro, ma la mia testa era un turbinio di immagini, idee ed episodi confusi e non avevo ancora chiaro che cosa avrei fatto al di là dei giorni seguenti. Non potevo certo immaginare che non sarei riuscito ad accompagnare Thomas al sepolcro e che le settimane successive sarebbero state le ultime trascorse fianco a fianco nel nostro viaggio verso ovest.

32
Anno 2019

L'alba li sorprese a Burgos.

La luce filtrava dalle fessure della persiana e, ancora mezzo addormentata, Marta allungò il braccio verso l'altro lato del letto.

Il libro c'era.

La notte prima era rimasta a leggere fino a tardi. Era stato Iñigo a proporle di pernottare in città. Sembrava ansioso di allontanarsi da San Millán e Marta ebbe la sensazione che tale decisione avesse molto a che fare con l'inaspettato incontro con Federico. Era stata tentata di opporsi solo per vederlo sorridere alla sua provocazione, ma si era trattenuta. Iñigo sembrava preoccupato, chiuso in sé stesso e Marta aveva paura di tirare troppo la corda. In fin dei conti era uno sconosciuto e fino a quel momento aveva solo grattato la superficie della sua complessa personalità. Nonostante fosse un uomo attraente e non mancasse di prontezza di spirito o intelligenza, Marta trovava in lui anche qualcosa di misterioso, indefinito, che la ammoniva a mantenere una certa distanza. Forse l'esperienza con Diego era ancora troppo fresca. «Pensavo di essere io quella complicata», disse guardandosi con una smorfia allo specchio della camera. "Insolita avventura", rifletté. "Un cadavere murato, un libro antico e strano, un oggetto nascosto e misterioso e un sacerdote attraente ma oscuro".

Ripensò alle parole che il suo professore di Storia e relatore della tesi di dottorato amava ripetere: «Il caso non esiste». Scosse il capo. Quella notte, durante la lettura, la sua testa aveva traboccato di stupidaggini. Si passò la matita sulle labbra chiedendosi se Iñigo fosse già sceso a colazione. «Sicuramente sì. Si sarà svegliato alle cinque per pregare», pensò con malignità mentre chiudeva la porta della camera.

«Dormito bene?», le chiese Iñigo, allegro e gioviale, quando si incontrarono nella sala colazione dell'albergo.

«Alla perfezione», rispose Marta sbocconcellando un croissant, mentre cercava di far coincidere quell'Iñigo con l'uomo ombroso del giorno prima. «Tu?»

«Alla stragrande», rispose allegro. «Qual è il programma di oggi?».

Sembrava ansioso di proseguire con quella singolare avventura e la guardava carico di aspettativa. Marta ci pensò un attimo prima di rispondere.

«L'abbazia di Las Huelgas», rispose infine, «subito fuori Burgos. Jean e i muratori passarono di lì, anche se si fermarono poco. Ripartirono quasi subito diretti a ovest, verso Castrojeriz».

«Se la sosta è stata breve, che senso ha fermarsi a Las Huelgas?», chiese Iñigo.

«Voglio visitare la chiesa e i sepolcri degli antichi re che riposano lì».

«Sepolcri? Che divertimento!», ironizzò lui con un sorriso storto.

Sembrava che l'Iñigo lieto e spensierato avesse ripreso il comando. Marta avrebbe voluto chiedergli di Federico, sapere come si erano conosciuti, ma non si azzardò per timore che ritornasse alla versione chiusa e taciturna.

Liberate le stanze, pagarono il conto e in poco più di cinque minuti erano al parcheggio dell'abbazia. Dato che mancava ancora un po' di tempo prima dell'apertura, Marta gli raccontò della disavventura di Jean e compagni con la badessa, donna Maria.

«Che razza di vacca», esclamò Iñigo con falsa indignazione.

«Padre, per favore!», lo rimproverò Marta fingendosi scandalizzata. «Non sono queste le espressioni che si confanno a un uomo di Dio!».

Scesero dalla macchina tra le risate ed entrarono nel monastero. Di nuovo decisero di unirsi a una visita guidata e per un'ora si immersero completamente nel Medioevo. Videro la chiesa, i due chiostri e i sepolcri dei re. Marta si perse subito tra i nomi degli innumerevoli monarchi che erano lì sepolti e si distrasse con le squisite decorazioni delle tombe.

«C'è una cosa che non capisco», osservò Iñigo corrucciato. «Hai detto che Jean è passato di qui nel 1199, ma le sepolture sono successive».

«La spiegazione è semplice», rispose Marta ripensando alla visita di Jean. «Alfonso VIII e sua moglie, Eleonora Plantageneto, commissionarono la costruzione di questo monastero per trasformarlo nel pantheon reale e di conseguenza anche la costruzione dei loro futuri sepolcri».

«Che lungimiranza!», esclamò Iñigo.

Uscendo, Marta lo convinse a tornare a Burgos per visitare la cattedrale.

«Quando passo di lì mi fermo sempre, ma ieri sera non ce n'è stata l'occasione».

Era senza dubbio la cattedrale più bella mai costruita e, più di una volta, Marta aveva sognato di prendere parte al suo restauro. Per lei che era abituata a visitarla da sola, nel più assoluto silenzio, girarla con Iñigo fu un'esperienza nuova. Gli spiegava ogni dettaglio e Iñigo sorrideva davanti a quel suo entusiasmo quasi infantile, senza mostrare la minima impazienza o voglia di andar via.

Marta si chiese come sarebbe stato dividere la propria vita con una persona totalmente diversa da Diego. Ora capiva che il suo ex l'aveva sempre trattata con condiscendenza e che raramente aveva dimostrato interesse per ciò che piaceva a lei. Tutto ruotava intorno a lui, perfino Marta aveva finito per essere una semplice appendice, una tacca in più nella sua vita già perfettamente plasmata.

Riabbassando il braccio dopo aver indicato le decorazioni dei pilastri del chiostro alto Marta urtò la mano di Iñigo. Le dita si toccarono e rimasero così qualche secondo senza che lui la guardasse o facesse il gesto di staccarsi. Fu un momento magico, interrotto dallo squillo del telefono di lui.

«Un sacerdote non dovrebbe fare il cascamorto con una donna», disse la voce monocorde di Federico.

«Ci sta forse spiando?», lo aggredì Iñigo quando si fu allontanato a sufficienza per non farsi sentire da Marta.

«Non mi importa nulla della vostra tresca, ma la donna possiede qualcosa che mi interessa e mi servono informazioni. Chiedile del libro. Glielo devi sottrarre di nascosto e leggerlo».

Chiaramente si trattava di un ordine inappellabile. Il silenzio che seguì, suggerì a Iñigo che Federico attendeva una risposta.

«Non se ne separa mai, raramente lo tira fuori dallo zaino in mia presenza. Lo legge di notte in camera sua».

«Allora trova il modo di entrare in camera sua», replicò Federico. «Dopotutto stai andando nella direzione giusta, mi pare».

Pronunciata da chiunque altro quell'affermazione sarebbe stata una semplice battuta ironica, ma in bocca a Federico suonò asettica, una semplice constatazione. Iñigo si sentì un pedone nel bel mezzo di una complicata partita a scacchi. Un pedone nero di fronte al pedone bianco Marta, al centro della scacchiera, entrambi bloccati lì fin quando, giudicati inutili, sarebbero stati sacrificati. Iñigo non era sicuro di trovarsi nella fazione giusta, né di voler giocare la partita. Tornò da Marta deciso a non lasciare trapelare il proprio disagio e riflettendo su come muoversi da lì in avanti, ben cosciente di doverlo fare in fretta: la pazienza non sembrava essere una delle doti del suo interlocutore.

Federico Costanza riagganciò. Le istruzioni erano state date. Uscì da dietro la colonna e vide il sacerdote riunirsi a Marta. Dal momento che la situazione sembrava sotto controllo, decise di concedere a Iñigo un po' di margine. Ci sarebbe stato tempo per intervenire.

33
Anno 33

Il nuovo giorno portò a Giacomo, Attanasio e Teodosio buone nuove. Trovarono Ismaele a bordo della propria imbarcazione, intento a preparare le reti prima di uscire in mare.

Era un uomo di età avanzata, la pelle cotta dal sole e dall'acqua di mare, le mani callose per via degli anni di lavoro e due occhi vivaci che si illuminarono quando i tre apostoli si offrirono di aiutarlo. Seguì una lunga contrattazione sulla giornata, durante la quale Ismaele si appellava alla sua precaria condizione economica per abbassare la paga. Attanasio, dando di nuovo mostra della propria esperienza, riuscì però a ottenere un buon accordo prolungando inutilmente la contrattazione. Ismaele cominciò a innervosirsi perché la mattinata scorreva senza che fosse ancora uscito in mare.

Lo sforzo fisico ormai quasi dimenticato, giovò a Giacomo, nonostante l'immediata comparsa di vesciche sulle mani già disabituate alle fatiche dei pescatori. Per qualche ora dimenticò gli accadimenti degli ultimi giorni e si concentrò sul lavoro rispolverando i vecchi insegnamenti di suo padre. Al calar della sera rientrarono al porto scaricando il pescato, per fortuna abbondante. Stanchi ma di buonumore, tornarono alla locanda a dormire e quella notte fu la prima, dopo tante, di sonno indisturbato.

Le quotidiane battute di pesca si susseguirono per tutta la settimana e l'umore di Ismaele migliorò con il passare dei giorni, anche se rimaneva poco loquace. La routine, in aggiunta alla stanchezza fisica, ebbe un effetto balsamico. Gli eventi delle ultime settimane erano ormai distanti, come i tuoni sordi al termine della tormenta che si allontanano senza incutere più alcun timore.

Tuttavia, la quiete durò solo fino al settimo giorno.

Quella sera rientrarono in porto con un bottino eccezionale ed erano intenti a svuotare le reti, quando Ismaele li convocò.

«Vi sono grato per il vostro aiuto», disse nervoso torcendosi le mani, «ma a partire da domani non avrò più bisogno di voi. La pesca è stata abbondante e all'alba salperò per Tiro a vendere lì i frutti del nostro lavoro».

Giacomo pensò in fretta al da farsi e subito gli venne un'idea.

«Siamo noi che dobbiamo ringraziare te», rispose, «ma vorremmo chiederti un ultimo favore».

Giacomo notò lo sguardo carico di aspettativa di Attanasio e Teodosio. Senza dubbio erano ansiosi di sapere cosa avesse in mente.

«Lascia che ti accompagniamo a Tiro», riprese, «per aiutarti nella vendita del pesce. Forse lì troveremo chi possa darci lavoro».

«E sia», gli accordò Ismaele con un sorriso timido. «Domani salperete con me per Tiro, ma devo raccomandarvi prudenza perché abbondano imbroglioni e individui senza scrupoli; mi auguro che saprete aver cura di voi; in ogni caso, non sarete più un mio problema», concluse recuperando l'abituale durezza.

Quella notte tornarono i sogni: una vasta immensità si estendeva a perdita d'occhio. La terra, di un colore rosso intenso, era arida senza neanche un filo d'erba a ingentilirla. In lontananza una montagna si ergeva alta fino al cielo, occupando l'intero orizzonte. A molti metri di altezza su quella valle morta, accanto alla cima che dominava interamente la terra ai suoi piedi, sopra la nebbia e le nubi, si trovava Gesù. Con le braccia tese, le mani aperte, teneva tra le mani uno strano volatile che Giacomo non riconobbe e che se ne stava silenzioso e tranquillo, come aspettando un segno. Subito, Gesù alzò le braccia e quello spiegò le ali, e cominciò a volteggiare in ampi cerchi.

In quello stesso istante alcune ombre alate si disegnarono all'orizzonte, tre falchi enormi che si gettarono sul piccolo volatile stridendo minacciosi. Tuttavia, l'uccellino superò i falchi in agilità e, con una finta, schivò il furioso attacco. Senza un attimo di dubbio, si allontanò verso il deserto. Gesù osservava immobile la scena, forse già a conoscenza dell'esito. L'uccello si sforzava di volare rapido, ma i suoi inseguitori accorciavano la distanza.

Pareva non avere via di scampo e sembrava perfino disposto a lasciarsi prendere. Già sul punto di arrendersi, vide che la terra era arrivata alla fine e che lì, all'angolo estremo del mondo, di fronte all'infinità del mare, cresceva un albero solitario e maestoso che offriva le proprie fronde a protezione. Con un ultimo sforzo, spinto dalla disperazione e dalla speranza insieme, il piccolo uccello lo raggiunse.

In quel momento Giacomo si risvegliò.

34
Anno 1199

Il cavaliere nero arrestò il cavallo. Non voleva affaticarlo troppo, nonostante l'urgenza di portare a termine l'incarico. Da tre giorni alternava brevi riposi a tragitti sfiancanti. Aveva le gambe anchilosate dalle lunghe ore in sella, le braccia e il collo contratti, ma voleva avanzare, sfruttando le prime ore della notte e la luna piena che agevolava il percorso. Era andato avanti a un buon ritmo, ma ancora innumerevoli leghe lo separavano da Suntria. Le indicazioni dell'abate di Leyre erano oscure e temeva di non essere in grado di trovare il luogo indicato ma, come di consueto, si affidò all'istinto.

Mordicchiò un pezzo di pancetta, dono di frate Onofre a Leyre, più per avere qualcosa da fare che per vera e propria fame. Si issò sul cavallo e vide gli ultimi raggi del sole calare alla sua destra. La terra aveva un aspetto selvaggio e agreste, la cui desolazione era accentuata dalla totale assenza di abitanti. Era una terra di nessuno, intristita dagli innumerevoli scontri con gli arabi; nessuno vi si voleva stabilire finché quella guerra interminabile non avesse avuto termine.

Il cavaliere accarezzò la testa del cavallo che si impennava inquieto. Avrebbero proseguito un altro po' e poi trovato un luogo dove accamparsi.

L'abate Guy Paré percorse gli ultimi metri di cammino assaporando lo scompiglio che la sua visita avrebbe causato all'abate Bertrand. Abituato com'era a coricarsi presto ogni sera, senza dubbio sarebbe stato tirato giù dal letto. Era un mattiniero e i lavori del portico e del timpano della chiesa abbaziale lo assorbivano fin troppo facendogli tralasciare altri compiti più spirituali. Lo avrebbe ripreso per il modo in cui si presentava, anche solo per innervosirlo; avrebbe chiarito chi comandava e ribadito che l'abbazia di Moissac ricadeva sotto la tutela di Citeaux.

In un secondo momento, però. Prima era necessario occuparsi della missione principale. Doveva arrivare a Moissac, il monastero cistercense più vicino, per inviare un messaggio a Citeaux e convocare i suoi monaci guerrieri affinché lo affiancassero in quella caccia.

Guy Paré deviò di poco per ammirare il portico. Doveva riconoscere che Bertrand stava facendo un gran bel lavoro. Il Cristo centrale, circondato dai quattro evangelisti, sembrava adagiare i piedi su un mare di cristallo. I personaggi si ergevano ieratici, ma il loro atteggiamento appariva forzato tanto che tutto l'insieme risultava innaturale. A ogni modo sarebbe riuscito a incutere timore ai fedeli, il che tornava sempre utile.

«Aprite!», intimò infine, picchiando contro la porta come se volesse abbatterla a pugni.

Quando finalmente un monaco aprì timorosamente la porta, Guy Paré non abbassò il tono di voce.

«Di' all'abate Bertrand che è qui l'abate di Citeaux e richiede la sua presenza immediata!».

Con il gruppo di manovali arrivai al convento di Sant'Antonio, attiguo al piccolo villaggio di Castrojeriz. Scendeva la sera e la prima cosa a sorprenderci fu di trovare, in una nicchia all'ingresso, un otre di vino e vari pezzi di pane e carne secca che i monaci avevano lasciato per rifocillare i pellegrini. Ringraziando l'invisibile frate per quell'offerta, la consumammo osservando il tramonto sul fiume Odra.

Vidi che Thomas godeva dello spettacolo della natura, di quella tavolozza di colori dal giallo intenso al rosso opaco, e mi avvicinai a lui. Stavo ancora pensando all'accoglienza ricevuta a Las Huelgas e qualcosa mi diceva che Thomas stava meditando sulla stessa cosa. In silenzio, ci tenemmo compagnia qualche istante.

All'improvviso, e nella quiete più assoluta, uscì a riceverci un monaco. Lo seguimmo attraverso il chiostro, di una semplicità tale da trasmettere serenità. Nonostante l'ora tarda, diversi monaci erano ancora al lavoro in un piccolo orto che occupava la parte centrale del chiostro, con lo stesso atteggiamento riservato di colui che era uscito a riceverci. Non sollevarono neanche lo sguardo al nostro passaggio.

Il frate ci condusse in un'austera stanza accanto al chiostro, dove si trovavano dei comodi paglericci già pronti per noi. Ci portarono acqua per lavarci e ci lasciarono riposare un po'. Nel giro di un'ora, quello stesso frate ci condusse di nuovo attraverso il chiostro, ora totalmente vuoto, fino al refettorio, dove la maggior parte di noi aspettò in silenzio. Avevano aggiunto intorno alla tavola altre sedie, invitandoci a condividere la cena con loro.

Quello che ci aveva accompagnato, sedette a capotavola, segno evidente che si trattava del priore del convento, un dettaglio che ci sorprese, dato che non era frequente che un superiore si occupasse dei pellegrini. Cominciammo a capire che il convento di Sant'Antonio seguiva regole molto diverse da quelle dell'abbazia di Las Huelgas.

Diversi monaci portarono il pasto, che consisteva in frutta e verdura e in un'abbondante razione di pane di grano e segale. Mentre servivano la cena, uno dei confratelli più giovani si alzò e salì su un pulpito disposto su un lato della sala, da dove attese pazientemente che tutti fossero serviti. Solo allora cominciò a leggere le Scritture, catturandoci con il suo effetto ipnotico.

Nonostante inizialmente non vi prestassi attenzione, mi accorsi presto che, allo stesso modo in cui avevo potuto decifrare il manoscritto su cui stava lavorando il copista nel monastero di San Millán, comprendevo anche il latino che ascoltavo in quel momento. Mi parve di essere trasportato in un altro tempo e intorno a me non vidi più il refettorio, ma la struttura di un monastero molto più vasto.

Decine di monaci cenavano intorno a un'enorme tavola, serviti dai più giovani. Di fronte alla congregazione sedeva un uomo dall'aspetto vagamente familiare: basso di statura, naso importante e occhi intelligenti, dominava la scena; un semplice cenno delle sopracciglia sarebbe bastato a dare ordini chiari. Emanava un'aura di autorità non sostentata dalle regole né dalla paura, ma dal rispetto e dalla saggezza. Non riuscivo ad afferrare il nome che pareva sfuggire alla presa della mia mente. Stavo giusto per darmi per vinto, quando si accese come una scintilla: Odilone.

Il polso accelerò e cercai di concentrarmi per localizzare quei ricordi. Avevo la spaventosa sensazione che la memoria stesse ritornando, ma una gomitata mi strappò ai miei pensieri. Thomas mi stava parlando, ma tardai un po' a seguire il senso delle sue parole.

«Andiamo», mi spronò con gli occhi brillanti di aspettativa. «A quanto pare ci invitano alla compieta. Qui riceveremo quello che a Las Huelgas ci è stato negato».

Ci dirigemmo verso la chiesa decorata appena con un semplice crocifisso intagliato nella pietra. Con la mente ancora intorbidita dal ricordo di Odilone, mi accorsi che ci eravamo adattati ai monaci. Parlavamo appena, anche tra noi. All'antifona iniziale, seguirono i vari inni e di nuovo, sorpreso, ne riconobbi uno, il *Quanta qualia*. Senza volerlo la mia voce si unì a quella dei monaci di cui ora ricordavo la grazia sublime. Fui trasportato in un'epoca precedente alla mia amnesia, ma non riuscii ad aggiungere ulteriori dettagli a quelli recuperati durante la cena. Quando la liturgia si concluse, i monaci si ritirarono nelle loro celle e i manovali nella stanza in cui passammo la notte. Thomas mi fermò lungo il percorso.

«Sei uno scrigno di sorprese, Jean», disse strabuzzando gli occhi. «Prima scopro che sai leggere il latino e ora che sai a memoria gli inni liturgici. Quale sarà la prossima? Non sarai mica Innocenzo III in persona in pellegrinaggio a Santiago?».

Nonostante il tono allegro di Thomas, ero profondamente sconcertato, soffocato da un nodo alla gola e un peso sul cuore.

«Sono confuso Thomas, sembra che mi stiano tornando dei brandelli di memoria, ma sono sbiaditi, scollegati e neanche ho la certezza che siano reali».

«È buon segno», mi rispose con voce di nuovo grave e pensierosa. «Sono sicuro che alla fine ricorderai ogni cosa», concluse mettendomi le mani sulle spalle, «anche se dovesse portarti a separarti da noi».

Ebbi la sensazione che, oltre alla preoccupazione, nel suo sguardo ci fosse anche affetto e una punta di dolore di fronte a quell'eventualità.

«Non so cosa mi faccia più paura», risposi con un timido sorriso di consolazione. «Ci sono cose che a volte è meglio non sapere».

35
Anno 33

All'alba Giacomo e compagni salparono e, grazie ai venti favorevoli, giunsero nel trafficato porto di Tiro prima che il sole arrivasse allo zenit. La città, pur avendo vissuto tempi migliori, conservava ancora le vestigia dello splendore che l'aveva trasformata in uno dei principali porti del Mediterraneo, dal quale centinaia di imbarcazioni mercantili prendevano il mare cariche di tessuti raffinati, profumi, porpora e oli per rientrare con i metalli dalle remote terre di Hispania o perfino piume di struzzo dall'Africa.

Ismaele li lasciò a preparare la mercanzia in silenzio e si perse nella folla. Alla fine, Teodosio, eccitato dalla baraonda del porto, volle fare una passeggiata sul molo. Giacomo mandò con lui anche Attanasio per evitare che si mettesse nei guai.

Rimasto solo osservò le imbarcazioni ancorate nelle vicinanze. Per la maggior parte trasportavano merce di piccole dimensioni e coprivano distanze brevi senza mai allontanarsi dalla costa. Le barche più grandi avevano lo scafo ampio e arrotondato, come balene. Pur non avendone avuto esperienza diretta, aveva sentito dire che potevano raggiungere velocità elevate e percorrere in un solo giorno una distanza di ben dieci miglia.

Pensò alla possibilità di navigare verso luoghi sconosciuti, dimenticare l'accaduto e fuggire per sempre. Niente lo legava a quel destino, deciso da altri per lui, e che lo opprimeva come un peso. "No, non è questo che farò", pensò, "tornerò e affronterò Pietro". Era l'azione giusta da compiere, se voleva mantenere viva la fiamma di Gesù, a costo di permettere a Pietro di subentrare alla guida degli apostoli. Un'idea soltanto lo angustiava: non portare a termine l'incarico affidatogli. Rifletté a lungo sulla scelta operata dal Maestro. Cosa aveva visto in lui? Lo aveva scelto per la sua incrollabile fedeltà o come mera alternativa a Pietro, l'opzione più scontata ma ormai non più praticabile?

Attanasio e Teodosio tornarono piuttosto eccitati. Avevano ricevuto proposte di ingaggio in diverse imbarcazioni che sarebbero salpate all'alba. Giacomo cercò di placarne il comprensibile entusiasmo senza però comunicare loro la sua decisione di tornare indietro. La conversazione fu interrotta dall'arrivo di Ismaele. Era riuscito a chiudere un accordo ed era molto soddisfatto del guadagno ottenuto. Lo accompagnava un uomo con un carretto sul quale i tre caricarono il pescato, mentre Ismaele e il nuovo arrivato controllavano la merce e concludevano la vendita.

Ismaele li invitò a mangiare nella locanda del porto. Stava calando la sera e dovevano cercare un posto in cui passare la notte. La locanda era talmente malridotta da estorcere loro una smorfia e l'interno non smentì la prima impressione. Puzzava di sudore rancido e l'unica nota positiva era la scarsa illuminazione che non permetteva di vedere con chiarezza il resto.

Il locandiere li ricevette con entusiasmo e servì loro un pasto che solamente la fame aiutò a buttare giù: tozzi di pane duro d'orzo, cereali di semola misti a fave e lenticchie e pane stantio ai fichi. Il locale pullulava di marinai, pescatori e commercianti che gridavano e ridevano senza posa, bevendo vino e birra.

Terminata la cena, videro entrare due uomini che passarono in rassegna i presenti, come se cercassero qualcuno. Giacomo e Attanasio si guardarono inquieti. I nuovi arrivati si avvicinarono al bancone e il locandiere scoccò un'occhiata nervosa nella loro direzione. A quel punto, i due tornarono sui propri passi e scomparvero dalla porta, così come erano arrivati. Dopo essersi assicurato che non sarebbero tornati, Attanasio si alzò e andò dal locandiere. Discusse con lui alcuni istanti, quindi tornò al tavolo.

«Forse è ora che ci ritiriamo», suggerì. «Domattina dobbiamo alzarci all'alba».

Giacomo non era tranquillo, ma né Teodosio né Ismaele sembravano essersi accorti di quanto era appena accaduto. Si diressero tutti e quattro nelle camere che aveva loro preparato il locandiere. Ismaele disponeva di una stanzetta da solo, mentre gli altri tre ne condividevano una accanto alla stalla della locanda. Una volta soli, misero Teodosio al corrente della situazione e discussero le opzioni che si presentavano.

«Ci stanno cercando», concluse Attanasio con la paura negli occhi. «A meno che non ci siano altri tre uomini provenienti da Gerusalemme, accusati di furto e arrivati a Tiro a bordo di una barca di pescatori».

«Non avrei mai immaginato che l'ombra di Pietro fosse tanto estesa», rifletté Giacomo a voce alta. «Sembra proprio che per quanto cerchiamo di allontanarci non riusciamo a far perdere le nostre tracce. Non sarà meglio fuggire nel cuore della notte anche stavolta?».

Un silenzio scomodo sorvolò la stanza lasciandosi dietro un alone di scoramento.

«Chiunque», tentò Attanasio che pareva pensare a voce alta, «non sembrano avere fretta. Forse non ci hanno ancora individuato. Mi è parso di capire che non siano gli stessi che ci hanno aggredito a casa dei miei cugini. Direi di passare qui la notte, alternandoci in turni di guardia, e lasciare Tiro prima dell'alba, magari diretti a nord».

«No», si oppose Giacomo tra la rabbia e la stanchezza. «La fuga è finita. Domani riprenderemo la via di Gerusalemme».

Alle proteste congiunte di Attanasio e Teodosio cominciò una lunga disputa sui rischi di un loro rientro in città.

«Non posso chiedervi di venire con me», tagliò corto Giacomo, «visto il rischio evidente. Domani tornerò indietro e cercherò Pietro, ma preferirei farlo da solo».

Attanasio lo guardò addolorato e parve meditare con attenzione la sua risposta.

«Puoi chiederci di accompagnarti ovunque tu ritenga conveniente, ma non puoi chiederci di abbandonarti. Verremo con te».

Il vecchio lo guardava con la fronte aggrottata, in un gesto che dimostrava una risolutezza che Giacomo non si sentiva in grado di vincere. Teodosio, accanto a lui, assentì convinto.

E lì, di fronte ai due amici, Giacomo comprese il perché Gesù avesse affidato a lui il suo unico e preziosissimo avere. In un mondo crudele e incerto, più dell'intelligenza o dell'abilità, era la fedeltà il dono più raro e prezioso.

«D'accordo», convenne infine un sorriso d'affetto. «Ci andremo insieme, succeda quel che succeda».

36
Anno 1199

L'alba ci sorprese profondamente addormentati. Era evidente la stanchezza accumulata dai muratori durante gli interminabili periodi di marcia e nei tanti eventi verificatisi lungo il cammino verso est, sulle tracce del maestro Fruchel.

I monaci erano in piedi da tempo e celebravano le lodi prima del sorgere del sole. Ci avevano preparato una colazione frugale e una piccola bisaccia di viveri per il viaggio. Pochi istanti prima della partenza, il priore si avvicinò al nostro gruppo. Fu la prima e ultima volta in cui ci sentimmo rivolgere la parola da un monaco di quel monastero.

«Vi ringraziamo per la vostra visita», disse con uno sguardo di calma e pace. «Vi prego di scusarci se sono il solo a congedarvi, ma la maggior parte dei monaci è occupata nei lavori quotidiani volti al nostro sostentamento e alla gloria di Dio».

«*Ora et labora*», rispose Thomas assentendo comprensivo.

«*Ora et labora*… e aiuta», replicai io completando la frase.

Il priore sorrise al mio commento.

«Anche aiutare il prossimo è un modo di onorare Dio», si compiacque. «E ora andate. Sarete nelle nostre preghiere».

E, detto ciò, tornò alle sue mansioni.

«Questo sì che è onorare Dio», commentò Thomas mentre iniziavamo una nuova giornata. «Non quello che fanno a Las Huelgas».

«Forse ci saranno modi diversi di farlo», risposi dubbioso. «Anche i re, come i mendicanti e i pellegrini, hanno bisogno di un posto per pregare. E forse è anche scritto che debbano essere luoghi separati».

«Io sogno un mondo in cui gli uomini vengano riconosciuti per i loro meriti e non per il sangue e la ricchezza degli abiti», affermò Thomas.

La sua riflessione mi colpì. Da parte mia, lo avevo sempre considerato l'ordine naturale delle cose.

«Un bel sogno», convenni dopo averci riflettuto, «ma temo che rimarrà per sempre un sogno».

Due giorni dopo arrivammo a Fromista, destinazione attesa da tutto il gruppo, che aveva udito meraviglie delle opere che vi erano state erette. Senza cercare riparo né cibo, ci dirigemmo alla chiesa di San Martín.

Le esclamazioni dei muratori nel veder apparire la chiesa non mi parvero affatto esagerate. Senza dubbio era una costruzione magnifica. Robusta nelle forme, pensata per durare in eterno eppure, in tutta la sua solidità era riccamente decorata da un'infinità di dettagli che ci intimidirono. I cornicioni a scacchi, gli innumerevoli beccatelli sotto le gronde e i tetti, con figure di animali impossibili e perfino di esseri umani, le conferivano vivacità, come se quelle sagome potessero prendere vita e saltarci addosso da un momento all'altro.

La permanenza a Fromista fu breve, dato che Thomas fu informato che il maestro Fruchel si trovava nel vicino villaggio di Villalcázar a lavorare su opere per le quali aveva bisogno di manovalanza. Anche così, però, visitammo la chiesa altre due volte: la sera di quello stresso giorno e la mattina presto, prima di ripartire. Mi sorprese il modo in cui la luce modificava l'aspetto della chiesa in base all'ora del giorno. La sera, le pietre sembravano brillare di una luce dorata mescolata al rosso del sole che le incendiava proteggendole dal freddo della notte. All'alba, al contrario, la pietra aveva una luce fredda, quasi metallica, come se la struttura della chiesa avesse resistito all'attacco della notte per vedere un nuovo mattino.

Mentre facevamo colazione, mi rivolsi a Thomas. Per tutta la notte avevo riflettuto sugli eventi delle ultime settimane, sulle diverse visioni di vita spirituale, sulla povertà e sulla cura della gente, sulla ricchezza e le sue debolezze. E avevo meditato anche sul mio passato, per quanto ancora in ombra, e sul mio futuro.

«Thomas», cominciai dubbioso, «stanotte non riuscivo a dormire e ho riflettuto a lungo e, nel momento in cui l'aurora ha mostrato il suo volto, ho deciso cosa fare per il resto della mia vita. Se mi accetti, voglio diventare muratore. Viaggerò insieme a voi e imparerò il mestiere.

Thomas sorrise. Il suo viso passò da un iniziale stupore alla gioia, e mi parve di affezionarmi a lui ancora di più.

«Niente potrebbe rendermi più felice», dichiarò infine. «Sei il benvenuto e io stesso ti insegnerò il mestiere perché possa unirti a noi».

Ci abbracciammo e il resto degli operai si avvicinò per felicitarsi e siglare la mia promessa. Finalmente avevo preso la mia decisione e, nella mia nuova vita, l'oggetto che portavo con me sarebbe stato solo un lontano ricordo.

Non potevo certo immaginare che quel desiderio quasi infantile sarebbe stato presto frustrato. Credevo di aver risolto il mio futuro, ma il furto e la fuga avevano messo in moto altre forze. Già in viaggio sulle mie tracce cavalcavano infatti il cavaliere nero da sud e l'abate Guy Paré da nord.

Non potevo nemmeno immaginare, in quel momento felice, che la mia memoria, fino ad allora schiva, avrebbe presto fatto ritorno per restituirmi un mondo di intrighi, morte e potere.

37
Anno 2019

«Sono solo ruderi!», esclamò deluso Iñigo.

«E moderni», fece eco Marta con la stessa amarezza.

Iñigo la guardò interdetto: erano di fronte al convento di Sant'Antonio di Castrojeriz.

«Intendo moderni per Jean», sorrise Marta. «Il convento romanico non esiste più e quasi tutto quello che vedi qui è posteriore. Non c'è più niente di quello che vide Jean quando passò di qua. Forse solo questa nicchia», indicò una cavità nella parete, «dove i monaci lasciavano da mangiare e da bere per i pellegrini».

Iñigo annuì trovando la spiegazione sensata, ma poi parve ripensarci.

«E cosa vide Jean?», chiese. «Non riesco a immaginare niente in questo ammasso di rovine».

«Non è tanto quello che vide, quanto quello che visse. La quintessenza della vita monastica: una congregazione religiosa dedita al lavoro, alla preghiera e a soccorrere il prossimo».

Il sacerdote si fece pensieroso. Non taciturno e serio come altre volte, ma solo meditabondo, come se lavorare, pregare e aiutare gli altri fosse stato anche il suo desiderio prima che la realtà prendesse una piega diversa.

«A cosa pensi?», gli chiese Marta.

«Che a volte piacerebbe anche a me vivere questa vita semplice e pacifica», rispose con una vena di tristezza.

«E cosa te lo impedisce?», insistette pur non essendo sicura di voler conoscere la risposta.

Iñigo la guardò a disagio, incerto se potersi confidare o meno.

«Me stesso», ammise infine. «A volte ciò che si desidera e ciò di cui si ha bisogno, o semplicemente per cui si è nati, non sono la stessa cosa».

«Posso farti una domanda personale, Iñigo?».

Vedendolo così loquace, Marta aveva deciso di osare un po'. L'uomo annuì.

«Il giorno in cui ci siamo conosciuti, quando sono entrata in sacrestia, ti stavi guardando in uno specchietto da borsa. Cosa guardavi?».

L'espressione sul suo viso cambiò, mutando in un sorriso impertinente, come un bambino colto a compiere qualche marachella. «Non ti sfugge niente», rispose. «Una volta, tanto tempo fa ho sentito qualcuno dire che si può mentire a chiunque, perfino a sé stessi, ma in pochi riescono a farlo guadandosi in faccia. Sosteneva anche che quando si hanno dei dubbi, dubbi importanti su una decisione da prendere, bisogna guardarsi allo specchio e chiederselo direttamente. Ecco cosa stavo facendo quel giorno».

Iñigo si era confidato, eppure Marta non osò domandargli quale fosse il dubbio che lo attanagliava allora. Sarebbe arrivato il momento in cui glielo avrebbe raccontato lui, se avesse voluto.

«Qui non c'è nient'altro da vedere», concluse Marta rompendo il silenzio teso che era calato tra loro. «Andiamo a Fromista, la seconda tappa di Jean e stavolta i nostri sforzi saranno premiati: lì troveremo ancora in piedi la chiesa più bella mai costruita».

Nel tragitto fino a Fromista, a solo mezz'ora da Castrojeriz, Iñigo chiese a Marta di parlargli della chiesa di San Martín che avrebbero visitato poco dopo.

«Non mi piace descriverla», confessò, «perché in genere gli altri non condividono il mio entusiasmo e quando la vedono restano delusi».

«A me non succederà», le garantì con sicurezza. «Mi piace come descrivi certi luoghi e ci metti così tanto entusiasmo che è difficile non lasciarsi contagiare».

Nella successiva mezz'ora Iñigo non smise un attimo di fare domande. Marta non sapeva se fosse interesse genuino per la storia della Chiesa o semplicemente un modo per occupare la mente e non tornare alla recente conversazione.

Quando arrivarono, la luce del sole calante esaltava la tonalità vermiglia della pietra, impossibile da cogliere in pieno giorno.

«Ora capisco cosa intendevi», commentò Iñigo che non sembrava minimamente deluso. «Ho visto chissà quante chiese, ma questa ha un'aria... non so, speciale. È chiaro che chi la costruì ha voluto creare qualcosa di completamente diverso».

Vista l'ora, le visite non erano più permesse, così rimandarono al giorno successivo e si misero alla ricerca di un posto dove cenare e dormire. Marta rubò uno sguardo a Iñigo, composto sul proprio sedile, e si accorse di non provare più alcun timore circa il pernottamento. Iñigo non mostrava nessun interesse nei suoi confronti e la paura che volesse intrufolarsi in camera sua, per quanto non sgradita, le sembrava ora una vera idiozia.

Trovarono un ostello con annesso ristorante che, per fortuna, aveva anche un paio di camere libere. La cena fu semplice ma abbondante. Il menù includeva il vino, così, complice qualche bicchiere di troppo, si ritrovarono a socializzare con il resto dei chiassosi ospiti e con i padroni della struttura. Marta si godette un Iñigo spontaneo e ammaliatore, di fronte al quale tutti si sentivano rilassati e a proprio agio. Proprio come accadeva a lei.

Poi, uno dopo l'altro, i pensionanti, perlopiù pellegrini del cammino di Santiago che dovevano alzarsi presto, si ritirarono nelle proprie camere lasciandoli soli. Davanti ai caffè, Iñigo tornò all'attacco.

«Raccontami qualcos'altro di Jean. Perché era sul cammino?», chiese appoggiando il mento alla mano con un gesto di concentrazione cui Marta non seppe resistere.

Tuttavia, colta alla sprovvista da una domanda così diretta e animata dal vino, finì per raccontargli più di quanto sarebbe stato prudente. Gli parlò dell'amnesia di Jean e del suo incontro con i muratori ma, per buonsenso, omise la parte relativa agli abati e al cavaliere nero.

«All'epoca non era frequente saper leggere e scrivere», rifletté Iñigo. «Doveva essere qualcuno di buona famiglia. Un cavaliere o magari un monaco».

Marta non ci aveva pensato, sapeva più di pietra medievale che non di tessuto sociale, ma Iñigo aveva ragione. A quei tempi la maggior parte della popolazione era analfabeta.

«C'è qualcosa nella storia di Jean che ancora non mi quadra», osservò Iñigo con un gesto che, per un attimo, a Marta parve sospetto. «Non sai se a un certo punto della storia recupera la memoria?».

Marta si spostò inquieta sulla sedia, non sapeva dove volesse arrivare con le sue domande, ma cominciava a sentirsi a disagio.

«Non ho ancora letto tutto il libro», rispose titubante e trattenendo una smorfia. «Lo leggo man mano che procediamo. Mi sembra di vivere quell'avventura insieme a lui», concluse quasi a giustificarsi.

«Forse, se mi permetti di dargli un'occhiata, potrei aiutarti».

In Marta suonò un allarme. Se gli lasciava il libro avrebbe scoperto che gli aveva mentito, seppure per omissione. Improvvisamente, l'atmosfera rilassata della cena evaporò, una nebbia immaginaria le velò gli occhi. Sarebbero scivolati via dal mondo semplice e spensierato per fondersi tra le insidie che circondavano Jean.

Per un attimo ebbe la sensazione che i due mondi, quello di Jean e il suo, fossero in realtà uno solo, un mondo pericoloso. Cacciò via quell'idea con un movimento brusco della testa. La realtà al giorno d'oggi era molto meno oscura: non c'erano amuleti, Iñigo era un semplice parroco di paese e lei una restauratrice.

«Certo», concluse infine Marta cercando di scacciare i propri pensieri. «Un'altra volta, però. Sono stanca e vorrei andare a dormire. Domani ci aspetta una lunga giornata».

L'Ombra sedeva al centro della stanza di una modesta pensione di strada. Guardava davanti a sé senza vedere niente in particolare. Aspettava e basta. Davanti a lui, il telefono sembrava osservarlo, paziente. Il suo cervello lavorava in silenzio, valutando situazioni, soppesando alternative, come un giocatore di scacchi che attende la mossa dell'avversario.

Il telefono squillò. Era Iñigo. Rispose al quinto squillo.

«Iñigo», disse in tutta risposta. Nessuna esclamazione né domanda. Per lui era solo un pezzo che si muoveva sulla scacchiera.

«Federico», la voce di Iñigo suonò ugualmente atona.

Federico inarcò un sopracciglio, sorpreso. Forse quel giovane voleva giocare. Non sapeva chi aveva davanti. Decise di alzare la posta.

«Hai il libro?», chiese senza dar mostra di aver percepito la sfida.

«No, ma ho qualche informazione».

«Rilevante?».

Iñigo rimase in silenzio. L'Ombra capì che il sacerdote stava misurando le parole. Non si fidava di lui.

«Giudicalo da solo», affermò in tono tranquillo dopo la pausa. «Sembra che Jean abbia perso la memoria, non sapeva chi era ma era in grado di leggere e scrivere in diverse lingue, cosa abbastanza insolita all'epoca. Un cavaliere o forse un monaco. Propendo per la seconda ipotesi, dato che non sembrava molto abile nelle arti della guerra».

«È tutto?», chiese l'Ombra.

«Sì».

Con quel monosillabo Iñigo sembrò indicare di non aver altro da riportare o forse che non voleva farlo. L'Ombra decise che il gioco doveva finire.

«Prendi quel libro», ordinò risoluto. «Intero. Voglio sapere tutto, non solo stralci».

Riattaccò senza dare al sacerdote l'opportunità di rispondere.

Iñigo rimase a pensare, seduto sul letto. Gli sembrava di tradire Marta ma, se avesse rifiutato, avrebbe tradito la Chiesa che lo aveva così ben accolto. Ci perdeva in ogni caso.

Quella notte avrebbe faticato a prendere sonno.

38
Anno 1199

Il giorno seguente, durante il nostro cammino verso Villalcázar attraverso i campi riarsi dal sole estivo, Thomas e io ci intrattenemmo in una lunga conversazione in cui cominciò a spiegarmi le arti dell'intaglio della pietra. Durante una sosta tracciò dei segni a terra con un ramo: una linea orizzontale che partiva dal centro di un'altra verticale. Sotto la prima, sulla parte destra disegnò un punto isolato.

«Il punto è l'uomo», spiegò nel tono più serio che gli avessi mai udito fino a quel momento. «Chiunque necessiti guarire dal mondo può farlo sotto il tetto della nostra opera, rappresentata qui dalla linea orizzontale, dato che con il nostro lavoro trasformiamo la pietra in dimora. Il fine di questa dimora, però non è solo proteggerci, ma elevarci fino al cielo, la linea verticale, per portarci verso Dio. Questo è il mio segno; dove lo vedrai saprai che a tracciarlo è stata la mia mano. È così che le pietre ci parlano. Scegli il tuo. Se lavori con noi dovrai averne uno anche tu».

Ci riflettei per il resto della giornata. Non volevo essere precipitoso. Il mio segno da muratore doveva avere un significato, ma che senso poteva avere la vita di un uomo senza passato? Decisi di smettere di pensare e di aspettare che il segno mi si mostrasse al momento opportuno, anche se non ero sicuro di cosa significasse.

«Conobbi il maestro Fruchel durante la costruzione della cattedrale di Avila», mi raccontò Thomas. «Abbiamo lavorato insieme due anni. Ha sempre bisogno di bravi operai», aggiunse sorridendo.

Lo guardai abbozzando a mia volta un sorriso al suo innato ottimismo.

Era già trascorsa parte della sera quando arrivammo a Villalcázar. Guidati dalle indicazioni della gente del posto, ci dirigemmo alla chiesa di Santa Maria, in cui si lavorava da diversi mesi. Mentre gli altri di noi riposavano contemplando il portico e la facciata, Thomas andò a parlare con il maestro Fruchel e, dopo pochi minuti, tornò con buone notizie.

«Domani cominceremo a lavorare alla chiesa», annunciò soddisfatto di fronte al tripudio dei muratori. «Anche tu», aggiunse indicandomi. «Sei a tutti gli effetti un giovane apprendista sotto la mia guida».

Ero felice. La reliquia era quasi dimenticata. Non c'era traccia di chi mi inseguiva; forse avevano abbandonato la ricerca o forse diretto i propri passi a est, sulle tracce del cavaliere nero. Nemmeno di quest'ultimo avevo notizie. Ero dunque convinto che il futuro mi avrebbe regalato una maggiore libertà.

Quando il mattino dopo albeggiò e ci mettemmo al lavoro, non potevo certo immaginare che nelle settimane successive, tra malta e pietre, livelle e squadre, sarei stato totalmente felice.

Lecci, faggi e querce da sughero si affollavano fitti in quel bosco impenetrabile che si estendeva per leghe e leghe fino al mare. Il cavaliere nero condusse il proprio cavallo lentamente per un sentiero appena visibile, unica traccia che le indicazioni dell'abate erano corrette. Erano trascorsi già dodici giorni da quando aveva lasciato il monastero per affrontare le insidie di un territorio che gli arabi abitavano con ogni agio.

La macchia diventava sempre più fitta e con essa i dubbi del cavaliere nero sull'opportunità di proseguire in quella direzione ma, all'improvviso, si aprì una radura. A prima vista era un semplice spazio aperto tra gli alberi, ma presto alcuni dettagli attirarono la sua attenzione. Da essa partivano infatti vari sentieri in altrettante direzioni, nessuno dei quali appariva più battuto degli altri. Al centro di quello spazio totalmente privo di sottobosco, riposava una pietra consumata, grande abbastanza perché un uomo potesse starvi comodamente disteso, senza dubbio collocata lì da mano umana.

Il cavaliere vi salì lasciando il cavallo a pascolare tranquillamente nella radura. Cercò di individuare la direzione giusta. Guardò uno dei possibili sentieri che gli si offrivano e allora si accorse che, accanto a ciascuno di essi, una piccola pietra non più grande di una mano aperta, ne segnava l'inizio di ognuno.

Si avvicinò alla prima, proprio alla destra dell'imbocco del percorso e ne accarezzò la superficie. Con il passare degli anni si erano accumulati polvere e muschio ed ebbe il timore che non fosse rimasta traccia di indicazioni utili a guidare la sua decisione. Invece eccola: una linea verticale ancora ben definita. Si spostò alla seconda e ripeté l'operazione. Il simbolo era diverso: due linee di uguale lunghezza incrociate al centro. Una croce, forse, anche se ricordava più le pale di un mulino. Inoltre, sembrava un segno troppo ovvio e il cavaliere nero non era mai precipitoso nelle sue conclusioni e, comunque, restavano da controllare ancora quattro pietre. Sulla terza trovò un cerchio attraversato da parte a parte da una linea orizzontale; sulla quarta due linee curve incrociate a formare un pesce, sulla quinta una Y e, alla fine, un sigma.

Le studiò con attenzione e dedusse che si trattava, senza dubbio, di lettere greche, anche se una di esse gli risultava sconosciuta. Si accovacciò e, con un rametto, le ricopiò sul terreno polveroso: ΣΥαΘΧΙ.

Il cavaliere nero sorrise: messaggio chiarissimo per chi sapesse interpretarlo. Invertì la sequenza delle lettere, perché andavano lette da sinistra a destra e non come aveva fatto inizialmente, e ricompose la parola corretta: ΙΧΘαΥΣ, *Ichtus*. Per leggerlo correttamente andava rimosso il segno sconosciuto che richiamava un pesce e "pesce" era proprio il significato letterale della parola composta. Simbolo segreto dei primi cristiani, il termine era in realtà di un acronimo che, tradotto nel linguaggio volgare indicava "Gesù Cristo, figlio di Dio Salvatore".

Il cavaliere si ricompose e, tenendolo per le redini, condusse il cavallo sul sentiero giusto, quello contrassegnato dal simbolo del pesce. Quindi tornò sui propri passi e procedette a eliminare minuziosamente le tracce del suo passaggio nella radura.

L'abate Guy Paré guardava torvo Bertrand, l'abate di Moissac. Ci godeva a vederlo sudare, torcersi nervosamente le mani nel tentativo di capire il motivo che aveva condotto l'abate, solo e inaspettato, nel suo tranquillo monastero così lontano da Citeaux. Guy Paré prolungò la tortura di Bertrand chiedendo dell'acqua per rinfrescarsi e qualcosa da mangiare senza fornire la minima spiegazione. Solo alla fine guardò Bertrand con aria grave.

«Devo inviare un messaggio a Citeaux questa notte stessa. Portatemi della pergamena e una piuma d'oca». Fece una pausa, più per dare effetto che per reale necessità di riordinare le idee. Bertrand lo guardò in attesa, ansioso, ma chiaramente intimidito.

«Dovranno partire vari messaggeri», continuò con gli occhi fissi sull'abate, «per essere certi che arrivi a destinazione. Aspetterò qui il loro ritorno», annunciò con un'occhiata sdegnata intorno a sé. «Mi auguro che disponiate il mio alloggio con la massima solerzia: ho bisogno di riprendermi dalla fatica del viaggio. Non vi preoccupate», aggiunse con un sorriso crudele, «ripartirò non appena torneranno i messaggeri».

Sarebbero stati giorni più lunghi di quanto avrebbe desiderato, si trovò a pensare Bertrand, ma si astenne dal dare voce ai suoi pensieri, limitandosi ad assentire umilmente.

«Sarà fatto tutto come ordinate e con la massima premura».

Il buio era sempre più fitto e il cavaliere nero avanzava faticosamente nella boscaglia. A ogni nuova radura, veniva roso dal dubbio di non aver preso la decisione dovuta, ma credeva comunque di essere nella direzione giusta. A ogni possibile incrocio, un dettaglio insignificante, ora una piccola croce, ora un altro *ichtus*, si offrivano all'occhio che sapeva cercare.

Infine, dopo una curva, apparve una distesa di rocce circondate e stritolate dalle enormi radici di numerosi alberi dando così l'impressione di essere immerse in un mare verde. In quel punto, i segnali erano così chiari che comprese di essere arrivato a destinazione. Camuffate dalla vegetazione, c'erano due rampe di scale intorno a una roccia di dimensioni più piccole, alta quasi quanto un uomo. Sembravano finire entrambe nello stesso punto, dietro una pietra immensa. Salì dunque la scala di destra che confluiva in quella di sinistra a conferma che tutti i sentieri conducevano allo stesso luogo. Non sfuggì al cavaliere nero che la particolare conformazione naturale di quel luogo era stata sfruttata per ricreare la scalinata di un palazzo. E lì trovò anche l'entrata, segnalata, con una croce di legno e talmente coperta di muschio che doveva trovarsi al suo posto da tempo immemorabile.

Si lasciò alle spalle la croce e attraversò un breve corridoio di alberi accanto al quale scorreva un ruscelletto di acqua sorgiva. Guardò avanti e, incorporato tra rocce e alberi, trovò ciò che cercava: un'ampia fenditura tra le rocce, di certo non creata dall'uomo, ma utilizzata per ricavarvi, con pietre e mattoni, un piccolo spazio. Ogni palmo di roccia era stato utilizzato come pareti, soffitto e pavimento e solo lo stretto indispensabile era stato aggiunto perché fosse abitabile. Muschio e vegetazione completavano l'opera, rivestendo i mattoni e i tronchi delle querce svettanti, mentre i castagni e il sughereto circostanti camuffavano ulteriormente l'intervento umano.

In alcune zone si aprivano delle finestrelle, piccoli occhi che potevano ben servire anche a far filtrare la luce dall'esterno. La porta principale era così bassa che il cavaliere dovette inchinarsi per varcarla ma, sulla soglia, trovò ad attenderlo un monaco che, a mani giunte e con sguardo tranquillo, quasi distratto, lo osservava in silenzio. Di bassa statura ed eccessiva magrezza, con gli occhi infossati e la carnagione biancastra, ricordava terribilmente un teschio, se non fosse stato per il sorriso amichevole che gli rivolse.

«Ti aspettavamo», esordì senza mostrare la minima sorpresa. «Entra pure e dividi con noi la nostra umile cena. La troverai scarsa, ma è tua».

«Sei tu frate Honorio?», chiese il cavaliere nero.

Prima di rispondere il monaco lo osservò come se volesse valutarlo. Era una situazione incomprensibile e il cavaliere smaniava inquieto.

«Tutte le tue domande troveranno risposta», disse infine il monaco, «ma dopo che avrai riposato e mangiato qualcosa».

Il cavaliere lo seguì allora all'interno, elaborando mentalmente il resoconto da presentare all'abate di Leyre al loro prossimo incontro. L'ambiente interno era umile e raccolto. Da quello che poté vedere mentre il monaco lo conduceva attraverso un angusto corridoio, le celle erano di dimensioni minime, sufficienti appena a ospitare un uomo disteso sul proprio pagliericcio che ne costituiva l'unico arredo. A meravigliarlo davvero, però, fu il sughero. Tutte le pareti, i soffitti, le finestre e la porta erano coperti di sughero, dando la sensazione di vivere dentro un albero. Il cavaliere nero ne accarezzò la superficie rugosa.

«È così che rifiniamo questa dimora», disse il monaco con un sorriso timido, «anche se in realtà risponde a un fine molto più pratico. Prendiamo dalla natura quello che ci dà. Il sughero ci isola dal freddo d'inverno e dal caldo d'estate e così abbiamo a portata di mano tutto il necessario».

Arrivarono in una saletta in cui una dozzina di monaci era raggruppata a rosicchiare tozzi di pane e frutta secca. La somiglianza di tutti loro con frate Honorio era straordinaria, come se un gruppo di scheletri fosse uscito dalla tomba per tornare in vita in un mondo da incubo.

«È arrivato l'emissario che attendevamo», annunciò frate Honorio con la stessa calma con cui avrebbe annunciato l'arrivo della primavera. «L'abate di Leyre chiama e noi risponderemo».

I monaci presenti accolsero le sue parole in silenzio. Quali fossero le intenzioni dell'abate Arnaldo per averlo inviato in quel luogo così peculiare era una domanda cui il cavaliere nero non trovava risposta. Di certo non avrebbe potuto contare su quegli uomini in caso di scontro armato. Sembravano uno scarno gruppo di ossa ambulanti la cui unica fonte di alimentazione era costituita da ghiande e castagne. Dubitava fortemente che potessero sopportare un viaggio come quello che aveva affrontato lui, men che meno se avessero dovuto spostarsi a piedi. La voce di frate Honorio lo riportò alla realtà.

«Nonostante alcuni di voi dubitassero che questo giorno sarebbe mai arrivato», riprese con un'inaspettata vivacità nello sguardo, «alla fine è accaduto. Viviamo rintanati qui con uno scopo e ora dobbiamo rispondere alla chiamata. Preparatevi a partire all'alba».

I monaci ascoltarono le parole del loro abate e, sempre in silenzio, si alzarono e abbandonarono la sala.

«Vieni». Soddisfatto l'abate tornò a rivolgersi al cavaliere nero. «Riposati adesso. Ebbene sì, sono io frate Honorio e questo è il luogo in cui sei stato inviato, come una pietra che rotola per la discesa trascinandosene dietro altre. Partiremo presto, il viaggio sarà duro per te e la necessità è grande».

«Ma...», balbettò il cavaliere, «come sapevate del mio arrivo? Impossibile che qualcuno sia stato tanto più veloce di me da precedermi».

«Che nessuno ci abbia avvisato del tuo arrivo non significa che non lo aspettassimo. E anche se non eravamo sicuri che avremmo mai visto questo giorno, eravamo pronti. Ti abbiamo visto nel bosco, quando hai scoperto le tracce che solo un occhio addestrato poteva trovare. Così abbiamo capito che eri l'inviato. Partiremo prima che faccia giorno, quindi cerca di riposare bene o non potrai seguirci nel viaggio che ci attende».

A Villalcázar, la vita era mutata per me in una confortante routine. Il maestro Fruchel aveva incaricato Thomas della realizzazione della Porta dell'Angelo che, a opera terminata, sarebbe stata l'uscita per la vicina comunità di Carrión.

Trascorrevo le giornate ad apprendere i fondamenti del mestiere affiancando ogni muratore. La prima settimana la dedicai all'attività degli spaccapietre che mi scarnificò letteralmente le mani e indolenzì le spalle per lo sforzo. La seconda, lavorai con i tagliatori a sagomare i blocchi di pietra per ottenere i pezzi delle dimensioni richieste dai capomastri; ingoiai tanta di quella polvere che temevo che il mio organismo non se ne sarebbe più liberato. La terza, tuttavia, la trascorsi a disegnare bozzetti dei differenti muri e arcate e a regolare le forme definitive. Infine, la quarta stetti con gli intagliatori per le ultime rifiniture sulle pietre già posizionate. Alla fine delle quattro settimane ero esausto ma felice.

Avevo lavorato dall'alba fino al tramonto, quando crollavo sfinito sul mio pagliericcio. Avevo il sospetto che Thomas avesse istruito gli altri a trattarmi senza pietà, per irrobustirmi, per saggiare la mia resistenza e la voglia di imparare. Lavorai di gran lena, senza emettere il benché minimo lamento, certo che, dopo quella dura prova, sarei stato accettato dagli altri e avrei appreso le nozioni basilari del mestiere.

Allora Thomas mi prese sotto la sua protezione. Cominciai ad aiutarlo con i disegni e, in alcuni momenti, con l'intaglio delle pietre più delicate, lavoro per il quale avevo dimostrato particolare talento.

Un lavoro ben fatto, il cameratismo e la sensazione di appartenere a un gruppo mi regalarono la pace interiore e, nonostante l'iniziale apprensione dovuta alla presenza dei monaci guerrieri – perché la chiesa di Santa Maria era di fatto una fortezza dei Templari – a poco a poco mi abituai, arrivando perfino a rivolgere la parola a qualcuno di loro. La reliquia occupava ormai solo una piccola parte dei miei pensieri e, nelle rare occasioni in cui avveniva, riuscivo ad allontanarla.

Non accadeva però lo stesso ai cavalieri che, tanto da Suntria come da Moissac, avanzavano come il vento e vivevano, cavalcavano e respiravano con un unico pensiero: rintracciarmi.

39
Anno 33

Le grida di Attanasio risvegliarono Giacomo da un sonno profondo che lo aveva estraniato dalla realtà. Tornato in sé, vide i due compagni che bloccavano la porta della stanza, opponendo resistenza all'attacco di chi cercava di sfondarla. Scrollandosi via gli ultimi residui di sonno, Giacomo corse ad aiutarli. Attendere l'alba si era rivelato un errore.

«Giacomo!», gridò Teodosio con gli occhi sgranati e increduli e un tono di voce acuto. «Cerca qualcosa per bloccare la porta anzi, meglio ancora, trova una via d'uscita. Attanasio e io non possiamo resistere ancora a lungo».

Nella quasi totale oscurità, Giacomo si guardò intorno cercando una scappatoia. Era in preda alla disperazione, ma riuscì a mantenere la calma e cominciò a spostare gli attrezzi da contadino ammucchiati contro il muro. Già stava cedendo all'angoscia quando vide una finestrella nella parte alta di una delle pareti. Scostò gli oggetti che la nascondevano e intanto cercava il modo di bloccare la porta e permettere a tutti e tre di scappare. Temendo che Attanasio e Teodosio lo obbligassero a fuggire e affrontassero da soli i nemici, prese una zappa e si lanciò verso i suoi amici. Con essa puntellarono la porta e appurarono che avrebbe retto almeno per un po' alle spinte degli aggressori. Quindi Giacomo indicò ai compagni la finestra e li aiutò ad arrampicarsi per uscire. Dopo un ultimo sguardo alla porta, ormai sul punto di cedere sotto i brutali colpi che sopportava, saltò per raggiungere il vano, ma non riuscì a mantenere la presa per il tempo necessario.

Nonostante il caldo asfissiante della stalla, un sudore freddo gli coprì la schiena. Per un attimo temette di non farcela mentre, all'esterno, udiva Attanasio e Teodosio chiamarlo a gran voce. La porta si stava per aprire e Giacomo tentò di nuovo il salto, senza successo. All'improvviso, dalla finestrella gli arrivò qualcosa. Era la corda che Attanasio portava sempre con sé. L'afferrò con tale forza da strappargliela quasi di mano. Con l'aiuto della fune, si arrampicò facilmente fino alla finestra e la varcò. Proprio quando stava tirando fuori le gambe, la zappa andò in pezzi e qualcuno fece irruzione nella stalla. Si lasciò cadere di peso tra le braccia di Attanasio e, pochi istanti dopo, tutti e tre si tuffarono in una notte in cui l'aurora era ancora solo una promessa, sulle colline in lontananza a est.

Il porto invece era già in fermento, con gli equipaggi che si affannavano a preparare le mercanzie per salpare, approfittando della marea favorevole. I marinai sembravano svegli da ore a sistemare le barche e riporre in stiva acqua e provviste per l'ormai prossima traversata.

Giacomo, Attanasio e Teodosio cercarono di depistare i propri inseguitori tra le numerose imbarcazioni e le pile di merci accumulate ovunque. Per un attimo le voci sembravano sfumare, ma subito ricomparvero più vicine.

«Non riusciremo a scappare», sussurrò Attanasio appostato con gli altri dietro alcuni fagotti. «Non devono far altro che attenderci accanto al molo principale; in qualsiasi momento saremo obbligati a passarci davanti. Saremo una preda facile», sentenziò.

«Non disperare, Attanasio», lo rincuorò Giacomo con un sorriso incoraggiante. «Di sicuro Teodosio ci proporrà qualche idea geniale per salvarci da questo pantano».

«Forse sì», rispose Teodosio con grande stupore di Giacomo. «Aspettatemi qui qualche secondo».

Il giovane scomparve lasciando in sospeso l'ultima frase. Intanto, gli altri due si acquattarono nel buio in attesa di scoprire il piano ideato dall'amico.

Pochi istanti dopo, Teodosio riapparve e, a vederlo accompagnato da uno sconosciuto, i due sobbalzarono. Giacomo provò infatti un'istintiva sensazione di rifiuto nei confronti dell'uomo: aveva gli occhi inquieti e sporgenti di un gufo in piena notte, costantemente vigili e con una certa aria di condiscendenza con sui pareva soppesare il possibile valore di ognuno di loro, accompagnata da un sorriso storto sulle labbra grosse, arrossate al pari delle gote. Con sua grande sorpresa, anche Attanasio conosceva quell'uomo, che si presentò come il capitano Hyrum.

I tre confabularono qualche istante come se Giacomo non fosse neanche presente e gli rivolsero la parola esclusivamente per invitarlo a seguirli. Giacomo si strinse nelle spalle, rassegnato burattino nelle mani dei suoi amici, e si accodò alle loro ombre nel buio. Il breve tragitto terminò contro la passerella di una barca mercantile mezzo sfondata sulla quale salirono tutti a parte Giacomo. Per qualche secondo, l'apostolo fissò i propri piedi sul bordo della passerella, memore della decisione di tornare a Gerusalemme e affrontare Pietro e il suo destino. Rialzò il capo: i suoi amici gli facevano cenno di salire. Chi li inseguiva avrebbe potuto vederli da un momento all'altro. Giacomo si girò allora verso il molo che non sembrava più tanto minaccioso ora che le prime luci dell'alba disperdevano le tenebre della notte.

Tutto trascorse come in sogno: attraversare la passerella, mollare gli ormeggi e uscire dal porto con le tenui luci di Tiro sempre più lontane nella nebbia mattutina. Ancora una volta furono gli eventi a scegliere per lui.

40
Anno 1199

L'estate avanzava placida per la squadra di muratori. Le giornate cominciavano ad accorciarsi, ma la temperatura era ancora elevata e i lavori sulla facciata ovest della chiesa proseguivano.

Mi sentivo bene, mi piaceva il lavoro edilizio e notavo i miei miglioramenti nella nuova professione in cui mi ero guadagnato il rispetto di amici e compagni. Tutti avevano elogiato alcuni dettagli del portico di cui Thomas mi aveva incaricato. Di fatto, in uno degli architravi, avevo scolpito la figura di san Giacomo seduto, con un lungo mantello e un libro in mano. Thomas ne era rimasto così impressionato che mi aveva chiesto di firmarlo. Sarebbe stata posta a breve nella sua collocazione definitiva e, se non lo avessi fatto subito, non ne avrei più avuto la possibilità. Mi trovai così nella necessità di improvvisare la mia firma, senza troppo tempo per pensarci su.

Mi ritirai dentro la chiesa a meditare sulla scelta del simbolo. Anche se sembrava di importanza secondaria, sentivo dentro di me che non era così irrilevante. Mi si presentarono diverse possibilità, ma nessuna di esse mi trasmetteva qualcosa. All'improvviso, mi tornò alla mente un'immagine del passato: un simbolo scolpito in un'antica roccia che, in qualche modo, mi era noto. Per quanto mi sforzassi di ricordare, però, non potei far altro che contemplare, nella soffitta della mia memoria, una doppia croce: la prima più grande e la seconda molto più piccola, integrata nel quadrante inferiore destro della prima. Il giorno dopo, la incisi in un angolo della mia opera. Quando ebbi finito, Thomas mi si avvicinò.

«Questa sarà la tua firma?», chiese osservandola incuriosito.

«Esatto», risposi ancora incerto.

La notte non mi aveva chiarito da dove quel disegno fosse arrivato fino alla mia memoria. Thomas lo osservò a lungo, in silenzio, poi parlò.

«E qual è il significato?», chiese infine.

«Ancora non lo so», ammisi stringendomi nelle spalle. «È un'immagine del mio passato che, per qualche motivo che non mi è chiaro, mi sembra importante. Spero di scoprirlo un giorno o l'altro».

«Non mi risulta del tutto sconosciuto», replicò Thomas corrucciato. «Eppure non riesco a ricordare dove l'ho già visto. Ne ho osservate ormai troppe di firme di muratori e la mia memoria comincia a vacillare».

Mi alzai e osservai il risultato finale. Mi sentivo orgoglioso del mio lavoro. Tornai a guardarlo e promisi a me stesso che, prima o poi, ne avrei ricordato il significato. Presto avrei scoperto che la luce della memoria sarebbe tornata più in fretta di quanto immaginassi e che, con essa, la pace di cui avevo goduto nelle ultime settimane avrebbe avuto definitivamente termine.

Il cavaliere nero smontò da cavallo. L'indolenzimento di muscoli e articolazioni gli ricordava che erano ormai diversi giorni che non riposava se non per brevi pause in una cavalcata senza fine. Il suo unico orizzonte erano le cavalcature dei suoi taciturni compagni, che sembravano scolpiti nella pietra e avanzavano come il vento, immuni a fame e stanchezza. Cavalieri pallidi ed emaciati che alle poche persone che incontravano nel cammino potevano ben sembrare spettri sorti dall'Averno.

Il cavaliere nero non si capacitava di come quei corpi potessero sopportare con tanto stoicismo lo sforzo cui erano sottoposti. I monaci guardavano verso nord, come se da lì potessero scorgere la preda. Quanto a lui, ormai da giorni aveva abbandonato ogni speranza di conversare con loro.

Aveva avuto molto tempo per pensare. Il suo desiderio era di far ritorno a Leyre, ma c'era un'incombenza ancora più pressante: era fondamentale trovare Jean, non solo per assicurarsi che fosse al sicuro, ma perché lo riteneva l'elemento chiave di quel mistero il cui significato gli sfuggiva. Anche se Arnaldo gli aveva dato troppa importanza, concludendo che era l'uomo sbagliato al momento sbagliato, il cavaliere nero ricordava bene lo sguardo dei due abati. Non era una ricerca qualsiasi: i loro occhi trasudavano cupidigia, rabbia e urgenza.

Si ritirò in una zona appartata dell'accampamento improvvisato che avevano approntato e consumò i pochi tozzi di pane e formaggio che gli restavano. Quando ebbe finito, preparò il giaciglio accanto a un albero e si avvolse nel mantello. Aveva bisogno di riposare altrimenti, nonostante l'allenamento e la giovane età, non avrebbe potuto sopportare lo sforzo.

Si addormentò in un istante.

Molto lontano da lì anche l'abate Guy Paré si era fermato per riposare. Avanzava lento in confronto al gruppo del cavaliere nero, ma già da alcuni giorni aveva sconfinato nel regno di Navarra. Pur sapendo che la sua preda era ancora lontana, aveva approfittato per raccogliere informazioni su Jean, scoprendo così che si era unito a un gruppo di muratori pellegrini diretti a ovest. Seppe anche che il cavaliere nero, quello che gli aveva impedito di mettere le mani sulla reliquia e che rispondeva al nome di Roger de Mirepoix, non viaggiava più con lui: avrebbe attirato troppo l'attenzione. Erano bastate un po' di monete per sapere che quel misterioso cavaliere era sotto la protezione di Leyre e che simpatizzava con i catari dall'altro lato dei Pirenei.

L'abate Guy Paré conosceva bene quegli eretici; vent'anni prima, a servizio del precedente abate di Citeaux, aveva partecipato al Concilio Lateranense che aveva posto le basi per una infruttuosa crociata contro l'eresia. Sperava che con Innocenzo III, di cui si diceva che avrebbe lottato contro gli albigesi, si sarebbero adottati metodi più duri per mettere fine a quella piaga che sviava i credenti dalla retta via. Il fuoco e la spada avrebbero purificato le anime, come sempre era stato.

Mentre l'abate osservava il sole calare sul cammino che lo conduceva verso Jean, i suoi monaci guerrieri cercavano un posto dove dormire e preparavano l'accampamento e la cena. Guy Paré era un abate e un uomo d'azione, ma non disdegnava le comodità, perfino in mezzo a un territorio simile.

Se le sue informazioni erano corrette, in qualche giorno avrebbe recuperato ciò che cercava. Solo il ricordo del suo scontro con il cavaliere nero lo inquietava; senza dubbio era un avversario avvezzo alla battaglia. Stavolta, però, Guy Paré si sarebbe fatto trovare pronto e contava su dieci dei suoi migliori monaci appena arrivati dall'abbazia di Citeaux. Se si fossero incontrati di nuovo, l'epilogo sarebbe stato diverso.

41
Anno 1199

Le chiome degli alberi dei boschi nei pressi di Villalcázar cominciavano ormai a spogliarsi. Le temperature erano ancora miti, ma con l'ormai prossimo arrivo dell'autunno man mano sarebbero scese. Ignaro degli altri accadimenti, stavo intagliando una nuova sezione del portico di cui mi aveva incaricato Thomas, quando lo vidi avvicinarsi accompagnato dal maestro Fruchel. Supposi che stessero parlando dell'andamento dei lavori, quindi non mi sorprese che si dirigessero direttamente verso di me. Thomas mi rivolse la parola senza quasi darmi il tempo di alzarmi e pulirmi le mani sul grembiule.

«Lui è Jean, il manovale di cui vi ho parlato, maestro Fruchel», disse indicandomi.

«Ho udito meraviglie sul tuo lavoro, Jean», esordì il maestro in tono amabile, «e vorrei vederlo con i miei occhi. Un lavoro ben fatto è sempre fonte di soddisfazione».

Deglutii senza sapere bene cosa rispondere, né come rivolgermi al maestro. Thomas mi osservava tra il divertito e l'orgoglioso.

«Grazie, maestro», riuscii a balbettare.

Davanti al mio disagio, Thomas intervenne indicando un'altra mia opera.

«Qui c'è un altro rilievo di Jean che raffigura san Giacomo assiso».

Il maestro Fruchel si avvicinò e la osservò in silenzio per qualche secondo con lo sguardo perso, come se riuscisse a vedere oltre la materia, fino all'anima della pietra. Avvicinò la mano; non la toccò, ma con il dito seguì le linee del mantello dell'apostolo. Nel vedere la mia firma, si bloccò un istante, si girò e mi guardò incuriosito.

«Segno interessante il tuo. Come lo hai scelto?», chiese il maestro.

«Io... non lo so», replicai incerto se spiegargli per intero la mia condizione. «Ne cercavo uno che avesse un significato e mi è venuto in mente questo. Credo di averlo già visto da qualche parte, ma non ricordo dove. Ho la sensazione che sia importante, pur non sapendo bene perché».

Il maestro Fruchel assentì come se comprendesse i miei dubbi e la sua espressione esternò lo sforzo di memoria.

«Mi ricorda molto la firma di un manovale che conobbi in gioventù», disse dopo un attimo di silenzio. «Da apprendista ho a lungo operato agli ordini del maestro Hezelon di Liegi. Utilizzava lui questo simbolo. Ti prendi molta responsabilità a adottarlo: ti auguro di esserne all'altezza».

Il maestro Fruchel si girò e si avviò di nuovo verso la chiesa da cui era venuto. Subito percepii che quel commento era importante; quel simbolo poteva essere la chiave del mio passato. Prima che si allontanasse, mi alzai e mi armai di coraggio.

«Dove avete visto quel simbolo?», chiesi cercando di non trasmettere ansia nel tono di voce. Mi guardò come se ricordasse con nostalgia il suo passato.

«La sua opera principale si trova in Francia ed è magnifica. È il monastero per eccellenza, il più grande che sia mai stato costruito. Si dice che non si costruirà mai più un luogo di culto di tale maestosità, per quanto tempo a disposizione possa avere l'uomo. Il suo nome è Cluny».

Quel nome mi trafisse come un raggio e un tuono mi rombò della testa, isolandomi da quanto mi accadeva intorno. All'improvviso, la mia mente si illuminò fin nei recessi più remoti, restituendomi il mio passato e offrendomi una nuova prospettiva, tanto chiarificatrice quando terrificante, di tutto ciò che era accaduto in quell'ultimo periodo.

42
Anno 33

Per diversi giorni il capitano Hyrum e il suo equipaggio trovarono venti favorevoli. Navigavano verso nord senza perdere di vista la costa e scambiavano merci in ognuno dei porti che visitavano. Lavoravano da prima che il sole spuntasse all'orizzonte fin quando la notte inghiottiva il successivo porto di attracco. Giacomo, vuoi per la stanchezza delle giornate interminabili o per l'insistenza dei suoi compagni, non si decideva ad abbandonare la nave e tornare indietro. Finché il quinto giorno accadde l'inaspettato.

«Presto modificheremo la rotta», annunciò il capitano. «Ci allontaneremo dalla costa e resteremo in mare per diversi giorni».

Avevano sentito parlare della navigazione in alto mare di grandi navi fenice, ma mai di barche di piccole dimensioni come quella a bordo della quale viaggiavano.

«Non è rischioso?», chiese Giacomo al capitano con una sensazione di inquietudine. «Non ho mai sentito di una barca di queste dimensioni che si sia avventurata lontano dalla costa».

Il capitano scoppiò in una sonora risata come se si aspettasse quella domanda e rivolse un'occhiata divertita al proprio equipaggio che, tuttavia, non sembrava condividere il divertimento.

«Vedo che siete marinai d'acqua dolce», rispose con aria di sufficienza. «Non vi preoccupate, perché nelle mie vene scorre il sangue di Cartagine. Non a caso, come sanno tutti, discendo da Annibale, invitto generale del mare Nostrum».

A quel punto uno dei suoi uomini, conosciuto come Adonai, soffocò un colpo di tosse e il capitano si voltò cercando di capire chi osasse dubitare della sua gloriosa discendenza.

Nonostante gli infausti auspici che Attanasio riversò loro addosso nei giorni a seguire, non accadde nulla di inconsueto e la barca entrò senza problemi nel porto di Limasol. Una volta che ebbero attraccato, lasciarono la maggior parte del carico nel porto e si rifornirono per continuare l'itinerario. Per un po' si dedicarono a trasportare in coperta diversi pesanti fagotti.

«Vi siete accorti che ci stiamo approvvigionando per un lungo viaggio?», osservò Attanasio accennando alla quantità di viveri che i marinai caricavano in stiva.

«È successo qualcosa», rispose Teodosio con una faccia seria alla quale non erano abituati

«Che vuoi dire?», chiese Giacomo senza capire cosa avesse in testa Teodosio.

«Da qualche giorno i marinai ci guardano con occhi diversi», spiegò. «Li sento mormorare e cambiare discorso appena mi vedono».

Giacomo non se ne era accorto, ma, di contro, era sempre concentrato sulle proprie mansioni e dedicava il tempo libero a riflettere sul da farsi, senza però arrivare ad alcuna conclusione.

«Non tutti», rispose Attanasio. «Adonai è sempre stato gentile con noi», disse riferendosi a quello con cui andava particolarmente d'accordo.

«È l'unico», insisteva Teodosio testardo. «E si è imbarcato con noi, non faceva parte del gruppo fino a questo momento».

Giacomo non condivideva i dubbi del suo compagno, ma a partire da quella notte la situazione peggiorò. Sembrava che l'equipaggio avesse avuto l'ordine di non dar loro confidenza. Le occhiate furtive e i silenzi scomodi diventarono sempre più frequenti, eppure Giacomo continuava a volerli attribuire all'aspettativa del lungo viaggio e al disagio che creava loro la sua insolita presenza. A ogni modo decise che al successivo porto avrebbero cambiato barca.

Il terzo giorno di mare, il capitano riunì l'equipaggio per illustrare la futura destinazione.

«Ci dirigeremo a ovest allontanandoci dalla costa fino alla lontana isola di Creta e al porto di Pasitos, a sud», informò tra la sorpresa dei marinai.

«Significa una traversata di diverse settimane in mare aperto», replicò Adonai a braccia conserte, gesto inequivocabile di disaccordo con una tale comunicazione.

Molti assentirono alle sue parole e perfino i più avvezzi sembravano nervosi per quel viaggio. Giacomo si pentì di non aver abbandonato prima la barca, ma ormai era troppo tardi per i rimpianti.

«Non vi preoccupate», concluse il capitano con aria di sufficienza. «A fronte di una traversata tanto lunga e pericolosa riceveremo un'abbondante ricompensa».

Quella prospettiva parve calmare gli animi e più di qualcuno diede per buone le parole del capitano. Giacomo e Attanasio si scambiarono un'occhiata allarmata. Il capitano non aveva specificato il motivo della ricompensa e, per un breve istante, Giacomo aveva avuto la sensazione che stesse tramando qualcosa quando non era riuscito a distogliere gli occhi da lui. Il cambio di atteggiamento dei marinai e lo sguardo in tralice del capitano dovevano far temere qualcosa o erano solo suggestioni create dalla sua mente per confonderlo?

Nei giorni seguenti il vento favorevole allontanò i suoi timori. Procedevano verso est a gran velocità e il calore del sole in coperta rendeva il viaggio perfino piacevole.

Fin quando, un giorno, Teodosio lanciò l'allarme. La notte prima, Attanasio e Giacomo avevano deciso di ritirarsi presto, non appena terminato di cenare. Il resto della truppa era rimasta a chiacchierare e a raccontare vecchie storie di mare, come era consuetudine. Non riuscendo a dormire, Teodosio aveva approfittato per sedersi da solo a poppa. All'improvviso erano apparsi due marinai: sembravano ubriachi e non si accorsero della sua presenza, così Teodosio si acquattò dietro alcuni barili.

«Tu credi che valga tanto come dice il capitano?», chiese uno dei due al compagno con un lampo di cupidigia negli occhi.

«Lo scopriremo presto», rispose l'altro facendo spallucce. «Non vedo perché avrebbe dovuto mentirci. Pare che mentre bevevano all'osteria del porto di Limasol abbiano ascoltato una conversazione: cercano tre uomini in fuga che avrebbero rubato un oggetto di valore».

Il primo marinaio aggrottò la fronte, ancora scettico.

«Se si basa tutto su chiacchiere da osteria, allora non ha più valore di un bicchiere d'acqua di mare», disse con un gesto dispregiativo mentre sputava fuori bordo. «Quei tre non hanno l'aspetto di chi possiede qualcosa di valore. Perché tre uomini che sembrano mendicanti conserverebbero una cosa preziosa e vivrebbero di stenti?»

«E perché fuggono per mare in questo modo? Sono terrorizzati dalla navigazione in alto mare, ma continuano a restare a bordo, sicuramente perché cercano un luogo in cui mettersi in salvo da chi li insegue».

L'altro marinaio non sembrò convinto e negò con la testa.

«Non lo so. Tutta questa storia è molto strana».

Si alzarono entrambi e si allontanarono continuando a discuterne. Teodosio si affrettò a raccontare a Giacomo e Attanasio ciò che aveva udito.

Non avevano scampo. Erano alla mercé dei loro rapitori, in mezzo al mare, con i propositi del capitano che ormai non avevano più segreti. Dopo averne discusso, decisero di attendere gli eventi e prestare attenzione alle occasioni che avrebbero potuto presentarsi, cercando di non far capire all'equipaggio che conoscevano le loro intenzioni. Ancora una volta la loro fuga virava per tragitti inaspettati.

43
Anno 1199

Soddisfatto, l'abate Guy Parè sorrise all'agricoltore. Le informazioni che gli aveva fornito valevano oro, eppure non aveva alcuna intenzione di pagarle. In realtà sorrideva a sé stesso. L'agricoltore aveva indicato a est, precisando che circa due mesi prima una squadra di muratori aveva attraversato le sue terre diretto alla vicina Villalcázar. Per quanto ne sapeva, erano ancora lì, a lavorare alla chiesa templare in costruzione.

Solo poche ore lo separavano dalla preziosa reliquia. Non appena recuperata avrebbe subito fatto ritorno a Roma. La scomodità di vivere ancora qualche giorno a dorso di cavallo sarebbe stata, ancora una volta, sopportabile.

Non molto lontano da lì e nonostante non avessi alcun sentore dell'arrivo dell'abate, si era impossessata di me una sensazione di urgenza. Ancora non sapevo cosa fare. Le implicazioni di aver recuperato la memoria erano troppo grandi per afferrarne totalmente il significato, ma ora capivo l'importanza di ciò che si trovava in mio possesso. Metteva in pericolo la mia vita e quella di tutti coloro che mi accompagnavano.

Il mio nome, ricostruito alla fine per intero, era Jean de la Croix, ma non era che un dettaglio. Io ero Jean, cantore maggiore di Cluny, cioè gran maestro di cerimonie della liturgia, erudito scelto tra i monaci allevati in monastero fin dall'infanzia, i *nutriti* di Cluny, per la cura della biblioteca e dello *scriptorium*. Ero stato inviato dall'abate Odilone alla Sauve-Majeure a spiare l'evento importante che, come si mormorava, lì doveva accadere. Non solo ora sapevo cosa fosse successo, ma capivo perfettamente che ciò che lì si nascondeva, la reliquia in mio possesso, era l'oggetto più importante per tutta la cristianità. Dovevo nasconderlo o, ancora meglio, fuggire, e dovevo farlo subito.

Decisi di aspettare il calare della notte. Il recupero della memoria non influì minimamente sul mio affetto per Thomas e mi dispiaceva abbandonarlo, ma allontanarmi da lì era la decisione più sensata.

Il resto dei muratori si era riunito intorno al fuoco a raccontare storie ascoltate di tanto in tanto, nel corso degli ultimi mesi. Mi alzai fingendo di dover attendere alle mie necessità e andai verso le mie cose, che raccolsi in un istante. Lasciai gli attrezzi che mi avevano accompagnato nelle ultime settimane, già sapendo che mi sarebbero mancati, ma che sarebbero stati sicuramente più utili in mano agli operai.

Quando ero ormai pronto, udii avvicinarsi dei passi e un brivido mi percorse la schiena. Forse i miei inseguitori mi avevano raggiunto… forse non avrei dovuto aspettare la notte. Dopo un attimo, però, capii chi era prima ancora di sentirne la voce.

«È così che ci lasci, in piena notte come un ladro?»

«Mi dispiace molto, Thomas», risposi voltandomi a guardarlo con occhi supplichevoli, «ma è meglio così».

Thomas mi sorrise triste e assentì come se la mia decisione non gli giungesse nuova, ma se la fosse aspettata.

«L'ho capito nel momento in cui il maestro Fruchel ha fatto accenno a Cluny», disse abbassando gli occhi a terra. «Il tuo viso è sbiancato all'improvviso, come se avesse menzionato il diavolo in persona».

«Non vorresti sapere più di quanto ti serve», risposi angosciato per la sua giusta intuizione. «Ti esporrei al pericolo. Ti prego solo di credermi; devo partire e nessuno deve sapere dove sono diretto. Mi mancherete molto. Agli altri di' che… beh, qualcosa ti verrà in mente».

In silenzio, Thomas mi aiutò con il fagotto, senza che avessimo il coraggio di guardarci, e rimise gli attrezzi tra le mie cose.

«Non sai mai quando potrebbero servirti», disse con un sorriso di incoraggiamento. «Magari dove stai andando ci sono pietre da intagliare».

Finii di preparare la bisaccia e ci abbracciammo in silenzio, non sapendo cos'altro dirci. Solo allora mi resi conto di quanto mi fosse difficile separarmi da quell'uomo. Mi aveva trattato come un figlio, quando niente lo obbligava a farlo. In pochi mesi mi aveva insegnato più di quanto avessi mai imparato nel corso della mia vita tra le mura del monastero. Avevo scoperto il valore della vera amicizia, della tolleranza, di alcuni principi inalterabili, che in lui erano innati e che lo portavano a prendere le proprie decisioni senza preoccuparsi di cosa facessero gli altri. E ora lo abbandonavo come il ladro che ero diventato, in piena notte e senza la sicurezza di rivederlo.

Lo guardai un'ultima volta e non osai dire niente che avrebbe potuto fiaccare la mia risolutezza, ma mi immersi della più assoluta oscurità, chiedendomi se un giorno ci saremmo incontrati di nuovo o che cosa ci avrebbe riservato il futuro.

Le sagome scure delle rocce e degli alberi mi circondavano minacciose. Non sapevo a che distanza si trovasse il villaggio successivo né cosa mi aspettasse oltre la seguente curva del sentiero, sapevo solo che dovevo allontanarmi e guadagnare terreno prima che i miei persecutori mi raggiungessero. Decisi di camminare fin quando il sonno mi avrebbe vinto e poi cercare un luogo lontano dal sentiero dove passare la notte.

Alcune ore più tardi, di fronte alla chiesa di Villalcázar, si alzò una pigra nebbiolina, braccata dagli ancora timidi raggi del sole del mattino. Il silenzio si estendeva tutt'intorno alla chiesa e i manovali si stiracchiavano, pronti a una nuova giornata di lavoro.

Thomas fu il primo a uscire, dopo una lunga notte in cui si era appisolato a tratti, pensando a Jean, a cosa gli avrebbe riservato il destino e se un giorno o l'altro l'avrebbe mai rivisto. Tutto preso da quei pensieri non si rese conto, se non all'ultimo momento, della presenza di una decina di uomini a cavallo che aspettavano immobili come statue. Solo il fiato delle cavalcature e lo sporadico movimento di qualche animale più nervoso di altri confermavano che non si trattava di un'apparizione spiritica.

«Dicono, mio buon manovale», esordì l'abate Guy Paré rompendo il silenzio con voce suadente, falsamente rassicurante, «che nostro

Signore aiuta i mattinieri, ma se così è, dipenderà solo da te. O, per meglio dire, dalle risposte adeguate che darai alle nostre domande».

Thomas percepì perfettamente la neanche troppo velata minaccia nelle parole e negli occhi di quel monaco.

«E quali sono queste domande così importanti a cui potrebbe rispondere un umile muratore?», rispose cercando di fingere una sicurezza che non sentiva. «Comincia una lunga giornata di lavoro e, per quanto mi sia gradevole la vostra compagnia, il maestro Fruchel si adirerà se, invece di lavorare, mi dedicassi a chiacchierare con ogni cavaliere che transita da qui, per quanto illustre possa essere».

Thomas sperava che la sua voce suonasse tranquilla e, a ogni buon conto, divaricò le gambe e si puntò le mani sui fianchi per non apparire intimidito. L'espressione dell'abate cambiò e un sorriso lupesco gli tirò la bocca pur senza arrivare agli occhi.

«Non dubito che tu sia molto occupato», rispose in tono acido. «Quando non costruisci chiese trovi il tempo di dare rifugio a ladri e assassini come quello che stiamo inseguendo».

«Molti uomini incontra un pellegrino nel corso della sua vita», rispose Thomas stringendosi nelle spalle e senza guardarlo in faccia. «Pochi valgono il disturbo; altri invece sì», proseguì rialzando lo sguardo, «ma la maggior parte scompare come le foglie degli alberi al passaggio delle stagioni. Si conoscono anche tanti uomini gretti, meschini o presuntuosi».

Nonostante il freddo della mattina, i palmi delle mani di Thomas si ricoprirono di sudore. Un movimento alle sue spalle lo fece voltare e si accorse che il resto della squadra si era lì radunata, fissando gli uomini a cavallo con sguardi foschi e feroci e impugnando martelli, leve e altri attrezzi che avevano trovato. Ecco il vantaggio di avere una famiglia.

L'abate osservò qualche istante in silenzio, quindi si rivolse a Thomas valutando la resistenza che avrebbe potuto sopportare quell'uomo. Vide nei suoi occhi la risolutezza di chi teme soltanto di non restare fedele a sé stesso e decise di cambiare tattica. Si issò sul cavallo e l'avvicinò al manovale, fermandosi a soli pochi centimetri da lui. Il cavallo soffiò mentre aloni di sudore gli grondavano dal corpo, teso dallo sforzo cui era stato sottoposto.

«Ascoltatemi, onorevoli muratori!», attaccò l'abate diventato improvvisamente un'incarnazione di serenità, rispetto e saggezza. «Siete stati ingannati da un ladro che si è spacciato per uno di voi per sfuggire alla giustizia. Io sono Guy Paré, abate di Citeaux e messo di Roma, con il salvacondotto di colui che presiede il soglio di Pietro. Aiutatemi e riceverete la grazia divina, ma se mi mentite la collera di Dio ricadrà su di voi». L'abate, sempre più impettito, alzò la voce perché tutti potessero ascoltarlo chiaramente. «Se qualcuno mi porta informazioni sul ladro che sto inseguendo, riceverà un compenso di un maravedì d'oro».

I manovali smaniarono inquieti, mormorando dubbiosi. A nessuno era sfuggita la minaccia dell'abate; inoltre, un maravedì d'oro equivaleva al salario di diversi mesi. Tuttavia, l'espressione scura di Thomas fu sufficiente a intimidire tutti, ma prima che intervenisse ulteriormente, qualcuno aveva già guardato in modo impercettibile e involontario verso ovest. L'abate captò all'istante la tacita confessione e, con un'agile mossa, diresse il cavallo in quella direzione, non prima di essersi di nuovo rivolto a Thomas.

«Non dimenticherò la tua faccia», lo affrontò in tono fiero, quasi sputando fuori le parole. «La fretta mi costringe a rinviare il tuo castigo, ma tieni a mente che i sotterranei della mia abbazia sono molto profondi e non vedono mai la luce del sole».

Senza attendere risposta, l'abate partì al trotto con i monaci guerrieri al seguito. Pensieroso, il capomastro li guardò allontanarsi senza proferire parola. Si augurò con tutta l'anima che la promessa dei tormenti contenuta in quello sguardo non si compisse davvero.

44
Anno 1199

Una nebbia compatta mi impediva di vedere più in là dei miei piedi mentre camminavo senza meta, perso nei fitti boschi dei dintorni di Villalcázar. Temevo che, in qualsiasi momento, una delle ombre si materializzasse e mi trovassi di fronte l'abate Guy Paré. Ero fuggito senza una destinazione e senza un piano.

All'improvviso mi si parò davanti una sagoma biancastra. Timoroso, mi avvicinai e mi avvidi che erano più d'una e, a poco a poco, presero corpo. Sei sepolcri di pietra bianca mi guardavano in silenzio e, per un attimo, temetti si trattasse di un incubo. Sbattei le palpebre, ma quelli rimasero lì, ostinati, come a mettere in guardia chi osasse avvicinarsi. Dietro si materializzò il portico di una chiesa. Varie colonne di marmo sostenevano capitelli finemente lavorati, elementi ormai familiari per me, dopo la mia esperienza con i muratori.

La mia ansia scemò. Non erano un'apparizione, ma tombe di illustri signori che avevano ottenuto il privilegio di essere tumulati accanto alla chiesa affinché guidasse le loro anime in eterno. Si trattava di un monastero.

Avevo bisogno di riposare e quello poteva essere un buon luogo eppure, forse impressionato dai sepolcri bianchi, presi tempo. Restai appostato nel buio, in osservazione, ma d'intorno tutto era tranquillo. Sollevai la mano e presi la reliquia che avevo appesa al collo, sperando che mi desse la forza. Dovevo essere diffidente se volevo sopravvivere.

Alla fine mi risolsi a bussare. Il rumore dei colpi riecheggiò fino a perdersi attutito dalla nebbia. La porta di legno rimase immobile e, quando già sembrava che nessuno più mi avrebbe risposto, si aprì con un leggero cigolio. Un monaco basso di statura, dal viso serio e movimenti lenti, mi diede il benvenuto e, con l'abitudine di chi ha ripetuto un rituale innumerevoli volte, mi indicò un comodo giaciglio in una sala di grandi dimensioni che in quel momento si trovava vuota. Mi offrì un pasto semplice ma abbondante e una caraffa di birra alquanto amara. Non mi rivolse la parola né mai mi guardò in faccia, cosa che mi risultò strana.

Non so se fu la stanchezza accumulata dopo una notte a camminare nel bosco, la tensione sopportata o l'effetto della birra, fatto sta che una profonda sonnolenza si impossessò di me, dandomi a malapena il tempo di tornare al pagliericcio prima di cadere in un sonno pesante e inconsueto.

Mi risvegliai in preda a un freddo intenso, con le membra indolenzite per il terreno duro su cui riposavo. Aprii gli occhi. Mi girava la testa, intorno era buio pesto e l'umidità era quasi palpabile. Cercai di alzare la mano ma qualcosa mi aveva immobilizzato. Rimasi immobile qualche istante, cercando di capire cosa fosse accaduto. Ricordavo il mio arrivo al monastero, il monaco silenzioso, la cena abbondante e la birra dal sapore insolito. Ma non mi trovavo sul pagliericcio su cui mi ero addormentato.

Allora cominciai a capire e cedetti alla paura. Alla mia destra un cigolio prolungato segnalò l'apertura di una porta e l'arrivo di due figure alla luce di una torcia. Una di esse si fermò al centro della stanza che ora, con un po' di luce, mi si mostrava ampia. L'altro accese diverse torce poste sulle pareti.

«Ci incontriamo di nuovo», esordì l'uomo al centro, «anche se in circostanze molto diverse».

La voce mi risultava nota in modo inquietante. L'uomo lasciò cadere il cappuccio che lo copriva e vidi il viso dell'abate Guy Paré con un sorriso compiaciuto e una ferocia che gli brillava nello sguardo. Mi venne in mente l'immagine di un gatto che ha finalmente acchiappato il topo e si lecca i baffi: non era fame, era divertimento.

«Dalla tua faccia», proseguì, «vedo che ti ricordi di me. La nostra ultima conversazione venne interrotta in modo inaccettabile da un invitato scomodo. Ora non c'è nessuno a proteggerti, ho tutto il tempo del mondo e dispongo anche qui di alcuni dei miei tesori».

Capii subito a cosa si riferisse l'abate con il termine "tesori". La stanza non era vuota. Oltre al letto su cui mi trovavo, tra le tremule ombre, riuscii a intravedere diversi oggetti che riconobbi subito come quelli che appaiono nei peggiori incubi e nelle storie del terrore che si raccontano intorno ai falò di notte. Uno schiaccia-cranio, un ceppo, una gabbia si mischiavano ad altri che non riuscii a identificare. Il corpo mi si ricoprì di un sudore freddo e mi chiesi se sarei stato capace di resistere alla tortura. Mi armai di coraggio: non avrei mai potuto consegnare la reliquia a quell'uomo né permettere che fosse portata a Roma.

L'abate parve comprendere la mia risolutezza, perché scosse lentamente il capo.

«Hai due opzioni», riprese. «Se mi dirai dove hai nascosto la reliquia, niente di tutto questo sarà necessario. Ti lascerò andare. Cedric, il mio aiutante, che ancora non conosci», indicò l'uomo con la torcia, «ne sarà deluso, ma incontrerà presto un altro povero diavolo da torturare». Fece una pausa aspettando che il terrore causato dalle sue parole invadesse fino all'ultimo angolo della mia mente. «Oppure puoi resistere e, in quel caso, Cedric si divertirà con te», disse con un sorriso crudele. «Desidera tanto provare un nuovo arnese costruito dai monaci di questo monastero. Cosa scegli?».

Un silenzio sepolcrale rotto solo dal respiro corto di Cedric calò nella sala delle torture. L'abate aspettò pazientemente ma, quando capì che non avrei risposto alla sua domanda, scrollò le spalle e si rivolse a Cedric.

«Comincia dalla sedia. Al momento lo lasceremo meditare qualche ora», aggiunse con un vago gesto della mano. «Dopo si mostrerà sicuramente più comunicativo». Cedric reagì con una smorfia di delusione dato che, senza dubbio, aspettava di poter utilizzar altri strumenti che gli davano più soddisfazione. Assentì con un grugnito e si preparò a eseguire gli ordini.

Il ricordo della crudeltà di quello stesso abate non aveva abbandonato Thomas. Non riusciva a concentrarsi. "Nessuno può nascondersi quando gli viene data la caccia con tanto zelo", pensava ancora spaventato dalle promesse di sofferenza che traboccava dallo sguardo di quell'uomo. Aveva imparato a fidarsi o a non fidarsi delle persone basandosi sulla sua prima impressione e soltanto raramente si era equivocato. Jean non era né un ladro né un assassino. Di certo nascondeva qualche segreto ma in tutto il tempo trascorso insieme non gli aveva rivelato niente sul suo passato, eppure lo sguardo dell'abate gli aveva gelato il sangue. Thomas lavorava tutto il giorno al sole caldo di fine estate, eppure il freddo che provava dentro non lo abbandonava.

Era immerso in quei pensieri quando udì dei cavalli al galoppo. Aveva timore, a girarsi, di ritrovarsi davanti l'abate, ma il rumore di zoccoli arrivava dal sentiero sud, non quello ovest, imboccato ore prima da quell'uomo sgradevole. Quando infine il suono si materializzò, Thomas scoprì infatti che si trattava di uno strano gruppo di cavalieri. Tutti, tranne uno, vestivano di bianco ed erano emaciati, come se la luce del sole fosse loro tanto aliena quanto il cibo. Lo sguardo, tuttavia, smentiva l'apparenza. Era calmo, tranquillo, lo sguardo di uomini determinati ma in pace con loro stessi. Al comando sembrava esserci l'unico che non condivideva il loro aspetto ma, anzi, ne era l'antitesi. Vestito di nero, con la pelle cotta dal sole e il viso visibilmente segnato dalla stanchezza, il cavaliere nero lo guardò per alcuni interminabili istanti mentre quelli in bianco sembravano aspettare ordini.

«Dio vi conservi», salutò dopo essersi avvicinato con il cavallo. «I miei compagni e io siamo in cammino alla ricerca di un pellegrino che potreste aver visto. Si tratta di un giovane di nome Jean, che si muove a piedi verso ovest, forse solo o forse in compagnia».

A Thomas si accapponò la pelle e gli tornò in mente lo sguardo agghiacciante dell'abate.

«Non conosciamo nessuno con questo nome», rispose sapendo che non aveva altra scelta che resistere. «Sono molti i pellegrini che passano di qua, diretti là dove finisce il mondo. Ma non tutti rivelano il proprio nome o le intenzioni».

«L'uomo che cerco lo lasciai all'inizio dell'estate a Pamplona e gli promisi che sarei tornato per aiutarlo», insistette il cavaliere nero.

Sentir nominare Pamplona attirò l'attenzione di Thomas, dato che era lì che aveva conosciuto Jean. Tuttavia la conversazione avuta con l'abate lo aveva lasciato abbastanza diffidente.

«È passato molto tempo ed è molta la distanza da Pamplona a qui», rispose dopo una pausa cercando di non compromettersi.

«Posso parlavi da solo, capomastro?», chiese allora il cavaliere abbassando il tono di voce.

Scese quindi da cavallo ed entrambi si diressero al lato della chiesa sotto gli occhi degli altri operai. Intanto i monaci bianchi aspettavano in apparente disinteresse. Thomas percepiva che quei cavalieri non erano della pasta dell'abate, ma sapeva anche bene che il terrore può presentarsi in varie forme.

«Vi ho riconosciuto non appena sono arrivato», mormorò il cavaliere mettendo una mano sulla spalla di Thomas. «Eravate lì quando mi separai da Jean. Gli consigliai io di unirsi a voi per passare inosservato ai pericoli che lo assediavano»

«Cosa sapete di questi pericoli?», chiese Thomas, ancora diffidente, ma cercando di saperne di più e intanto di guadagnare tempo.

«So che lo inseguono uomini potenti», lo sguardo del cavaliere si perse all'orizzonte mentre ricordava, «e che finiranno per trovarlo, a meno che non lo faccia prima io».

«E perché dovrei fidarmi di voi? È strana la compagnia con cui cavalcate e insolito il vostro abbigliamento».

«Eppure dovete fidarvi di me», replicò il cavaliere nero con uno sguardo supplice. «Devo ottenere la vostra fiducia perché il tempo stringe. Non so dove si trovano i miei nemici, ma forse posso ancora arrivare in tempo».

Per quanto una voce interiore ripeteva a Thomas di non fidarsi di nessuno, lo sguardo del cavaliere nero era limpido e il suo desiderio sembrava autentico.

«Forse no», decretò Thomas decidendo infine che lo sconosciuto meritava fiducia. «Quelli che voi senza dubbio chiamate vostri nemici sono passati di qui all'alba, sono avanti a voi di diverse ore. È meno di un giorno che Jean è fuggito verso ovest, solo e a piedi».

Il cavaliere nero rifletté con aria preoccupata. Forse era già troppo tardi, ma ci avrebbe provato finché ci fosse stata speranza.

«Grazie, capomastro», annui man mano che vedeva rinascere la sua fiducia. «Mi auguro di incontrarlo prima dei monaci che lo inseguono. Forse gli avete salvato la vita».

«Spero che sia così», rispose Thomas con uno sguardo di sfida, «e che non tradirete la mia fiducia. Non mi perdonerei mai se per colpa mia gli accadesse una disgrazia».

Il cavaliere nero rimontò a cavallo, ma prima di spronarlo, si girò verso Thomas.

«Non temete per questo», assicurò in tono solenne.

Lo strano gruppo sparì lungo il sentiero e i muratori tornarono al proprio lavoro prima ancora che la polvere si posasse. Thomas continuava a guardare verso ovest, pensando a Jean, senza sospettare che fosse già in mano dei suoi rapitori e che le sue spalle e le sue gambe cominciavano a sanguinare dalle ferite aperte.

Cercavo di rifugiarmi nel mio passato. Quello che mi si era negato per mesi era ora l'unica cosa che mi dava forza. Ricordare la mia vita mi rendeva consapevole della natura dell'incarico che mi era venuto per le mani e della trascendenza del mio silenzio. Tuttavia, tre ore di sofferenza, mi avevano fatto capire che, prima o poi, avrei finito per cedere e confessare.

«Dov'è la reliquia?», chiedeva di tanto in tanto l'abate con sguardo crudele e un sorriso cinico.

Non avevo chiuso occhio per tutta la notte e nemmeno sapevo se fosse sorto il sole. Il dolore lacerante alla schiena era ancora sopportabile, ma più difficile era resistere all'attenzione costante di Cedric. Si leccava i baffi e la lingua rosea spuntava tra i denti neri accompagnata da un fiato pestilenziale che non avrei mai più dimenticato. Gli occhi, molto vicini, mi osservavano come se fossi un insetto e di tanto in tanto emetteva qualche verso gutturale. A intervalli irregolari si allontanava da me per avvicinarsi allo strumento che più anelava utilizzare e ne sistemava gli ingranaggi, accarezzandolo, in estasi come un amante. Non potevo immaginare a quale tortura mi avrebbe sottoposto in seguito, né il piacere che gli provocava. Quell'uomo era un mostro deforme, con due braccia interminabili e due mani enormi con dita grosse incoronate da unghie annerite che, a poco a poco, si portava alla bocca per mordicchiarle, calmando la sua ansia.

A vari intervalli, imprecisi nella mia mente, si apriva la porta: entrava l'abate e Cedric mi versava un secchio d'acqua in testa per svegliarmi. Allora il primo ripeteva quell'unica domanda e in ogni occasione riceveva in risposta solo il mio ostinato silenzio. In un momento preciso, lo guardai digrignando i denti, cercando di dimostrarmi determinato, anche se mi rendevo conto che la mia resistenza si andava estinguendo a poco a poco.

«Va bene», si arrese infine l'abate rivolto a Cedric con un sospiro infastidito. «Mettilo sulla cicogna. Lo lasceremo lì fino a domattina e se per allora non avrà parlato, ti lascerò provare il tuo nuovo giocattolo».

Un sorriso si accennò sui lineamenti di Cedric, che si mosse a passo rapido e con espressione eccitata in fondo alla stanza buia. Lo strumento che l'abate aveva chiamato "cicogna", senza punte, ganci né chiodi non faceva particolarmente impressione. Ben presto, però, ne scoprii la natura.

Dopo avermi liberato dalla sedia, Cedric mi passò un anello di ferro intorno al corpo. Cercai di alzami, ma mi fu impossibile. Avevo il corpo intorpidito dal dolore ed ero fiaccato per via di tutto il sangue che avevo perso. Aiutato da Cedric, riuscii infine ad alzarmi in piedi per guardare orripilato che la sedia era completamente coperta di sangue, il mio sangue, fuoriuscito dalle ferite alle spalle e alle gambe aperte dalle centinaia di chiodi di cui era composta.

Sentii le forze abbandonarmi e una nausea risalirmi in gola. Ancora intontito, Cedric mi mise seduto a terra e mi infilò delle ganasce alle caviglie obbligandomi a rannicchiarmi. Muscoli e articolazioni di gambe, braccia, schiena e collo si videro costrette a rimanere in una posizione innaturale. Quando Cedric ebbe finito, mi accorsi che riuscivo a malapena a muovermi. Alzai gli occhi sull'abate e lo vidi passarsi la lingua sulle labbra, godendosi la prospettiva di quella nuova tortura.

«Non sembra particolarmente impressionante, vero?», chiese con un gesto dispregiativo. «Devi solo aspettare un po' per provare come si diffondono i crampi nel corpo e in che modo la scomodità si trasforma in un dolore atroce. In qualche caso le articolazioni escono dalla loro sede. Nei casi più gravi, non si torna più a camminare». Cedric emise una risata nervosa che mi gelò il sangue, ancora più della crudeltà nel tono di voce dell'abate. «Ma sempre», continuò, «senza eccezioni, i guaiti di dolore e le grida di aiuto si odono fino all'altro lato del monastero. Resterai così tutta la notte», concluse, «e se domani, dopo un sonno riparatore e una colazione rinvigorente per me, non mi dirai quello che voglio sentire, permetterò che Cedric faccia quello che vuole con te. Gli chiederò soltanto che ti tenga in vita affinché ci porti fino alla reliquia e per questo non sono necessarie né le dita della mano, né la lingua e neanche gli occhi».

45
Anno 33

Il secondo giorno in alto mare, il tempo cambiò bruscamente e l'orizzonte si oscurò di nuvole. Quando il sole raggiunse lo zenit, fu chiaro a tutti che si prospettava una situazione critica, con venti forti e il mare grosso. I marinai cominciavano a mormorare, chiedendo al capitano di virare a nord per ripararsi in qualche cala protetta, per quanto lontana. Il capitano Hyrum, però, mantenne la rotta stabilita, ignorando l'equipaggio. Secondo i suoi calcoli, Pasitos non era a più di due giorni di distanza; non si era reso conto di aver sbagliato rotta, che l'isola di Creta era ormai alle loro spalle e che navigavano in mare aperto verso l'ancora più remota isola di Malta.

Quando calò la notte parve un miracolo che ancora non fossero colati a picco. Attanasio, Teodosio e Giacomo si guardavano senza sapere cosa fare. Mai si erano trovati in una situazione simile. All'alba, in mezzo alla tempesta, la barca scese bruscamente di diversi metri quando l'immensa massa d'acqua su cui galleggiava si ritirò. Alle sue spalle Giacomo udì un grido di avvertimento, si girò e si trovò di fronte, stupito, all'onda più grande che avesse mai visto. La massa d'acqua colpì la barca con violenza, spazzando Giacomo attraverso la coperta. La fortuna gli arrise quando, pur non avendo avuto il tempo di aggrapparsi a niente, gli si impigliò un piede in una cima di ormeggio che gli impedì di cadere fuoribordo. Videro due marinai meno fortunati sparire nel mare nero senza che nessuno potesse fare qualcosa. Riuscivano appena a salvarsi la vita da sé.

«Voi!», ruggì il capitano Hyrum in mezzo al fragore. «Portate quei tre nella stiva! Valgono troppo per farli prendere al mare!». Giacomo guardò terrorizzato il capitano, che gli restituì uno sguardo crudele e sprezzante e cercò invano di protestare. «E legateli!», ordinò ancora. «Non voglio che se ne vadano in giro sulla mia barca!».

Tra spintoni e insulti, i tre vennero portati in stiva e legati, mentre la barca sembrava in balìa della tempesta. Nella stiva il buio era quasi totale; la flebile luce esterna filtrava solo attraverso le fessure della coperta, ma il rumore era assordante.

Tuttavia ad agghiacciarli non fu il fragore sordo del mare ingrossato, né il colpo secco delle enormi onde sulla chiglia e neanche il sibilo minaccioso del vento, quanto l'inequivocabile scroscio dell'acqua che entrava a fiotti dalle crepe nello scafo. Il livello cominciò a salire rapidamente e presto raggiunse un palmo di altezza. I tre si dibattevano cercando di liberarsi dai nodi, ma i marinai avevano fatto un buon lavoro. L'acqua continuava a salire e furono presi dal panico.

D'improvviso, quando erano ormai sfiniti, la porta della stiva si aprì e comparve il capitano che li guardò con un lampo di cupidigia: veniva a prendere la reliquia. Fece il primo passo verso di loro ma, nel vedere a che altezza era arrivata l'acqua, strabuzzò gli occhi. Parve in dubbio e, alla fine, strinse i pugni disperato, girò sui tacchi e sparì da dove era venuto.

Dopo la sua fuga, Giacomo si rese conto che non si sentivano più le voci neanche degli altri marinai. Scambiò un'occhiata eloquente con Attanasio: erano fuggiti tutti prima dell'imminente affondamento della barca. All'improvviso, nella tenue luce della stiva, Giacomo individuò a pochi metri il luccichio di un coltello, seguito da un respiro affannoso.

«Stiamo affondando», disse una voce davanti a Giacomo.

Riconobbe la voce di Adonai. Suonava stranamente tranquilla.

«Slegaci! Ti daremo quello che vuoi!», gridò Attanasio fraintendendolo.

«Non voglio niente da voi», rispose lui guardando serio Attanasio. «Nessuno merita di morire così, per quanto possa essere grande il suo crimine; non senza avere l'opportunità di lottare per la propria vita».

Li slegò e li guidò fuori dalla stiva di nuovo in coperta che era ormai vuota. Spiegò loro che i pochi che si erano salvati erano fuggiti prima che la barca iniziasse ad affondare.

«Neanche il capitano, l'indomito cartaginese», disse con un sorriso contorto, «ha avuto la tempra di venirsi a prendere ciò che così tanto bramava».

L'equipaggio aveva utilizzato una barchetta che di solito serviva per andare a terra quando c'era il rischio di arenarsi in un'insenatura o in un punto poco profondo. Adonai li portò verso una ancora più piccola che non sembrava affatto adatta ad affrontare la tempesta che li circondava. Il marinaio capì cosa stessero pensando.

«Non vi preoccupate», li tranquillizzò. «Il peggio della tempesta ormai è passato. Siamo stati spinti molte miglia più a sud; la barca ce la farà. Abbiamo ancora qualche minuto prima di colare a picco; dobbiamo approfittarne per fare provviste. Prendete da mangiare per qualche giorno, io penso all'acqua».

Radunarono quanto richiesto da Adonai, lo misero sulla barca e poi la calarono in acqua. Il vento già soffiava con meno insistenza e verso ovest il cielo cominciava a rischiararsi. Pur non potendo ancora vederla, verso sud si trovava, vicina, la linea di costa. Una volta sistematisi sulla barca, si allontanarono a remi per sfuggire al violento impatto delle onde.

46
Anno 2019

Marta scese le scale della pensione con la mente ancora invasa dalle orribili scene descritte da Jean. Era rimasta a leggere fino a tardi e ancora ne era impressionata. Che Jean avesse recuperato la memoria non dipanava i molti dubbi che ancora aveva. Dove aveva nascosto la reliquia? Quali erano le sue intenzioni? Non capiva come qualcuno potesse arrivare all'estremo di torturare una persona per un semplice oggetto, men che meno nel presunto nome di Dio; non capiva nemmeno perché Jean resistesse a confessare.

Erano altri tempi, ormai dimenticati. Poi però le tornarono in mente gli occhi di Federico e le sorse qualche dubbio.

Dopo aver fatto colazione, andarono a piedi verso la chiesa. Avevano deciso di godersi la giornata con calma e visitare senza fretta Fromista e Villalcázar, loro destinazione successiva. Durante il tragitto verso la chiesa, Marta sbadigliò.

«Sonno o noia?», chiese Iñigo aggrottando la fronte. «Spero sia la prima e non la mia compagnia», aggiunse sorridente.

«Non è sonno», lo provocò Marta. «È la compagnia di un sacerdote che mi risulta noiosa con le sue preghiere e le sue regole».

Iñigo sembrò incassare bene la frecciata.

«*Ego te absolvo*», disse facendo il segno della croce con espressione concentrata.

«Padre», rispose Marta imitando un tono compunto, «l'assoluzione non prevede prima un pentimento?».

Iñigo raccolse le mani in grembo con la sua faccia più seria. A Marta risultò difficile non scoppiare a ridere.

«Proprio così, figliola», sentenziò allungando le parole come di solito facevano i sacerdoti durante la messa.

«Allora non merito l'assoluzione».

«Ci sarà sicuramente qualcosa di cui ti penti».

Iñigo continuava con quella finzione, ma stavolta Marta ebbe la sensazione che fosse una domanda a trabocchetto.

«E chi non ne ha? Tu?», chiese cercando di ributtare la palla nel suo campo.

«Temo che il mio destino sia pentirmi quasi sempre».

Iñigo adottò un tono riflessivo e Marta si stupì che non avesse evitato la domanda.

«Io non mi pento quasi mai di quello che faccio; solo di quello che non ho avuto il coraggio di fare».

«E cosa ti penti di non aver fatto?».

La conversazione scherzosa si era rapidamente trasformata in qualcosa di serio. Marta non era sicura se parlassero della loro vita, del libro di Jean o di quella strana avventura. Subito si ritrovò a raccontare a Iñigo la sua relazione con Diego e come il ragazzo pratico, divertente e sicuro di sé stesso si fosse trasformato in un individuo egoista, noioso e rude al punto da renderle la vita un inferno. Era successo tutto senza che Marta avesse un'idea precisa del motivo che lo avesse scatenato o forse non voleva riconoscere che il seme di quel Diego era sempre stato lì, ma che lei avesse preferito ignorarlo. Ora, senza sapere bene come, si era emotivamente spogliata davanti a quel giovane quasi sconosciuto.

«Ti capisco», disse Iñigo con uno sguardo intenso. «A me è successo qualcosa di simile».

«A te?», chiese attonita.

Marta non credeva che i problemi emotivi di Iñigo potessero essere simili ai suoi ed era sicura di avere davanti un uomo più complesso di quanto apparisse in superficie.

«Sì», assentì come se stesse ricordando il proprio passato. «Quando ho preso i voti, la Chiesa mi aveva attratto per le sue regole chiare, dava senso alla mia vita e mi permetteva di essere utile alla società. Ora mi trovo intrappolato da norme che non comprendo del tutto e da un'obbedienza che non accetto fino in fondo, nonché incapace di aiutare quelli che hanno bisogno».

«E perché non fai qualcosa in proposito?»

«Non ho il tuo stesso coraggio», disse con un gesto rassegnato. «Non so quello che voglio. O forse sì, ma non mi azzardo».

Quella confessione la sorprese. Non si considerava una persona coraggiosa e Iñigo non le sembrava un codardo.

«Nessuno sa quello che vuole», rispose Marta dopo averci pensato un po'. «In questo consiste la vita: nello scoprirlo prima che sia troppo tardi».

Si erano seduti su un muretto a pochi metri dalla chiesa, ma la visita ormai aveva perso importanza. Continuarono a parlare per un bel po' di sogni e desideri, voglie e speranze. Quando alcune settimane dopo Marta si guardò indietro, capì che era stato in quel momento che si era innamorata di Iñigo.

Alla fine entrarono nella chiesa e camminarono lungo il corridoio centrale fino all'altare.

La visita si prolungò per tutta la mattinata e, uscendo, avevano di nuovo lo stomaco che brontolava. Mangiarono qualcosa al volo in una piccola taverna del paese e partirono per Villalcázar de Sirga con l'intenzione di visitare la chiesa in cui Jean aveva lavorato per diverse settimane.

Il paesino di Villalcázar aveva perso gran parte dello splendore che senza dubbio lo aveva caratterizzato durante il Medioevo. Punto di passaggio del cammino di Santiago, centro templare con una chiesa proto gotica mai portata a termine, ora languiva, visitata solo da tenaci pellegrini che ottocento anni dopo ancora continuavano a confluirvi in cerca di risposte al proprio viaggio interiore. Marta portò Iñigo fino al portale meridionale e, dopo un attimo di riflessione, indicò un bassorilievo.

«Vedi quell'apostolo vicino al Pantocratore?», chiese quasi incredula di trovarsi alla fine davanti a una creazione di Jean. «È stato lui a scolpirlo».

«Intendi dire il nostro Jean?», chiese Iñigo attonito.

«Sì», confermò in preda all'entusiasmo. «Lo racconta nel libro. Visse qui per più di un mese, lavorando come muratore. Sembrava felice ed era particolarmente portato per intagliare la pietra; questa in particolare fu lodata perfino dal maestro Fruchel, responsabile della costruzione della chiesa».

«Hai detto che è stato qui un mese. Non è poco per la costruzione di una chiesa? Perché se n'è andato così presto?».

La domanda di Iñigo la colse così impreparata che fu quasi sul punto di raccontargli della fuga. Per guadagnare tempo e prepararsi una risposta, tornò a guardare il rilievo, cercando senza successo la firma di Jean.

«Non lo dice», rispose con un'alzata di spalle quando fu di nuovo in grado di organizzare le idee. «Ma suppongo che avesse intenzione di arrivare a Santiago e ritornarci in seguito».

Si sentì in colpa per aver mentito a Iñigo e non riuscì a guardarlo in faccia, ma c'era qualcosa che continuava a impedirle di fidarsi di lui.

«E lo ha fatto?»

«Non lo so», disse guardandolo ora dritto negli occhi, senza più motivo di mentire. «Ancora non sono arrivata a quella parte. Dai, entriamo a vedere l'interno».

All'uscita si diressero a piedi verso il bar del paese a prendere un caffè circondati da gente del posto in attesa dell'estrazione serale del lotto. Iñigo continuava a farle domande su Jean e il disagio di Marta aumentò. Le sue risposte si fecero più laconiche, per paura di dire qualcosa che non avrebbe dovuto e, infine, tra loro calò il silenzio fin quando Iñigo non riprese a parlare.

«Bene, qual è il nostro passo successivo?», chiese come se avesse capito che doveva cambiare discorso.

«Non ne sono sicura», rispose Marta. «Jean parla di un vicino monastero di San Juan, ma non sono riuscita a trovarlo. Forse non esiste. Qui vicino ce n'è solo uno, il monastero di San Zoilo, a Carrión de los Condes».

«Chiedo scusa», si intromise una voce alle loro spalle. Marta sussultò. «Non ho potuto fare a meno di ascoltarvi. I monasteri di cui parlate in realtà sono lo stesso. Inizialmente era dedicato a san Giovanni Battista, ma la dedicazione cambiò quando accolse le spoglie di san Zoilo, che è sempre stato un santo molto venerato».

«E lei come fa a conoscere la storia antica?», chiese Marta, colpita.

L'uomo la guardò fisso. Era un umile paesano, vestito con una pratica tuta blu, le mani indurite dal lavoro manuale e le tipiche rughe emblema del castigo della quotidiana esposizione alle intemperie.

«Sarò pure un modesto agricoltore», rispose, «ma in questa arida Tierra de Campos la Storia è viva e cammina insieme a noi. Si respira nell'aria e si sente sulla pelle e, anche se al giorno d'oggi non sappiamo dove stiamo andando, almeno siamo sicuri di dove veniamo».

Ringraziarono quell'uomo che in un attimo aveva mostrato loro che la Storia sopravvive non solo attraverso i libri antichi. Presero la macchina e, pochi minuti dopo, si fermarono di fronte al monastero di San Zoilo disposti a proseguire l'avventura.

In quel momento non potevano certo sospettare che, come la storia di Jean, anche la loro avrebbe subìto un ribaltamento e che le verità e le bugie, che entrambi avevano colpevolmente nascosto, sarebbero venute alla luce.

47
Anno 1199

Urlai. Urlai fin quasi a farmi scoppiare i polmoni, urlai come se mi svuotassero da dentro e continuai a urlare. Non appena smettevo arrivava Cedric che mi tirava un secchio d'acqua in testa perché significava che avevo perso i sensi. Ricordo anche di aver pianto e supplicato, ma non ne sono sicuro perché in alcuni momenti mi sono ritrovato al limite della pazzia. Dopo diverse ore in cui desideravo la morte, un'unica idea mi occupò la mente: confessare. Avrei detto all'abate quello che voleva sapere e per me sarebbe finito tutto. Perfino la morte era preferibile a tutto ciò.

Un'eternità dopo, la porta si aprì e l'abate fece il suo ingresso nel sotterraneo. Si avvicinò lentamente, con un sorriso tranquillo. Sembrava soddisfatto, come se il destino che aveva predetto si stesse compiendo. Nonostante il terrore che mi incuteva il suo sguardo, vederlo fu come aprire la finestra in un giorno di sole in una stanza rimasta chiusa al mondo per anni. La mia tortura sarebbe finita.

«Confesserò», dissi con un filo di voce.

«Non ti ho sentito», rispose l'abate con un sorriso trionfante.

Si godeva il momento; la crudeltà sul suo viso non si spense minimamente.

«Ho detto che dirò dove si trova la reliquia», dissi guardandolo fisso con le ultime forze che mi restavano.

«Non avevo dubbi che l'avresti fatto», disse a occhi socchiusi, chino su di me. «Ma devo riconoscere che non mi aspettavo tanta resistenza da parte tua», proseguì. «Mi spiegherai più tardi perché hai rischiato la vita per un oggetto che non ha alcun valore materiale. Ma prima di questo, rispondi alla mia domanda: dove si trova la reliquia?»

«Ve la consegnerò, ma perché è così importante se non ha alcun valore?».

Gli occhi di Guy Paré riflettevano la sua vittoria. Meditò se rispondermi, ma alla fine lo fece senza più dubbi, sicuro di potersi permettere di elargire quell'informazione essendo in procinto di uccidermi.

«Perché è appartenuta a Gesù Cristo. Fu il suo ultimo lascito, la dimostrazione del proprio potere, ma cadde nelle mani sbagliate. Ora te lo chiedo per l'ultima volta: dov'è la reliquia?»

«Dietro una roccia», risposi sconfitto. «Vicino a Villalcázar».

L'abate si alzò soddisfatto dandomi uno schiaffetto sulla guancia.

«Molto bene. Cedric», disse rivolgendosi al mio torturatore. «Prepara il nostro ospite per essere trasferito. Partiremo tra un paio d'ore. Io ho delle importanti questioni da risolvere con il priore di questo monastero».

Quando l'abate lasciò il sotterraneo, percepii un dubbio in Cedric. Due ore erano molto tempo e temetti che stesse soppesando l'idea di divertirsi con me un altro po'. Lo vidi guardare gli oggetti che aveva intorno e gettar via sofferente il suo ultimo giocattolo, così come lo schiaccia-cranio. Non poteva rischiare di causarmi un danno irreparabile. Sembrava sul punto di darsi per vinto quando la sua attenzione fu attirata da un altro strumento. Gemette. Un terrore gelido si impadronì di me e il dolore fu sostituito da un sudore freddo in tutto il corpo. Non capii cosa fosse fin quando non lo vidi bloccarmi ogni dito della mano sinistra. Mentre cercavo di ribellarmi con le poche forze che riuscii a raccogliere, percepii un dolore che dalla mano si irradiava il braccio mentre le ossa del mignolo si sbriciolarono sonoramente in mille pezzi. Mi parve perfino di udire il rumore della carne farsi a brandelli.

Ero sul punto di svenire di nuovo, quando Cedric emise un grugnito gutturale seguito da uno strano gorgheggio. Mi feci forza e resistetti quel tanto che bastava a vedere il suo stupore, la bocca piena di sangue, la lama di una spada trafiggergli il petto e, alle sue spalle, il viso di chi la impugnava: il cavaliere nero.

48
Anno 33

La prua della barca si sollevò sull'acqua, come un uccello che prende il volo. Fu solo un attimo, un ultimo, inutile sforzo per sopravvivere alla tormenta, dopo il quale la poppa, già sommersa, attirò la barca verso le profondità del mare. A bordo della scialuppa i quattro uomini osservavano impressionati la scena a distanza di sicurezza, ben coscienti di aver seriamente rischiato di accompagnare quel pezzo di legno nel suo ultimo viaggio.

Come pronosticato da Adonai, loro salvatore, la scialuppa sopportò gli urti del mare fin quando, a poco a poco, ritornò tranquillo.

«Sei un bravo marinaio», sentenziò Giacomo qualche ora dopo, quando la situazione finalmente diede loro respiro, «oltre che un brav'uomo. Sapevi che, prima di andare a fondo, la barca avrebbe resistito il tempo sufficiente per poterci aiutare e che la tempesta si stava allontanando. Dove hai imparato così tanto del mare?».

Adonai lo guardò orgoglioso e riconoscente a un tempo.

«Io, e non quel bugiardo del capitano, sono un vero discendente di Annibale. Era il nonno del padre di mio nonno e, anche se lo splendore di Cartagine oggi si perde nella notte dei tempi, sepolto dal passare degli anni e dalla sabbia del deserto, il sangue dei suoi discendenti continua e infondermi nel cuore la navigazione».

«Belle parole», intervenne il sempre pratico Attanasio. «Non vorrei sembrare scortese, visto che se non fosse stato per te ora giaceremmo sul fondo dell'oceano, ma cosa facciamo adesso? Vi ricordo che non sappiamo dove ci troviamo né a che distanza navighiamo dalla costa».

«Forse non hai ascoltato le mie parole?». Adonai si mostrò offeso. «Non vi ho appena detto quale sangue scorre nelle mie vene? So perfettamente dove ci troviamo e dove ci dirigeranno le maree e il vento. Domani a quest'ora, se il vento non cambia e se le maree ci saranno propizie, raggiungeremo la costa cirenaica, da qualche parte vicino a Bengasi».

«In Africa!», esclamò Giacomo senza riuscire a contenere lo stupore.

Adonai assentì soddisfatto, con lo sguardo perso nel passato.

«Proprio così, amici miei», concluse. «Presto, a sud, vedremo apparire la linea della costa e con essa la nostra salvezza. La mia terra!».

«L'Africa!», ripeté Teodosio più a sé stesso che agli altri. Gli occhi gli brillavano con la luce dell'ignoto.

«E poi che faremo?», si angosciò Attanasio. Il suo viso era un misto di dolore e delusione.

Adonai non capì che era una domanda più retorica che reale.

«Ci dirigeremo a Bengasi», rispose. «Ci sono nato e la conosco bene. Verso ovest, seguendo la linea della costa, dovremmo arrivare al villaggio entro qualche giorno. Lì c'è la mia famiglia, mio fratello Amiel che ci accoglierà con piacere. Poi dovrete decidere dove andare, anche se vi raccomanderei Siracusa o Mdina; sono relativamente vicine e rimedierete facilmente un passaggio. Tuttavia non sta a me consigliarvi, dato che non conosco a fondo il motivo del vostro viaggio per potervi offrire suggerimenti».

Giacomo osservò Adonai con attenzione, cercando di fissarlo negli occhi e scoprire se poteva o meno fidarsi di lui. Aveva salvato loro la vita e, che fosse informato o meno dell'esistenza della reliquia, non aveva cercato di rubarla. E dire che gli sarebbe stato facile. Tuttavia, Giacomo non riusciva a dimenticare la faccia del capitano e la sensazione che li avesse venduti senza alcuna remora. In ogni caso, avevano bisogno di un'altra imbarcazione per continuare e sarebbe stato molto più facile trovarla con il suo aiuto. Alla fine optò per parlare senza dirgli la verità.

«Seguiremo il tuo consiglio, Adonai, ti dobbiamo la vita. Siracusa o Mdina sono destinazioni buone per noi, come qualsiasi altra, perché siamo solo alla ricerca di avventure e lì le troveremo ugualmente».

«Vedo che siete giudiziosi», rispose. Quindi, socchiudendo gli occhi aggiunse: «O forse dovrei dire diffidenti? Ma non preoccupatevi di me, non cercherò di prendere ciò che non è mio».

Uno scomodo silenzio calò sulla piccola imbarcazione, che dondolava al ritmo delle onde, sempre più dolci. Adonai prese un remo, ne diede un altro a Teodosio ed entrambi si misero a remare con lo sguardo fisso alle stelle che erano apparse all'orizzonte, nel punto in cui cominciavano a ritirarsi le nubi della tempesta.

49
Anno 1199

Ancora una volta mi svegliò l'acqua. Stavolta, però, non gettatami in testa, ma fatta scivolare con cura nella bocca. La mia mente tardò qualche istante a capire che qualcuno mi stava dando da bere.

«Non parlare», mi ammonì il cavaliere nero con espressione preoccupata. «Riposati un poco e recupera. Dobbiamo muoverci in fretta».

«Non te la consegnerò!», risposi di nuovo, non ancora destatomi del tutto dall'incubo che avevo appena vissuto.

Il cavaliere nero mi guardò stupito, ma poi capì che la mia esclamazione nasceva dalla confusione e del mio stato penoso.

«Non sono Guy Paré», mi rassicurò in tono tranquillo.

«Lo so», risposi diffidente.

«Non ti ho mai chiesto, né ho mai cercato di sottrarti nulla. E non lo farò neanche stavolta. Vieni, appoggiati a me».

Mi fece scivolare un braccio intorno alla vita e subito provai un dolore lancinante alla spalla.

«Credo che non riuscirò a camminare per giorni», dissi sentendo che le forze mi abbandonavano del tutto.

Il cavaliere nero mi guardò con un misto di compassione e urgenza, indeciso di fronte a quella situazione.

«Sì che puoi», sorrise cercando di infondermi coraggio. «Oppure entrambi finiremo i nostri giorni in questa cripta».

A poco a poco riuscii a stendere le gambe con un dolore intenso alle ginocchia. Il cavaliere mi aveva bendato la mano e il sangue macchiava il panno che mi copriva il mignolo della mano sinistra. Sentii la circolazione tornare nelle gambe e, dopo minuti eterni, riuscii a muovere qualche passo. Osservai il sotterraneo ispezionando gli strumenti di tortura, quindi riportai lo sguardo su Cedric, che giaceva in un'enorme pozza di sangue. Strinsi i denti.

«Possiamo andarcene quando vuoi», affermai cercando di mostrare più forza di quella che sentivo.

Un dolce sorriso ingentilì il viso del cavaliere nero, che varcò la soglia rapidamente. Cercai di seguirlo, ma vacillavo. Tornò indietro per aiutarmi.

«Se compare qualche monaco, fatti da parte», mi suggerì a bassa voce. «Dovrò combattere e mi saresti solo d'intralcio».

Davanti a noi si apriva un ampio corridoio illuminato a stento. Un topo l'attraversò di corsa. Girammo a destra e salimmo delle strette scale fino a una porta socchiusa. Il cavaliere nero rimase per un attimo in ascolto, quindi passò nello spazio lasciato aperto per evitare il cigolio dei cardini. Io feci altrettanto, nonostante i miei movimenti fossero più goffi. Altre scale ci condussero a una saletta sulla quale si aprivano vari corridoi.

Subito apparvero tre monaci che, nel vederci, sguainarono la spada. Il cavaliere nero fece lo stesso, mentre mi spingeva in un angolo. Fu attaccato da tutti e tre contemporaneamente e si ritrovò spesso in grande difficoltà. Riusciva a malapena a parare gli attacchi, ma ne ferì lievemente uno. Era già quasi con le spalle al muro, cercava di allungare la sua e la mia vita il più possibile, ma persi le ultime speranze quando nella sala entrarono altri due monaci. Il loro aspetto era totalmente diverso da quelli che ci attaccavano e mi suscitarono un orrore profondo non solo per quanto fossero smunti, tanto da sembrare cadaveri ambulanti, ma per lo sguardo gelido nei loro occhi. Bastò quello a farmi perdere qualsiasi speranza di fuga.

Quando li vide, invece, il cavaliere lanciò un grido di gioia e rinnovò i propri sforzi. Quelli che lo attaccavano dubitarono per un attimo e quei pochi istanti di indecisione furono loro fatali. I monaci teschio gli si lanciarono addosso sconfiggendoli mentre gli altri li guardavano atterriti, convinti che la morte in persona fosse venuta a prenderli. Quando tutti e tre giacquero ai nostri piedi, quei monaci terrificanti si ritirarono così come erano apparsi.

Guardai attonito il cavaliere nero che scosse le spalle e sorrise alla mia espressione.

«Dopo ti spiegherò tutto, ora non c'è tempo, ma non siamo soli. Insolite sono state le mie compagnie e lungo il mio cammino».

Continuammo per i corridoi attraversando sale, varcando soglie, ma gli unici nemici che incontrammo erano cadaveri distesi nel loro stesso sangue. Finalmente uscimmo e attraversammo le mura del monastero, passando per una porticina laterale.

«Dobbiamo allontanarci in fretta. I nostri cavalli sono dietro quegli alberi. In che direzione andremo?», chiese il cavaliere nero.

«Non capisco perché lo chiedi a me», risposi.

Il cavaliere nero inclinò il capo e mi guardò con espressione strana.

«Se l'abate non ti ha finito è perché ancora non gli hai consegnato quello che cercava. Questo significa che non lo avevi con te quando ti hanno catturato. Solo tu sai dov'è. Decidi tu il cammino».

La semplicità di quell'argomentazione fu disarmante. Avevo pagato con il sangue la difesa della reliquia, eppure non la volevo per me. Anzi, avrei di gran lunga preferito non trovarmi coinvolto in quella vicenda.

«E non sarebbe meglio che rimanesse nascosta così che non sia di nessuno?», risposi con poche speranze di convincere il cavaliere nero.

«Potresti dunque vivere con il pensiero che, forse, per pura sfortuna, qualcuno possa trovarla? È un nascondiglio così sicuro da farti pensare che non accadrà?».

Il cavaliere nero tornò a guardarmi negli occhi abbozzando un sorriso ironico.

«Aspetta qui», convenni rassegnato. «Tornerò tra un secondo».

Scivolai rapidamente lungo il muro del monastero e girai l'angolo oltre il quale vedevo la porta d'ingresso in fondo al muro. Non c'era anima viva e una strana quiete, in netto contrasto con quanto avvenuto nelle ultime ore, si era appropriata del monastero. In pochi istanti percorsi i metri che mi mancavano, cercai la reliquia nella cavità della pietra e respirai sollevato quanto la toccai. Me l'appesi al collo e tornai là dove era il cavaliere nero, che aspettava nervoso mentre i monaci bianchi e silenziosi, sembravano del tutto estranei agli eventi.

Attraversammo un boschetto di lecci alla fine del quale ci aspettavano i cavalli. Il cavaliere nero mi consegnò le redini di un animale giovane e mi aiutò a montare, non senza sofferenza.

«Tranquillo», mi disse consolandomi. «Il dolore fisico passerà».

«Quello spirituale invece, forse non passerà mai», risposi rendendomi conto di essere diventato un'altra persona.

Mi sentivo più maturo, più cosciente, ma anche più invecchiato. Avevo perso l'innocenza che la perdita di memoria mi aveva concesso.

«Dove siamo diretti ora?», chiesi.

Il cavaliere nero mi guardò preoccupato. Era cosciente che non sarei stato in grado di affrontare un lungo viaggio. Rifletté alcuni istanti prima di rispondere.

«Andremo in un luogo sicuro, dove potrai ristabilirti e decidere cosa fare».

Al trotto, ci allontanammo dal monastero di San Juan. Immaginai l'abate Guy Paré informato della nostra fuga e della morte di diversi monaci. Accelerammo il passo e intanto meditavo sul mio prossimo futuro e su cosa fare in seguito. Mi sentivo braccato dai monaci cistercensi e dai potenti cavalieri templari, ma protetto da loro nemici, i monaci benedettini che, tuttavia, non avrebbero esitato a darmi la morte se avessero scoperto chi ero in realtà. Solo il leggero manto del segreto mi occultava.

50
Anno 2019

«Mi dispiace», si scusò l'addetto alla reception con tono professionale e sorriso collaudato. «L'accesso è permesso soltanto ai clienti».

«La signorina, però, è un'illustre storica che sta conducendo un'importante indagine su questo edificio», mentì Iñigo ponendo particolare enfasi sul termine "illustre".

«Non lo metto in dubbio», rispose l'altro con un'espressione che dimostrava il contrario. «Se inviate la relativa richiesta alla direzione, sono certo che vi accontenteranno».

Iñigo decise di cambiare tattica. Si appoggiò al bancone e abbassò la voce adottando un tono confidenziale.

«E non potremmo risolvere questo problema tra noi tre, senza coinvolgere nessun altro?»

«No», rispose quello senza cambiare minimamente atteggiamento.

Marta tirò da parte Iñigo e prese il suo posto, sostenendo lo sguardo dell'impiegato per qualche istante.

«Avete camere libere?», chiese allora in tono glaciale.

«Per quali date?»

«Per stanotte», rispose Marta cercando di mantenere la calma, ma tentata di saltare sul bancone e fargli ingoiare la targhetta con il nome che portava sul bavero.

Con aria professionale il receptionist consultò brevemente il suo computer.

«Ci resta una sola stanza libera, ma temo sia una delle suite executive», disse come insinuando che non fossero il genere di ospiti da potersi permettere simili camere.

«La prendiamo», rispose Marta decisa a non dare la minima soddisfazione a quell'uomo tanto indisponente.

«Sono duecento euro», disse l'uomo abbozzando un sorrisetto

ironico. Marta gli fece cenno di avvicinarsi e gli parlò all'orecchio. L'uomo impallidì e il sorriso gli si spense sul viso. «Oggi però», si corresse deglutendo, «abbiamo un'offerta speciale per la suite 227, al prezzo di cento euro».

«La prendiamo», confermò Marta soddisfatta.

Una volta in ascensore, Iñigo le scoccò un'occhiata sconcertata. Marta gli sorrise con fare infantile, divertita dalla sua evidente confusione.

«Si può sapere cos'è successo lì sotto?»

«Ho deciso di giocarmela», rispose Marta. «Ho insinuato che il suo responsabile sarebbe stato molto interessato a sapere che uso facesse del computer dell'hotel».

«Ah... capisco». Iñigo parve metterci un attimo prima di capire. «E come facevi a saperlo?»

«Non lo sapevo ma, cos'avevo da perdere? E a quanto pare non mi sbagliavo», concluse con un sorriso trionfante.

«Ti sei resa conto che dovremmo dividere la stanza, vero?», chiese Iñigo con espressione altrettanto animata.

Marta si bloccò in mezzo al corridoio come se fosse andata a sbattere contro il muro. Non ci aveva pensato. Iñigo la guardava sorridente.

«Non ti preoccupare», disse facendosi improvvisamente serio. «Non attenterò al tuo onore, ricordati che sono un sacerdote».

Percorsero un largo corridoio con le finestre aperte sul chiostro e arredato con quadri che riproducevano l'Ultima Cena. Si fermarono davanti alla porta della camera e rimasero a guardare il cartellino con l'immagine di un monaco e l'appropriato titolo di "Suite dell'abate". Marta rabbrividì al pensiero che, in quello stesso edificio, un altro abate, ottocento anni prima, aveva torturato Jean.

Aprirono la porta e si trovarono in una stanza enorme, praticamente grande quanto l'intero appartamento di Marta, arredata con mattoni a vista, travi di legno sul soffitto, mobilio di stampo classico e un grande letto matrimoniale a baldacchino. Marta guardò Iñigo cercando di non arrossire. Un divano a tre posti presiedeva un salottino annesso alla camera. A vederlo, espirò.

«Cosa preferisci, letto o divano?», chiese Iñigo serissimo, un attimo prima di scoppiare a ridere.

Marta intanto pensava che, anche senza dividere il letto, ci sarebbero di certo stati momenti imbarazzanti, come l'uso del bagno o vedersi in pigiama. Solitamente Marta non usava il pigiama, così passò mentalmente in rassegna la biancheria che teneva in valigia. Niente di troppo vecchio o troppo sexy. Entrò nel bagno e tirò un sospiro di sollievo nel trovarvi due accappatoi.

Lasciarono i bagagli e decisero di visitare l'edificio. Le stanze affacciavano tutte sul chiostro dell'antico monastero, ma la costruzione era per la maggior parte gotico-rinascimentale. Con grande delusione, Marta scoprì che gli unici tratti romanici rimasti erano nella parte bassa dei muri. Cercarono la cripta senza però riuscire a trovare il percorso, né a individuare in quell'edificio i sotterranei che ospitavano la camera delle torture.

Un po' avviliti, decisero di cenare nel ristorante interno per tirarsi su di morale. Si divisero un piatto di manzo con patate saltate in padella e uova con sanguinaccio; come piatto principale, Marta prese una deliziosa presa di maiale iberico con formaggio di capra, mentre Iñigo una cotoletta di agnello. Marta scattò alcune foto da mettere su Facebook, ma ci ripensò all'ultimo momento, ricordando le precedenti telefonate indesiderate.

Finito di cenare, si concessero una breve passeggiata per il paese, rientrando al momento di ritirarsi in camera. Marta era nervosa. Non sapeva se fosse per dover dividere la stanza con Iñigo o per aver scoperto che stavano davvero dando la caccia a una reliquia di duemila anni prima, appartenuta a Gesù Cristo. Di contro, Iñigo sembrava rilassato e si godeva la passeggiata.

Rientrati in camera, Iñigo le diede la precedenza nell'utilizzo della doccia e Marta si chiuse dentro con il suo necessaire e tutto quello che, pensava, le sarebbe servito. Si spogliò e aprì l'acqua calda che di fatto era fin troppo bollente. Si lavò i capelli e si avvolse nell'accappatoio. Riprese le sue cose e aprì la porta con l'intenzione di lasciare campo libero. Iñigo era seduto sul divano, apparentemente a leggere. Non la sentì uscire. Marta gli si avvicinò da dietro e, quando arrivò alla sua altezza, abbassò gli occhi proprio mentre Iñigo alzava i suoi. Aveva in mano il libro di Jean.

51
Anno 1199

Mi svegliai sotto lenzuola pulite in un giaciglio morbido. Un tenue chiarore che annunciava l'alba entrava da una finestrella all'altro capo della camera. Oltre al pagliericcio c'era solo un tavolo e, sopra, una scodella, una brocca e un piatto vuoto. Per un attimo rivissi l'incubo che mi aveva fatto svegliare, sudato, in un giorno diverso, ma sfumò man mano che le due settimane trascorse nell'abbazia di Santa Maria del Carbajal acquistavano corpo e consistenza come le mura che mi proteggevano.

Mi alzai e mi rassettai con l'acqua. Avevo la sensazione che non sarei mai più riuscito a lavarmi la testa senza pensare al mio torturatore. Arrivai in cucina dove José, il frate cuciniere, mi aveva già preparato la colazione che consumai con grande piacere. Mi sentivo cambiato nel profondo. Godevo maggiormente dei piccoli piaceri, ero più cosciente di ciò che mi circondava. Ringraziai José e mi diressi in biblioteca, una sala immensa con vari tavoli decorati di esemplari ancora da completare.

Avevo cominciato a scrivere questo libro, sebbene non sappia a quale scopo, forse unicamente per ingannare il tempo durante la mia clausura; poiché di certo continuavo a essere prigioniero. Potevo muovermi a mio piacimento, ma non potevo avvicinarmi a nessuna delle uscite dove, immancabilmente, appariva uno dei monaci bianchi a sbarrarmi il passaggio.

Il cavaliere nero era partito una settimana prima per chiedere consiglio. Sospettavo che fosse andato a Leyre, dato che gli ci volle un'altra settimana per tornare. Nel frattempo, noialtri lo aspettavamo a due sole giornate di viaggio dal monastero in cui ero stato torturato.

Avevo molto tempo per pensare. Mi stupiva come, nonostante

tutti i monaci dipendessero apparentemente da Roma, quelli del monastero, i monaci bianchi e quelli di Leyre ci nascondessero dagli inviati del sommo pontefice. Andavano avanti con la loro vita, come se non esistessimo. All'interno della Chiesa si erano formate varie fazioni e io appartenevo a una, ero perseguitato da un'altra e difeso da una terza.

L'unica sorpresa l'avevo provocata domandando della carta, perché anche lì era arrivata quella nuova invenzione, e una penna. La naturale discrezione dei monaci era stata infatti messa alla prova dalla curiosità che suscitava il mio lavoro. Soltanto Domingo, il priore, aveva osato domandarmi dove avessi imparato l'arte della scrittura. Mi scusai per non potergli rispondere accusando la perdita di memoria. Mi dispiaceva mentire a chi mi aveva così ben accolto, ma non potevo fidarmi di nessuno. Mi mancava molto Thomas.

Alcuni giorni dopo, mentre la sera languiva, passeggiavo per il chiostro dell'abbazia di Santa Maria del Carbajal. Stavo bene tra le spesse mura e la profonda quiete che emanava da esse, ma sapevo che il mio riposo non sarebbe durato a lungo. Il cavaliere nero era tornato e si era ritirato con i monaci bianchi. Per questo avevo deciso di uscire nel chiostro, per sentirmi un po' più libero finché ne avevo la possibilità. Temevo che stessero ordendo un piano per mettermi in salvo o forse solo per salvaguardare la reliquia. Non sapevo perché mi permettessero di conservarla, forse non avevano ancora capito bene il mio ruolo. Arrivato il momento, uno dei monaci bianchi mi si avvicinò e con un gesto mi indicò di seguirlo. La decisione era stata presa.

La porta di legno del salone dell'abbazia si aprì quasi senza far rumore, il monaco bianco si fece da parte per lasciarmi entrare e mi chiuse l'uscio alle spalle. All'interno, gli altri aspettavano in silenzio e il cavaliere nero, curvo sul tavolo, studiava alcune carte che sembravano mappe. Nell'udire i miei passi, si girò verso di me col sorriso sulle labbra.

«Mio buon Jean», disse mettendomi le mani sulle spalle e guardandomi con un affetto che appariva sincero. «Vedo che ti sei ripreso dalle ferite».

«In effetti ho un aspetto migliore del tuo», risposi. «Per non parlare dell'odore», aggiunsi con un sorriso.

La sua espressione cambiò. Ancora sorrideva, ma non riuscì a nascondere un luccichio nello sguardo che sembrava aver percepito il mio cambio di atteggiamento. Non avevo smesso di provare affetto per quell'uomo che mi aveva salvato la vita due volte, ma ero sicuro di dover stare allerta, dato che non conoscevo le sue intenzioni. Pur non avendo mai detto niente che mi facesse temere, era pur sempre un soldato in quella guerra.

«Avrò tempo di fare un bagno, dato che la nostra partenza è organizzata», disse strappandomi ai miei pensieri.

«E dove andremo?», chiesi a disagio davanti a una decisione in cui non ero stato consultato.

«Ti propongo di partire per Leyre con la massima sollecitudine», rispose forse cercando di mitigare la mia evidente diffidenza. «Lì l'abate Arnaldo ti darà consiglio su come muoverti in futuro».

Di nuovo il cavaliere lesse la poca fiducia nel mio sguardo.

«Non preoccuparti, Jean. Fidati di me. Non ti ho mai deluso. Una volta lì potrai decidere in piena libertà cosa fare. Te lo prometto».

Decisi di accettare, anche se nella mia mente cominciava a formarsi la bozza di un piano. La destinazione sembrava essere verso est e ciò serviva al mio scopo. Per il momento avrei collaborato con il cavaliere nero, mi sarei lasciato guidare e proteggere, da lui e dai suoi e, al momento propizio, avrei agito. Dentro di me sorrisi.

«Va bene», convenni infine, «verrò con te a Leyre e lì vedremo. Non può farmi alcun male ricevere consiglio da un uomo saggio e informato della mia situazione. Sono pronto a partire».

«Bene, allora ascolta il mio piano».

52
Anno 2019

«Si può sapere che stai facendo?», lo aggredì Marta tra l'attonito e l'arrabbiato.

«Si può sapere perché mi hai tenuto nascosto tutto questo?», ribatté Iñigo indicando il libro con lo stesso tono incollerito.

Marta sentì lo sconforto chiuderle la gola mentre un rossore di indignazione le si diffondeva sulle guance.

«Non ci posso credere», esclamò scuotendo la testa. «Ti lascio un minuto da solo con le mie cose e tu ne approfitti per leggere il libro. Hai aspettato finora di averne la possibilità?»

«E tu? Ti aiuto nella tua ricerca e mi menti come se ti fossi nemico. Ho creduto a tutto ciò che mi hai raccontato di Jean, mi hai trattato come un idiota. Che cos'è che tutti cercano? Perché me lo hai tenuto nascosto?»

«Perché non ti conosco affatto. Compari così, proprio al momento giusto. Ora capisco perché non dovevo fidarmi di te».

La magia tra loro si era infranta. All'improvviso, tutte le bugie, l'atto di Iñigo di leggere il libro a sua insaputa, si trasformarono per Marta in un muro invalicabile. Era stata tutta soltanto un'illusione. Più che arrabbiata, era delusa, ma non poteva neanche dare la colpa a Iñigo per essersi incuriosito. Era stata lei ad averglielo tenuto nascosto quando lui non aveva voluto far altro che aiutarla. Era stata lei la diffidente. Lei che lo aveva deluso. La rabbia svanì con la stessa rapidità con cui era arrivata. Sedette sul divano e guardò Iñigo che la osservava indeciso e con espressione fosca.

«Scusa», disse buttando fuori l'aria dai polmoni accompagnata dagli ultimi fiotti di rabbia. «Hai ragione, credo sia arrivato il momento di essere sincera».

Marta gli sedette accanto sul divano e gli raccontò come aveva trovato e rubato il libro. Gli spiegò che aveva coperto il furto con una bugia e come questa bugia l'avesse portata a dirne una ancora più grande. Quindi gli raccontò la storia completa, di come Jean fosse fuggito dopo essere entrato in possesso di quello strano oggetto. Iñigo l'ascoltava senza interromperla né fare alcuna domanda. Alla fine, la guardò per un lungo istante prima di parlare.

«Ora tocca a me», dichiarò con un lampo di tristezza negli occhi.

Marta non capì a cosa si riferisse ma, a giudicare dal suo viso, restava ancora un capitolo di quella storia per scoprirlo.

«Ti ho mentito anch'io», ammise con lo sguardo perso. «Il nostro incontro al monastero di Irache non è stata una casualità. Ti stavo cercando perché avevo una missione da compiere».

«Una missione? Cosa sei, una spia o roba del genere?».

In preda a una sensazione di timore, non era sicura di volerne sapere di più, ma poi sul viso di Iñigo si abbozzò un sorriso. Marta cercò di non darlo a vedere, ma le piaceva che in quella situazione ancora conservasse un po' di senso dell'umorismo.

«Dilettante, in ogni caso», dichiarò stringendosi nelle spalle. «E da soli tre giorni. Ti ricordi di Federico, il tipo strano che abbiamo incontrato a San Millán?».

Marta si chiese dove volesse andare a parare.

«Sì. Cosa c'entra con tutto questo?»

«È una strana storia. Avrò bisogno di un po' di tempo per raccontartela. Perché non ti vesti intanto che io mi faccio la doccia e poi riprendiamo questa conversazione?».

Un quarto d'ora dopo erano seduti nel salottino, uno di fronte all'altra, con il libro in mezzo. Iñigo le raccontò della telefonata in Vaticano dopo il loro primo incontro. Si scusò varie volte, non avrebbe mai pensato di mettere in moto gli eventi che erano seguiti a quella chiamata. Sembrava sincero, ma Marta ne dubitava ancora. Quindi le riferì le conversazioni telefoniche con Federico, come questi gli avesse fatto pressione per ottenere altre informazioni e come lui, con sua grande vergogna, avesse accettato.

«Quando ho cominciato a leggere il libro, ho pensato che fossi la persona che ci si aspettava sarebbe comparsa un giorno. Ma dopo, da come ti sei confidata con me, ho capito che tu e io siamo solo pedine in questa partita. E io non voglio più giocare».

Iñigo terminò la frase a occhi bassi, pentito e mortificato mentre la voce si spegneva in un sussurro.

«E quindi che facciamo?», chiese Marta ancora perplessa dalla storia che le aveva appena raccontato.

«Arriviamo fino in fondo», rispose Iñigo con un'improvvisa determinazione. Gli occhi la guardavano con rinnovata intensità. «Ma solo tu e io. Cercheremo di scoprire cos'è successo a Jean e troveremo la reliquia. Poi, insieme, decideremo cosa fare».

Marta rifletté un'istante su quella proposta. Aveva molto a cui pensare, ma Iñigo sembrava sincero. La storia del sacerdote, più incredibile della sua, era così contorta che doveva necessariamente essere vera. Cos'era quell'oggetto? Era davvero così importante perché la Chiesa continuasse a cercarlo dopo mille anni? La risposta poteva essere solo in quel libro.

Marta guardò Iñigo, in trepidante attesa del responso, e fece di sì con la testa.

Mentre si disponevano a pianificare i passi da compiere il giorno dopo, il telefono di Iñigo squillò.

«Federico», disse senza rispondere, scuro in volto.

«Che farai?», gli chiese Marta.

«Te l'ho già detto», rispose rifiutando la chiamata. «A partire da ora, siamo solo tu e io».

Continuarono con i preparativi, ma l'eco dello squillo del telefono rimase nell'aria per un po', ricordando a entrambi che a giocare quella partita erano in tre e che quell'uomo inquietante che li seguiva non avrebbe mollato la presa.

53
Anno 33

Due giorni dopo il naufragio, la scialuppa su cui viaggiavano Giacomo e compagni raggiunse una caletta di sabbia bianca in un indeterminato punto della costa africana a est di Bengasi.

Adonai negoziò a lungo con un pescatore e tornò soddisfatto della vendita che aveva effettuato. Aveva barattato la barca con cibo e acqua; nonostante il prezzo pagato fosse irrisorio, la barca non gli serviva comunque più, dato che la distanza fino a Bengasi era troppa per poterci andare a remi. Inoltre si era anche accordato per un futuro riacquisto da parte del fratello, al quale invece sarebbe tornata utile per i suoi traffici. Pur non avendo specificato come quel pescatore avrebbe fatto a mantenere la promessa, le sue parole bastarono perché gli credessero.

Continuarono a piedi sotto l'insostenibile sole del mezzogiorno che sembrava fondere la sabbia e provocava strane visioni se non ci si ricordava di bere spesso. Cercarono di approfittare delle prime e delle ultime ore del giorno evitando i momenti in cui il sole era più alto.

«Impiegheremo due giorni per arrivare al villaggio di mio fratello», disse Adonai, mentre camminavano. «Vedrete un luogo un tempo prospero, quando era sotto il riparo e la protezione di Cartagine, che lo ha sempre considerato strategico sia dal punto di vista militare, sia commerciale».

«E poi che è successo?», chiese incuriosito Teodosio.

«Dopo la sconfitta per mano di Roma, si creò un esodo della popolazione, preoccupata non solo dagli attacchi dei romani, ma anche dai continui saccheggi dei re numidi, incoraggiati dalla caduta di Cartagine».

Adonai fissò l'orizzonte come se stesse ricordando, più che raccontando, qualcosa che era avvenuto diverse generazioni prima.

«I resti delle muraglie di quella che fu un'orgogliosa città vennero impiegati per ricostruire le abitazioni di pastori e pescatori», proseguì con uno sguardo triste, «unica fonte di vita degli abitanti di un luogo tanto sfortunato».

Il fratello di Adonai era pescatore. Da come reagì fu davvero contento di vederlo, come aveva loro assicurato lo stesso Adonai. Tuttavia, Giacomo percepì un'ombra di pessimismo e stanchezza adombrargli il viso. Adonai e Amiel parlarono in punico mentre Giacomo e i suoi compagni aspettavano che il primo traducesse loro il caloroso invito nella sua umile dimora, situata in un piccolo borgo di pescatori. Giacomo ebbe la sensazione che il fratello li valutasse con lo sguardo, come se volesse assicurarsi di avere abbastanza da mangiare per tutti o, forse, cercando di capire per quanto tempo sarebbero stati ospiti sgraditi.

Vicino alla casa di Amiel, furono attratti da un'imbarcazione enorme, ferma nel piccolo porto di pescatori, che contrastava nettamente con le barchette da pesca in uno stato deplorevole che aveva accanto.

«È l'Alcahaba», li informò Adonai traducendo le parole del fratello, «un mercante di ceramiche, gioielli e avorio e che presto partirà per il Nord».

La casa del fratello di Adonai li sorprese piacevolmente, pulita e spaziosa com'era. Sua moglie, Abderat, li accolse come se a varcare la sua soglia fosse stato Annibale in persona. Amiel guardava stupito sua moglie mentre aggiornava il fratello su tutti gli avvenimenti che erano accaduti negli ultimi anni, da quando era partito.

«Le cose non sono migliorate, Adonai», gli occhi di Amiel riflettevano la sua tristezza, ma anche rassegnazione, «al contrario. La maggior parte della gente ha lasciato il villaggio. Per questo viviamo in questa casa dove lo spazio ci avanza. Perfino i miei figli, già sposati, hanno abbandonato il posto per andare a Thubaqt. Ormai siamo rimasti in pochi; tra qualche anno, Bengasi non sarà altro che un mucchio di pietre sepolte dalle sabbie del deserto».

Mentre Adonai traduceva le sue parole, Amiel si colpì la gamba in un visibile sforzo di cancellare l'espressione triste e impedire alle lacrime di affiorargli agli occhi, già umidi.

«Ma adesso basta ricordare questi infausti eventi», disse in tono forzato. «Raccontami cosa porta te e i tuoi amici alla mia casa. Cominciavo a pensare che non ti avrei visto mai più».

«È il caso che mi ha portato fino a qui», rispose Adonai, con sincero affetto. «La barca su cui navigavamo è naufragata tre giorni fa davanti alla costa e a gran fatica siamo riusciti a metterci in salvo. Ho sempre pensato che sarei tornato un giorno o l'altro, ma in questa occasione è stato il mare a portarmi e non il mio desiderio. Benedetta quella marea che riporta un uomo a casa propria».

Nel sentirlo parlare di un naufragio, l'uomo guardò Adonai con un'espressione tetra e preoccupata da cui Giacomo intuì che non era un'informazione nuova per lui.

«Dovete partire domani, prima che il sole sorga all'orizzonte», decretò Amiel.

Adonai contrasse il viso come se avesse ricevuto uno schiaffo.

«Mi aspettavo da te una migliore ospitalità, fratello. Così difficili sono stati questi anni, da farti dimenticare gli insegnamenti di nostro padre?»

«Non interpretare la mia urgenza come un desiderio di disfarmi di voi. Poche volte un uomo ritrova il fratello in un modo tanto casuale quanto fortunato. Se vi spingo a lasciare la mia casa, è perché quelle che mi avete dato non sono le prime notizie del naufragio che arrivano alle mie orecchie».

Quando Adonai riferì loro le novità, Attanasio e Giacomo si guardarono, irrigiditi dalle implicazioni contenute in quelle parole.

«Ieri un gruppo di uomini è arrivato in porto con una barca di grandi dimensioni», continuò Amiel. «Assicuravano di aver naufragato in alto mare e di essere i sopravvissuti della ciurma. Hanno chiesto di tre uomini che, secondo loro, potevano essere scampati alla tempesta».

«Credi che corriamo un rischio immediato?», chiese Adonai.

«Sono stati così insistenti nelle loro indagini che non mi stupirebbe se in breve la notizia della vostra visita raggiungesse anche loro. Qui anche i muri hanno orecchie e c'è molta gente disposta a ottenere qualche moneta in cambio di informazioni».

«Non abbiamo modo di fuggire», intervenne Attanasio quando

Adonai gli spiegò la situazione, «se non attraverso il deserto inospitale».

«Non preoccupatevi di questo ora, ho la soluzione a questo problema. Abderat!», chiamò Amiel. «Esco per un po'», la informò quando la donna apparve spaventata sulla porta. «Devi uccidere il nostro agnello migliore, dobbiamo festeggiare il ritorno a casa di mio fratello».

Dopo cena, bevvero tè mentre i due fratelli, con gli occhi lucidi, ricordavano aneddoti della loro infanzia e parlavano di vecchi conoscenti che la memoria riportava al presente. Festeggiati da quella gente umile ma generosa, indurita dalla vita ma allegra, quella notte sarebbe rimasta a lungo nei loro ricordi.

54
Anno 2019

«Cosa pensi che nascondesse Jean?», chiese Iñigo mordicchiando la punta del suo croissant.

La notte prima avevano letto insieme il libro, soprattutto il passaggio in cui Jean recuperava la memoria, scopriva la sua identità e abbozzava un piano, ma non erano arrivati a nessuna conclusione su quale fossero le sue vere intenzioni.

«Non lo so. So solo che Jean si spaventò molto a scoprire chi era, tanto da decidere di rompere con tutto e fuggire nel cuore della notte».

«Il dubbio che mi resta è se sia fuggito da Villalcázar per mettersi in salvo, per salvaguardare la reliquia o per tenersela».

«Forse non lo sapremo mai», concluse Marta facendo spallucce. «Quello che è chiaro è che comincia a essere un giocatore attivo in quella partita di ottocento anni fa».

Si diressero alla reception per pagare la camera e, con grande sorpresa, al turno di mattina trovarono un addetto diverso, che li accolse benevolmente.

«Avete avuto un buon soggiorno?»

«Sì, eccellente», rispose Marta. «Anche se ci è dispiaciuto non poter visitare gli eventuali resti romanici dell'antico monastero».

«Se volete, posso aiutarvi io. I lavori della chiesa annessa proseguono a un buon ritmo e ho sentito dire che al suo interno sono stati rinvenuti proprio dei resti romanici. Aspettate qui un minuto, per favore...».

Marta e Iñigo si guardarono entusiasti. Nel giro di cinque minuti, apparve nella reception un giovane che, bizzarramente, si presentò come Zoilo.

«Era il nome di mio nonno, che fu usciere del monastero e i miei genitori decisero di battezzarmi così», spiegò timidamente.

Li portò quindi a vedere la chiesa e tutti e tre si fermarono davanti al portale romanico. Marta lo osservò stupita dall'eccellente stato di conservazione e per Zoilo fu motivo di orgoglio.

«Lo abbiamo rinvenuto cinque anni fa, quando sono iniziati i lavori; era nascosto dietro un intonaco. Ecco perché i capitelli si sono conservati così bene».

Marta ricordò la descrizione del portico fatta da Jean e, senza dubbio, corrispondeva a quello che avevano di fronte. Non c'era invece traccia delle tombe che erano apparse a Jean nel XII secolo. Entrarono quindi nella chiesa, dove, al contrario, si trovava più di una dozzina di sepolcri bianchi.

«Queste tombe», illustrò Zoilo, «risalgono al periodo tra il X e il XIII secolo. All'interno contengono ancora i resti di tutti i membri della famiglia che governava Carrión all'epoca».

«Incredibile», commentò Marta tra sé e sé. Zoilo interpretò le sue parole come ammirazione per ciò che avevano scoperto.

«Che ne è della cripta?», si informò Iñigo.

Zoilo si girò verso di lui meravigliato.

«Come fate a sapere che c'è una cripta? Qualche anno fa il maggiore esperto di san Zoilo ha pubblicato un articolo in cui ne ipotizzava l'esistenza, ma non l'abbiamo mai trovata».

«Mi creda. Esisteva», concluse Iñigo.

Usciti dall'albergo, salirono in macchina e, ancora impressionati da quanto avevano appena visto, impostarono sul GPS la destinazione successiva.

Nel frattempo, a pochi metri da dove si trovavano e senza che se ne fossero accorti, un'altra automobile assolutamente anonima li sorvegliava con il motore acceso. All'interno, Federico sospirò.

«Eccoli, finalmente», disse infastidito dalla lunga attesa.

Federico non era tipo da amare le sorprese e quel sacerdote ribelle gliene riservava una dopo l'altra. Il giorno prima non solo non aveva risposto alla sua chiamata, ma aveva anche spento il cellulare. Non era così ingenuo da pensare che si fosse scaricata la batteria. Era successo qualcosa la sera prima e doveva assolutamente scoprire cosa. Non aveva accesso alla camera, ma un'automobile parcheggiata di notte per la strada non era un obiettivo difficile da trovare per lui. Al piccolo dispositivo di tracciamento che aveva installato il primo giorno sulla macchina di Marta, aveva aggiunto un sofisticato sistema di ascolto che gli avrebbe permesso di restare aggiornato. Nella sua valigetta portava poche cose, ma tutto il necessario per un lavoro accurato.

Un'ora dopo, era quindi ben informato sugli spostamenti della coppia, su quanto era accaduto la notte avanti e su ciò che entrambi si proponevano di fare. Considerò le informazioni appena ottenute; nonostante fosse un soggetto poco incline a esteriorizzare le proprie emozioni, il cuore accelerò e fu assalito da un misto di eccitazione ed entusiasmo. Aveva dedicato la vita a cause minori, sempre al servizio delle più alte sfere, ma questa volta, senza dubbio, era diverso. Il primo premio. La reliquia perduta da tempo immemorabile.

Duemila anni e migliaia di vite non erano bastate a far sì che i successori di Pietro riuscissero a recuperare quell'oggetto perduto, la cui ombra aveva ispirato tantissime leggende della cristianità. Un oggetto della cui reale esistenza erano a conoscenza solo un pugno di persone, tra le quali non ci sarebbe stato neanche lui se non avesse avuto il privilegio di ascoltare conversazioni e passare inosservato.

Rimasta occultata per millenni, la reliquia era stata oggetto di ricerca da parte di moltissimi uomini, pur non sapendo di cosa si trattasse, né che forma o che potere avesse. Alcuni l'avevano chiamata Santo Graal e ipotizzavano che fosse un calice. Altri Arca dell'Alleanza. Tutti quanti vi avevano dedicato la vita e molti erano morti inseguendone la chimera. Si sbagliavano. Altri avevano cercato di organizzare eserciti per cercarla in Terra Santa, sprecando la vita di migliaia di individui che si erano lasciati trascinare dalla promessa della vita eterna. Altri ancora avevano fondato ordini militari, come i cavalieri templari, e li spediti fino ai confini della cristianità sulle orme sfumate dell'apostolo Giacomo, per fallire miseramente. A migliaia, come i catari, erano stati perfino bruciati sul rogo, sospettati di esserne in possesso e aver scoperto come utilizzarla.

Adesso però, quell'oggetto misterioso era lì, a portata di mano, e grazie a esso Federico sarebbe diventato una persona rispettata, o meglio ancora, temuta. Gli avrebbe conferito ricchezza e potere, prostrando ai suoi piedi tutti coloro che lo avevano disprezzato, ignorato o attaccato. Solo un sacerdote ribelle e una restauratrice impicciona li separavano. Dove si trovava, però?

L'Ombra sapeva che Marta aveva rinvenuto il libro durante i lavori di restauro all'interno di una chiesa, accanto a un cadavere. Valutò le sue opzioni: la prima era seguire la coppia e recuperare la reliquia, se già l'avevano con sé. La seconda era arrivare fino a Donostia e perquisire il cadavere. Non poteva fare entrambe le cose, né avrebbe chiesto aiuto per non dover condividere la sua scoperta. Per il momento, il libro era la pista più affidabile; a Donostia sarebbe sempre potuto andare in un secondo momento.

Così decise: avrebbe seguito Marta e Iñigo, e recuperato il libro e la reliquia, a costo di ucciderli. Sarebbe stato un piacere. Un lampo di eccitazione gli si accese negli occhi.

55
Anno 1199

Era ancora notte fonda quando uno dei monaci bianchi mi svegliò. Si limitò a mettermi una mano sulla spalla e indicarmi di seguirlo. Mi lasciò sul tavolo una copia esatta della veste che indossavano loro. La infilai nel silenzio più assoluto. Al di fuori delle mura dell'abbazia, la città ancora riposava. Mi riunii agli altri nella cucina per una colazione frugale.

Il cavaliere nero era vestito come me e il nostro vestiario contrastava nettamente con quello dei due monaci bianchi. Cominciavo in parte a capire il piano. Ricevemmo due sacche da viaggio con i nostri consueti abiti, per poter riprendere il nostro aspetto una volta allontanatici da lì. Nessuno sapeva per certo se i nostri persecutori ci avessero trovato, ma in ogni angolo ci sarebbero stati occhi e orecchie, e avremmo dovuto depistarli. Nella sacca riposi il mio libro, due penne di cui l'abate mi aveva fatto dono la sera avanti e abbastanza provviste di inchiostro per scrivere la mia vita intera.

«Jean», cominciò il cavaliere nero con fare solenne. «Il piano prevede che i nostri doppioni e il resto dei monaci bianchi escano da una porta laterale dell'abbazia prima dell'alba e si dirigano a ovest, lungo il cammino di Santiago».

«Ho già capito», risposi. «Aspettiamo che i monaci di Guy Paré li seguano».

Il cavaliere nero assentì in silenzio, forse sorpreso dalla mia conclusione. Avevo la sensazione che non mi considerasse molto sveglio.

«Più avanti si divideranno in gruppi», proseguì, «e uno di loro tornerà sui nostri passi per proteggerci dalle retrovie. Noi andremo a est, confidando che le possibili spie abbiano allentato la sorveglianza».

Mi mossi a disagio nel rendermi conto che ci saremmo diretti verso il luogo della mia tortura.

«Non ti preoccupare», mi rassicurò il cavaliere nero notando il mio nervosismo. «Eviteremo il monastero di san Juan».

Subito si rese conto che quella rassicurazione non era sufficiente a tranquillizzarmi. Mi guardò negli occhi e mi mise le mani sulle spalle cercando di infondermi sicurezza.

«Conosco molto bene il territorio», dichiarò con espressione seria. «So in quali luoghi possiamo essere ben accolti e in quali non dovremo chiedere riparo. Ho fatto in modo di lasciare istruzioni precise per i monaci bianchi in ogni chiesa e monastero».

Mi sforzai di annuire, per dimostrargli la mia fiducia, ma avevo la sensazione che ci saremmo avventurati in un'impresa affrettata senza sapere se chi ci inseguiva era davanti, dietro o magari da entrambe le parti.

Quando il piano fu tracciato e io rassegnato ad abbandonarmi al mio destino, uscimmo da una porta laterale e ci avvicinammo a una piccola stalla dove erano già pronte due cavalcature. Tesi, attendemmo che si attuasse la prima fase del piano. Per quanto mi riguardava ero terrorizzato dalla mia mancanza di abilità nell'arte del duello; mi tranquillizzava solo la destrezza del cavaliere nero. Ma anche così non ero certo che lo stratagemma avrebbe funzionato. In quel caso, sapevo che non avrei sopportato di nuovo la tortura dell'abate Guy Paré. E se anche fosse andato tutto bene, mi sarei trovato nelle mani del cavaliere nero, correndo il rischio di essere trascinato a Leyre, dove non potevo sapere cosa mi aspettasse. Inviare un messaggio a Cluny non era al momento un'opzione percorribile.

Tutto si svolse esattamente come previsto e il silenzio della notte mi fece pensare che le nostre preoccupazioni fossero state eccessive. Non potevo immaginare quanto mi sbagliassi. Due figure incappucciate spiavano l'abbazia e, mentre una usciva all'inseguimento dei monaci bianchi, l'altra osservava con attenzione il cavaliere nero e me, due presunti monaci bianchi, lasciare l'abbazia pochi istanti dopo.

Come una piccola leva che aziona un intero meccanismo, quell'uomo informò i due monaci templari nel palazzo episcopale della città. Vari emissari a cavallo furono celermente inviati in diverse direzioni.

La ragnatela dell'Ordine, al servizio dell'abate Guy Paré, cominciava a tessersi.

A nostro vantaggio giocava la discrezione: viaggiavamo di notte e riposavamo di giorno, evitando i luoghi abitati e i dintorni dei numerosi monasteri e chiese dei nostri nemici.

56
Anno 33

Un gallo, come quando Pietro rinnegò il Maestro per tre volte, cantò nel piccolo villaggio di Bengasi nell'istante in cui Amiel andò a svegliarli.

«Presto», li sollecitò. «Il sole non è ancora sorto, ma la marea è favorevole. Vi dovete imbarcare ora; forse dopo sarà troppo tardi».

Amiel li guidò per un intricato labirinto di viuzze, evitando le strade principali fino al molo. La nave mercantile che avevano visto il giorno prima aveva spiegato parte delle vele e si apprestava a lasciare il porto. Il capitano li aspettava in coperta. Ripensando alla spiacevole esperienza del loro ultimo imbarco, Giacomo si mostrò titubante. Guardò Attanasio, Teodosio e Adonai, ma vi trovò solo risolutezza.

Amiel abbracciò Adonai e, guardandolo negli occhi, si congedò cercando di contenere l'emozione. Tutti distolsero lo sguardo lasciando da soli i due fratelli che forse non si sarebbero mai più incontrati.

«Mi rifiuto di dirti addio questa volta. È un arrivederci; Baal ti riporterà di nuovo qui un giorno o l'altro, come ha fatto oggi. Spero solo che in quell'occasione potrò trattarti come meriti».

Con le lacrime agli occhi, Adonai lo baciò su tutte e due le guance.

«Nessun fratello mai avrebbe potuto aspettarsi maggiore aiuto e ospitalità di quelli che hai offerto tu a me e ai miei amici, Amiel. Confido di avere l'opportunità di ringraziarti un giorno».

Giacomo si fece pensieroso, riflettendo sulla situazione di Adonai e Amiel. Sapevano entrambi che non si sarebbero più rivisti, eppure si separavano senza perdere la speranza. Da parte sua aveva ritardato l'addio da Teodosio e Attanasio perché non sopportava l'idea di non vederli più. Doveva imparare il distacco da quei due fratelli.

Il capitano fece loro un gesto a dire di sbrigarsi e di salire a bordo. Pochi istanti dopo, cominciarono a lasciarsi alle spalle lo sciabordio dell'acqua contro le imbarcazioni ormeggiate mentre le luci del porto, già affievolite dal giorno nascente, tremolarono fino a sparire. Non videro più Amiel e sua moglie e molte volte Giacomo si chiese se Adonai e il fratello si fossero incontrati ancora negli anni successivi, desiderando ardentemente che fosse così.

Per l'ennesima volta il destino li allontanava dal punto di partenza. Come se la sua decisione di tornare a Gerusalemme non fosse quella opportuna, si dirigevano verso ovest sospinti dalle circostanze da cui venivano travolti.

Sicilia. Cosa avrebbe riservato loro il futuro? Spingersi ancora più a ovest? Giacomo aveva sentito parlare di una terra denominata Hispania, dove il mondo aveva termine e gente dalle usanze esotiche parlava strani idiomi. «No!», si disse testardo. Dalla Sicilia sarebbero tornati a Gerusalemme dove avrebbero affrontato il loro destino, come era dovuto già da tempo.

Il viaggio a bordo dell'Alcahaba fu molto diverso dalla traversata precedente. Collaborarono con l'equipaggio negli incarichi di pulizia e manutenzione e i marinai li trattavano alla pari degli altri. Grande doveva essere la stima in cui il capitano teneva il fratello di Adonai, dato che si rivolgeva a quest'ultimo con profondo rispetto.

Costeggiarono l'Africa per un mese, durante il quale Giacomo dimenticò il proprio trascorso e si abbandonò a una routine rivitalizzante. Spesso si fermavano nei porti che incontravano scambiando mercanzie con gli abitanti. In diverse occasioni Giacomo e i suoi compagni cercarono di ottenere informazioni sui propri persecutori, ma nessuno ne aveva sentito parlare. Nel giro di qualche settimana, il loro ricordo si andò cancellando.

Alla fine la barca virò verso nord, allontanandosi dalla costa, per dirigersi alla vicina isola di Sicilia. Lì si separarono dai compagni di traversata e da Adonai, che aveva deciso di proseguire con l'equipaggio fino all'ancora più lontana città di Cartago Nova, dove avrebbe trovato un suo vecchio amico che era andato lì in cerca di fortuna. La sua destinazione era la terra che i romani chiamavano Hispania.

57
Anno 1199

Campi coltivati e boschetti si susseguivano mentre avanzavamo lentamente, lontani dai sentieri principali, alieni a sguardi indiscreti, monaci templari e strane reliquie perdute. I pochi agricoltori che incontravamo ci guardavano con diffidenza quando non proprio con aperta ostilità. Tenevamo i cavalli al passo, godendoci la conversazione e il sempre più tenue sole di inizio autunno.

Da quelle chiacchierate appresi molte cose a proposito del cavaliere nero. Era stato capitano dell'esercito di Raimondo di Tolosa, che lo aveva inviato a suo nome al cospetto di Alfonso II d'Aragona per concordare il suo matrimonio con Eleonora, la figlia del re. Tuttavia, Eleonora e il cavaliere nero si innamorarono perdutamente non appena si conobbero. Alfonso II lo aveva scoperto e, al fine di salvaguardare quel matrimonio combinato che gli avrebbe permesso di estendere i propri domini fino all'altro versante dei Pirenei, aveva spedito il cavaliere nero in diverse missioni rischiose, tenendolo così lontano da Tolosa e Saragozza.

Quando lo avevo incontrato nei pressi di Saint-Émilion, era diretto alla Sauve-Majeure, inviato dall'abate di Leyre.

«Qual era la tua missione quando ci siamo conosciuti?», chiesi senza riuscire a nascondere la mia curiosità.

Era stata infatti una coincidenza che aveva attirato la mia attenzione, così come avevo notato che il cavaliere nero aveva sempre glissato sul motivo che lo aveva portato alla Sauve-Majeure. Anche in quella occasione si irrigidì, faticando a rilassarsi, tanto che quando mi rispose, la sua disinvoltura mi apparve alquanto forzata.

«Niente di importante», sorrise. «L'abate di Leyre mi manda sempre a raccogliere informazioni su ciò che succede sui due versanti dei Pirenei».

Non potei fare a meno di pensare che, in qualche modo, quella missione aveva a che vedere con la reliquia in mio possesso e che non ero l'unico a celare segreti.

All'alba del secondo giorno, raggiungemmo il piccolo monastero di san Miguel de Escalada. I monaci sembravano attendere il nostro arrivo, dato che si riunirono subito con il cavaliere nero. Le notizie erano confortanti: nessuno si era presentato a cercarci. Mentre l'abate parlava con il cavaliere, mi lasciarono in compagnia di un giovane monaco di nome Gervasio che, con fare assente, mi indicò distrattamente i fregi e i capitelli decorati della chiesa del monastero. La costruzione mi parve di rara bellezza, mescolava elementi antichi di origine varie, visigote e mozarabiche, ma anche elementi innovativi. Gervasio non sembrava mostrare particolare interesse per l'edilizia e rispondeva alle mie domande con alzate di spalle e sguardi vuoti. Alla fine si offrì di portarmi qualcosa da mangiare; senza dubbio una scusa per congedarsi.

Ne approfittai per passeggiare tra le colonne del portico e mi fermai a contemplarne le raffinate decorazioni. Mi intrattenni a osservare uno strano uccello intagliato nella pietra. Passai la mano sulla superficie ruvida, seguendo le curve delicatamente scolpite.

«Jean!», la voce del cavaliere nero alle mie spalle mi fece sobbalzare. «Ultimamente ti preoccupi più delle pietre che del mondo degli uomini. I monaci penseranno che intendi rubare un frammento di capitello».

Ritirai la mano dalla pietra con la sensazione di essere stato colto in fallo.

«Niente di più lontano dalle mie intenzioni», risposi soffermando lo sguardo per qualche istante sulla firma di un muratore, un omega, che sembrava parlarmi dalla colonna del portico. Mi voltai verso il cavaliere nero. «Andiamo», sorrisi, «mettimi al corrente delle questioni terrene, così da poter presto andare a riposare. La mia schiena mi ringrazierà».

58
Anno 2019

La monaca del convento di Santa Maria del Carbajal a León fece una lieve riverenza. Con le mani raccolte in grembo, sorrise amabile e indicò loro la direzione per l'ala delle camere. Tutto il procedimento si svolse in una silenziosa cordialità. Quando si incontrarono di nuovo all'ingresso della foresteria Marta lo fece notare a Iñigo.

«È il silenzio», rispose laconico Iñigo forse contagiato dalle suore.

Marta aggrottò la fronte interdetta. Iñigo alzò gli occhi al cielo esasperato.

«Le sorelle seguono la regola di san Benedetto», aggiunse come se fosse una spiegazione sufficiente. Poi, vedendo che l'espressione spaesata di Marta non svaniva, sorrise e aggiunse: «"Custodirò le mie vie per non peccare con la lingua, ho posto un freno sulla mia bocca, non ho parlato, mi sono umiliato e ho taciuto anche su cose buone"».

Marta fu sul punto di sbuffare, ma ci ripensò e, alla fine, sospirò e basta.

«Regole, nome e leggi», commentò scuotendo il capo. «Sembra proprio che non vi fidiate della bontà innata dell'essere umano».

«Perché, tu sì?», chiese Iñigo stupito.

«Io credo che bontà e cattiveria siano innate, ma se qualcuno ha bisogno di regole ferree per fare del bene, dovrebbe dedicarsi ad altro».

«La tentazione può essere forte», rispose Iñigo.

Marta si mosse a disagio, nel dubbio che quelle parole contenessero un doppio senso.

«Vuoi sapere i piani di oggi?», chiese allora per cambiare discorso.

Iñigo sorrise appena, come se il disagio di Marta fosse fin troppo evidente.

«Prima visiteremo il monastero», continuò Marta fingendo indifferenza. «Vediamo se ci fanno accedere allo *scriptorium*. Forse Jean ha lasciato delle tracce. La sera invece faremo i turisti e ci avvicineremo a vedere la cattedrale. Se poi ci avanza del tempo potremmo andare al monastero di San Miguel de Escalada».

La visita a Santa Maria del Carbajal fu deludente, nonostante l'amabilità delle monache. Non solo non restava traccia dell'antico *scriptorium*, ma non ne avevano mai neanche sentito parlare. Dovettero accontentarsi del chiostro e cercare di immaginare come avessero trascorso le settimane della convalescenza di Jean. Era lì che il monaco aveva cominciato a scrivere il libro che ora riposava nello zaino di Marta, una finestra sul passato che lei stessa aveva aperto senza valutarne le conseguenze.

Dato che era ancora presto, decisero di raggiungere San Miguel de Escalada, che si trovava a pochi minuti da León, e lasciare la cattedrale per ultima. Fu lì, proprio nel luogo in cui Jean era rimasto poco tempo, che trovarono qualcosa di inaspettato.

La prima cosa a sorprenderli fu la bellezza di quella chiesa di piccole dimensioni che coniugava diversi stili in un monumento unico, con tratti romani, visigoti, mozarabici e romanici. Ciò che più attirò l'attenzione di Marta furono i bassorilievi. Alcuni erano di origine visigota ed erano stati utilizzati nelle ricostruzioni successive integrandosi nella chiesa in modo naturale. Li decoravano non solo lettere e simboli visigoti ma, per chi fosse in grado di trovarle, anche firme raffiguranti animali o uccelli.

«Sembra quasi che i suoi costruttori ci parlino, che vogliano trasmetterci un messaggio», commentò Iñigo mentre accarezzava una delle pietre.

Un'idea si accese nella testa di Marta. Si bloccò di colpo e il pensiero si materializzò.

«E se...?», chiese a voce alta. Iñigo la guardò senza capire. «E se Jean avesse voluto lasciare un messaggio proprio nel libro?», proseguì dubbiosa.

«Che messaggio?», chiese lui scettico.

«Un messaggio su dove possa essere nascosta la reliquia. Non sarebbe logico che, una volta deciso di fuggire, si sia prima premurato di metterla in salvo? E in questo caso, quale mezzo migliore di questo libro per dirci dove?».

Iñigo sembrò valutare seriamente quell'ipotesi, ma concluse stringendosi nelle spalle.

«E perché non dichiarare apertamente, che ne so, "l'ho nascosta in un albero del sentiero, a cinquanta passi a sud e quindici a est dal muro di questa chiesa"?»

«Non scherzare», rispose Marta un po' irritata. «È una cosa importante, almeno per me. E, a quanto pare, anche per qualcuno a Roma che decide di inviare e mettere sulle nostre tracce un personaggio tanto sinistro».

«Pensavo di essere io a credere in cose che non si possono dimostrare e tu la rigorosa scienziata», rispose Iñigo senza farsi intimorire dalla reazione di Marta.

«Infatti», ribatté lei accettando la precisazione di Iñigo. «È solo un'ipotesi di lavoro. Senza prove non possiamo formulare alcuna teoria al riguardo».

Iñigo la guardò confuso.

«Se avessi prove, non sarebbe più una teoria, non è così?»

«Ma… che cosa vi insegnano in seminario?», esclamò Marta puntandosi le mani sui fianchi. «Concentrarsi un po' meno su esseri inventati e un po' di più sul metodo scientifico vi aiuterebbe a coltivare uno spirito critico. Confondi ipotesi con teorie. Un'ipotesi non è sostenuta da prove conclusive, una teoria sì, pertanto è considerata una spiegazione valida della realtà, a meno che non appaiano nuove prove a contraddirla. Certo, ora capisco il vostro problema con la teoria dell'evoluzione».

«Va bene, va bene», concesse Iñigo sorridente e con i palmi rivolti verso di lei in segno di resa. «Ne parleremo in un altro momento, ma non hai risposto alla mia domanda: perché non dirlo chiaro e tondo?».

Marta ci pensò su e dovette riconoscere che poteva aver ragione. Cercò di guardare la questione dal suo punto di vista.

«Suppongo che Jean non volesse far cadere il libro nelle mani sbagliate», ipotizzò.

«Ciò implicherebbe che possa aver lasciato delle tracce che qualcuno con le giuste informazioni potesse seguire».

A quel punto fu Iñigo a continuare il suo ragionamento e Marta sorrise nel prendere atto della relativa facilità con cui si erano adattati l'uno all'altra.

«E se fosse qualcosa di ancora meno evidente?», rispose tornando seria. «Jean nomina tutti gli *scriptoria* nei quali è passato. Potrebbe aver lasciato lì un messaggio e magari, rivedendo i libri che ha consultato, si potrebbe trovare la chiave».

«Qual è lo *scriptorium* seguente che ha visitato?», chiese Iñigo.

«Quello del monastero di Sanctus Facundus», rifletté andando a memoria. «È a Sahagún, non molto lontano da qui. L'idea era di visitarlo domani, ma potremmo cambiare piano e...».

«Ti ricordo che abbiamo lasciato le nostre cose a León», la interruppe Iñigo, sorridendo all'entusiasmo di Marta, già pronta a seguire la pista che avevano appena individuato. «Se la chiave è negli *scriptoria*», continuò, «dopo ottocento anni a prendere polvere potrà pure aspettare un giorno in più».

Marta non poté che essere d'accordo con Iñigo, per cui tornarono alla macchina, ferma nel parcheggio quasi vuoto accanto alla chiesa. Quando aprì lo sportello, Iñigo si incupì.

«Che succede?», chiese Marta mentre si allontanavano di ritorno a León.

«Niente di importante», rispose senza troppa convinzione. «È solo che ho già visto quella macchina».

«Quale macchina?»

«La Ford Fiesta blu che c'era nel parcheggio. Me la ricordo perché mio padre ne aveva una uguale e perché anche la sua targa finiva con 94».

«Forse per questo hai avuto la sensazione di averla già vista», ipotizzò Marta.

«No, ne sono sicuro», contestò testardo Iñigo. «Ora ricordo! Stamattina era parcheggiata non lontano dalla foresteria. È così, te l'assicuro».

Marta capì subito le implicazioni di ciò che Iñigo aveva appena detto.

«Stai insinuando che ci stanno seguendo? Credi si tratti di Federico?»

Marta controllò lo specchietto retrovisore, ma non sembravano avere nessuno dietro. Proseguirono fino a León, silenziosi e inquieti. Visitarono la cattedrale ma, a parte commentare le vetrate più belle mai realizzate, parlarono poco, entrambi persi nei propri pensieri. Due cose avevano fisse in mente: la visita del giorno dopo a Sahagún e il timore di essere seguiti, con tutte le conseguenze che avrebbero potuto derivarne.

Tra loro si era piazzata un'ombra.

Un chilometro più indietro, Federico mise in moto la Ford Fiesta blu con un gesto contrariato. Quel colpo di sfortuna lo costringeva a cambiare vettura. Meditò sul passo successivo. Non gli piaceva essere precipitoso, ma quella situazione non poteva prolungarsi ancora.

Era in dubbio se attenersi al piano di seguire Marta e Iñigo aspettando che portassero a termine il lavoro al posto suo o optare per una tattica più aggressiva. Pensò alla pistola Glock 9mm riposta nella valigetta. Non gli piaceva il sangue; non perché gli facesse impressione, anzi, amava l'odore e la sensazione di potere che trasmetteva, ma perché significava che il lavoro non era stato pulito. Il sangue e i cadaveri attiravano la polizia, con tutti i fastidi che ne derivavano.

All'improvviso ebbe un'idea. Marta e Iñigo erano di ritorno a León dove avrebbero visitato la cattedrale e passato la notte per poter continuare il giorno dopo verso ovest, fino a Sahagún. Calcolò mentalmente quanto gli ci sarebbe voluto per arrivare a Donostia, controllare i resti di Jean dovunque fossero e tornare a Sahagún. L'Ombra si fermò sulla banchina, tirò fuori il telefono e compose un numero. Chiese ciò che gli serviva e riattaccò. Entro mezz'ora avrebbe avuto una relazione completa sul cadavere ritrovato da Marta, con tutto quanto pubblicato in proposito e una buona parte di ciò che non era stato pubblicato. Lui e il suo informatore lavoravano insieme da anni, ma in realtà non si conoscevano. Era meglio così: efficacia e discrezione. Avviò la macchina, girò a centottanta gradi e fece rotta su Donostia. Sarebbe arrivato in poco meno di tre ore.

L'ultima luce si spense e l'edificio rimase ammantato dalla tranquilla oscurità. L'Ombra decise di aspettare una trentina di minuti in più e assicurarsi che né macchine né persone transitassero da quella parte.

Sotto al tenue bagliore di un lampione isolato, riguardò ancora una volta le informazioni che aveva ricevuto. Il cadavere rinvenuto da Marta era stato rimosso dal giudice e inviato al dipartimento di Patologia forense della città. Secondo quanto pubblicato sui giornali locali, era subito apparso chiaro che si trattasse di resti molto antichi e che non c'era alcun crimine, recente o meno, su cui indagare. Il giudice aveva deciso di inviare lo scheletro all'Aranzadi, ente scientifico locale con una sezione di Antropologia fisica dedicata, tra le altre cose, alla riesumazione di fosse comuni.

L'Ombra aveva parcheggiato davanti alla sede, situata in una zona lontana dal centro della città, in cima a una collina. Uscì dalla macchina e rimase immobile, allerta, in ascolto. Aveva scelto come varco di ingresso un punto dell'inferriata che circondava l'edificio. Nonostante il suo aspetto fisico ingannevole, lo scavalcò senza fatica. Attraversò il giardino fino a una delle porte laterali e osservò la cassetta dell'impianto di allarme della struttura. Non sarebbe stato un problema per lui. Utilizzò un inibitore per azzerarne la frequenza e, due minuti dopo, percorreva i corridoi dell'istituto fino alla porta del Dipartimento di Antropologia. Il cadavere occupava uno dei grandi tavoli del laboratorio. Lì accanto c'erano un quadernino e un registratore. L'Ombra sorrise. Doveva riconoscere che gli scienziati erano tanto attenti quanto prevedibili.

Dedicò le ore successive a leggere il dossier e ascoltare la registrazione. La relazione comprendeva una lista dettagliata degli oggetti che accompagnavano il corpo, di cui però non rimaneva traccia. La registrazione non dichiarava la possibile causa di morte, ma che si trattava di un uomo di circa venticinque anni.

Sospirò. Quel viaggio era servito solo a scartare una linea investigativa. Doveva tornare alla pista di Marta e al libro.

Riposizionò il quaderno e il registratore esattamente come li aveva trovati e ispezionò senza troppa speranza i resti di ossa e tessuti in cui si era trasformato quell'uomo. La persona incaricata dell'indagine aveva svolto il proprio lavoro in modo impeccabile e professionale. Lanciò un'ultima occhiata in giro e uscì chiudendo la porta.

Non poteva sospettare a che a pochi metri da lì, nell'ufficio del direttore, c'era una piccola busta arrivata il giorno prima che conteneva un'informazione in grado di cambiare totalmente rotta alla sua missione.

59
Anno 1199

La notte nel monastero di San Miguel de Escalada fu breve. Mi alzai depresso al pensiero delle lunghe giornate a cavallo che ci attendevano. Dopo una breve colazione appena rischiarata dall'alba, montammo nuovamente in sella e ci dirigemmo a sudest, verso la nostra nuova destinazione di Sanctus Facundus. Era un villaggio importante e, se non avessimo incontrato contrattempi, vi saremmo arrivati sul far della sera del secondo giorno.

Una tenace pioggerella ci accompagnò per tutto il tempo, per cui cavalcammo avvolti nei nostri mantelli, isolati nei nostri pensieri. Ciò non ci permise di meditare sui giorni a venire, sui miei piani o i rischi che affrontavo. La pioggia rendeva grigi i miei ragionamenti e il cavaliere nero sembrò accorgersene e si mantenne a una rispettosa distanza.

Sembrava un uomo d'onore. Diverse volte ebbi la tentazione di raccontargli tutto, ma ogni volta che quel desiderio mi assaliva, mi ritornava in mente con la spada sguainata, intento a uccidere l'abate Clement o Cedric. Sicuramente gli dispiacevano quelle morti, ma era anche un uomo con una missione. Decisi di continuare ad attenermi al mio piano.

La sera del secondo giorno, come previsto, arrivammo al ponte sul fiume Valderaduey con la muraglia di Sanctus Facundus a sorvegliare la nostra presenza. Il cavaliere nero spronò il cavallo, animandomi a imitarlo, per arrivare alle porte prima che venissero chiuse.

«Sanctus Facundus è un villaggio rinomato», riportò il cavaliere. «Grazie all'autorizzazione ottenuta da re Alfonso e al monastero che gli dà nome, sono numerosi gli artigiani che lo affollano: guasconi, normandi, tolosani e perfino lombardi».

«Dove dovremo andare quando vi arriveremo?».

Continuavo a preoccuparmi dei nostri inseguitori e cominciavo a percepire che fosse necessario concentrarmi sulla mia fuga e non farmi semplicemente trascinare. Il cavaliere nero mi guardò con attenzione, sorpreso dal mio repentino interesse.

«Ci dirigeremo al monastero che dà il nome al villaggio, dove l'abate Guillermo ci fornirà riparo, cibo e, soprattutto, informazioni. Nessuno cammina all'ombra delle sue mura senza che lo sappia. Lì avrai tempo di visitare altre pietre se anche stavolta riuscirai a trovare qualche monaco di buon cuore che ti dedichi tempo e animo», concluse con un sorriso storto.

Impiegammo un po' a superare la muraglia per via dell'abbondante numero di mercanti che lasciavano il villaggio, di ritorno alle proprie dimore. I soldati, annoiati, aspettavano il cambio della guardia e non ci prestarono la minima attenzione: eravamo solo altri due monaci di ritorno al monastero. Una volta oltrepassate le mura, salimmo per le stradine ancora affollate da gente del posto che, approfittando della serata, passavano dai negozi alle taverne e dalle case alle piazze per godersi le ultime ore prima della notte.

Quando arrivammo al monastero, il cavaliere nero fu accompagnato al cospetto dell'abate mentre un altro monaco portava a me qualcosa da mangiare e un catino. Parlammo brevemente del mio desiderio di conoscere il monastero e convenimmo che, dopo avermi lasciato il tempo di rimettermi in ordine, mi avrebbe accompagnato a visitarlo. Si mostrò orgoglioso dello *scriptorium*, dove mi trascinò per indicarmi una delle opere in cui il copista stava lavorando in quel momento. Si trattava di un *beatus*, un manoscritto antico di dimensioni ridotte in lettere caroline dalla forma regolare in marrone e nero. Il copista lavorava a una miniatura che rappresentava il settimo angelo nell'atto di vuotare la propria coppa.

«Conoscete e utilizzate l'invenzione chiamata carta?», gli chiesi.

«La pergamena è indistruttibile», contestò quasi con orrore, «e garantisce che le parole che vi sono scritte durino in eterno. I vantaggi su questa invenzione demoniaca sono tali che non dubito che la pergamena gli sopravvivrà».

In quel momento, proprio mentre si apriva la porta dello *scriptorium*, un monaco mi fece segno di seguirlo e nella mia mente cominciò a prendere forma un'idea. L'abate ci aspettava per condividere la cena. L'idea svanì così com'era venuta.

Seguii il monaco fino a una porta che si aprì con un leggero cigolio dando luogo a un'ampia stanza arredata con sole due tavolate. Una delle due, la più lontana dalla porta, era ingombra di pergamene arrotolate o distese sotto il peso di ciottoli di fiume arrotondati. Da una parte c'era un messale annerito dall'uso. Completavano il quadro un calamaio e diverse piume d'oca. Era il tavolo da lavoro di un religioso che, senza dubbio, doveva dedicare più tempo ai lavori a lui assegnati che a onorare Dio.

All'altro tavolo erano seduti il cavaliere nero e l'abate Guillermo. Un silenzio scomodo invase la stanza, come se li avessi sorpresi a parlare di me o di qualche questione che non avrebbe dovuto arrivare alle mie orecchie. L'abate fu il primo a reagire, alzandosi e avvicinandosi a braccia tese.

«Tu devi essere Jean», disse prendendomi le mani nelle sue. «Spero che i miei monaci ti abbiano riservato l'ospitalità che meriti», continuò senza aspettare la mia risposta. «Qualsiasi amico di Roger», disse indicando il cavaliere nero, «è amico mio».

Si fermò un istante. Parve incerto perché, per un attimo, negli occhi gli si accese un lampo di riconoscimento, ma si riprese in fretta. Da parte mia, io sì che lo riconobbi. L'abate Guillermo era venuto in visita a Cluny qualche anno prima e avevamo perfino avuto l'opportunità di parlare della conservazione dei libri. Rimasi impietrito a pensare che, se mi avesse riconosciuto a sua volta, tutto il mio piano sarebbe crollato. Se l'abate e il cavaliere nero avessero scoperto chi ero in realtà, sarei stato perduto: sarei diventato loro nemico e mi avrebbero privato della reliquia senza il minimo dubbio. Mi avrebbero ucciso.

L'abate fece un gesto, come cercando di scansare un pensiero che non riusciva a mettere a fuoco.

«Avvicinati al tavolo, ti stavamo aspettando», disse con un sorriso amabile. «Perdona il mio momento di incertezza, ma ho la netta sensazione di conoscerti, di averti già incontrato, forse molto tempo fa».

Mi rivolse un'occhiata penetrante, nella quale ancora si intravedeva lo sforzo di memoria.

«Temo di non potervi aiutare», risposi cercando di nascondere l'evidente tremore alle mani. «La mia memoria vaga perduta nel mare del tempo».

L'abate annuì pensieroso. Non sembrava tuttavia un uomo disposto a lasciare cadere il discorso. Sedemmo intorno al tavolo e il cavaliere nero mi sorrise.

«Stavamo parlando di dove siamo diretti», disse. «Guillermo ci consiglia di passare per Carrión prima di andare a Fromista, ma credo che quel sentiero sia sorvegliato».

Un brivido mi percorse il corpo per intero al ricordo delle torture sofferte nel vicino monastero di San Juan.

«Io propongo di deviare a sud», continuò il cavaliere nero, «fino a Ciniseros e, più avanti, attraversare il fiume Carrión e tornare verso nord fino a raggiungere Fromista. Tu che ne pensi?».

Mi risultò strano che il cavaliere nero mi consultasse e, anche se gliene fui grato in silenzio, il suo cambio di atteggiamento mi fece riflettere. Che motivo aveva ora di coinvolgermi?

«Non conosco alcuno dei due sentieri... o forse uno dei due», mi corressi dopo averci pensato meglio. «Dell'altro non ho molti ricordi. Avrei piacere di passare per Villalcázar e rivedere Thomas», aggiunsi con un sorriso affettuoso, «ma non credo sia una buona idea, non voglio causargli altri problemi».

«Allora andremo a sud e, una volta a Fromista, riprenderemo il cammino verso est», decretò il cavaliere nero.

«Rammentatevi di evitare i monasteri templari», intervenne l'abate, «e quelli dell'ordine cistercense. Qui, qui e qui», aggiunse indicando i punti su una mappa. «In particolare il monastero di Sant'Antonio a Castrojeriz e quello di Irache a Estella».

«Grazie dei consigli, Guillermo», disse il cavaliere nero alzandosi. «Ci saranno di grande aiuto».

«Invierò alcuni monaci a preparare il terreno. Vi lasceranno segnali lungo il cammino affinché abbiate la certezza di trovarvi in una zona sicura. Fromista ricade sotto la giurisdizione del nostro Ordine. Vi stanno aspettando».

60
Anno 33

La Sicilia si presentò caotica e affollata di mercanti e soldati. La vicinanza di Roma trasformava l'isola in uno strategico avamposto difensivo. Varie triremi e quadriremi sembravano già pronte a partire non appena i comandanti lo avessero ritenuto necessario.

El Alcahaba sembrava un guscio di noce in confronto alle maestose navi da guerra romane e rimase ormeggiata al molo destinato ai mercanti. Avrebbero sostato due giorni nel porto, per poi continuare verso Cartago Nova e lì scambiare, con il rame e l'argento delle immense miniere ispaniche, le sete e le spezie trasportate attraverso il Mediterraneo dalla lontana Asia.

Giacomo e i suoi compagni rimasero un po' intimiditi dall'usanza della gente del luogo di gesticolare mentre parlava, un'abitudine che li lasciava interdetti e divertiti. Teodosio si affannava a imitarli con grande successo.

La notte prima si erano separati da Adonai con profonda commozione.

«Siete silenziosi», disse Giacomo rivolgendosi ai tre dopo che avevano finito di cenare.

In diverse occasioni li aveva sorpresi a bisbigliare alle sue spalle, ma aveva deciso di non darvi troppa importanza. Aveva già imparato a convivere con le loro stranezze e i tre avevano instaurato un legame di amicizia al quale Giacomo rimaneva estraneo. La reliquia, o il potere che emanava, pareva proprio rappresentare un muro invalicabile.

«È colpa mia», aveva spiegato Adonai in tono serio ma stranamente apatico. «Mi mancherete, siete stati fedeli compagni di viaggio».

Attanasio e Teodosio rimasero in silenzio, perfino quando si separarono per andare a dormire. Giacomo gli diede un addio commosso, eppure notò in Adonai un certo grado di freddezza. Alla fine, andò a dormire convinto che fosse arrivato il momento di tornare indietro e affrontare la realtà, senza più fuggire come aveva fatto negli ultimi mesi.

La mattina gli riservò di nuovo delle sorprese. Non era ancora sorto il sole quando sentì una mano tappargli la bocca. Si agitò per divincolarsi, salvo scoprire che era Attanasio che cercava di svegliarlo senza far rumore. A quel punto, gli comunicò con lo sguardo che aveva capito le sue intenzioni.

«Che succede, Attanasio?», chiese quando ebbe la possibilità di parlare.

«Problemi, Giacomo», gli sussurrò. «Il capitano Hyrum e i suoi seguaci hanno ricominciato a darci la caccia. Sanno che alloggiamo qui e aspettano la mattina per cercare di rubarci la reliquia. La nostra unica opportunità, ancora una volta, è fuggire finché siamo in tempo».

Giacomo notò in lui qualcosa di strano, ma non seppe determinare cosa. Attanasio chinò il capo come se gli costasse fatica guardarlo negli occhi, ma Giacomo dedusse che fosse tensione o paura, o forse solo la sua immaginazione.

«Ma...», balbettò, «non potremmo...».

«Non c'è tempo da perdere», li interruppe Teodosio che sembrava molto nervoso. «Abbiamo già radunato tutto ciò ci serve, dobbiamo partire subito».

Afflitto e senza capire nulla, Giacomo si alzò e seguì i suoi compagni. "Ancora una volta ci troviamo a fuggire di notte come ladri", pensò impotente. Lo avviliva la manifesta incapacità che avevano dimostrato sia di tornare a Gerusalemme che sfuggire ai loro nemici. Si lasciò guidare fuori dalla locanda e attraverso il porto.

El Alcahaba era la loro migliore opportunità; trovare un'altra imbarcazione che li portasse via dall'isola avrebbe potuto richiedere un lasso di tempo che non avevano. Com'era possibile che i loro persecutori avessero ritrovato le loro tracce individuandoli tanto in fretta? Si augurò di cuore che non avessero ottenuto le informazioni a danno di Amiel. Evidentemente, mentre loro perdevano tempo fermandosi in tutti i porti del Nordafrica, quelli che li inseguivano avevano trovato un'imbarcazione che li aveva portati lì in modo più diretto.

Giacomo meditò su cosa avrebbe comportato accompagnare Adonai fino a Cartago Nova. Era fin troppo facile fuggire dai problemi e prendere le distanze da quella responsabilità non richiesta. Intanto arrivarono rapidamente alla Alcahaba, dove li attendevano Adonai e il capitano. Con grande precisione, come se fosse già tutto organizzato fin dal principio, abbandonarono il porto e salparono per il mare aperto, appena prima della comparsa del sole all'orizzonte. Quella sera stessa, prima di cena, si riunirono tutti e quattro a poppa.

«C'è qualcosa che mi sfugge», rifletté Giacomo a voce alta. «Come hanno fatto a raggiungerci tanto in fretta se non avevano a disposizione alcun mezzo per partire da Bengasi? Non credo che per quel porto passino molte navi di così grandi dimensioni e la città più vicina è a una discreta distanza».

Attanasio e Teodosio si guardarono a disagio. Quindi, all'occhiata interrogativa di Teodosio, Attanasio assentì dandogli il permesso di parlare.

«Dobbiamo confessarti una cosa, Giacomo», cominciò Teodosio. Giacomo guardò Attanasio, a capo chino per la vergogna. «Non c'è nessuno che ci insegue», continuò Teodosio confermando il sospetto che già gli si era affacciato nella mente. «Abbiamo organizzato tutto noi tre per impedirti di tornare a Gerusalemme».

«Ma…!», esclamò Giacomo. «Con quale diritto!».

«Lasciaci parlare, Giacomo», intervenne Attanasio. «Non crediamo sia questo il momento di tornare. Dobbiamo aspettare che si calmino le acque e che smettano di darci la caccia. Hispania è un buon posto, Pietro non ci cercherà così lontano ed è probabile che gli arrivino notizie del nostro naufragio».

«Se anche fosse così», rispose Giacomo con uno sguardo duro fisso su entrambi, «non avevate diritto di prendere questa decisione senza consultarmi. Se Gesù mi ha affidato la reliquia, dovrebbe stare a me decidere sul suo futuro e il mio».

Giacomo non prese bene il modo di agire Attanasio e Teodosio. Avevano confabulato alle sue spalle per ingannarlo e lo avevano trascinato via contro la sua volontà. Entrambi rimasero in silenzio e, arrossendo, abbassarono gli occhi a terra. Solo Adonai conservava un'espressione serena.

«Non è colpa loro», disse infine. «Li ho convinti io a ingannarti perché poteste accompagnarmi a Cartago Nova. Non sei ancora pronto per tornare».

«Bene», disse Giacomo quando si fu calmato. «A partire da ora, solo io deciderò il mio destino. Potete consigliarmi secondo il vostro volere e decidere se venire con me o no. Non vi obbligherò ad accettare questo incarico, pur apprezzando profondamente quello che avete fatto, ma ora basta con i complotti, i segreti e le confessioni. Altrimenti significherà che è arrivato il momento di separarci: voi prenderete la vostra strada, io la mia».

Giacomo si alzò e, senza attendere risposta, si diresse a tribordo. Si immerse nei propri pensieri, riconoscendo che i suoi amici erano uomini affezionati che si preoccupava per lui. Scansò dalla mente quelle considerazioni e cercò di concentrarsi sul futuro. Hispania era la prossima tappa del suo viaggio e doveva pensare a cosa fare una volta arrivato. Anche se il cuore ancora lo spronava a rientrare a Gerusalemme, alcune sere prima gli era tornato in mente l'uccello inseguito dai falchi del sogno che lo aveva accompagnato durante la notte nelle terre desertiche di Bet Shemesh, solo qualche settimana prima. Era convinto che quel piccolo uccello rappresentasse sé stesso in fuga dai suoi nemici e voleva, anzi no, doveva scoprire cosa o chi era quell'albero solitario che gli aveva dato rifugio ai confini del mondo.

Hispania.

Allora decise: doveva raggiungere il luogo in cui finiva la terra e cercare quell'albero. Percepiva che era necessario trovarlo prima di tornare e affrontare il suo destino. Lo sorprese la sua risolutezza. Aveva preso una decisione, forse la prima di molte. Senza dubbio, avrebbe colto di sorpresa i suoi amici.

Decise di tenere segreta la propria decisione e, dopo la discussione che avevano avuto, la situazione e la confidenza, anche con Adonai, tornarono alla normalità, sempre che il lavoro sulla barca lo permettesse.

La navigazione fu tranquilla e avanzarono con rapidità. L'aspettativa dell'arrivo a Cartago Nova sembrava ancora lontana, ma il misterioso nome di Hispania eccitava l'immaginazione di tutti e quella di Teodosio in particolar modo.

«Mi hanno detto», raccontò, «che in Hispania gli uomini sono tanto fieri e agguerriti che uccidono a mani nude tori di più di mille e seicento libbre».

Gli altri sorrisero a quelle storie, ben comprendendo che i marinai si prendevano facilmente gioco di Teodosio con loro burle. Nessuno di loro aveva mai messo piede su quella terra, era quindi impossibile che potessero riportare tali assurde imprese che invece Teodosio accettava per vere.

Alla sera del quarantottesimo giorno di navigazione, dopo una fugace sosta a Portus Magonis, la vedetta segnalò quello che tutti aspettavano da settimane: la città di Cartago Nova si mostrava davanti a loro come una tenue linea costiera, a un giorno di viaggio. La notte prima dello sbarco, fu Adonai a dar voce a ciò che tutti pensavano già da alcuni giorni.

«Che faremo in seguito?», chiese con aria meditabonda.

Giacomo decise che era un buon momento per illustrare apertamente i propri piani.

«Ci dirigeremo a ovest, amico Adonai. Andremo fino ai confini della terraferma, lì guarderemo il mare e aspetteremo».

Detto ciò, andò a sedersi alla prua dell'imbarcazione riflettendo sui futuri passi da compiere, sotto gli occhi stupiti dei compagni alle sue spalle. Si sentiva tranquillo; per la prima volta da quando erano usciti da Gerusalemme prendeva da solo le proprie decisioni. Non era certo Gesù, ma alla fine comprendeva la responsabilità che questi gli aveva affidato, vale a dire di affidarsi al proprio istinto.

Il capitano gridava gli ordini dalla coperta mentre la barca scivolava soave verso il proprio ormeggio al porto.

Giacomo non aveva mai visitato una città tanto affollata di soldati romani. Hispania era stata una delle ultime terre a essere conquistata da Roma dopo la caduta di Cartagine. Aveva resistito per quasi due secoli. Le tribù del Nord della penisola aveva affrontato le legioni romane in una lunghissima guerra. Il possesso del territorio dipendeva in gran parte dall'impressionante spiegamento militare romano, così come dalle sue alleanze con le dozzine di piccoli sovrani iberici che governavano ogni regione.

«Cosa ti preoccupa, Adonai?», chiese Giacomo.

Si era accorto infatti che il giovane osservava pensieroso il porto mentre attraccavano, così non aveva partecipato alle operazioni di ormeggio e si era avvicinato interrompendo le sue riflessioni.

«Sono triste per voialtri», rispose Adonai inchiodando Giacomo con uno sguardo intenso. «Tra poco partirete per l'ovest e mi lascerete qui. Siete stati dei buoni compagni di viaggio, mi mancherete».

«Adonai, amico mio», cominciò Giacomo mettendogli una mano sulla spalla, «sei stato il miglior compagno che potessimo desiderare. Ma non voglio parlare al passato, ti sarei molto riconoscente se volessi accompagnarci nel nostro viaggio».

Gli occhi di Adonai si illuminarono a quelle parole. Coprì la mano di Giacomo con la sua e rispose.

«Sono un vagabondo e non ho ancora trovato nulla che dia un senso alla mia esistenza. Tu invece hai una missione. Se mi accettate con voi, forse avrò l'opportunità di dare un significato alla mia vita. Vi accompagnerò».

Attanasio e Teodosio, che osservavano la scena con discrezione, proruppero in ovazioni con grande sorpresa del resto dell'equipaggio e di alcuni marinai che camminavano sul molo ormai vicino. Fu così che i quattro si congedarono dal capitano della barca e dal resto della ciurma che li aveva accolti così bene.

Quella settimana stessa, attraversarono la città presi da grande stupore di fronte a una realtà tanto differente da quella cui erano abituati, in cui elementi romani e fenici convivevano armoniosamente con l'insofferenza degli orgogliosi iberici, abitanti di quella zona di Hispania. Cartago Nova era una città privilegiata; la collocazione strategica del suo porto mercantile, insieme alla vicinanza alle miniere d'argento ne facevano una zona ricca, ora che era arrivata la stabilità portata dall'Impero.

I quattro decisero di camminare approfittando della luce del sole per allontanarsi dalla città e mettersi in cerca di qualche locanda nei dintorni in cui alloggiare. Il capitano dell'Alcahaba aveva insistito a pagarli per il lavoro svolto, per cui, per la prima volta dalla loro folle fuga, disponevano di una piccola somma di denaro che li avrebbe facilitati nel raggiungere la propria destinazione, sempre che non ci fossero stati contrattempi e fossero sfuggiti alle aggressioni di cui, secondo quanto avevano appreso, erano spesso vittime i viandanti in quelle terre immense.

61
Anno 2019

La porta si aprì in silenzio e l'essenza di legno antico e vecchi libri saturò il corridoio. A quell'odore Marta si sentì trasportata nelle biblioteche che tante volte aveva frequentato. Dall'altra parte, li aspettava un sacerdote in abito talare ed espressione diffidente, quasi fosca. Stavolta, però, erano preparati.

«Frate Gonzalo», salutò Iñigo con una serietà che la fece quasi sorridere. «Sono don Iñigo, parroco di Puente la Reina. Abbiamo parlato ieri per telefono».

«Richiesta molto insolita la tua», tagliò corto frate Gonzalo senza invitarli a entrare.

«Lo so, fratello», rispose Iñigo con una mansuetudine che Marta non avrebbe mai immaginato. «E posso solo esserti grato per la tua amabile disponibilità, tenendo conto del poco preavviso con il quale abbiamo richiesto il tuo inestimabile aiuto».

Le sviolinate di Iñigo parvero sciogliere il gelo di frate Gonzalo. Il suo atteggiamento si rilassò e la voce assunse un tono paterno, come se parlasse con un fratello giovane e inesperto da istruire con pazienza.

«Non è solo il poco tempo, figliolo. Esistono delle formalità per queste cose».

Marta osservava attonita la scena. Ogni mondo aveva le proprie regole e, nel suo ambiente, Iñigo sembrava proprio dominarle.

«Le sbrigherò anche subito, se lo riterrai opportuno», rispose umilmente. «Mentre lasciamo che Marta, una mia buona amica di famiglia, individui e studi l'opera in questione».

«Individuarla non è un problema», rispose frate Gonzalo che ora sembrava più ben disposto nei loro confronti. «Sono poche quelle del XII secolo che furono copiate qui. Se ne contano appena mezza dozzina».

«Questa in particolare è un codice scritto su pergamena di piccole dimensioni», si azzardò a intervenire Marta.

Frate Gonzalo la guardò come si guarda un bambino che ha interrotto una conversazione tra adulti.

«So di quale codice parla», ribatté piccato. «Si tratta del *Beato Corsini* ed è uno dei nove esemplari ancora esistenti».

«E sarebbe possibile studiarlo?». Nel suo entusiasmo Marta aveva scavalcato totalmente Iñigo che con un'occhiata la ammonì a restare in disparte.

«Senza dubbio», rispose frate Gonzalo. «L'originale è accessibile a tutti gli studiosi accreditati presso Palazzo Corsini a Roma».

«Ah!», esclamò Marta delusa.

«Però», riprese con un certo orgoglio, «disponiamo di un facsimile nella nostra biblioteca. Se mi seguite, ve lo mostrerò».

La maggior parte della giornata fu quindi dedicata allo studio della copia del codice. Presto furono in grado di appurare che si trattava proprio dell'esemplare menzionato da Jean. Seduti nella biblioteca del monastero, scorsero ogni pagina, interpretarono ogni singola parola, cercarono ogni dettaglio che attirasse la loro attenzione, registrarono ogni segno che potesse indicare una pista, prestando particolare attenzione alla miniatura del settimo angelo nell'atto di svuotare la propria coppa. Al calar della sera, sfiniti, lasciarono il monastero, con l'animo abbattuto e gli occhi arrossati dallo sforzo.

«Magari ci sbagliamo», decretò Iñigo. «Jean è stato qui solo di passaggio, forse per un tempo insufficiente ad avere accesso al codice, figuriamoci a lasciarci dentro un messaggio».

«Suppongo che tu abbia ragione, ma non resisto alla tentazione di visitare lo *scriptorium* di Silos. Forse lì avremo più fortuna».

Iñigo assentì senza mostrare troppo entusiasmo.

«Dovremo farlo domani, però», rispose con un gesto dispiaciuto. «Silos è a quasi due ore da qui. E poi suppongo che lungo la strada ne avremo di cose da visitare».

«In realtà non tante», lo corresse Marta cercando di fare mente locale. «Jean ripassò per Fromista e Las Huelgas, dove siamo già stati. Domani potremmo saltarli e fare un rapido giro per gli altri luoghi in cui ha sostato».

Iñigo sorrise al suo ingenuo entusiasmo.

«Agli ordini!», esclamò con un finto saluto militare.

«Piantala!», ribatté Marta dandogli un pugnetto sulla spalla. «Meno battute e più ricerche di qualche posto dove mangiare e dormire».

Cenarono in un ristorantino di Sahagún scambiando poche parole, forse per la stanchezza accumulata in biblioteca. Mentre prendevano il caffè, Iñigo ruppe il silenzio.

«Posso farti una domanda?».

Marta si meravigliò del tono serio adottato in modo tanto repentino.

«Sì, certo», rispose titubante, «anche se quando qualcuno comincia così una conversazione di solito è perché la domanda non ha una risposta semplice».

Iñigo le rivolse un sorriso rassicurante che però si spense subito.

«Quando una persona come te», si fermò un attimo per cercare la parola più appropriata, «atea, voglio dire, ha bisogno di risposte, dove le cerca se non ha un Dio a cui ricorrere?».

Marta non era preparata a quella domanda, per cui dovette rifletterci e riordinare le idee.

«Nel mio caso, mi rivolgo a un amico o a una persona vicina. Altre volte a me stessa».

«A te stessa?», si sorprese lui.

«Quando ricorri al tuo specchio, quello che conservi in tasca», aggiunse Marta con un sorriso indisponente, «in realtà stai chiedendo a te stesso come procedere. Quando parli con Dio usi come scusa quello che presumibilmente dice un altro per eludere la responsabilità delle tue decisioni».

«Se però tutti basassimo le nostre decisioni sul desiderio personale, il mondo sarebbe un caos».

«Noi esseri umani dovremmo poter basare le nostre decisioni su accordi presi liberamente senza che intervenga nessuna invenzione divina».

Iñigo la guardò con un certo scetticismo, come se il suo commento fosse basato su un'ingenuità infantile.

«E se anche lo facessimo?», insistette. «Io credo che quando non c'è un Dio che impone regole, il mondo diventa crudele e spietato. È il motivo per cui Dio ci ha consegnato la Bibbia».

«Sul serio?», rispose Marta a bocca aperta. «Credi che la Bibbia sia un esempio di insegnamento etico?»

«Perché, tu no? È la cosa più etica che sia mai stata scritta».

Iñigo parlava con convinzione, per lui era una realtà inconfutabile.

«Certo che no», rispose Marta a un Iñigo scandalizzato. «Tu stesso hai ammesso che il tuo personale criterio etico è il migliore. E mi fa piacere, perché il tuo libro tollera la schiavitù, condanna a morte l'omosessualità e alla tortura eterna chi non crede. Neanche ai meticci si permette di arrivare al regno di Dio».

Iñigo negò testardamente con la testa.

«Tutto questo però devi comprenderlo all'interno del contesto storico in cui fu scritto; va interpretato».

«Mi piacerebbe che mi spiegassi in che contesto si potrebbe tollerare che qualcuno possa essere torturato fino alla morte. Credi davvero che sia percorribile una cosa del genere?»

«Ma no, certo», rispose senza ombra di dubbio.

«Perché il tuo criterio etico personale è migliore. Non ti serve la Bibbia per sapere come comportarti. Se cerchi un libro con alcuni criteri etici inattaccabili, non dovresti cercarli in quelli religiosi. Dovresti leggere la Dichiarazione universale dei diritti umani, un accordo preso in totale libertà».

«Voi atei siete sempre molto incisivi...».

A Marta parve che il commento lasciasse trasparire una certa condiscendenza. Rispose di scatto.

«Non sempre ci è stato possibile esserlo. C'è stato un tempo in cui ci bruciavano sul rogo».

«Anche milioni di credenti sono morti per mano di non credenti», ribatté Iñigo.

«Certo», gli diede ragione Marta. «Quando qualcuno cerca di imporre le proprie idee o di punire gli altri perché non le condividono, si finisce sempre per far morire degli innocenti».

«Meno male che noi due non siamo così», concluse Iñigo sorridendo di nuovo.

Quel cambio di umore la fece sorridere. Si accorse che aveva quell'effetto su di lei: strapparle un sorriso anche nelle discussioni più serie.

«Infatti», convenne Marta più rilassata. «Ma credo che sia ora di tornare in albergo. Domani ci aspetta un'altra lunga giornata».

62
Anno 1199

Un rilievo collinare disseminato di lecci e querce, finocchio e verbasco, asfodelo e draba ci condusse a sudest attraverso piccole ville dedicate all'agricoltura. Carretti tirati da muli o direttamente dagli agricoltori meno abbienti trasportavano verdure, ortaggi e grano al mercato di Sahagún.

Il cavaliere nero rimase a margine del sentiero in diverse occasioni per raccogliere alcune piante medicinali che poi conservava gelosamente nella sua bisaccia. Di tanto in tanto scendeva da cavallo e mi mostrava ciò che aveva trovato per poi dilungarsi in spiegazioni su ognuna di esse. Fu una delle poche volte in cui lo vidi fare qualcosa con piacere.

«Guarda, Jean! Questa pianta è molto utile per purificare il sangue e calmare il dolore delle punture di vespe e api. Da queste parti è conosciuta come acetosella, ma più a est – stese il braccio in quella direzione – la chiamano agretta, al Nordest melagra e nella terra dei vasconi *leka-belar*. Deliziosa per una buona zuppa. Quella lì invece si chiama "borsa del pastore", molto utile per le emorragie e le grandi perdite di sangue, ma anche per curare il mal di stomaco», aggiunse sorridendo.

Durante quelle dissertazioni, il cavaliere nero perdeva la sua aura di mistero e diventava un giovane normale che si godeva la vita libera, ridendo perfino di piccole cose che incontravamo sul cammino, come il rossore delle giovani contadine che sicuramente lo trovavano attraente o il gorgheggio di fratini e tordi nascosti ai lati del sentiero.

Attraversammo vari paesi come Grajal, Cinisarios o Paredes de Nava, dove ci fermammo nella chiesa intitolata a santa Eulalia, che ci impressionò per le sue dimensioni. Poco dopo arrivammo al monastero di Santa Cruz de la Zarza, occupato da monaci dell'ordine premostratense sotto la protezione di re Alfonso VIII.

Mentre il cavaliere nero si preoccupava di raccogliere informazioni, io mi diressi alla sala capitolare dalle semplici volte cruciformi sostenute da quattro colonne centrali, cilindriche e a fusto liscio. Apprezzai il delicato lavoro di muratura realizzato evidentemente solo pochi anni prima del nostro arrivo, a giudicare dalla pietra ancora pulita, come appena uscita dalla lavorazione. Sui capitelli prevalevano temi di piante e animali. Uno in particolare mi sorprese perché rappresentava due cavalieri, con elmo e lancia, che si battevano in singolar tenzone; mi attirò la somiglianza di uno dei due con il cavaliere nero e mi chiesi se non fosse stato proprio lui il modello utilizzato. La bravura dell'artista era riuscita a far sì che le figure sembrassero vive. Come ero solito fare, percorsi ogni curva della pietra con le mani.

Mi si avvicinò un monaco e quando feci per parlargli mi anticipò: «Mi hanno mandato a cercarti per offrirti di mangiare con noi», mi spicgò con un sorriso amichevole. «Sembra che oggi sarete nostri ospiti».

«Molte grazie per l'offerta, ma credo di aver capito che partiremo tra poco», risposi stringendomi nelle spalle.

«Ah! Devono avermi informato male». Il monaco fece il gesto di allontanarsi, ma ci ripensò. «Tuttavia partirete tardi e difficilmente potrete trovare rifugio prima di sera».

Sembrava preoccupato e il suo interessamento risvegliò la mia simpatia.

«Ci dirigiamo a Fromista», risposi, «dove ci aspetteranno anche se arriveremo tardi».

A quel punto sul volto del monaco si disegnò un sorriso e subito fui assalito dalla sensazione che le sue intenzioni non fossero proprio benevole come voleva dare a vedere.

«Buon cammino, allora», aggiunse. «Che il volere di nostro Signore sia di farvi tornare un giorno o l'altro con più tempo per far visita al nostro umile monastero».

In quel preciso momento, all'altro angolo del chiostro, apparve il cavaliere nero che mi cercò con lo sguardo. Era serio e mi fece il gesto di avvicinarmi a lui.

«Jean, dobbiamo partire subito». Quando mi vide in compagnia del monaco, cambiò il tono urgente con uno più leggero. «Andremo a sud», proseguì.

A quel punto il monaco si ritirò e io guardai il cavaliere prima di interrogarlo.

«Perché hai detto che andiamo a sud se Fromista è a nord?», chiesi senza capire.

«Perché non dobbiamo dare informazioni a nessuno, per quando amichevoli possano sembrare. Questo è un mondo pericoloso. Non dobbiamo dare per scontato che qualcuno ci sia amico, anche se così volesse farci credere. L'abate mi ha assillato con domande sulla nostra destinazione ben oltre quello che la buona creanza considera ragionevole. Non sappiamo a chi potrebbe o vorrebbe rivelare la nostra destinazione».

Deglutii nel comprendere l'errore che avevo appena commesso. Guardai il cavaliere come a chiedergli scusa.

«Ho molto timore che questa informazione gli sia già arrivata alle orecchie. Sicuramente sono stato poco discreto con il monaco che mi ha accolto tanto amabilmente», dissi roso dal senso di colpa.

«Credi forse che siamo in viaggio per andare a trovare la tua anziana madre? Riesci a capire che ci metti in pericolo con le tue indiscrezioni?», esclamò con il volto alterato.

Non lo avevo mai visto così arrabbiato e retrocedetti inconsciamente davanti a lui. Quando però lesse la paura nei miei occhi, si ricompose.

«Va bene, forse non è poi tanto importante», dichiarò. «Forse l'abate stava solo mostrando un eccesso di curiosità e la tua imprudenza non ci porterà alcuna conseguenza nefasta», concluse recuperando la calma man mano che parlava.

Riprendemmo il viaggio in silenzio. Lo scatto d'ira del cavaliere, per quanto giustificato, mi aveva infastidito. Non riuscivo a dimenticare il sorriso del monaco quando lo avevo informato della nostra destinazione. Quel ghigno ora mi pareva subdolo e pericoloso.

Mentre avanzavamo verso nord con la mente a Fromista, l'informazione da me fornita al monaco mise in moto un meccanismo incontrollato. Quando smontammo da cavallo davanti alle porte della graziosa chiesa di san Martín, a diverse ore di cammino, diversi uomini montavano a cavallo e si mettevano in marcia senza posa. In testa a tutti cavalcava l'abate Guy Paré.

63
Anno 2019

Anche l'Ombra era un essere umano. La stanchezza lo fiaccava nel corpo così, dopo aver dormito qualche ora sul sedile dalla macchina, aveva ripreso di malumore il viaggio di ritorno a León.

Alle prime ore del mattino si era diretto in un autonoleggio dove aveva cambiato la Ford Fiesta con un veicolo nuovo che si augurò riuscisse a passare inosservato. Quindi aveva localizzato l'auto di Marta nel parcheggio del monastero di san Facundo y Primitivo di Sahagún e trascorso l'intera giornata in paziente attesa. Aveva mangiato male, sentiva tutti i muscoli indolenziti dalle lunghe ore di veglia sul sedile anteriore, puzzava di sudore e aveva bisogno di una doccia almeno quanto di un letto per riposare.

Come se non bastasse, aveva dovuto sopportare le rilassate chiacchiere che si godevano Marta e Iñigo durante la cena, totalmente ignari della sua attesa. «Bene», si disse, «mi vendicherò». Decise di non trattenersi oltre: se l'opportunità non si fosse presentata da sola, l'avrebbe creata lui. Doveva avere quel libro, unica pista per trovare l'oggetto che lo avrebbe reso ricco e potente.

64
Anno 1199

La chiesa di San Martín fu indubbiamente la più bella che avessi mai contemplato. Nonostante ci fossi passato appena una settimana prima, mi provocò nuovamente una sensazione di sbalordimento. La robusta pietra sembrava appesa alla volta celeste e la vista delle innumerevoli maschere, i capitelli decorati e la bellezza dell'insieme mi estraniò dal mondo fino a farmi dimenticare l'abate Guy Paré, i monaci bianchi e la persecuzione di cui ero oggetto. Vagai accarezzando ogni dettaglio e ogni firma di muratore che incontravo. Una in particolar modo attirò la mia attenzione: si trattava di un piccolo cerchio inserito in un quadrato posto appena al di sotto di un capitello raffigurante una figura mitologica dal fiero aspetto.

Il nostro arrivo così ritardato mi costrinse ad accorciare il tempo dedicato alla mia visita. Il cavaliere nero, sempre di corsa, venne a dirmi che ci saremmo svegliati prima dell'aurora per partire alle prime luci dell'alba. Non mi azzardai a protestare temendo un altro scatto d'ira e, dopo aver condiviso una cena frugale, mi distesi sul paglericcio e mi addormentai subito.

Il risveglio fu molto meno placido. La porta della mia cella si spalancò con violenza e un'ombra scura mi incombeva addosso. Non riuscii a capire se ero davvero sveglio o se un incubo si fosse impadronito del mio sonno. Cercai di mettere a fuoco. Il viso era quello di Cedric, il mio torturatore, ma nel vano della porta vidi anche un'altra figura incongruente, un monaco bianco, ieratico, che mi osservava. L'immagine di Cedric cambiò di colpo, la mente si schiarì e già la sottile linea tra il sonno e la veglia cominciò a svanire lasciando il posto alla figura del cavaliere nero. Mi guardava con un misto di ansia e preoccupazione.

«Svegliati, Jean!», mi ordinò indicando un monaco bianco. «Chi ci insegue ci sta addosso con una folta schiera di uomini a cavallo. Solo la prontezza del nostro amico ci ha salvato dal disastro».

Uscimmo in fretta e furia dalla cella diretti alla stalla. I nostri cavalli ci attendevano già sellati, tenuti dalle redini da due frati del monastero. I loro volti erano il ritratto del terrore, dopo la sveglia precipitosa imposta da un monaco bianco che doveva essergli parso un messo dell'Averno.

Montammo rapidamente in sella a partimmo al galoppo. Riuscivo ancora a vedere i monaci ritirarsi spaventati nelle loro celle e il monaco bianco sguainare la spada, impassibile e solitario, in attesa dell'arrivo dei nostri nemici.

Dopo una notte da incubo, a ripercorrere sentieri oscuri, incrociando paeselli le cui finestre ci contemplavano come orbite vuote, il cavaliere nero decise di fermarci a riposare.

Erano finiti gli allegri giorni di sole, con i cavalli al passo. Nelle giornate che ci attendevano ci saremmo nascosti dall'alba al tramonto e avremmo cavalcato a tentoni, lontano dai sentieri più battuti.

La diffidenza del cavaliere nero si tramutò in ossessione.

Di tanto in tanto, alle prime luci del giorno o sul far della sera, ci avvicinavamo al cammino principale che conduceva a est. Mentre io rimanevo nascosto tra i cespugli, il cavaliere raggiungeva il sentiero in cerca di tracce dei nostri inseguitori. Al suo ritorno era sempre taciturno e chiuso in sé stesso. Rispondeva alle mie domande a monosillabi, se non direttamente a grugniti. Quindi tornavamo nel folto del bosco o per attraversarlo, peraltro con grosse difficoltà, o per cercare un luogo dove dormire avvolti nei nostri mantelli mentre il sole splendeva alto.

E così, muovendoci come formiche su un prato immenso, ci avvicinavamo al villaggio di Burgos. Lì, il cavaliere nero decise di arrischiarsi, forse facendo caso ad alcuni segnali lasciati da qualche monaco bianco o forse fidandosi del proprio intuito.

La notte del quarto giorno dalla nostra partenza da Fromista, arrivammo alla soglia dell'abbazia di Las Huelgas, da dove, appena poche settimane prima, insieme ai muratori eravamo stati sloggiati dalla badessa. Il ricordo di quella notte sfortunata si mescolò a quello di Thomas, colmandomi il cuore di malinconia.

Con mia grande sorpresa, l'accoglienza fu molto diversa da quella che ebbi con i muratori. Venni presentato come un compagno di viaggio del cavaliere nero, ma la badessa non mi prestò più attenzione del dovuto per non apparire volgare. Le sue labbra, serrate come le pagine di un libro chiuso, si aprirono come un fiore in primavera quando si rivolse al cavaliere nero che sorrideva divertito dalla situazione. Senza dubbio si conoscevano da prima e la conversazione si prolungò come se la badessa non volesse separarsi da lui. Nel rendersi però conto che la situazione stava diventando imbarazzante e che le consorelle cominciavano a mormorare e ridacchiare, cambiò bruscamente atteggiamento. Cominciò a impartire ordini a destra e a manca che le monache corsero intimorite a eseguire.

Fummo quindi accompagnati in alcuni alloggi che mi parvero un palazzo reale in confronto a quelli di cui avevo usufruito durante la mia ultima visita al monastero. Disponevamo ognuno della nostra camera, dove i camini furono accesi con grande solerzia. Quella del cavaliere nero era più lussuosa della mia e approfittai del primo momento di intimità per farglielo notare.

«Forse stanotte riceverai perfino una visita inaspettata», lo provocai con malizia.

«Inaspettata?», mi rispose con un sorriso ironico e un gesto distratto. «Ti racconterò la storia. La badessa è un'amica di famiglia di vecchia data. I nostri genitori combinarono il nostro matrimonio quando eravamo ancora in fasce, ma non rientrava certo nei miei piani consumarmi tra le mani di quella donna. Decisi così di mettermi al servizio del conte di Toulouse. All'inizio lei mi aspettò, nonostante le avessi esposto più che chiaramente le mie intenzioni. Forse confidava che un intervento di mio padre mi facesse cambiare idea», osservò con un'alzata di spalle. «Solo un anno fa sono venuto a sapere che la sua famiglia l'ha inviata qui. Suppongo sia una manovra per proteggere il suo onore fin quando non deciderò di tornare».

«E sapendo tutto questo ci siamo comunque azzardati a passare di qua?», chiesi a bocca aperta. «Non hai alcun timore a entrare nella tana del lupo?».

Il cavaliere nero rise di nuovo, ma stavolta mi parve che ridesse della mia ingenuità.

«Sono stato in grado di sopportare per anni le pressioni di mio padre, i piagnucolii di mia madre, le insinuazioni della mia presunta suocera e le avance affatto timide dell'attuale badessa, pensi che non possa resistere una notte soltanto?»

«Non vorrei proprio essere nei tuoi panni», risposi a ogni modo.

«Ah, mio buon Jean! Quanto devi ancora imparare! Non avrai forse trascorso la tua vita rinchiuso tra le mura di un monastero? La badessa oggi avrà una bella sorpresa».

Tacqui, preoccupato per quella sua allusione alla mia vita precedente. Cominciavo a credere che quell'uomo sapesse di me più di quanto lasciasse intendere e che, sotto la cappa superficiale di avventuriero, si nascondeva una intelligenza vivace e una profondità che stavo solo cominciando ad apprezzare. Mi augurai che il mio piano non corresse pericoli.

Presto nel monastero si fece silenzio. Decisi di togliermi dalla testa il cavaliere nero e i suoi problemi con le donne e non aspettare ulteriormente per mettere in atto il mio piano; avevo la sensazione che la notte sarebbe stata più movimentata di quanto presagisse la quiete che dominava in quel momento.

Presi un candelabro dalla camera e aprii la porta con una circospezione subito tradita dal cigolio dei cardini. Aspettai qualche secondo, scivolai fuori e seguii il corridoio che mi condusse, attraverso varie nicchie, a una porta chiusa. In qualche luogo del monastero si udì il rumore di un'altra porta che si chiudeva e, istintivamente, mi schiacciai contro la parete, oscurando la luce della candela con il corpo. Trascorsi alcuni istanti, ripresi a camminare, scendendo varie rampe di scale fin dove intuivo che dovesse trovarsi la piccola chiesa. Dopo aver varcato un'altra porta, mi trovai su un lato dell'edificio, a pochi metri dai sepolcri di re Alfonso ed Eleonora Plantageneto.

Quando stavo per avvicinarmi alle tombe, scorsi su uno dei banchi della chiesa qualcuno inginocchiato. La fortuna volle che mi trovassi alle sue spalle e che la luce della mia candela si confondesse con le torce distribuite sulle pareti. Anche così, però, per precauzione, la spensi e mi misi ad aspettare. La figura, coperta da un cappuccio, sembrava meditare o forse pregare. Il tempo si dilatò mentre spiavo tra le ombre. Proprio quando pensavo di tornare al mio alloggio, si alzò e si girò levandosi al contempo il cappuccio. Riconobbi la badessa che, dopo un istante di incertezza, si diresse a passo deciso verso un'uscita laterale. Forse era andata a lì a chiedere la forza di sopportare la tentazione o, nella peggiore delle ipotesi, a chiedere perdono per il peccato che era sul punto di commettere.

Rimasto solo, ne approfittai per avvicinarmi ai sepolcri. Di nuovo accesi la mia candela con una delle torce per osservare i bellissimi bassorilievi policromi in roccia calcarea che sviavano la mente dal funesto contenuto che un giorno avrebbero ospitato. Erano stati intagliati con la perfezione che si raggiunge solo dopo anni di esperienza. Come sempre, passai la mano su ogni curva della pietra, ogni dettaglio. Non so quanto tempo rimasi assorto, ma all'improvviso ebbi la sensazione di un pericolo imminente.

Mi avvicinai alla porta dalla quale ero entrato e udii delle voci dall'altra parte della chiesa. Scivolai appena in tempo tra le ombre e mi allontanai. Aprii una porta che dava sul chiostro del monastero nello stesso istante in cui la badessa rientrava nella cappella. Aveva il viso contratto, le spalle rigide, come se stesse trattenendo un attacco d'ira o di pianto. Non mi fermai per appurarlo, ma sospettai che quel diverso atteggiamento avesse qualcosa a che fare con il cavaliere nero.

Attraversai il chiostro senza fermarmi fin quando non vidi una colonna finemente decorata con una maschera demoniaca che sembrava vigilare sui miei passi dalle sue cavità oculari. Mi fermai a contemplarla, quindi proseguii verso la mia cella. Niente turbò il mio sonno quella notte.

La mattina seguente, il monastero era avvolto dal silenzio. Le monache preparavano la colazione e ci servivano come se temessero di svegliare una bestia addormentata. E forse era così.

Il cavaliere nero, tuttavia, arrivò con il sorriso sulle labbra, strizzò l'occhio a una sorella che fuggì come se il diavolo in persona le avesse fatto una proposta indecente e sedette a tavola con grande strepito.

«Il mio stomaco ruggisce», disse guardandosi intorno. «Mio buon

Jean, pronto alle lunghe giornate che ci attendono fino alla nostra prossima destinazione?»

«Che è successo stanotte?», chiesi abbassando la voce con la vana speranza che anche il cavaliere seguisse il mio esempio.

«Niente che debba raccontarsi su un suolo benedetto, Jean», disse spalancando gli occhi. «Se dimostrerai un poco di pazienza, sarà una buona storia che senza dubbio ravviverà le nostre lunghe ore a cavallo».

Non ero sicuro di voler conoscere quella storia, anzi, rammentai a me stesso che niente di tutto ciò importava di fronte al mio piano.

La badessa non si fece vedere a colazione, né si presentò nelle nostre camere mentre raccoglievano i nostri effetti personali, né si avvicinò a salutarci quando tornammo alle nostre cavalcature. Il cavaliere nero si mostrava tranquillo, come se la sua assenza non lo toccasse minimamente e sapesse che non c'era da aspettarsi altro in quella situazione.

Quando ci mettemmo in marcia e costeggiammo il monastero verso il ponte, apparve una delle consorelle con il capo coperto da un cappuccio. Era una delle religiose giovani sulle quali mi ero fissato per via della sua singolare bellezza e due occhi color miele che il giorno prima avevano seguito ogni mossa del mio compagno senza il minimo ritegno. Si fermò davanti al cavaliere nero.

«Adesso te ne vai», disse con tristezza, «e presto ti seguirò. Sono stata espulsa dall'ordine. Che farò adesso?», chiese più per sé stessa che per avere una risposta. «Che ne sarà di me?»

«Non è posto per te questo monastero», rispose con affetto il cavaliere nero. «Non temere, arriva a Leyre e parla con l'abate Arnaldo. Digli che ti mando io e lui saprà cosa fare».

«Portami con te!», disse angosciata la giovane.

«Non me lo chiederesti se conoscessi i pericoli che affronto. Se non hai i mezzi per arrivare fino a Leyre, vai a fare visita a Diego de Alcázar, conte di Amaya; è amico mio. Ti porterà sana e salva fin lì».

Il cavaliere nero proseguì il suo cammino e lasciò la giovane ammutolita, le braccia inizialmente protese, ormai cadute e lo sguardo perso.

«Ora capisco cosa è successo», dissi in tono di rimprovero. «Hai sedotto quella monaca affinché la badessa vi sorprendesse insieme e abbandonasse le ultime speranze che aveva su di te».

«Vedo che impari in fretta», rispose il cavaliere con un sorriso da furfante. «Spero così di aver risolto il problema una volta per tutte».

«Ferendo due donne strada facendo. Delle quali almeno una delle due era innocente da ogni colpa», risposi con acredine.

«È questo che pensi? Credi forse che l'abbia costretta ad accompagnarmi in camera contro la sua volontà e che lì abbia violato una vergine innocente? È stata lei a presentarsi; i suoi occhi non hanno smesso di fare allusioni da quando siamo arrivati. Io ho solo approfittato dell'occasione», disse stringendosi nelle spalle, «e ti assicuro che, anche se giovane, si è dimostrata molto esperta nelle arti amatorie. Non è questo il suo luogo nel mondo. Sarà più felice dove l'ho mandata di quanto sarebbe mai stata qui».

«Avete però sviato la sua anima dal cammino verso Dio, da quello che Egli aveva preparato per lei».

«E chi è Dio per decidere di noialtri? Siamo forse marionette alla sua volontà? Solo noi dobbiamo decidere del nostro futuro».

Guardai stupefatto il cavaliere nero. Per essere un soldato agli ordini dell'abate di Leyre, non avrei mai pensato che avesse un simile modo di pensare. Quell'uomo era molto più complesso di quanto la sua abituale leggerezza lasciasse trasparire. E io? Stavo decidendo il mio cammino? Verso il giusto?

65
Anno 33

Erano trascorse tre settimane dall'arrivo in Hispania di Giacomo e dei suoi compagni. Il giorno era sorto con un cielo limpido che gli ricordava le lunghe giornate estive della sua infanzia. Si sentiva malinconico o forse stava solo invecchiando. Avanzavano a piedi, in silenzio, ostinatamente, come le processionarie che, unite in file interminabili, scendevano dai pini in cerca di un nuovo posto da colonizzare.

Nella locanda in cui avevano pernottato il locandiere li aveva avvisati che non avrebbero trovato alcun villaggio accogliente lungo la via e rimarcato l'opportunità di arrivare in fretta a Termantia evitando di dormire all'aperto. Raccolte le provviste di acqua e cibo per un paio di giorni nel caso non avessero trovato alloggio, si spinsero sul tortuoso letto di pietre e polvere che da lì costituiva il cammino. Il sentiero saliva interminabile tra distese di timo, lavanda e finocchio che impregnavano l'aria di fragranze e rendevano più sopportabile la fatica. Ognuno camminava assorto nei propri pensieri, avvolto solo dal ronzio dei tafani.

Arrivarono in cima a una collina che digradava dolcemente verso la vallata che si stendeva loro davanti. All'inizio della discesa il sentiero proseguiva in un burrone le cui pareti si ergevano su entrambi i lati offrendo l'ombra che tutti quanti non vedevano l'ora di raggiungere. Lì, protetti da quella spaccatura naturale, decisero di riposare qualche istante.

L'attacco arrivò dal nulla, tanto che non ebbero neanche il tempo di rimproverarsi la loro imprudenza. Era infatti il punto più propizio per un'imboscata e la posizione in cui furono sorpresi dai malviventi rendeva difficile difendersi. Ad aggravare la situazione, gli aggressori erano chiaramente superiori a loro sia numericamente che, dettaglio ancora peggiore, nell'abilità nello scontro fisico. Nonostante tutti gli sforzi per opporre resistenza, Adonai si rivelò l'unico abile nel corpo a corpo.

Gli assalitori, poco più di mezza dozzina, avevano le vesti stracciate; erano uomini foschi, duri, abituati a quel terreno selvaggio, a dormire all'aperto e a condurre una vita al margine della legge, semmai ne esistesse una in quello sperduto angolo di mondo.

Nella colluttazione, Giacomo udì un grido alla sua sinistra e si avvide che Attanasio era stato ferito al fianco. Gridò disperato, ma subito Attanasio si riebbe e riprese a lottare. Tuttavia, a eccezione di Adonai, i tre uomini picchiavano senza convinzione e furono presto sopraffatti. I briganti cominciarono quindi a perquisirli in cerca di qualcosa di valore e Giacomo temette che, dopo così tanto sforzo, avrebbe infine perduto la reliquia. Istintivamente Attanasio e Teodosio si posizionarono in modo che fosse l'ultimo a essere derubato. Un sacrificio da parte loro che risultò all'apostolo ironico almeno quanto inutile.

Quello che sembrava il capo del gruppo gli si mise davanti, scansandoli entrambi bruscamente. Era basso, ma con braccia e gambe potenti, la pelle cotta dal sole e un viso solcato da rughe profonde scavate da una vita difficile. Aveva una cicatrice che, partendo all'altezza della tempia, gli attraversava la guancia fino al mento conferendogli un'espressione di estrema ferocia. Chissà, forse il ricordo di un assalto fallito, di un marito geloso o di una guerra già dimenticata. Parlavano una lingua sconosciuta di cui Giacomo riusciva a capire solo qualche parola sparsa.

Il bandito alzò il gladio, sollevò con la lama il laccio che Giacomo portava al collo e prese la reliquia con un sorriso trionfante che scoprì alcuni denti marci. Tutti osservavano in silenzio, compreso Adonai, immobilizzato da diversi uomini. Perfino i normali rumori della montagna parvero cessare. Il lamento delle cicale e il gorgheggio degli uccelli sconosciuti che li avevano accompagnati fin dal loro arrivo in Hispania, si erano acquietati.

All'improvviso, un sibilo solcò il cielo e prima che chiunque di loro potesse reagire, un colpo secco vibrò nella schiena del capo del gruppo. La sua faccia si trasformò in una smorfia di stupore e con un grugnito, si accasciò a terra come un sacco mentre la spada, che ancora teneva la reliquia sulla punta, gli cadeva ai piedi. Senza pensarci due volte, Giacomo si chinò a raccoglierla e la rimise sotto il mantello. Quando rialzò il capo, nella gola c'erano solo loro quattro e un cadavere.

Rimasero in trepidante attesa. Quindi un uomo, seguito immediatamente da molti di più, spuntò da dietro le rocce vicine. Tutti insieme cominciarono a scivolare giù mentre Giacomo si affrettava a nascondere di nuovo la reliquia sotto gli abiti. Erano armati; alcuni, una minoranza, di archi e spade, altri, all'apparenza semplici contadini, di falcetti, forconi e zappe. Alla fine, quello che sembrava guidare lo strano esercito, un uomo alto e magro in cui l'età non aveva ancora eliminato i modi e i movimenti di chi è abituato alla guerra, si avvicinò a passo deciso.

«Vi chiediamo scusa per avervi costretto ad assistere a una scena tanto spiacevole». Parlava in latino e li osservava con aria arrogante. «Il mio nome è Lucio Viriato, capo del vicino villaggio di Cariniana e legionario licenziato della Terza legione romana».

Al legionario rispose Adonai, che era quello che meglio padroneggiava il latino per via dei suoi numerosi viaggi per mare.

«Vi siamo grati per il vostro aiuto», dichiarò impettito.

Subito, davanti a tutti i presenti, accadde qualcosa che li impressionò. Il portamento di Adonai cambiò completamente. Il suo viso normalmente amabile si indurì, il mento si sollevò e lo sguardo divenne di fuoco. Osservando quei due uomini – un antico legionario degli invincibili eserciti romani e un marinaio discendente del generale cartaginese – si poteva ben immaginare l'eroismo delle guerre che avevano devastato il Mediterraneo nei tempi passati e che giaceva ormai dimenticato, in molti angoli del mondo. Il capo offrì loro rifugio nel proprio villaggio, appena una decina di case situate nella valle, sulle rive di un fiume che scendeva dalle vicine montagne dell'Ovest. Durante il tragitto spiegò loro il motivo del suo intervento.

«Da qualche mese sono apparsi banditi in questa zona, soldati degli sconfitti pelendoni, malviventi che si nascondono sulle montagne attaccando i pochi viaggiatori che si avventurano in questi paraggi, così come i rispettati e onorati vicini del nostro umile villaggio».

«E non ricevete aiuto dall'esercito romano?», chiese Giacomo sorpreso dall'assenza di chi, com'era consuetudine, avrebbe dovuto stabilire la *pax romana* nei territori conquistati.

«Ogni tanto», rispose rassegnato. «Gli eserciti di Roma, attirati dai racconti delle aggressioni, arrivano fino alle nostre case a portare ordine, ma svaligiano i nostri granai e le piccole aie che sono il sostentamento dei nostri figli. Per questo ci vediamo costretti ad agire autonomamente per allontanare sia gli aggressori sia quelli che ci dovrebbero proteggere».

Appena arrivati, li sistemarono in umili ma confortevoli camere nell'abitazione di una vedova che si mostrò più felice di avere compagnia che di ricevere il ragionevole pagamento che si offrirono di darle per ricompensarla. Lucio Viriato li invitò a cenare nella sua casa, invito che tutti, meno un reticente Adonai che ancora diffidava delle intenzioni dell'uomo, accettarono riconoscenti.

«Mi sembravano brave persone, Adonai», cercò di convincerlo Teodosio, «e ci hanno salvato la vita. Non è bene serbare antichi rancori per una guerra già dimenticata».

La vedova curò la ferita di Attanasio, pulendola con una soluzione e applicando un unguento che, a quanto diceva, lo avrebbe guarito nel giro di qualche giorno. Giacomo si preoccupò nel vedere lo squarcio, più profondo di quanto avesse immaginato e di quanto lo stesso Attanasio aveva voluto ammettere. Attanasio però non gli diede molta importanza, sostenendo che si sarebbe completamente ristabilito in un paio di giorni.

Cenarono in abbondanza accompagnando il pasto con un vino ragionevole e una grande quantità di domande dell'anfitrione dirette fondamentalmente a Teodosio e Attanasio, ai quali il vino e la compagnia avevano sciolto la lingua più di quanto fosse prudente. Giacomo ascoltava a disagio i loro racconti del naufragio nel Mediterraneo. Adonai rimaneva silenziosamente attento e, di tanto in tanto, lanciava occhiate di disapprovazione a Giacomo.

«Allora il capitano ordinò di portarci nella stiva», raccontava Teodosio entusiasmato dall'attenzione che Lucio Viriato gli stava prestando, «voleva metterci al sicuro...».

«Credo sia arrivato il momento di ritirarsi a riposare», lo interruppe Giacomo prima che Teodosio dicesse qualcosa di irreparabile.

Lucio Viriato gli rivolse un sorriso ironico, come se avesse captato il suo disagio e il tentativo di evitare che i suoi compagni condividessero troppe informazioni.

«Non c'è alcuna fretta», commentò con un gesto amichevole che a Giacomo parve impostato. «Potete restare con noi tutto il tempo che riterrete opportuno».

Il tono di voce di Lucio confermò a Giacomo che la conversazione non era tanto innocente come cercava di fargli credere.

«Ringraziamo per l'ospitalità», si affrettò allora a rispondere, «ma per noi è ora di ritirarci. Domani proseguiremo verso la nostra destinazione».

«E qual è la vostra destinazione, si può sapere?», chiese ancora Lucio con un brillio di ambizione che non riuscì a camuffare.

La sua curiosità aveva già da molto superato i confini delle buone maniere.

«La destinazione è una questione privata», rispose Giacomo determinato. «E preferiamo non farlo sapere, se per te va bene».

«E sia», rispose Lucio facendo spallucce. «Non è affar mio, lo chiedevo solo perché la vostra storia mi ha appassionato e desideravo saperne di più».

Rientrati nella casa, l'anziana donna mostrò loro una camera piccola e pulita appena illuminata dal riverbero di una lampada a olio. Una giovane dai begli occhi neri, che la donna presentò come la nipote, entrò portando alcuni vasetti d'acqua perché potessero rassettarsi. Senza dire una parola, li lasciò su un tavolino; prima di uscire, rivolse loro uno sguardo strano, un misto di tristezza e di qualcosa che Giacomo non riuscì a identificare.

Il rumore di una catena lo strappò alle sue riflessioni.

Compassione. Ecco cosa aveva visto in quella giovane. Il catenaccio che ora li separava dal mondo era la prova evidente che erano prigionieri, proprio come qualche settimana prima nella stiva della barca che solcava il Mediterraneo. Adonai colpì la porta e, gridando, chiese spiegazioni, ma non furono né la voce della ragazza né della donna quella che ascoltarono dall'altra parte, ma del capo del villaggio.

«Bussate e gridate invano», disse in tono calmo. «Mettete accanto alla porta tutto ciò che avete di valore e ritiratevi. Vi avverto che sono in compagnia di diversi soldati pronti a scoccare i propri archi».

Con poche speranze, si spogliarono dei loro pochi averi. Giacomo decise di conservare la reliquia. Dopo aver messo tutto a terra ed essersi spostati, la porta si aprì e un uomo raccolse quello che avevano lasciato. Pochi istanti dopo Lucio riprese a parlare.

«Quello che di voi si chiama Giacomo apra la porta ed esca. Gli altri aspettino dentro».

Attanasio e Teodosio gridarono all'unisono contestando l'ordine, ma una semplice occhiata di Giacomo li convinse che non avevano alternativa. Sapeva cosa stesse cercando quell'uomo e anche che non avrebbe esitato a utilizzare la forza per ottenerlo. Non gli restava altro che cercare di convincerlo.

Aprì la porta e uscì dalla stanza. Lucio Viriato, seduto al tavolo, gli offrì l'altra sedia, invitandolo a prendere posto con un sorriso cinico. Giacomo sedette in silenzio, guardandolo dritto negli occhi, fingendo tranquillità e lasciando che fosse l'altro a prendere l'iniziativa.

«Immagino che tu già sappia cosa cerco», disse chinandosi in avanti e socchiudendo gli occhi.

«Non so cosa credi di ottenere da me, ma non sono ricco. Tutto ciò che era mio è già tuo», rispose intenzionato a non rendergli le cose facili.

Lucio Viriato lo osservò a lungo, valutandolo prima di prendere una decisione.

«Sappiamo entrambi che non è così. So che avete attraversato il mondo fuggendo da qualcosa e anche che ciò che vi ha costretto a questa fuga è nelle tue mani. Gli altri ti proteggono ogni momento, come hanno fatto nella gola».

Giacomo si rese conto che lo aveva visto nascondere la reliquia e sapeva perfettamente di cosa stese parlando.

«Ho avuto una vita lunga e piena di vicissitudini», continuò guardando per un attimo la ragazza che pochi minuti prima aveva portato loro l'acqua e che ora rimaneva in silenzio in un angolo della casa, «e i tuoi amici sono un libro aperto per me. Concludiamo la faccenda nel modo più semplice, senza far soffrire nessuno e vi lascerò andar via in pace».

Giacomo scostò il mantello dal collo e liberò il laccio per mostrare l'oggetto che vi era attaccato.

«È questo che vuoi?», disse infine rassegnato, fingendo di non dargli importanza. «Non ha alcun valore per te. Faresti meglio a lasciarcelo perché ti porterebbe solo male, dato che non ha altro destino. Qualche istante fa volevi sapere quale fosse la nostra meta. Non abbiamo attraversato il mondo per portare in salvo questo oggetto, ma per gettarlo in mare ai confini della terra».

Lucio Viriato sgranò gli occhi nei quali, per un attimo, si accese un timore reverenziale. Poi li socchiuse. Il dubbio cominciò a disegnarsi sul volto di Giacomo; Lucio scoppiò in una fragorosa risata e recuperò la reliquia dal tavolo per osservarla da vicino.

«Non sembra pericoloso a prima vista, ma apprezzo il tuo avvertimento. Lascia che sia io a decidere. Vattene».

Giacomo rientrò nella stanza e riferì la conversazione. Gli amici cedettero alla disperazione, ma per Giacomo fu quasi una liberazione. Non doveva più preoccuparsi di quella reliquia; così, lontano da Gerusalemme, Pietro non sarebbe mai riuscito a trovarla. Non vedeva come potesse arrecare danno a tale distanza. Lasciò gli altri a discutere, si rannicchiò in un angolo e godette del sonno più piacevole che avesse mai avuto da settimane a quella parte.

Sonno che, però, non durò tutta la notte. Poco prima dell'alba, la porta della stanza si aprì furtivamente e nel buio, attenuata dalla luce quasi spenta dell'unica lampada della camera, una voce e una mano li spinsero a uscire. Si guardarono gli uni gli altri senza capire e, cercando di fare meno rumore possibile, si alzarono e sgattaiolarono fuori dalla porta, trovandosi davanti la giovane con gli occhi tristi.

«Presto!», li spronò tra i sussurri, con lo stesso sguardo perso della sera prima. «Dovete fuggire ora».

«Come potremo ringraziarti per quello che stai facendo per noi?», chiese Giacomo.

Quella ragazza stava rischiando per loro, mostrando più coraggio di tanti uomini che aveva conosciuto.

«Non ce n'è bisogno», rispose triste. «So che siete brava gente, ve lo leggo negli occhi. Non meritate ciò che vi ha fatto Lucio, per questo vi aiuto. Ma dovete andar via e non tornare più, altrimenti vi ucciderà», concluse come se fosse per lei una storia già vista.

Attanasio, Teodosio e Adonai uscirono dalla casa in tutta fretta, ma Giacomo rimase.

«Qual è il tuo nome?», chiese rendendosi conto di non sapere niente di lei.

«Laura», rispose con un sorriso timido. Gli mise una mano sul braccio e lo trattenne un istante. «Tieni!», disse prima di lasciarlo andare. «Serbalo con cura. Senza dubbio si tratta di un oggetto di grande valore per te».

Giacomo rimase a bocca aperta nel vederla tirar fuori avvolta in un fazzoletto la reliquia che poche ore prima aveva creduto persa per sempre.

«Come...?», balbettò.

Laura si portò un dito alle labbra e gli rivolse di nuovo un sorriso la cui triste disperazione gli perforò il cuore.

«Ci sono cose molto facili da ottenere per una donna di bell'aspetto, come l'opportunità di giacere con un uomo», rispose con uno sguardo rassegnato.

«Che cosa ti succederà quando lo scoprirà?»

«Cosa potrebbe farmi che non mi ha già fatto?». Laura si strinse nelle spalle.

«Allora fuggi con noi. Non devi accettare per forza questa situazione».

Laura rifiutò con un cenno del capo, rassegnata ma anche determinata come chi sa quale sia il cammino da percorrere.

«Ti ringrazio con tutto il cuore, ma il mio posto è qui, accanto a mia nonna. Chi la proteggerebbe altrimenti? Adesso vai», disse incalzandolo con dolcezza a partire. «Compi il tuo destino e augurami buona fortuna».

Giacomo corse via nel buio dietro i suoi amici che aspettavano inquieti. Il primo chiarore del giorno già appariva a est e nel paesino un gallo cantò. Proseguirono in fretta, cercando di allontanarsi da quel maledetto villaggio prima che la loro fuga fosse scoperta.

Giacomo avanzava a pugni stretti e digrignando i denti e dal suo ricordo non sparì lo sguardo di Laura. Ancora una volta, era andato via fuggendo, come ormai faceva da mesi. Ancora una volta aveva scelto la via più facile.

In quei tristi momenti, mentre correva di notte con le lacrime agli occhi, promise a sé stesso che non sarebbe più fuggito, che si sarebbe fatto carico della responsabilità affidatagli dal Maestro, non fosse altro che per il ricordo di quella ragazza coraggiosa che non solo lo aveva liberato dalla prigionia, ma che con il suo esempio gli aveva mostrato la via da seguire.

66
Anno 1199

Al di là di una curva del sentiero, si ergeva maestoso il monastero di Silos. Ricordavo che Thomas mi aveva raccontato che chi contemplava i rilievi del chiostro ne rimaneva così incantato che, anni dopo, poteva ancora descriverli come se il tempo non fosse trascorso. Mi aveva parlato anche dello *scriptorium* in cui si miniavano i più bei codici che la cristianità avesse mai prodotto. La mia aspettativa era grande quando attraversammo a cavallo le ampie mura dell'eremo.

Alcuni monaci lavoravano la terra e interruppero il lavoro per guardarci, tornando poi alle loro occupazioni senza prestarci più attenzione. Un altro uscì per venirci incontro.

«In cosa possiamo aiutarvi, nobili signori?», chiese quest'ultimo in tono pacato, abituato a ricevere ogni genere di visitatori, ma anche a trattarli con ogni deferenza.

«Desidereremmo parlare con l'abate Juan Gutiérrez», rispose il cavaliere nero con lo stesso tono. «Ditegli che Roger de Mirepoix, inviato dell'abate Arnaldo de Leyre desidera incontrarlo».

Il monaco si ritirò con un breve inchino, dopo averci fatto passare in un piccolo patio interno, dove ci portarono da mangiare e da bere.

«Questo è uno dei monasteri di cui possiamo fidarci, se ci si può fidare di qualcuno o qualcosa in questi tempi sottosopra», disse il cavaliere con aria sconfortata.

Trascorsero ancora alcuni minuti fino a che il frate non tornò e ci informò che avremmo dovuto attendere prima di essere ricevuti. L'abate Juan Gutiérrez non era a conoscenza della nostra visita.

Sedetti su una panca e mi disposi a osservare il cavaliere nero che passeggiava su e giù con crescente irrequietezza, preoccupato che i nostri inseguitori potessero raggiungerci. Due ore dopo, quando la sua pazienza era già al limite, fummo ricevuti dall'abate.

Era un uomo di età avanzata che ci ricevette disteso su di una poltrona e appoggiato a un bel vincastro che sembrava ricoperto d'oro, con il manico coronato da un serpente. L'abate sembrava riposare, pensammo perfino che potesse essersi addormentato, dato che per alcuni istanti interminabili neanche ci rivolse la parola. All'improvviso, reagì con un movimento della testa e ci guardò perplesso. Quindi parve ricordare il motivo della nostra presenza.

«Venite, avvicinatevi, cavalieri», disse con voce flebile e stanca. «A cosa devo l'onore della vostra visita?»

«Mio buon abate Gutiérrez», si fece avanti il cavaliere nero. «Siamo inviati dell'abate di Leyre, il vostro buon amico Arnaldo. Siamo in missione al suo servizio. Ci ha detto che a Silos saremmo stati ben accolti, grazie alla vostra ospitalità».

«Sì, certo, mio caro amico dell'abate di Leyre». Quelle parole sembrarono insufflargli una parvenza di vitalità e gli occhi persero parte del velo che li offuscava. «E come sta l'abate?».

Il cavaliere nero fece un passo avanti, animato dall'aver attirato la sua attenzione.

«Attivo come sempre», rispose. «Desidera rivedervi, ma i suoi innumerevoli obblighi lo trattengono».

L'abate parve valutare in silenzio l'affermazione del cavaliere, ma il suo sguardo si era di nuovo annebbiato.

«Gli obblighi, naturalmente. Gli stessi che legano me, senza dubbio. E come avete detto di chiamarvi?»

«Ancora non abbiamo avuto l'opportunità di dirvi i nostri nomi. Io sono Roger de Mirepoix, al servizio dell'abate, e il mio compagno», aggiunse indicandomi, «è Jean de la Croix che mi aiuta nella mia missione».

Il vecchio ci osservò come se ci vedesse per la prima volta. Stava accadendo qualcosa di strano, ma non riuscivo a capire cosa non quadrasse.

«E chi dite che vi manda?», chiese l'abate. «Non vi conosco, non mi avete ancora detto come vi chiamate».

Guardai il cavaliere nero che mi restituì uno sguardo perplesso. Prima che potessimo rispondere, dal buio si alzò una voce.

«Stimati ospiti, l'abate è molto stanco dopo una giornata movimentata. Permettetemi di presentarmi», disse uscendo dalle ombre. «Sono il priore Domingo. Senza dubbio avrete l'opportunità di tornare a parlare con lui durante la vostra permanenza presso di noi».

Il priore ci accompagnò in silenzio, con un viso serio. Quando fummo fuori dalla stanza, ci rivolse uno sguardo triste. Sembrava costernato.

«Come avrete potuto vedere l'abate non sta bene. Per favore, portate all'abate di Leyre i nostri rispetti e rassicuratelo che il monastero è in buone mani».

«Lo faremo», rispose il cavaliere che sembrava essersi ripreso dallo sconcerto. «Vediamo che il monastero è ben guidato da voi». Il priore assentì, confortato da quelle parole che dissiparono il suo timore che l'infermità dell'abate andasse a discapito dell'intero complesso. «Vi sollecitiamo», continuò il cavaliere nero, «affinché ci dedichi qualche minuto per conversare su ciò che ci porta qui e per riferivi la nostra perplessità sul mancato annuncio del nostro arrivo».

«Se volete, possiamo parlare ora», rispose il priore. «Accompagnatemi nelle mie stanze, parleremo con maggiore comodità».

«Vi chiedo di scusarmi», mi affrettai a dire. «Se per voi va bene, vi lascerò da soli, visto che mi piacerebbe visitare il monastero che senza dubbio rende onore alla fama che detiene».

Guardai il cavaliere che assentì dandomi il suo consenso, pur se con un'occhiata ammonitrice che interpretai come una richiesta di discrezione.

«Il mio compagno Jean», intervenne con un sorriso, «è stato muratore e inoltre domina l'arte della scrittura. Preferisce dedicare il suo tempo ad accarezzare pietre e sbirciare sopra la spalla dei monaci copisti».

«Così è», confermai con disinvoltura. «Visiterò il chiostro e lo *scriptorium* se mi concedete il vostro permesso».

«Come potrei non concedervelo?», rispose il priore. «Non bisogna privare della conoscenza chi lo desidera. Soprattutto, se questi è stato posto al servizio di nostro Signore. Desiderate che chiami un monaco perché vi faccia da guida?»

«Non sarà necessario», dissi per tranquillizzare il cavaliere nero. «Sono sicuro che saranno tutti molto occupati nelle loro mansioni».

Seguendo le indicazioni del priore, mi diressi allo *scriptorium*. Mi impressionarono le sue dimensioni, molto maggiori di quanto ci si potesse aspettare in quel monastero. I monaci lavoravano nel più assoluto silenzio, rotto solo dal grattare delle penne che cessava esclusivamente nelle brevi occasioni in cui i copisti cambiavano riga e quelle ancora più rare in cui passavano da un foglio all'altro facendo scivolar via quello già completato per lasciarlo lì, in attesa che si asciugasse l'inchiostro. Uno dei frati fece un cenno per invitarmi a entrare e proseguì nel suo lavoro. Osservai la sua opera a prudente distanza. Quindi, vedendo che c'era un ampio tavolo e ricordandomi che portavo con me gli attrezzi per la scrittura, decisi di dedicarmi a scrivere le mie memorie.

La luce cominciava a calare quando mi accorsi di essere rimasto solo nello *scriptorium*. Una delle torce si era appena spenta ed ero immerso nel silenzio. Il cavaliere nero non avrebbe tardato nel reclamare la mia presenza e volli approfittare di quegli ultimi istanti di luce per visitare il chiostro. Recuperai i miei strumenti di scrittura, spensi le ultime torce e, senza sapere bene perché, uscii evitando di fare rumore.

Scesi le scale e arrivai in un angolo del chiostro. Mi sorprese un bassorilievo raffigurante il passo biblico dell'incredulità di san Tommaso. Le figure sembravano protendersi dalla pietra, mostrando così l'abilità dell'artista che le aveva intagliate. Passai la mano su san Tommaso. La fioca luce che si diffondeva sotto i capitelli ne accentuava la sensazione di profondità. Avanzai fino a trovare un secondo bassorilievo, molto diverso dal precedente. Rappresentava l'Annunciazione e mi colpì per la notevole accuratezza dei dettagli. Non poteva trattarsi dello stesso maestro, dato che sembrava un'incisione più recente.

Girando l'angolo successivo, ne ebbi la conferma quando trovai l'artista al lavoro su un'incisione. Mi animò la possibilità che il giorno dopo potessi vederlo all'opera e parlare con lui. Poteva darsi che conoscesse Thomas. In quel caso, avrei potuto fargli avere un messaggio, dato che mi aveva accennato alla sua intenzione di visitare Silos di ritorno dall'ovest.

L'ultima luce del giorno già abbandonava il chiostro. Tornando indietro, trovai un sepolcro di modesta fattura. Visto il luogo in cui era ubicato, non poteva essere di altri se non del fondatore del monastero, lo stesso san Domenico. I suoi seguaci avevano deciso di dargli sepoltura in quel luogo tanto bello. Era parzialmente interrato, tanto che dovetti accovacciarmi per osservarlo. Una piccola grata ne chiudeva l'accesso. Quando ebbi terminato, tutto era immerso nell'oscurità e il silenzio era pressoché completo. Mi alzai a mi allontanai.

Trovai il cavaliere nero in una delle celle che ci avevano preparato. Ero pronto a ricevere qualche battuta sulla mia passione per pietre e pergamene, ma dalla sua gravità capii che il colloquio con il priore non aveva portato buone nuove.

«Siamo circondati», annunciò con espressione fosca. «Appena un'ora dopo di noi sono arrivati al monastero diversi cavalieri al servizio dell'abate Guy Paré. Alcuni sono partiti immediatamente, altri sono rimasti di guardia. In totale abbiamo addosso otto monaci, troppi per combattere o fuggire. Temo che presto ne arriveranno altri con in testa l'abate in persona. Siamo in trappola».

«Che cosa faremo?», chiesi con lo stomaco contratto dal terrore. «Forse abbiamo più possibilità di fuggire ora che è tardi».

Il cavaliere nero mi guardò: era evidente che aveva già considerato e scartato quella possibilità.

«Aspetteremo», sentenziò con distacco, come se fosse a conoscenza di qualche informazione di cui non voleva mettermi a parte. «Qui siamo al sicuro. Neanche Guy Parè si azzarderà ad attaccare il monastero. Farà pressione al priore perché ci consegni, ma mi ha promesso che non lo farà».

«Credi che manterrà la promessa?», non ero molto convinto della capacità del priore di resistere.

Il cavaliere nero scosse il capo.

«Non so quanto tempo reggerà. Quando l'abate Guy Parè gli mostrerà la lettera firmata personalmente dal successore di Pietro a Roma, per quanto non voglia inimicarsi l'abate di Leyre, cambierà opinione».

«E quindi?»

«La nostra unica possibilità sono i monaci bianchi. Non risparmieranno gli sforzi finché conserveranno un soffio di vita. Sono guerrieri straordinari. E adesso, Jean», disse cercando di infondermi coraggio, «dato che non abbiamo molto da fare, approfittiamo per mangiare qualcosa e dormire».

La nausea mi risalì dallo stomaco fino alla bocca. Avevo fiducia nei monaci bianchi, se erano ancora vivi, ma le forze dell'abate erano troppo numerose e il cavaliere nero era un solo uomo, per quanto destro con la spada. I cavalieri templari erano una forza potente assetata di vendetta. Avevamo davvero qualche opportunità?

Il silenzio ci accompagnava quando arrivammo al refettorio. I monaci, già al corrente di ciò che succedeva, ci guardarono tra l'intimorito e l'interessato. Il priore, seduto a capo della modesta tavola, si avvicinò scusando l'assenza dell'abate, nonostante il suo viso riflettesse tensione e disagio.

«Non si sente molto bene oggi e ha preferito cenare nei suoi alloggi», ci spiegò. «Vi chiede di scusarlo».

«Ma certo», lo rassicurò il cavaliere nero con un gesto comprensivo. «Quando arriveremo a Leyre, farò sapere all'abate del suo precario stato di salute. Sono certo che vorrà venire di persona a far visita al suo amico e», aggiunse rapidamente per tranquillizzare il priore, «a vedere con i suoi occhi che il monastero è molto ben gestito».

In quel momento si aprì una porta ed entrò un monaco dallo sguardo sfuggente e le mani grassocce. Sembrava nervoso e una goccia di sudore ne solcava le guance arrossate. Si sfregò le mani nell'abito mentre riprendeva fiato.

«Mi sono saltati addosso», balbettò rivolto al priore. «Mi hanno immobilizzato e mi hanno interrogato quasi senza darmi tempo di rispondere. E dopo gli altri…».

«Descrivili!», ordinò il cavaliere nero.

«Erano cinque, no, sei, tutti armati. Mi hanno minacciato e… e gli altri…».

«Che cosa gli hai detto?», lo interruppe il cavaliere nero con uno sguardo duro e un gesto brusco.

«Io… io niente, mio signore. Non so se andate o se venite, né chi siete, se capite quello che voglio dire. Non mi piacciono i problemi e per questo non faccio domande».

«Molto giudizioso da parte tua», decretò il cavaliere cercando di tranquillizzarlo. «Cosa ti hanno chiesto, allora?»

«Quanti eravate, quando eravate arrivati e se avevate cavalli».

La porta si aprì ed entrò un altro frate, che si rivolse a sua volta al priore.

«Ci sono alcuni monaci alla porta, uno di loro dice di essere Guy Paré, abate di Citeaux. Sollecitano un incontro immediato con l'abate».

Il priore uscì dal refettorio mentre il cavaliere nero ricominciava a interpellare il frate che aveva accennato a ritirarsi approfittando dell'occasione.

«C'è dell'altro che devi riferirmi, fratello», gli intimò il cavaliere in tono calmo e l'altro sussultò come se fosse stato colto in fallo.

Guardai sorpreso il cavaliere, non sapendo a cosa si riferisse.

«No, no, mio signore…»

«Non è una domanda, ma un'affermazione. Chi sono gli altri di cui parlavi?».

Il monaco si torse le mani per poi asciugarsi il copioso sudore che gli ricopriva il viso.

«È quello che stavo cercando di dirvi», la voce era ancora più acuta. «I primi ad avermi catturato sono stati rudi e spiacevoli, ma quando mi hanno lasciato andare è stato ancora peggio. Mi aspettavano gli altri», aggiunse strabuzzando gli occhi.

«Quali altri?», chiesi attonito senza capire di cosa stesse parlando.

«Vestivano come monaci, ma di certo non lo erano; sembravano usciti dalle profondità dell'Averno. Vestivano di bianco per confondere i timorosi di Dio, anche se non so come potrebbero riuscirci».

Stavo per aprire bocca, ma il cavaliere nero mi zittì con un gesto.

«E che cosa ti hanno detto?», domandò riportando l'attenzione sull'interrogato.

«È questa la stranezza». Si grattò la testa mentre si stringeva nelle spalle. «Solo poche parole che non sono riuscito a capire: "Solo tre, all'alba dell'Ovest, cerca il sole"».

Il cavaliere nero rifletté. Ringraziò il monaco per l'aiuto e, con suo grande sollievo, lo congedò.

«I monaci bianchi sono ancora vivi», affermai abbassando la voce perché potesse udirmi solo il cavaliere. «Ma cosa significa il messaggio?»

«Sono notizie buone e cattive», rispose sempre riflettendo. «A quanto pare dei nostri amici ne restano solo tre, ma sarà sufficiente per creare un valido diversivo all'alba, alla porta ovest. Avremo la possibilità di una via di fuga verso oriente, ma senza cavalli».

«E dove andremo soli e appiedati?».

Era stata una domanda retorica e restammo entrambi in silenzio, pensierosi. In quel momento, rientrò il priore scuro in volto.

«L'abate Guy Paré ha fatto richiesta di entrare nel monastero per catturarvi», disse abbassando la voce quando si avvicinò. «Dice che avete rubato qualcosa di valore che gli appartiene. Quando gliel'ho negato, ha chiesto di parlare con l'abate, ma gli ho detto che non li riceverà fino a domani, dopo le lodi. Non è rimasto soddisfatto e ha minacciato di presentare una rimostranza a Roma», gemette il priore con un sorriso triste. «Suppongo che il Santo Padre avrà problemi più impellenti che castigare un semplice priore in terre lontane. Tuttavia non posso fare molto altro per voi».

«Vi ringraziamo, priore Domingo», rispose il cavaliere nero soddisfatto. «Sarà sufficiente. Vai a dormire, adesso, mio buon Jean», disse voltandosi verso di me. «Lasciami solo perché possa valutare la situazione e prendere una decisione difficile. Ti sveglierò prima dell'alba».

Ebbi un sonno inquieto. Durante la notte mi svegliai un paio di volte e vidi la figura del cavaliere nero stagliata contro la finestra della cella, che guardava fuori, come se cercasse lì la soluzione ai nostri problemi.

Mi svegliò che era ancora notte fonda e mi spiegò brevemente il piano. Avremmo atteso accanto alla porta est del monastero. Sarebbe stata sorvegliata e avremmo dovuto combattere. All'alba, non appena iniziato l'attacco dei monaci bianchi alla porta ovest, saremmo fuggiti verso est, lasciando i cavalli. Con l'ausilio degli ultimi istanti di buio avremmo sfruttato il vantaggio sui nostri inseguitori e imboccato l'unico sentiero in cui non ci avrebbero cercato, quello nord, verso le montagne.

«Lasceremo parte delle nostre cose», mi disse. «La rapidità sarà la nostra principale alleata e un carico eccessivo potrebbe causarci problemi nell'attraversare le montagne».

«Come sono quelle che attraverseremo?», chiesi un po' spaventato dalla prospettiva di doverlo fare a piedi.

«È una via che non conosco, ho solo riferimenti vaghi a un valico che nessuno ha mai visto. Cercheremo di trovarlo».

Nonostante la sicurezza del cavaliere non fosse diminuita di un briciolo, si trattava di una mossa disperata. Saremmo fuggiti a piedi da nemici a cavallo e varcato le montagne attraverso un valico sconosciuto verso un destino incerto.

Prima ancora che si intravedesse la luce, ci avvicinammo alla porta est e aspettammo. Guardai il cavaliere nero il cui viso rifletteva tutta la sua tensione. Subito udimmo grida e clangore di spade. Come una molla, il cavaliere aprì la porta e uscì.

All'esterno ci attendevano due monaci. Entrambi avevano ceduto alla tentazione di voltarsi ai rumori dello scontro che si svolgeva dall'altra parte del monastero, in dubbio se seguire gli ordini o correre in aiuto dei compagni. La loro distrazione e l'uscita rapida diedero al cavaliere nero un vantaggio sufficiente. La sua destrezza fece il resto. Senza fermarsi a pensare, diede una stoccata che il primo monaco riuscì a malapena a parare. Girò su sé stesso senza smettere di avanzare e la stoccata successiva penetrò nella carne in una ferita mortale. La faccia dello sfortunato divenne una maschera grottesca, come se non riuscisse a credere a un tale epilogo della sua vita. Il cavaliere estrasse la spada insanguinata mentre la sua vittima cadeva al suolo come un pesante fardello. Si voltò allora verso l'altro monaco che retrocedette, si girò e fuggì di corsa.

Il cavaliere tirò fuori il pugnale e lo lanciò con un gesto rapido e con somma precisione verso il fuggitivo, colpendolo in mezzo alle scapole. Senza guardarlo, né dire una sola parola, riprese la sua bisaccia dalle mie mani e ci perdemmo entrambi nella notte che già cominciava a morire.

67
Anno 2019

Quella mattina Marta e Iñigo avevano deciso di alzarsi all'alba. Volevano arrivare a Silos per visitare lo *scriptorium* e trovare il messaggio che Jean vi aveva lasciato secoli prima. Sapevano che il monaco aveva trascorso lì molto tempo ed erano certi che fossero il luogo e il momento propizi per farlo. Prima però, con tutta l'impazienza del caso, volevano visitare la chiesa di Santa Eulalia, a Paredes de Nava e il convento di Santa Cruz de la Zarza.

La chiesa di Paredes de Nava offrì loro una visita breve ma spettacolare. La simbiosi di stili architettonici e le sue dimensioni li impressionarono, anche se i resti romanici erano scarsi. Marta prese mentalmente nota di tornare a visitarla con più tempo e proseguirono il cammino.

Non appena arrivarono al convento di Santa Cruz de la Zarza, però, il sorriso le si spense sul viso. Pur conservando tracce dell'antica bellezza, infatti, era in uno stato pietoso: un edificio in rovina le cui decorazioni erano praticamente inesistenti per via dell'indolenza o forse per i saccheggi, finiva per presentare un insieme triste, come un anziano venerabile un tempo potente che ora giaceva abbandonato al suo destino in un angolo sperduto di mondo.

«È inaccettabile», protestò Marta con un misto di tristezza e rabbia. «Iñigo, andiamocene da qui, non posso sopportare di vedere un'opera d'arte trascurata fino a questo punto».

Si incamminarono verso Silos in silenzio, ricordando le pietre cadute, i muri che minacciavano di crollare e gli alberi, i boschi e la sterpaglia disseminata ovunque tra le ombre del passato.

A mattina inoltrata arrivarono a Santo Domingo di Silos, in trepidante attesa per ciò che avrebbe riservato loro la visita alla biblioteca. Il giorno prima Iñigo aveva chiamato il convento per ottenere che li lasciassero entrare e, inaspettatamente, la richiesta era stata accolta con rapidità e cortesia. Ricardo, il monaco che li ricette, si fece in quattro per aiutarli e per trovare ciò che volevano, nonostante le loro spiegazioni alquanto vaghe. Per fortuna, i fondi erano digitalizzati e subito ebbero accesso a due computer. Prima di lasciarli soli, Ricardo fece un'ultima domanda.

«Cercate qualche documento in particolare? Conosco tutti i fondi esistenti e forse potrei farvi risparmiare tempo».

«In realtà no», rispose Marta. «Anche se… sa di qualche testo antico, del XII secolo o precedente, che presenti qualche nota o commento a margine che esula dall'opera stessa?».

Il viso di Ricardo mostrò un'espressione prima di sorpresa e poi di perplessità.

«Certo», rispose. Marta percepì le mani improvvisamente madide di sudore e per un attimo rimase in silenzio, incapace di reagire. Che fosse ciò che cercavano? «Non vorrei essere irrispettoso», continuò Ricardo aggrottando la fronte, «ma mi risulta difficile credere che due studiosi non abbiamo mai sentito parlare delle *Glosas silenses*. È una delle opere più importanti della storia e…».

«Certo, certo», lo interruppe Iñigo che riuscì ad anticipare la reazione di Marta. «Forse ci siamo spiegati male. La mia amica chiedeva di altri testi oltre le famose *Glosas silenses*», disse ponendo enfasi sulla parola "oltre".

«Per un attimo mi ero preoccupato», rispose Ricardo apparentemente soddisfatto. «No», affermò poi dopo un attimo di riflessione, «che io ricordi nessun'altra opera possiede una caratteristica tanto peculiare. Mi dispiace non poter esservi di maggiore aiuto».

Quando Ricardo si allontanò, i due si guardarono e Marta ringraziò Iñigo con gli occhi.

«Dai, avrai sicuramente sentito parlare delle *Glosas silenses*», esclamò.

«Anche se la mia specialità è la pietra e non la carta», rispose Marta, «tutti gli studenti le conoscono. Sono le prime parole scritte in castigliano, anche se non ricordo molto bene cosa dicono. Vediamo di cosa si tratta e se qualcuna possa essere un messaggio di Jean».

Stabilirono di dividersi il lavoro. Mentre Iñigo controllava tutti i documenti precedenti al 1200, cinquanta in tutto, cercando note a margine o qualsiasi altro tipo di intervento sospetto, Marta si immerse nello studio delle trecentosessantotto glosse nelle analisi di illustri studiosi come Menéndez Pidal, dato che non ne esistevano copie e gli originali erano conservati nel British Museum.

Il lavoro richiese tutto il giorno e l'unica cosa che ottennero fu un mucchio di fotocopie e un mal di testa che cercarono di attenuare su una terrazza nei pressi del convento. Cercarono un tavolo libero in mezzo al pienone di turisti e locali che si godevano il sole della sera. Tutt'intorno scorrazzavano bambini, creando un cicaleccio e un baccano che contrastavano con la pace della biblioteca che avevano appena lasciato.

«Niente», commentò Iñigo con un sospiro. «Anche se potrebbe essermi sfuggito qualcosa di importante. La mia conoscenza del latino andrebbe perfezionata», aggiunse sorridendo.

«Neanch'io. Le glosse non sono altro che un elenco di possibili peccati e relative penitenze del tipo "colui che si sia macchiato di occhiate oscene, faccia venti giorni di penitenza"», disse Marta con la voce più grave che riuscì a fare.

Iñigo scoppiò a ridere a quell'imitazione, contagiando anche Marta.

«Siamo in un vicolo cieco», concluse quando entrambi smisero di ridere. «E adesso che facciamo?»

«Esaminiamo di nuovo ciò che abbiamo raccolto. Il cadavere di un misterioso pellegrino con un libro che racconta una storia ancora più misteriosa. Un oggetto al quale si attribuisce un certo potere. Un abate inviato da Roma per recuperarlo».

«E ottocento anni dopo qualcuno con la stessa intenzione, anche se con metodi meno sbrigativi... spero».

Marta si sentiva sconfitta. Non solo non era riuscita a trovare la reliquia, ma tutte le sue idee erano fallite.

«Come diceva il relatore della mia tesi, quando senti che non funziona niente, torna al punto di partenza. Torniamo a Donostia e vediamo se Jean aveva quell'oggetto con sé, anche se tutto indica di no».

«Come fai a saperlo per certo?», chiese Iñigo.

«Perché ha avuto molte occasioni di nasconderlo durante il cammino. Perché sapeva cosa portava con sé. Perché qui nel mio zaino, in un qualche punto del libro, c'è la chiave… il mio zaino! Dov'è il mio zaino?».

I due scattarono in piedi. Iñigo passò in rassegna la piazza mentre Marta si guardava intorno, arrabbiata con sé stessa per la sua disattenzione. Non riusciva a credere a quanto appena successo. Ricordava di aver lasciato lo zaino sulla sedia accanto e le sembrava impossibile che qualcuno l'avesse rubato senza che se ne rendesse conto.

Nel giro di qualche minuto, Iñigo riapparve da un angolo della piazza. A Marta parve di vederlo sorridere. Camminava verso di lei con qualcosa in mano: lo zaino.

«Eccolo qui», disse quando la raggiunse. «Era accanto ai cassonetti dell'immondizia. Forse qualche bambino…».

Marta aprì lo zaino, sollevata all'idea di poter di nuovo toccare il libro.

«È vuoto!», esclamò prima che l'angoscia le serrasse la gola.

«Non c'è niente dentro?»

«Sì, c'è tutto tranne il libro», rispose disperata con un filo di voce.

Iñigo guardò Marta socchiudendo gli occhi e diede voce a ciò che entrambi stavano pensando.

«Non è stato un borseggiatore».

«Federico!», esclamò Marta annuendo.

«Temo di sì. Non avremmo dovuto fidarci».

«È finita, Iñigo», concluse. «Abbiamo perso».

68
Anno 1199

Le montagne verso cui ci dirigevamo il cavaliere nero e io sembravano allontanarsi sempre più. Alle prime ore del mattino il terreno pianeggiante aveva ceduto il passo a piccole colline e queste ultime a montagnole sempre più alte, finché le ultimissime vestigia di attività umana scomparvero del tutto. Eppure continuavamo ad avanzare con caparbietà fino al Nord, seguendo un sentiero di montagna che ci faceva da guida attraverso quel terreno scosceso, frastagliato e roccioso.

I nostri inseguitori erano rimasti indietro, ancora una volta grazie ai monaci bianchi. Li ricordavo silenziosi e castigati, ma al tempo stesso tranquilli e in pace, sempre pronti al sacrificio. Il mio timore era che fossero periti tutti.

Il cavaliere nero aveva dedicato tempo a cancellare le nostre tracce, certo che fosse la nostra unica possibilità di fuggire a piedi da nemici a cavallo. Apriva lui la marcia e parlavamo poco. Avevamo riempito gli otri di acqua, ma era difficile trovare da mangiare e la nostra fuga precipitosa ci aveva impedito di radunare un minimo di provviste. Dopo diverse settimane a cavallo, tornare a camminare in continua salita punì severamente i nostri corpi. Anche se l'estate cominciava soltanto allora a volgere al termine, le notti erano diventate più fredde e il terreno inospitale. Mi chiedevo spesso come saremmo riusciti a valicare le montagne evitando le cime.

Alla fine del terzo giorno, durante una sosta, mi azzardai a esporre i miei dubbi al cavaliere nero.

«Come faremo a evitare le montagne?», ripeté scontroso. «Non lo so. Non mi ci sono mai addentrato molto. Tuttavia, deve esserci un valico da qualche parte», aggiunse osservando le cime. «Non ho mai detto di conoscere la via, ma se vuoi, puoi tornare indietro e chiedere a Guy Paré un percorso alternativo».

Raccolse di nuovo le sue cose e riprese la marcia mentre io mi affrettavo a seguirlo senza aggiungere altro. Avevo già imparato che era meglio non discutere quando era di malumore. Inoltre, dovevo riconoscere che, ancora una volta, aveva avuto ragione e mi aveva messo in salvo quando da solo non sarei mai riuscito.

«Dimmi dove andiamo e quali sono le tue intenzioni», dissi guardandolo negli occhi.

Il cavaliere nero mi fissò a sua volta, infastidito, ma poi parve comprendere.

«Siamo diretti a nord», disse disegnando con un rametto secco sul terreno polveroso. «A un certo punto devieremo per lasciarci le montagne alla nostra sinistra e cercheremo di trovare il passo di cui ho sentito parlare. Dall'altra parte si trova Santo Domingo de la Calzada».

Assentii, cercando di interpretare le sue parole. Non sembrava sicuro di riuscire a trovare il valico.

«Avremo bisogno forse di tre giorni per raggiungere la nostra destinazione», continuò mentre io riflettevo. «Se tutto va bene. Se questo passo esiste. Se troviamo da mangiare. Se no, dovremo tornare indietro e deviare a est. Forse altri due giorni di marcia», disse sconfortato. «Ci restano provviste solo per domani, a meno che non riusciamo a cacciare qualche coniglio o troviamo delle bacche. Se scendiamo un po' forse troveremo l'uno e l'altra cosa, ma sprecheremmo tempo e magari non saremmo più in grado di tornare indietro», concluse.

«Proseguiamo», risposi. «Il Signore provvederà».

Il cavaliere nero mi guardò un istante con una strana espressione.

«Preferisco non lasciare la mia vita nelle mani del Signore», rispose quasi masticando le parole.

«Quando non c'è altra guida, Lui è la via», risposi testardo.

«Quanti uomini buoni sono morti pensando che la divina Provvidenza li avrebbe aiutati! Tu prega. Io continuerò a cercare la strada», disse stringendosi nelle spalle. «Continueremo verso nord».

Il cavaliere nero mi stupiva sempre. Nonostante fosse al servizio di un abate, non avevo mai conosciuto uomo più blasfemo di lui o che mettesse in dubbio la parola di Dio con tanta leggerezza. Tuttavia, le sue riflessioni erano sempre indovinate e, per la prima volta nella vita, si era aperta una breccia nella mia fede e cominciava a farsi strada un nuovo modo di vedere il mondo, un'altra maniera di intendere la realtà in cui mi trovavo immerso.

Il giorno seguente, il sentiero girò a ovest e il cavaliere nero fermò i suoi passi. Indicò a nord, verso le cime ora più vicine.

«Cambieremo rotta», disse ora sicuro di sé. «Se continuiamo a salire verso ovest, ci addentreremo ancora di più nella sierra. Sarà meglio discendere verso est, costeggiando quella cima e cercare un valico attraverso quella valle. Ma non lo faremo oggi, ne abbiamo già avuto abbastanza. Riposiamo ora, cominceremo già domattina presto».

Ci avvolgemmo nei nostri mantelli e cercammo di dormire dimenticando i morsi del freddo e del nostro stomaco vuoto. A mezzanotte cominciò a cadere una pioggerella sottile. Ero inzuppato e atterrito e mi sentivo infelice. A notte già avanzata, caddi in un sonno profondo.

Sul fare del quinto giorno l'alba sorse limpida. Ci preparammo in silenzio, grati per il sole sulla pelle e cominciammo la discesa verso valle nella speranza di riuscire a trovare qualcosa che placasse la nostra fame.

A intervalli regolari il cavaliere nero cercava di orientarsi e decideva la via da seguire. Vedemmo alcuni noci e noccioli, ma era ancora troppo presto per trovare frutti maturi. A mezzogiorno la nostra sorte cambiò. Dopo una curva del sentiero e tra due grandi rocce, cresceva un piccolo fico i cui frutti ci parvero deliziosi. Mangiammo a sazietà e ne conservammo altri per il giorno successivo. Rincuorati e di buonumore, continuammo il nostro cammino.

«Vedi?», puntualizzai soddisfatto di me stesso. «Il Signore provvede sempre».

Il cavaliere nero mi guardò con un sorriso ironico negli occhi e parve valutare se valesse la pena ribattere alle mie parole.

«Vorresti sostenere che quell'albero non fosse già qui prima del nostro arrivo? Che il Signore ce l'ha messo perché ha ascoltato le tue suppliche?»

«No», scossi la testa. «Ma ha guidato i nostri passi fino a lì».

«In realtà sono stato io a guidare i nostri passi fino a lì. Se per caso mi fossi sbagliato e fossimo caduti in un burrone sarebbe stata colpa di Dio?»

«Ma no, certo», risposi confuso. «Dio protegge chi ha fede in lui».

Di nuovo il cavaliere nero mi sconcertava con le sue risposte, ma stavolta mi guardò serio, deciso a non nascondere più il suo pensiero.

«Ne ho visti morire a sufficienza di uomini che credevano con fervore in Dio», sentenziò con disprezzo, «e anche molti che lo rinnegavano, quindi so per certo che pregare non ti risparmia la spada, la fame o le malattie. E ho visto tanti trovare giustificazione nella propria fede per commettere atti spregevoli, ecco perché ho perso ormai da tempo il rispetto nei confronti del tuo Dio».

«Non pensi davvero quello che dici», risposi spaventato.

Il cavaliere nero fece spallucce, come se non gli importasse minimamente ciò che potessi pensare io e sospirò rassegnato.

«Io credo che se sei una brava persona, che tu sia cristiano o no, fai il bene. E che se sei una cattiva persona, che tu sia cristiano o no, commetti il male. Eppure, bisogna invocare Dio per obbligare una brava persona a fare il male».

«Allora perché aiuti l'abate di Leyre?», chiesi attonito.

«Io sono occitano. Lì ci sono molti credenti, la maggior parte di loro non sguainerebbe mai la spada in nome del proprio credo. Molti non lo fanno neanche per difendersi da uomini come l'abate Guy Paré. Per questo lo faccio io e lo fanno altri uomini buoni come l'abate di Leyre».

«Eh… allora…», balbettai comprendendo all'improvviso chi era il cavaliere nero. «Sei un eretico cataro? Non accetti la vera fede?»

«Se la vera fede manda sul rogo uomini, donne e bambini perché credono in qualcosa di diverso, allora preferisco essere un eretico. E tu, Jean, cosa preferisci?».

Al momento di ribattere mi resi conto di non essere affatto sicuro della mia risposta. Erano successe molte cose negli ultimi mesi e ancora ricordavo le morti e le torture subite. E tutto per un oggetto andato perduto molti secoli prima. Valeva la pena? Forse sì per la persona che ero stata nella mia vita precedente. A quel tempo avrei giurato che sarebbe valso esporsi a qualunque sacrificio pur di tentare di mettere in salvo la reliquia che rappresentava il principale lascito di Gesù. Il mio maestro a Cluny me lo avrebbe assicurato. Ma ora non potevo più ignorare che il possesso di quella reliquia avrebbe conferito all'abate di Cluny un potere tale da portarlo a Roma, sul soglio pontifico e modificare il corso della cristianità. Non ero più sicuro di quale fosse la cosa migliore.

Raccolsi i miei averi e cominciai a camminare. Avevo molto su cui meditare.

69
Anno 33

Vergogna e rabbia sono forze potenti. Quando agiscono provocano una tale alterazione da portare l'individuo a compiere imprese incredibili o crimini irreparabili.

I giorni seguenti alla fuga da Cariniana, i quattro compagni si imposero caparbiamente delle estenuanti giornate di cammino per impedirsi di pensare a Laura, abbandonata al suo destino. Giacomo cercava di ingannarsi ripetendosi che la missione per la preservazione della reliquia fosse più importante, ma la realtà sentiva di aver agito da codardo, cedendo alla paura e tentando di dimenticare l'esempio dato loro da quella donna. A poco a poco, tuttavia, il ricordo si fece meno doloroso, più etereo fin quando, alla fine, si dissipò dall'ultimo sprazzo di coscienza.

Vergogna e rabbia possono quindi nascondersi, ma non scompaiono e sopravvivono occulte fino a che, un giorno, riprendono il comando per non lasciarlo più.

Durante il cammino conobbero Korbis, che divenne il loro nuovo compagno di viaggio. Lo incontrarono mentre beveva l'acqua di un piccolo ruscello che attraversava il sentiero e Teodosio, sempre ben disposto, intavolò una conversazione nonostante la reticenza di Adonai.

«Dove vai, viandante?», lo interrogò Teodosio che non sembrava aver imparato la discrezione neanche dopo la recente disavventura.

Di fronte a quella domanda, Korbis gli lanciò un'occhiata divertita, come se gli avesse fatto piacere essere confuso con un viandante smarrito. Per un attimo calò il silenzio e i quattro si accorsero stupiti di trovarsi davanti l'uomo più attraente che avessero mai visto. Aveva tratti soavi ma ben definiti con due occhi verdi e profondi che spiccavano su una pelle scura, chiaramente molto giovane, non essendo ancora indurita dagli anni. Quello che senza alcun dubbio richiamava più l'attenzione, però, era il sorriso che gli illuminava il volto e che invitava chiunque lo osservasse a fare di tutto per prolungarlo.

«Non sono un viandante», rettificò confermando la prima impressione di Giacomo. «Mi chiamo Korbis, sono originario di questa regione e la mia destinazione è un villaggio che si chiama Autraca, a dieci giorni di cammino da dove ci troviamo noi. E voi? Non siete di queste parti, se il vostro accento non mi inganna».

«Chi siamo non è tua incombenza», rispose acre Adonai, che aveva deciso di mostrarsi estremamente diffidente.

Korbis alzò le mani come a chiedere scusa e intanto regalava di nuovo quel sorriso.

«Certo», concordò, «ma siete stati voi a chiederlo per primi», aggiunse facendo spallucce.

«Ti chiedo scusa per il nostro amico», intervenne Giacomo con un'occhiata di rimprovero a Adonai. «Siamo viandanti diretti a ovest, gente di pace, e abbiamo solo bisogno di un po' d'acqua e di orientamento».

«Se andate verso ovest seguite la mia stessa direzione. Non so dove si incamminino i vostri passi, ma questo territorio è in gran parte disabitato. Forse andate verso Asturica Augusta o ancora più lontano fino a Luco Augusta...».

«Vedo che conosci molto bene la zona». A Giacomo quell'uomo ispirava fiducia. «Ecco, condividi con noi il nostro cibo come ricompensa per il tuo aiuto».

Quando ebbero finito di mangiare e riposare, e nonostante le riserve di Adonai, invitarono Korbis ad accompagnarli. Presto il giovane li conquistò con il suo conversare, le sue continue battute e la passione con cui raccontava i più banali aneddoti sul suo popolo; una passione che si convertiva in fervore quando parlava della sua amata, Nunn, che non vedeva da due anni, da quando cioè era partito in cerca di fortuna intenzionato ad accantonare la dote necessaria per sposarla.

«I suoi capelli sono come la luce del sole sulle onde del mare al tramonto», spiegò, «quando mille scintille si uniscono a mostrare la via per il cielo. E il suo sorriso… Ah! Il suo sorriso è come la fresca acqua di un ruscello per un assetato».

Le sue descrizioni, ognuna sempre più dettagliata, potevano durare ore, ma era un viaggiatore pieno di risorse e conoscitore dei paraggi in cui si trovavano.

Il viaggio si fece più piacevole. Quelli che incontravano e che conoscevano Korbis, ma anche gli altri, li salutavano con un sorriso. Avanzavano senza preoccupazioni, godendosi l'ultimo acquisto del gruppo, di modo che perfino Adonai, sempre diffidente, si rilassò e trattò con buona amicizia il nuovo compagno. Dei quattro amici, quello che più godeva della compagnia e delle storie che raccontava Korbis era Teodosio con il quale aveva in comune l'età e la passione per le donne.

Tuttavia, l'allegria che Korbis aveva portato nel gruppo era sempre appannata dalla preoccupazione che tutti nutrivano per Attanasio. La ferita, lungi dal guarire, sembrava al contrario peggiorare. La lavavano con infusi caldi, ma suppurava e tutto il fianco era tumefatto. Attanasio sopportava con stoicismo e mai lo udirono lamentarsi, ma quando pensava che non lo guardassero, il suo viso si contraeva per il dolore.

70
Anno 2019

L'Ombra accarezzò la copertina del libro. «È stato così facile...», mormorò concedendosi un lieve sorriso.

Era stata quasi una passeggiata. Senza spargimenti di sangue, senza violenza, senza esporsi. Possedeva ormai tutto ciò di cui aveva bisogno e poteva ritirarsi in qualche luogo appartato per studiare il libro fino a trovare ciò che cercava. Non gli sarebbe costato molto, ora che era l'unico giocatore al tavolo. Anche così, non voleva lasciare niente in sospeso. Decise di percorrere cento chilometri verso ovest prima di deviare per un piccolo villaggio al di fuori del percorso principale. Trovò una pensione che accumulava storia e sporcizia in parti uguali, scelse una camera in fondo al corridoio e vicino all'uscita di emergenza, pagò tre giorni anticipati e comprò delle provviste per non dover uscire.

Insistette con la padrona di non essere disturbato per nessun motivo e che non era necessario fare le pulizie né cambiare le lenzuola. La donna storse il naso, ma accettò in silenzio il denaro che gli offriva. Senza dubbio era abituata a ospiti poco convenzionali. Quel posto era proprio ciò che l'Ombra stava cercando.

Quando rimase solo nella camera, fece il solito inventario del luogo. Da una parte c'era un letto antico tanto quanto la pensione, affondato al centro, coperto da lenzuola di flanella consumata dalle tarme e dal tempo e con sopra una coperta che odorava di umidità anche a distanza. Accanto alla finestra, un tavolino scrostato e una fragile sedia di legno che avrebbe a malapena sopportato il suo peso. Sull'altro lato, di fronte al letto, c'era un armadio di legno annerito dagli anni e dalla trascuratezza. Al centro del soffitto, a illuminare appena la stanza, una lampadina da trenta watt attaccata ad alcuni fili scoperti. Chiuse la persiana in modo che solo alcune fessure lasciassero passare la luce del sole e sedette sulla sedia che scricchiolò pericolosamente.

Sorrise soddisfatto. Aprì il libro alla prima pagina e cominciò a leggere.

71
Anno 1199

Il giorno dopo il nostro tormento sulla montagna terminò. Ci eravamo alzati presto dopo aver trascorso una buona nottata. Finimmo i fichi che ci restavano e dal buonumore del cavaliere capii che presto ne saremmo usciti. Ero profondamente stupito da quel cambiamento, faticavo a riconoscere in quel giovane spensierato l'uomo che mi aveva parlato con tanta ostilità la sera prima.

«La nostra sorte sta cambiando», decretò con una pacca amichevole sulle spalle. «Siamo scesi di molto e presto davanti a noi si aprirà la valle dell'Evros. Allora dovremo prendere nuove decisioni».

«Cioè dove dirigerci?», chiesi approfittando della sua ritrovata loquacità.

Il cavaliere nero raccolse un ramo, si accovacciò a terra e mi fece cenno di avvicinarmi.

«Per prima cosa dovremo stabilire un modo per evitare che ci raggiungano. Arrivati alla valle, troveremo due monasteri; Santo Domingo de la Calzada e San Millán de la Cogolla», disse disegnando a terra due cerchi. «Verso est», indicò tracciando una linea, «c'è il sentiero verso Pompaelo e più avanti la nostra destinazione finale, Leyre. Questa è la direzione che dovremmo seguire, ma anche la più pericolosa».

Lo guardai con apprensione, facendogli capire che avrei preferito evitare il pericolo.

«Verso nord», continuò abbozzando una linea perpendicolare alla prima, «troveremmo Gastehiz e, se continuassimo in quella direzione, altri rilievi prima di arrivare al mare. Potremmo prendere questa via per arrivare a Sanctus Sebastianus. Ti piacerebbe, è un villaggio con uno sbocco naturale sul mare fondato per volere di re Sancho che vi trasferì guasconi e gente delle vicinanze. Ha un monastero ascritto a Leyre dove, se arriviamo fin lì, saremo trattati bene. L'ultima volta che ho visitato il villaggio avevano cominciato la costruzione di una chiesa in riva al mare. Forse troverai delle pietre da toccare», aggiunse con un sorriso. «Dopo questo punto», tracciò una terza linea fino a sudest, «potremmo, in tre o quattro giorni, arrivare a Pompaelo, aggirare il villaggio evitando occhi indiscreti e arrivare a Leyre. È un cammino lungo che ci porterà via più di due settimane».

Mi accorsi che dovevamo scegliere tra il pericolo e il restare indietro e non ero sicuro di cosa fosse meglio.

«Io», dissi quando ebbi deciso, «preferirei evitare il pericolo».

Il cavaliere nero assentì, apprezzando la mia proposta. Ebbi la sensazione che, per la prima volta, la mia opinione fosse importante per lui e lo apprezzai.

«Prima di prendere questa decisione», riprese con un tono di nuovo fosco, «dobbiamo evitare la vigilanza dei monasteri e riuscire ad attraversare il cammino che unisce Burghia a Pompaelo, dove senza dubbio ci staranno cercando. E c'è una terza opzione, intermedia alle due precedenti. Arrivando a Gastehiz», ricominciò a disegnare a terra, «potremmo scegliere una valle stretta tra i due altopiani che ci porterà non lontano da Pompaelo. Se dovessi scegliere ora, preferirei questa, perché concilia sicurezza e rapidità».

Il cavaliere nero mi guardò, in attesa del mio consenso. Quale delle tre rotte tornava più utile ai miei interessi? La prima opzione mi sembrava troppo pericolosa e la scartai subito. Mi attraeva la seconda perché era la meno rischiosa e la più lunga e quindi mi avrebbe dato maggior tempo per trovare il momento opportuno in cui agire, ma temevo che, se avessi optato per questa, il cavaliere nero avrebbe sospettato di me.

«Tu conosci meglio il cammino», risposi infine. «Se credi che la terza sia la migliore, mi fido del tuo buon giudizio».

Il giorno seguente arrivammo al sentiero che univa Burghia a Pompaelo. Eravamo a una decina di metri dal monastero di Santo Domingo e scendeva la sera. Il cavaliere nero mi lasciò nella boscaglia per avvicinarsi in cerca di segnali che solo lui poteva vedere.

Poco dopo riapparve con la stessa furtività con sui si era allontanato. Portava cattive notizie.

«I nostri inseguitori ci aspettano, sia al monastero che sul sentiero e non ci sono solo gli scagnozzi di Guy Paré. A loro si sono uniti un gran numero di cavalieri templari. Il percorso verso est è impossibile. A tre o quattro giorni di marcia c'è il monastero di Irache, che appartiene ai Templari. Sarebbe un vicolo cieco».

«E tornare sui nostri passi è impossibile», riflettei preoccupato dal pessimismo del cavaliere nero. «Né possiamo aspettarci l'aiuto dei monaci bianchi».

«Ci resta il Nord», rispose lanciandomi uno sguardo indagatore. «Attraverseremo il sentiero stanotte in qualche zona boscosa. Eviteremo le vie principali, i villaggi e soprattutto i monasteri, a meno che non arriviamo a Gastehiz».

«E una volta a Gastehiz che faremo?», chiesi. «Se anche fossimo capaci di arrivare a Leyre, come eviteremo che ci trovino lì?».

Avevo esposto la mia più grande preoccupazione: la destinazione finale che mi attendeva. Il cavaliere nero mi guardò incuriosito. Aveva captato che i miei dubbi non riguardavano solo il nostro passo successivo, ma proprio l'arrivo finale a Leyre.

«Non ho risposta a questa domanda», rispose con un gesto che non riuscii a interpretare. «L'abate Arnaldo ci guiderà. Io porrò te e l'oggetto al sicuro in un luogo ben lontano dal controllo di Roma. Sì», continuò come se gli fosse appena venuto in mente, «io andrò a Montsegur, la fortezza che si sta costruendo sulle montagne. Nessuno potrà mai conquistarla».

Deglutii a sentirgli menzionare Montsegur. Avevo sentito parlare dell'inespugnabile roccaforte che, in cima a una montagna scoscesa, fungeva da rifugio agli eretici catari. Se, come si diceva, era così difficile avervi accesso, altrettanto impossibile sarebbe stato anche scappare se avessero deciso di imprigionarmi. Significava consegnare la reliquia ai catari e non era un'opzione percorribile. Dovevo agire prima che accadesse qualcosa del genere.

«Mai è molto tempo», obiettai senza compromettermi. «Ma lasciamo da parte le speculazioni per ora. Al momento, concentriamoci ad attraversare il cammino senza essere scoperti».

72
Anno 2019

Quando Marta aprì gli occhi ebbe la conferma che ciò che era accaduto il giorno prima non era stato solo un brutto sogno. Lì, appoggiato sulla poltroncina della camera d'albergo, c'era lo zaino. La chiusura lampo aperta la fissava accusatrice. Come aveva potuto essere tanto stupida?

Scese a fare colazione temendo di trovare un simile rimprovero anche nello sguardo di Iñigo, invece il sacerdote sembrava quello di sempre, forse un po' più meditabondo. Le accennò un sorriso comprensivo che le ricordò quanto fosse attraente.

«Presumo che la nostra avventura finisca qui», commentò afflitto.

«Ti arrendi così presto?», ribatté Marta con una finta smorfia di disprezzo.

La notte prima aveva avuto molto tempo per pensare. Erano stati due ingenui. Marta aveva capito che quella vicenda non era un gioco, ma restavano ancora delle fiches sul tavolo. Dovevano rischiare.

«La nostra situazione non è disperata come sembra», proseguì in tono misterioso non appena ebbe la sua attenzione.

«Ah, no? Ti ricordo che non solo non abbiamo trovato nessuna pista utile, ma che abbiamo perso l'unica che avevamo, il libro, che inoltre ora è nelle mani di Federico. Che idea geniale hai avuto?».

La domanda di Iñigo dimostrava un comprensibile scetticismo. Sfoderando il suo sorriso più innocente, Marta gli allungò il cellulare e, ammiccando con le sopracciglia, lo invitò a guardare lo schermo. Iñigo lo prese senza capire. Marta riusciva a malapena a trattenersi dal sorridere. Quando Iñigo capì ciò che stava guardando, alzò gli occhi su di lei, incredulo.

«Hai fotografato tutto il libro?», chiese a bocca aperta.

«Ieri, nel pieno dell'emozione, non me lo sono ricordato. Le ho scattate il primo giorno, quando pensavo di restituirlo, ma di conservare il contenuto». Marta lo guardò con un'espressione di sfida. Si godeva esultante l'effetto sorpresa.

«Questo vuol dire che Federico non ha alcun vantaggio, che lo scontro è equilibrato!», esclamò Iñigo quanto considerò tutte le implicazioni.

«Potremmo perfino essere noi ad avere un leggero vantaggio su di lui», precisò in tono malizioso.

«Ah, sì? E quale sarebbe?».

Marta fece una pausa a effetto per assaporare il momento.

«Che lui non sa che ne abbiamo una copia. Ascoltami, ho un piano».

«Cominci a farmi un po' paura», sorrise Iñigo.

«E siamo solo all'inizio».

73
Anno 1199

Il cavaliere nero si fermò di colpo e si portò le dita alle labbra per chiedermi di fare silenzio. Mi si rivolgeva solo sussurrando. Alzò una mano e mi fece cenno di avvicinarmi lentamente. Eravamo arrivati al sentiero.

«Aspetteremo qui e quando sarà il momento propizio, attraverserò. Aspetta il mio segnale per farlo anche tu. Cerca di muoverti in fretta, ma con discrezione. Domande?».

Risposi di no con il capo, mentre le pulsazioni acceleravano. Lo seguii fino al ciglio del sentiero e ci fermammo in ascolto. Il cavaliere nero rimase a occhi chiusi così a lungo che arrivai a credere che si fosse addormentato. All'improvviso li riaprì e si mise in marcia. Senza vacillare, attraversò e sparì dall'altro lato del bosco. Come faceva a muoversi senza fare rumore? Attesi, ma non udii altro che il battito del mio cuore.

Poi, dal fogliame, sbucò la sua mano a ordinarmi di attraversare. Presi le mie cose e, con molta meno precisione di lui, abbandonai il mio nascondiglio. Tutto accadde come fosse rallentato. Non avevo fatto che pochi passi quando vidi il cavaliere nero cambiare espressione. Dall'impazienza alla sorpresa, dall'urgenza alla paura. In quello stesso istante, o forse prima, udii un rumore di zoccoli al galoppo verso di me. Alla vista della spada che disegnava un arco mortale nell'aria, rimasi paralizzato in mezzo al sentiero. Il cavaliere nero reagì cercando di balzare fuori dalla boscaglia sguainando la sua spada. Un solo pensiero mi attraversò la mente: non riuscirà a fare in tempo.

Invece ci riuscì. Caricò contro di me e mi spinse contro gli alberi mentre alzava la spada. Il colpo fu colossale e lo scaraventò indietro di diversi metri. La lama si era spezzata e il braccio destro pendeva inerme, forse rotto. Il cavaliere templare frenò la sua cavalcatura. Aveva gli occhi iniettati di sangue e la metà del viso non nascosta dall'elmo coperta dalla barba. Sorrise nel vedere il cavaliere nero, in ginocchio, paralizzato dal dolore, ancora con l'impugnatura della lama spezzata in mano. Come il gatto che ha messo all'angolo il topo, si avvicinò lentamente e sollevò la spada a due mani per sferrare il colpo finale. Guardai il cavaliere nero, sorpreso di non leggere disfatta nel suo sguardo, ma solo concentrazione.

In un lampo, rotolò a terra e in quell'istante esatto il colpo mancò il bersaglio. Ancor prima che la lama del templare concludesse la sua parabila, era di nuovo in piedi e, dal momento che il suo contendente non aveva ancora recuperato l'equilibrio sulla cavalcatura, ne approfittò per tirarlo giù e disarcionarlo. Tirò fuori il pugnale e, per tutta risposta, il templare sfoderò il suo con la mano sinistra. I due si guardarono negli occhi, da pari a pari, ma fu il templare il primo a muoversi. Con la spada attaccò di lato con l'intenzione di utilizzare il pugnale al momento opportuno, ma il cavaliere nero retrocedette, cercando di guadagnare tempo per ricomporsi o forse sperando che la stanchezza facesse colpo sul nemico.

A quel punto mi attraversò la mente un'idea folle. Stavo già per scartarla quando vidi che la situazione del cavaliere nero peggiorava. Indietreggiava sospinto dall'avversario contro gli alberi. Mi lanciai verso il cavallo che aspettava paziente al lato del sentiero, presi le redini con forza e, senza pensarci troppo, gli saltai in groppa. Il cavallo fece resistenza e lanciò un nitrito che distrasse il templare quell'attimo che fu sufficiente al cavaliere nero per balzare in avanti e assestargli un colpo che lo mancò di poco. Lo scontro si trasformò in un corpo a corpo.

Mentre cercavo di prendere il controllo del cavallo li persi di vista. Quando ci riuscii, vidi il cavaliere nero schivare il pugnale del nemico ormai senza più la spada, girarsi di nuovo sferrando una stoccata all'ultimo momento, piegandosi al contempo su sé stesso. Si fece silenzio. Il cavaliere templare indietreggiò di un passo, vacillò qualche secondo e cadde colpito a morte. Il cavaliere nero mi guardò e sorrise, quindi si accasciò a sua volta. Smontai, legai le redini a un albero e mi avvicinai. Giaceva bocconi, tenendosi il fianco. Il sangue sgorgava da una profonda ferita e, quando cercai di parlargli, svenne.

Mi guardai intorno senza sapere cosa fare. Dovevamo fuggire prima che comparissero altri soldati. Trascinai il cavaliere fino al cavallo e tamponai la ferita al meglio delle mie possibilità. Con la forza della disperazione e del panico che mi dominava al punto da farmi tremare, riuscii a issarlo in sella. Quindi tornai verso il cadavere del cavaliere con l'irrazionale timore che potesse svegliarsi e attaccarmi. Lo trascinai via dal sentiero e lo coprii con le felci. Poco dopo mi resi conto che le tracce della lotta e l'abbondante sangue a terra ci avrebbero comunque traditi, ma la paura era molto più forte e mi impedì di tornare indietro a porvi rimedio.

Cercai di muovermi in gran fretta, ma il cavaliere nero, incosciente, cominciò a lamentarsi o forse a delirare per la febbre. Due ore dopo, terrorizzato, disperato e senza smettere di guardarmi alle spalle mi fermai e gli diedi un po' d'acqua. Era ancora notte fonda e mi augurai che l'oscurità che ci circondava nascondesse anche i resti della contesa e le nostre orme. Con un po' di fortuna la caccia non sarebbe iniziata prima dell'alba.

Cercai di ricordare la bozza del piano che il cavaliere aveva disegnato a terra solo poche ore prima e che in quel momento mi parevano settimane. Gastehiz era a nord, a tre giorni di cammino. A cavallo ci saremmo potuti arrivare forse la mattina seguente, ma avanzavamo alla cieca e in un territorio sconosciuto.

74
Anno 33

Quando furono trascorsi dieci giorni dall'incontro con Korbis, Giacomo e i suoi compagni arrivarono ad Autraca. Il villaggio era piccolo, non più di un centinaio di abitanti. Le case erano umili, di mattoni e argilla addossata a una parete verticale di protezione che minacciava di seppellirne gli abitanti.

Korbis osservava ogni dettaglio cercando di rilevare i cambiamenti quasi impercettibili occorsi dalla sua partenza. La strada principale del villaggio era deserta e, man mano che avanzavano, Giacomo notò che dietro le tende tirate si muovevano ombre silenziose e vigilavano occhi indagatori. Qualcosa non quadrava.

Un tale comportamento poteva forse essere normale nei confronti di estranei, così funzionava in quel mondo pericoloso, dove ogni novità era foriera di un rischio. Tuttavia, la presenza di Korbis avrebbe dovuto rompere il muro di diffidenza che si era impadronito di quel villaggio. Si guardarono interdetti, tranne Korbis che, concentrato su ogni albero, ogni pietra, ogni valle, non si era reso conto della situazione.

Alla fine arrivarono sulla soglia di un'umile dimora. Bussarono e attesero qualche istante in silenzio. Quindi si udirono dei passi e la porta si aprì lentamente lasciando appena lo spazio sufficiente per inquadrare un viso. L'anziana donna che apparve sull'uscio non poteva essere altri che la madre di Korbis. Aveva gli stessi tratti aggraziati e gli occhi verdi del figlio. Nella sua lontana gioventù doveva essere stata una donna molto bella. Nel vedere Korbis un gridò le risalì dalla gola e lasciò cadere gli utensili della cucina che aveva in mano. Tremando per l'emozione, lo abbracciò mormorandone il nome senza posa.

Dopo l'incontro entrarono tutti nella piccola casa che la donna teneva con una pulizia e un ordine assoluti. Dorila, quello era il suo nome, non smetteva di abbracciare Korbis ogni volta che ne aveva l'occasione e sembrava improvvisamente ringiovanita. Le rughe erano scomparse dai suoi lineamenti e quelle che restavano erano il riflesso del sorriso che ora li adornava. Purtroppo fu una gioia di breve durata.

«Madre», disse Korbis con un brillio di urgenza nello sguardo. «Ti chiedo di scusarmi alcuni istanti che prometto saranno brevi. Come potrete immaginare, desidero vedere Nunn. Tornerò presto, dato che la notte già scende e non voglio lasciare soli i miei invitati più a lungo di quanto sia necessario».

Dorila sedette su una sedia e cominciò a singhiozzare con la testa tra le mani. A quella reazione della madre l'espressione di Korbis mutò immediatamente.

«Che succede, madre?», chiese accovacciandosi e prendendole la mano. «È forse successo qualcosa di male a Nunn? Ditemelo senza indugio, il mio cuore non può sopportare quest'incertezza un secondo di più».

Lo sguardo che Dorila rivolse al figlio fu colmo di compassione, si asciugò le lacrime e lo osservò a lungo prima di parlare, come se non riuscisse a scegliere le parole.

«Non temere per la sua vita, lei sta bene. È per te che piango, figlio mio. Anche se il tuo ritorno esaudisce tutti i miei desideri, tuttavia giunge in ritardo. La dote che porti sarebbe stata sufficiente ad accontentare il padre di Nunn, ma non potrebbe mai uguagliare quello che gli ha offerto Lizardo. Suo padre ha accettato la proposta e tra qualche giorno Nunn gli verrà data in sposa».

Tutti si girarono a guardare Korbis, ma la sua espressione non era minimamente mutata, il suo viso pareva scolpito nel marmo più duro, come se i fatti appena riportati da sua madre lo avessero accompagnato nei suoi presentimenti più foschi già da molto tempo.

«Allora aspetterò che la notte sia più profonda e andrò a trovarla lontano da sguardi estranei. Ma prima, Giacomo, mi piacerebbe parlare con te da solo».

Teodosio e Attanasio si girarono perplessi verso Giacomo. Korbis si diresse in una stanza della casa e gli chiese di andare con lui, cosa che Giacomo fece, pur se interdetto nel vedersi coinvolto in una vicenda che fino a quel momento aveva osservato da spettatore esterno.

«Tu che faresti, Giacomo? Sapevo che sarebbe successo fin da quando sono partito. Sono contento di essere tornato prima che fosse troppo tardi. Lizardo dava da sempre la caccia a Nunn e ha approfittato dell'occasione, ma Nunn desidera sposare me, lo so. Sono due le opzioni che mi si presentano: lottare per la mia amata o fuggire con lei nottetempo. Non vedo altra possibilità».

«Non lo so...», balbettò Giacomo indeciso.

Korbis aspettava la sua risposta con un'espressione seria che, fino a quel momento Giacomo non gli aveva visto.

«Non so in cosa possa aiutarti a decidere né come», disse poi cercando di capire cosa si aspettasse Korbis da lui.

«Conosco la vostra storia perché Teodosio me l'ha raccontata. Ma non temere», lo rassicurò leggendo la paura nei suoi occhi, «non desidero niente di tuo, se non un consiglio. Se un uomo così potente come il tuo Maestro ti ha scelto per questa missione e ti ha consegnato ciò che ora hai in custodia, è perché si fidava di te e ti considerava un uomo di buon giudizio che avrebbe preso la decisione giusta in ogni momento».

Giacomo non l'aveva mai vista da quell'angolazione. La logica di Korbis lo lasciò stupefatto. Aveva sempre pensato che la scelta di Gesù fosse stata dettata dall'affetto e, soprattutto, dalla certezza della sua fedeltà. Fino ad allora, non aveva mai pensato che ci potessero essere state altre ragioni a guidarlo. Era davvero l'uomo così integerrimo che assicurava Korbis? Era davvero degno di quell'incarico? Che cosa aveva spinto Gesù a sceglierlo?

In quello stesso istante cadde il velo che fino ad allora gli aveva offuscato la mente e poté vedere il suo destino con la chiarezza del mezzogiorno. Eppure, cercò comunque di concentrarsi sul problema di Korbis e lasciare il proprio a più tardi.

«Se mi facessi guidare dal mio istinto e dall'abitudine», rispose già più sicuro di sé, «dato che è l'unica cosa di cui sono stato capace in questi ultimi mesi, ti direi di fuggire, di andare a vivere lontano, dove nessuno vi conosce e di cominciare lì una nuova vita. Ma adesso, mentre ti ascoltavo, mi sono reso conto del mio errore. Fuggire non serve a nulla. Presto o tardi, ognuno deve affrontare la propria prova e ti sono profondamente grato per avermi aiutato a capire quello che forse da solo non avrei mai compreso».

«Allora non fuggiremo», disse Korbis mettendogli una mano sulla spalla e guardandolo con un lampo di determinazione negli occhi. «Affronteremo il nostro destino e vinceremo, o moriremo nel tentativo».

«Come posso aiutarti?», rispose Giacomo contagiato dal suo entusiasmo.

«Lo hai già fatto», ribatté l'altro con un sorriso colmo di gratitudine. «Ora sono io che devo aiutare te. Parti domani senza indugio e porta a termine la tua missione come io compirò la mia».

Giacomo negò con la testa, rifiutandosi di abbandonarlo come già aveva fatto con Laura. Non voleva sentirsi di nuovo in vigliacco.

«Ma non voglio lasciarti solo in questo momento».

«Non hai ancora capito... Questa è la mia prova, non la tua. È arrivato il momento di lasciare gli amici e di non pretendere più che condividano una responsabilità che non gli appartiene, perché la loro fedeltà li trascinerebbe di certo a seguirti. Un giorno torneremo a incontrarci e non ci saranno più dubbi. Brinderemo con una coppa di vino all'aver saputo affrontare le nostre prove».

Giacomo capì ciò che Korbis voleva dire. Anche lui doveva affrontare il proprio destino e affrancare i suoi amici.

«Non saranno destini semplici, né il tuo, né il mio, ma hai ragione: per la prima volta, lo sceglierò io, sarà mio, così come deve essere».

Tornarono nella sala dagli altri e spiegarono loro la decisione presa. La resistenza fu grande, dato che nessuno di loro desiderava abbandonare Korbis alla sua sorte. Teodosio propose di rapire Nunn e fuggire tutti insieme. Alla fine lessero la determinazione nello sguardo del giovane e le proteste si placarono.

Andarono a dormire in silenzio, ognuno in compagnia delle proprie riflessioni e, all'alba, si salutarono tra abbracci a auguri di buona ventura per il futuro. Partirono per la destinazione che Giacomo aveva scelto per sé stesso e per i suoi compagni senza consultarli; per la prima volta da mesi, era certo di aver preso la decisione giusta.

75
Anno 2019

L'Ombra era sfinito, avanzava a fatica con il libro, scritto in una lingua che conosceva appena, cercando di far sì che nessuno gli prestasse attenzione. La notte prima si era coricato tardi e aveva dormito solo un paio d'ore per poi alzarsi e mettersi di nuovo al lavoro. Non aveva perso tempo a farsi la doccia e percepiva il suo stesso odore acre e i muscoli indolenziti.

Dentro di sé una voce gli sussurrava che tra quelle pagine non avrebbe trovato ciò che cercava. Solitamente dava ascolto a quella voce, ma in quel momento, come un ludopatico in perdita, continuava a insistere e avrebbe continuato fino a che non avesse trovato qualcosa o fosse arrivato in fondo alla lettura. Darsi per vinto non era da prendere minimamente in considerazione.

Quando il telefono squillò all'improvviso, Federico lo osservò come se uno strano insetto gli si stesse arrampicando sul braccio. Fissò quindi lo schermo e si sorprese nello scoprire che si trattava di Iñigo. Stupito, decise di rispondere.

«Iñigo», pronunciò con la sua abituale atonia.

«Sappiamo che hai il libro. Vogliamo che ce lo restituisca».

Sulla linea calò un silenzio che si prolungò in modo scomodo. L'Ombra attese.

«Mi hai sentito, Federico?», chiese Iñigo.

«Sì, certo», rispose l'Ombra in tono disinvolto.

«Allora cosa rispondi?».

Il tono di Iñigo non mostrava disagio e questo irritò l'Ombra.

«La tua non era una domanda», osservò come se fosse ovvio. «E se anche lo fosse stato, non meriterebbe risposta».

«Il libro non ti appartiene», insistette il sacerdote in tono di sfida.

«Neanche a voi», replicò sprezzante. «E ora è in mano mia».

«Potremmo trovare un accordo».

L'Ombra si fermò a riflettere qualche istante, non perché stesse valutando l'offerta, ma perché lo sconcertava la voce tranquilla di Iñigo. In un recondito angolo del cervello gli si accese un campanello d'allarme. Qualcosa non quadrava, quel sacerdote non sembrava lui. Decise di prendere tempo.

«E cosa mai potreste offrirmi?», chiese disposto a entrare nel gioco.

«Abbiamo studiato il libro in modo più approfondito e per molto più tempo di te. Forse insieme potremmo risolvere l'enigma».

«Mi saresti solo di peso. Ho tutti i mezzi di Roma al mio servizio», affermò sprezzante. Doveva rimettere quel giovane al suo posto.

«Se fosse davvero così, non avresti risposto alla mia chiamata. So che sei solo e che vuoi tenerti per te la reliquia».

L'Ombra si stupì perché quell'affermazione corrispondeva al vero. Non gli piaceva ciò che stava ascoltando, ma si riteneva ancora in grado di trovare da solo la chiave nascosta nel libro. Se poi non ci fosse riuscito, avrebbe potuto rilocalizzarli. Il microfono era sempre istallato nella macchina e non avrebbe impiegato molto a sapere cosa stessero tramando. Ne dedusse che erano disperati e che quella era l'ultima carta che restava loro da giocare.

«Addio», concluse e riagganciò senza aggiungere altro.

Marta e Iñigo si guardarono soddisfatti. Era stata una mossa rischiosa, ma ben riuscita. Avevano avuto la conferma che il libro lo aveva Federico, che agiva da solo e che si stava impegnando a sciogliere l'enigma senza esserci al momento riuscito. Inoltre, mostrandosi disponibili a negoziare, gli avevano dato a intendere di essere disperati.

«Bene», concluse Marta con un cenno affermativo del capo, «passiamo alla fase due».

«E quale sarebbe?», chiese Iñigo.

«Stanotte mi sono posta una domanda. In questi giorni Federico ci ha seguito, era dove eravamo noi e sembrava anticipare ogni nostra azione. Come fa? Più ci pensavo e più avevo la sensazione che fosse seduto con noi in macchina. E poi c'è la Ford Fiesta blu che hai creduto di vedere vicino all'albergo e al monastero. Per questo ho rovistato nel mio bagaglio. Voglio che tu faccia altrettanto. Se, come me, non trovi nulla, allora vuol dire che ha installato qualcosa sulla mia macchina».

Iñigo la guardava attentamente, concentrato sulle sue parole e le relative implicazioni. Marta si accorse che quell'attenzione le piaceva molto.

«Sì, è così», disse il sacerdote ignaro dei pensieri di Marta. «Ci segue ovunque andiamo. Forse ci ascolta perfino».

«Quindi la nostra prossima mossa sarà tornare a Puente la Reina», rispose Marta.

«A Puente la Reina?», chiese Iñigo senza capire.

«Dobbiamo proseguire con la nostra piccola messinscena. Se ci sta ascoltando, gli faremo credere che abbiamo rinunciato e che ti sto riaccompagnando a Puente la Reina. Lì lasceremo l'auto e ne affitteremo un'altra. Conosci qualcuno nel villaggio che potrebbe guidare la mia per tutto il giorno senza aprire bocca? Così Federico crederà che sono io a guidare».

Iñigo ci pensò qualche istante e, d'improvviso, scoppiò in una gran risata.

«Che ci trovi di così divertente?»

«Conosco la persona giusta», rispose continuando a ridere. «Il mio amico Aitor. Ti piacerà da morire, è un buon guidatore, mi deve un favore e poi… è praticamente muto!».

Quando entrambi riuscirono a smettere di ridere, Iñigo controllò il proprio zaino: non c'era traccia di alcun sistema di ascolto o localizzazione. Pagarono la pensione e si diressero alla macchina, mettendo in scena quello che, nella successiva ora e mezza, sarebbe stato uno spettacolo per un solo spettatore.

76
Anno 1199

Le prime luci dell'alba sfavillarono sui frammenti della spada nel fango. Il cavaliere templare fermò la sua cavalcatura e girò per analizzare l'oggetto che aveva brillato. Si era alzato al crepuscolo, inquieto per il ritardo del suo compagno, Roberto de Montebarro. Scese da cavallo e raccolse ciò che restava di una spada a lui sconosciuta. La studiò pazientemente e nel rialzarsi, notò il rosso del sangue intorno. Data la sua esperienza, l'osservazione lo portò alle dovute deduzioni: poche ore prima, in quel punto preciso, due uomini avevano avuto uno scontro mortale.

Seguì le tracce della lotta e le orme lasciate da chi aveva trascinato il corpo del cavaliere sconfitto. Prima di vedere il cadavere, già aveva intuito di chi si trattasse. Recitò una litania per l'amico caduto e tornò sul sentiero. Il cavallo del suo compagno non c'era. Cercò le impronte degli assassini e non tardò a trovarle; non si erano presi il disturbo di cancellarle. Uno di loro era ferito.

Erano tutte le informazioni che gli servivano. Al galoppo, tornò al monastero di Santo Domingo de la Calzada. Mentre cavalcava, sentiva montare la rabbia. La caccia continuava, ma ora l'Ordine del Tempio non si sarebbe più limitato a eseguire di malavoglia gli ordini di quel disgustoso abate che li trattava come esseri inferiori. Il cavaliere templare percepì il sangue ribollirgli nelle vene e il sapore amaro della vendetta risalire su per la gola.

Ero sfinito. Avevo cavalcato tutta la notte facendo solo piccole pause per bere acqua e controllare le bende del cavaliere nero che avevo lavato in un ruscello. La ferita aveva smesso di sanguinare e Roger sembrava non avere febbre. Anche così, non conoscevo la gravità del suo stato e mi sentivo perduto. Se la situazione fosse peggiorata, non avrei saputo cosa fare.

Ancora non c'era traccia del villaggio fortificato di Gastehiz di cui mi aveva parlato in precedenza e non contavo di incontrarlo in quel mondo di ombre. A est il sole non aveva ancora fatto la sua comparsa; al suo posto una densa nebbia avvolgeva il paesaggio, colmandomi dell'angoscia di chi si sente braccato nel buio. Guardavo costantemente indietro, terrorizzato, aspettandomi che l'abate o qualche monaco templare si materializzasse nella bruma. «Dove si trova Gastehiz?», mi chiedevo angustiato. La nebbia mi proteggeva, ma mi traviava anche.

A mattina inoltrata, il sole fece finalmente capolino e, come nell'arte magica, in lontananza apparve un gruppo di capanne. Decisi di avvicinarmi in cerca di aiuto o, almeno, di indicazioni, ma erano tutte abbandonate o chiuse.

A una certa distanza vidi uno strano campo di lavoro e diversi uomini intenti a rastrellare. Nel vedermi avvicinare, interruppero l'attività e mi osservarono, in tensione, con l'esperienza di chi dalle novità ha sempre ricevuto guai. Feci un segno rassicurante con il braccio che non parve sortire effetto alcuno. Decisi di avvicinarmi ancora e allora mi resi conto che non stavano lavorando la terra. Quei campi non erano altro che saline e i rastrelli, gli arnesi per separare il sale e metterlo ad asciugare.

«Buongiorno a voi, gente di Dio», dissi rivolto al primo uomo abbozzando un sorriso che voleva essere conciliatore.

«Buongiorno», rispose questi brusco, con un gesto diffidente.

«Vorrebbe indicare a questo viaggiatore smarrito se questo sentiero conduce al villaggio di Gastehiz?», chiesi speranzoso.

Uno degli uomini più anziani alzò un braccio e lo stese verso est. Gli altri spostarono lo sguardo sul corpo del cavaliere nero a dorso di cavallo. All'improvviso, da una capanna uscì una donna, si avvicinò con il corpulento fisico ondeggiante e cominciò a gridare verso gli uomini.

«Non avete di meglio da fare che star lì a guardare come rimbambiti?», schiamazzò tanto che più di uno distolse lo sguardo. «Per tutti i santi! Di cosa ha bisogno, buon uomo?», disse diretta a me mentre si asciugava energicamente le mani. «Da questi qui», indicò sprezzante i salinari, «non otterrete altro che grugniti».

«Cerchiamo il sentiero per Gastehiz», risposi grato. «Il mio compagno è ferito e ha bisogno di cure urgenti. Temo per la sua vita».

La donna scoccò uno sguardo al viso del cavaliere nero, pallido e scomposto, e scosse il capo sconsolata.

«Siete venuti nel posto giusto», rispose aggrottando la fronte come se fossi io la causa della sua ferita. «Salvo che non sia già morto, lo curerò da qualsiasi malanno o tormento. La metà di questi qui», aggiunse nel vedere la mia reticenza, indicando i lavoratori, «li ho recuperati da ferite molto più gravi e dolorose di quelle del tuo compagno. Se è sopravvissuto al viaggio a cavallo, sopravvivrà anche a me», sentenziò con una fragorosa risata.

Prima che potessi rispondere, la donna si rivolse a due uomini e fece loro cenno che mi aiutassero a portare il cavaliere nero dentro una delle capanne lì vicino. Dopo aver dato ordine di servire acqua e portare varie piante medicinali e amuleti, spogliò il cavaliere dalla cintola in su, mi fece l'occhiolino e scrutò la ferita con occhio critico.

«Nessuno ti ha mai insegnato a ricucire una ferita?», domandò in tono accusatorio.

Cominciavo a capire l'inquietudine che quella donna suscitava nei salinari.

«Ecco...», balbettai senza sapere bene cosa rispondere.

«Allora questo è un buon momento per imparare. Vieni, avvicinati!».

Un'ora dopo ci lavammo dal sangue che ricopriva in abbondanza le nostre mani e lasciammo il cavaliere nero riposare a letto, profondamente addormentato grazie al potente filtro che gli aveva dato la guaritrice.

«Se sopravvive, entro due giorni sarà fuori pericolo e potrà alzarsi. Prima di una settimana potrete riprendere il cammino. Gastehiz si trova a un giorno a piedi. A cavallo arriverete in poche ore».

Osservai il cavaliere con profonda preoccupazione. Non sapevo bene cosa fare. Non potevo abbandonarlo lì, ma mi atterriva la prospettiva che Guy Paré mi raggiungesse in quel luogo abbandonato. La donna percepì il mio dubbio e lo interpretò erroneamente.

«Forse non confidi nelle mie arti curative?», chiese accigliata.

«No, non è questo», risposi alzando le mani come a discolparmi. Quindi tentennai un attimo. «La nostra missione...».

«Ho già capito. Voi partirete subito e io dovrò occuparmi delle cure del tuo bell'accompagnatore». La donna diede voce a quello che io non avevo osato dire. «Alla fine tocca sempre a me sacrificarmi», scherzò strizzandomi di nuovo l'occhio. «Non so se riuscirò occuparmi di lui, attendere alle mie faccende e tenere lontane le poche ma audaci donne che ronzeranno qui intorno quando il tuo compagno si sveglierà».

«Non temete», dissi ridendo, sollevato di fronte alla sua reazione. «Saprà cavarsela da solo. Saranno loro a doversi proteggere».

«Cosa volete che gli riferisca?», chiese improvvisamente seria. «Tornerete a prenderlo?».

Meditai per un attimo la mia risposta. Non ero sicuro di tornare. Avevo deciso che il mio destino era a nord, ma non potevo neanche confessare quella mia intenzione.

«Ditegli che sarò sulla riva a toccare pietre», dissi ricordandomi che egli stesso mi aveva raccontato che il monastero che rispondeva all'abbazia di Leyre si trovava vicino all'oceano.

Sarebbe stata la via più sicura e mi avrebbe permesso di raggiungere Cluny. Al contempo, speravo che il cavaliere nero si riprendesse e, sfuggendo ai suoi inseguitori, riuscisse ad arrivare a Leyre.

«Egli capirà ciò che intendo dire», continuai. «Partirò presto, entro due giorni, quando avrò la certezza che ne uscirà vivo. Non potrei andarmene altrimenti».

Quando la donna uscì dalla capanna, mi sistemai accanto al cavaliere nero, vegliando sul suo riposo. «Sempre che non ci trovino prima...», sospirai angosciato.

77
Anno 33

Giacomo e i suoi compagni avanzavano con determinazione, quasi spinti dal bisogno di mettere una distanza tra loro e Autraca, ora che avevano deciso di lasciare Korbis. Eppure Giacomo era in pace con sé stesso, tutto acquistava senso. Al contrario, Teodosio era visibilmente alterato e così restò per un pugno di giorni, durante i quali il paesaggio andava cambiando.

Camminavano verso nordest e la terra arida lasciò posto a boschi rigogliosi. Alla loro destra monti lontani dalle cime innevate li guardavano passare e li accompagnavano in silenzio. Si avvicinavano ai confini del mondo.

Gli scarsi villaggi che incontravano e gli ancor più rari viandanti con cui si incrociavano assicuravano loro che il cammino sarebbe finito presto se avessero proseguito verso ovest. Dopo, avrebbero trovato solo il mare infinito e i mostri che lo abitavano. Tuttavia, nessuno era in grado di descrivere le fattezze di tali mostri, nessuno era arrivato a vederli e li conoscevano solo per via delle storie che di essi raccontavano i naviganti con i quali avevano parlato.

Il mostro personale di Giacomo erano le condizioni di Attanasio il quale non faceva che peggiorare e ormai non dissimulava più il dolore provocatogli dalla ferita. Teodosio, per quanto irritato, non se ne separava mai, aiutandolo quando ne aveva bisogno, dandogli acqua e cibo, pulendogli la ferita e sopportando i suoi lamenti con uno stoicismo a lui sconosciuto. Diverse volte cercarono di convincere Attanasio a fermarsi da qualche parte finché non si fosse ristabilito, ma questi continuava a insistere che si sarebbe fermato solo una volta arrivati a destinazione.

Trascorsa quasi una luna completa da quando si erano separati da Korbis, arrivarono in cima a una collina da dove si scorgeva l'oceano in lontananza. Quella distesa interminabile di acqua ebbe un effetto immediato nei loro stati d'animo. Dopo i silenzi, le preoccupazioni e le arrabbiature dei giorni precedenti ripresero a parlare e fu un fiume di parole che dava voce ai dubbi sul loro destino dai quali tutti, tranne Giacomo, erano attanagliati. Parvero migliorare anche le condizioni di Attanasio che a volte cedeva perfino al sorriso per quanto velato di tristezza.

L'oceano, che inizialmente si scorgeva a est, si estese gradualmente verso nord a indicare che si stavano avvicinando ai confini della Terra, nell'angolo più estremo di Hispania. Camminavano al massimo della rapidità che riusciva a sostenere Attanasio, ansiosi di arrivare a destinazione. Giacomo approfittò di quelle ultime ore per meditare il modo migliore di comunicare ai compagni la decisione presa.

Quella notte, quando erano ormai molto vicini al mare, Attanasio si aggravò. Giacomo era deciso a parlare e congedarsi dagli altri il giorno dopo e aveva elaborato le risposte a tutte le loro possibili obiezioni. Fu Teodosio a svegliarlo a metà della notte. Sul viso vi si leggevano tensione, stanchezza e una tristezza profonda, tali da farlo sembrare invecchiato di dieci anni in pochi giorni.

«Attanasio scotta», furono le sue uniche parole.

Ancora una volta, la decisione di Giacomo veniva rimandata. Non poteva abbandonarli in quelle condizioni. Da quel momento, si diedero i turni per vegliarlo mentre costruivano un piccolo riparo, nella speranza che si riprendesse. Attanasio, però, non migliorava. Teodosio non si muoveva dal suo capezzale, posandogli panni umidi sulla fronte nell'inutile sforzo di abbassare la febbre. Il giorno dopo perse conoscenza e lo udirono delirare nel sonno. Affranti e impotenti, i suoi amici non potevano far altro che sperare che il fisico reggesse. Di notte, mentre cenavano in silenzio, Giacomo si sentì chiamare.

«Giacomo», lo invocò Attanasio con una voce appena udibile.

I tre si avvicinarono e gli diedero da bere e ciò parve rivitalizzarlo. La voce riacquistò forza e nitidezza, gli occhi si fecero più limpidi recuperando il fuoco. Gli altri si guardarono speranzosi.

«Giacomo», ripeté con una voce momentaneamente rinvigorita. «Sono mesi che fuggiamo insieme, che sembrano quasi una vita.

Abbiamo attraversato il mondo e siamo arrivati fin qui, dove non possiamo continuare a fuggire. Non tu, almeno».

Fece una pausa per riprendere fiato e recuperarsi dallo sforzo cui si era sottoposto.

«So che da tempo hai deciso di tornare indietro», continuò. «Domani stesso riprenderai il cammino verso Gerusalemme, affronterai Pietro e l'esito sarà quello che deve essere».

«Tu verrai con me», ribatté Giacomo prendendogli la mano con un sorriso triste. «Se siamo arrivati fin qui, possiamo affrontare benissimo anche il viaggio di ritorno».

Furono parole che suonarono ingenue o semplicemente illuse allo stesso Giacomo.

«Non hai capito», scosse il capo Attanasio, stringendogli debolmente la mano. «Devi fare ciò che è necessario. E così voi», si rivolse a Teodosio e Adonai, «dovete portare avanti un incarico ancora più importante. Vi fermerete qui e sarete i custodi della reliquia. La nasconderete e la proteggerete da chiunque dovesse cercarla e solo quando tornerà Gesù, o chiunque possa dimostrare di meritare il suo posto, la restituirete e la consegnerete affinché possa portare avanti la sua opera».

I tre rimasero in silenzio soppesando le parole di Attanasio e il loro significato.

«E che faremo fino a quel momento?», chiese Teodosio con le lacrime agli occhi. «Ce ne staremo seduti ad aspettare?»

«No!», rispose Attanasio con rinnovato vigore. «Avrete più da fare di quanto pensiate. Dovrete costruire un tempio su questa stessa collina e nascondervi la reliquia dove nessuno possa mai trovarla. Fonderete una congregazione che possa custodirla quando voi non ci sarete più, perché non possiamo sapere quando tornerà il Maestro. Solo a pochi rivelerete la vera missione. Non solo, offrirete assistenza a tutti i pellegrini che da qui transiteranno. Vi sembra poco?».

A quel punto fu scosso in tutto il corpo da un accesso di tosse e Teodosio gli avvicinò l'acqua per farlo bere di nuovo. Quando la tosse si placò, Attanasio lo guardò con affetto.

«Ciascuno di noi deve portare a termine la propria missione», continuò quando ebbe recuperato le forze. «La tua, Giacomo, è arrivare a Gerusalemme e affrontare Pietro. La vostra di mantenere viva la fiamma perché il giorno in cui sia necessaria, brilli alta e potente e il Maestro sappia che siamo stati degni depositari della sua fiducia».

Adonai fissò Attanasio dritto negli occhi. Il suo sguardo era franco e limpido, quello di un uomo disposto a mantenere una promessa fatta a un altro sul letto di morte.

«E sia», concordò, «faremo quanto ci chiedi. Questo non mi sembra un luogo malvagio in cui vivere e la nostra missione ha più senso di intere vite di tanti uomini che hanno vissuto e vivranno».

«E la tua, Attanasio? Quale sarà la tua missione?», lo sollecitò Giacomo senza lasciargli la mano, come se bastasse quel gesto a restituirgli la salute.

Attanasio sorrise. Era il sorriso sofferente ma anche sereno di chi è in pace con sé stesso. Guardò Teodosio, che piangeva sconsolato, quindi tornò su Giacomo.

«La mia missione è stata di accompagnarti fin qui e aiutarti a prendere la decisione finale. L'ho portata a termine. Ora devo andare».

«No, Attanasio», protestò Giacomo con le lacrime che gli colmavano gli occhi senza rimedio. «Non lasciarci, abbiamo ancora molto da fare insieme».

Attanasio scosse il capo e alzò la mano per accarezzarlo dolcemente sulla guancia. Con voce sempre più flebile continuò: «Addio, Giacomo. Andrò a riunirmi con il Maestro», annunciò con un gran sorriso. «Lascia pure la mia mano. Starò bene».

La luce negli occhi di Attanasio si spense e il petto smise di alzarsi e abbassarsi. In silenzio, i tre piansero sul suo corpo fino a restare senza più lacrime, ognuno perso nei propri ricordi.

Il mattino seguente, cominciò a cadere una fitta pioggerella. Seppellirono Attanasio sulla cima della collina sotto la persistente pioggia che si mescolava alle loro lacrime. Quando ebbero finito, Giacomo preparò la sua sacca e tutti e tre si riunirono intorno alle braci del falò della notte precedente. Si erano detti tutto ciò che era necessario dirsi e non restavano più parole. Giacomo sciolse il laccio che teneva la reliquia e la consegnò nelle mani di Teodosio.

Si guardarono senza sapere cosa dire e si abbracciarono incapaci di trattenere il pianto.

Stavolta non furono lacrime di tristezza, ma di malinconia per il tempo che non sarebbe più tornato. Giacomo sentiva dentro di sé che non si sarebbero visti mai più, ma sapeva che i due giovani avrebbero portato avanti la sua missione con lo stesso fervore che li aveva spinti a seguirlo in giro per il mondo. La sua missione personale, tuttavia, gli faceva nutrire poche speranze. Si girò e, vincendo la tentazione di voltarsi indietro, cominciò il suo cammino di ritorno verso est.

78
Anno 1199

Due giorni dopo il mio arrivo alle saline di Agnana, il cavaliere nero aveva recuperato un po' di colorito sul viso macilento e non aveva più la febbre alta. Ancora non aveva ripreso conoscenza, ma Lotaria, la guaritrice, mi assicurò che sarebbe sopravvissuto, per cui decisi di ripartire la mattina dopo.

Mi sarei diretto a nord per fare ritorno in Francia. Mi era ormai più che chiaro che la soluzione ai miei problemi non era il monastero di Leyre, nonostante tutto l'aiuto datomi dal cavaliere nero. Mi rammaricavo di doverlo lasciare lì dopo che aveva rischiato la vita per me così tante volte, ma quella era l'occasione che avevo tanto atteso e dovevo approfittarne. Risolvere la questione era una mia responsabilità e, per quanta paura avessi, era arrivato il momento di decidere da solo il mio destino. Accarezzai il libro le cui pagine contenevano tutto ciò che serviva e che dovevo mettere al sicuro.

Mi ero deciso a passare per Gastehiz; ero curioso di vedere il villaggio con la sua muraglia e la chiesa. Rischiavo molto e non mi sarei trattenuto oltre il necessario, ma avrei subito proseguito verso nord, fino a Sanctus Sebastianus. Delle tre opzioni esposte dal cavaliere nero, era quella più lontana dal pericolo imminente e l'unica davvero utile al mio scopo.

Mi congedai da Lotaria che mi promise di prendersi cura del ferito per tutto il tempo necessario.

A metà mattina raggiunsi la mia prima tappa. A distanza, la muraglia di Gastehiz dominava la valle dall'alto di una piccola collina. Appoggiato alla parete sud si intravedeva il campanile della chiesa, che mi attirò immediatamente a discapito della voce nella mia testa che mi esortava ad allontanarmi. Si trovava infatti al crocevia dei due sentieri e all'interno dei villaggi in cui correvo maggior rischio di essere riconosciuto. Tuttavia, non potei resistere. «Solo qualche minuto per contemplare la chiesa», mi dissi, «per vedere la maestosità dell'edificio e magari accarezzare le pietre del portico». Dopo avrei proseguito il cammino.

Lasciai al sicuro la mia cavalcatura allo stallaggio con l'unico ordine per lo stalliere di provvedere a dargli da mangiare. Non volevo nessuno a ficcare il naso sul mio cavallo. Nonostante avessi rimosso qualsiasi traccia dei Templari, un cavallo di quel genere non passava certo inosservato.

Varcai la porta della muraglia sotto lo sguardo annoiato dei soldati. Mi sentii osservato e cominciai a temere di aver commesso un errore. Ogni viso era diventato ostile, dietro ogni cappuccio sembrava nascondersi un cavaliere templare. Mi fermai davanti al portico per bearmi della sublime decorazione curata fin nel minimo dettaglio. Individuai la firma del muratore, ben nascosta alla vista, ma non osai toccare le pietre per non attirare l'attenzione. Una strana sensazione mi spronava ad andar via.

Alla fine cedetti e mi allontanai dalla chiesa combattendo la tentazione di mettermi a correre. Allo stallaggio, lo stalliere e uno sconosciuto stavano discorrendo accanto al mio cavallo, ma si interruppero al mio arrivo. Lo stalliere, con espressione colpevole, tornò alle sue mansioni portando il mio cavallo fuori dalla stalla, mentre lo sconosciuto si girò verso di me. Mi rivolse un ampio sorriso smentito però dagli occhi.

«Un bell'animale quello che cavalcate», esordì in un tono suadente e fastidioso. «Degno di un signore o di un guerriero. Cosa vi porta a Gastehiz se mi permettete di domandarlo?»

Il cavaliere nero mi aveva istruito bene. Diffidai di lui, prediligendo la cautela.

«Le mie questioni non sono di vostra incombenza», risposi cercando di apparire sicuro di me.

Lo sconosciuto socchiuse gli occhi con un lampo maligno ma il sorriso permaneva identico, pietrificato. Si fece da parte con una riverenza che mi parve dispregiativa e mi lasciò passare. Accarezzai il cavallo cercando di trasmettergli tranquillità, ma questo nitrì inquieto, come se avesse percepito il mio disagio. Montai togliendo le redini di mano allo stalliere e, quando mi voltai, l'uomo era scomparso senza lasciare traccia. Fui colto da un fosco presentimento accompagnato da un brivido lungo la schiena e, senza indugiare oltre né guardarmi indietro, uscii dallo stallaggio, imboccai il sentiero e partii. Mi parve quasi di vedere il cavaliere nero scuotere il capo alla mia imprudenza.

Appoggiato sul retro della muraglia, lo sconosciuto vide partire Jean. Avrebbe riconosciuto un cavallo dei Templari anche a occhi chiusi e lo sguardo di paura sul viso di quel giovane non aveva fatto altro che confermare i suoi sospetti. Con un sorriso stavolta soddisfatto, rifletté sul valore di una simile informazione, quindi sputò con disprezzo a terra e si addentrò a grandi passi nel villaggio meditando sulla ricompensa che avrebbe ottenuto.

Il viso dell'abate Guy Paré era una maschera di rabbia. Aggrediva verbalmente i suoi uomini, cercando di scaricare la furia che gli devastava la mente e gli impediva di concentrarsi. Non si capacitava di come quei ladri immondi fossero riusciti a sfuggirgli. Solo poche settimane prima sembrava tutto così facile… la reliquia era lì a portata di mano ma, da quel momento in poi, continuava a dissolversi ogni volta che era sul punto di afferrarla.

Erano a Gastehiz, ma nessuno era stato in grado di fornire informazioni valide. La nebbia che strisciava in quella terra desolata confondeva e al contempo proteggeva quei due uomini dannati, cancellandone le tracce. Sapeva soltanto che uno dei due era stato ferito, ma era una ben magra consolazione di fronte alla frustrazione di trovarsi lì, bloccato, in attesa di una notizia che né i suoi uomini né i cavalieri templari sembravano in grado di portargli. I Templari erano uomini duri, ma evidentemente non abbastanza da averla vinta su quell'eretico indemoniato, che sembrava addestrato da Lucifero in persona.

«Altro vino!», gridò l'abate con un'eccitazione alimentata dalla rabbia, dal senso di impotenza e dall'eccellente vino della zona.

Ne avrebbe preso un barile da regalare al sommo pontefice nel suo viaggio a Roma. Ne sarebbe uscito vittorioso e non sarebbe mai tornato in quel ripugnante angolo di mondo.

79
Anno 2019

Marta e Iñigo diedero il via alla loro piccola messinscena.

Per prima cosa parcheggiarono la macchina accanto al benzinaio alle porte dal paese. Iñigo preferiva non rischiare di incontrare paesani che potessero interferire. Quindi contattò la madre di Aitor che gli confermò che il figlio era in casa e che li avrebbe raggiunti a breve. Scelsero di aspettarlo nel bar del benzinaio per far credere a Federico che prendessero un ultimo caffè prima di separarsi. Una decina di minuti dopo, arrivò Aitor.

A Marta piacque subito non appena lo conobbe: era un giovane allegro che compensava il suo mutismo con una divertente mimica non solo facciale. Osservò perplessa i due giovani conversare nella Lingua dei segni senza capire niente di ciò che dicevano. Per ciò che riuscì a interpretare il tono era scherzoso, perché, di tanto in tanto, Aitor si fermava, le strizzava l'occhio e tornava alla conversazione con Iñigo di cui era sicuramente protagonista. Alla fine dello scambio, si girarono entrambi verso di lei.

«Aitor dice che puoi stare tranquilla e che si prenderà amorevolmente cura della tua macchina».

Dato che si stavano divertendo a sue spese, Marta decise di provocarlo un po'.

«Tutta quella lunga chiacchierata e mi riporti solo questo?», insinuò in tono innocente. «C'è forse altro che dovrei sapere?».

«Ehm… no, nient'altro». Iñigo arrossì leggermente con espressione colpevole. «Gli ho spiegato il piano e che domani deve andare a visitare il monastero di Leyre».

Avevano scelto Leyre perché era citato da Jean nel libro ed era il più logico da visitare per chi, come loro, si muoveva alla cieca. L'idea era di tenere lontano Federico nel caso si fosse rimesso sui loro passi, e intanto prendere un autobus fino a Pamplona dove affittare una macchina che li avrebbe riportati a Donostia.

Erano orgogliosi del loro piccolo stratagemma. Non potevano certo immaginare, mentre erano tutti e tre lì a ridere e scherzare, di aver esposto Aitor a un rischio mortale.

La rabbia che gli cresceva dentro era un sentimento al quale l'Ombra non era abituato.

Era trascorso un altro giorno e quel maledetto libro ancora non svelava la chiave che nascondeva. Neanche l'identica frustrazione di Marta e Iñigo gli era di qualche consolazione; rientrati entrambi a Puente la Reina erano tornati alla vita consueta – Iñigo nella sua parrocchia e Marta nel monastero di Leyre.

Marta aveva giustificato quell'ultima con un'incombenza di lavoro, ma l'Ombra era sicuro che non avesse ancora abbandonato la partita. Dopotutto anche il monastero di Leyre era citato nel libro di Jean e non poteva essere un caso. Sembrava più che altro lo sparo in aria di chi è disperato.

Si sforzò di calmarsi, a poco a poco, forte dell'esperienza e dell'allenamento. Sapeva che la collera finiva sempre per sfociare in un'ira cieca e fuori controllo che lo avrebbe portato a commettere errori, a grave discapito di sé stesso e degli altri. Per quanto ritenesse il danno altrui un dettaglio irrilevante, non poteva permettersi di ripetere gli errori del passato.

L'impianto installato nell'auto di Marta non riceveva alcun segnale; stando al GPS il veicolo si trovava ancora a Puente la Reina. Avrebbe dedicato la mattina seguente a leggere il libro, avrebbe riguardato gli appunti e, se non avesse trovato nulla di rilevante, sarebbe partito per Leyre. Forse Marta stava seguendo qualche altra pista. Le avrebbe estorto qualsiasi informazione fosse in suo possesso, il dolore fisico poteva essere un grande sprone.

E c'erano cose anche peggiori.

80
Anno 33

Il ricordo del viaggio di ritorno da Finisterre sarebbe stato per Giacomo molto meno vivido della fuga che lo aveva portato ai confini del mondo. Furono giorni trascorsi in solitudine e di tanto in tanto inframmezzati da qualche sporadica compagnia. Tuttavia, in confronto agli incontri avuti in precedenza, erano per lui come fantasmi incontrati sul cammino, di cui dimenticava presto il volto e ancora prima i nomi. Li rifuggiva e vi si rivolgeva solo quando non aveva altro rimedio.

Nella solitudine aveva trovato consolazione, meditando sugli eventi che gli avevano cambiato la vita dal giorno in cui aveva conosciuto il Maestro e aveva abbandonato il proprio lavoro, tutta la sua vita, per seguire quell'uomo peculiare, a volte vicino altre volte irraggiungibile. Ripensò a come avesse accettato di essere depositario di un oggetto imperscrutabile quanto il Maestro stesso e a come avesse attraversato il mondo senza curarsi delle conseguenze delle sue azioni, spinto solo dall'istinto primario della fuga.

Ripensò a Korbis e Nunn e ai loro volti radiosi di fronte alla prospettiva del matrimonio. Nel viaggio di ritorno aveva alloggiato nella loro casa per una notte informandoli delle intenzioni di tornare a Gerusalemme, eppure Korbis non si era offerto di accompagnarlo. Aveva infatti deciso di non separarsi mai più da Nunn, una decisione che Giacomo non esitò ad appoggiare di cuore.

Quella notte, accanto al fuoco, il giovane gli aveva raccontato di essere riuscito a riscattare Nunn già promessa sposa e che la determinazione e le suppliche di lei presso suo padre erano riuscite a convincerlo a rompere il compromesso. La rottura aveva posto il padre di Nunn in una posizione delicata, dato che Lizardo aveva minacciato rappresaglie per aver infranto il patto. Si trattava di un uomo potente che non avrebbe dimenticato facilmente l'umiliazione subita.

Gli eventi avevano poi subìto una svolta violenta. Una notte, mentre Korbis tornava a casa di sua madre di ritorno da una visita a Nunn, Lizardo, in compagnia di tre seguaci, lo aveva attaccato col favore del buio.

«Per un attimo ho pensato che fosse giunta la mia ora», aveva raccontato Korbis con la tranquillità di chi guarda al passato con un sorriso. «Erano armati di daga e conoscevano bene il fatto loro. Mi circondarono in fretta. Cercai di difendermi, ma uno di loro mi inferse una profonda ferita al petto. Era questione di tempo e presto qualcun altro mi avrebbe finito, ma ero ancora pronto a difendermi e cercare di uccidere Lizardo».

Mentre Korbis raccontava la sua storia, Nunn lo osservava con devozione senza lasciargli la mano neanche un attimo.

«Proprio quando ero ormai disperato», proseguì, «udii delle grida e vidi la strada affollata di compaesani armati di falci, pali e altri utensili. Avresti dovuto vedere la faccia di Lizardo! I suoi seguaci furono colti di sorpresa e disarmati in fretta mentre lui ancora inveiva contro la gente inferocita».

«Durante gli anni in cui Korbis è stato via», aveva spiegato Nunn, «Lizardo era diventato una specie di despota. Possedeva l'unico mulino del villaggio e chiedeva un prezzo esorbitante per macinare il grano; aveva comprato la terra di molti contadini affittandogliela poi a cifre esagerate. Si comportava come se l'intero villaggio gli appartenesse».

«La situazione è sfuggita di mano», continuò Korbis assentendo mentre un velo di amarezza gli offuscava lo sguardo. «Lizardo ha attaccato Touto, il fabbro e la risposta della folla è stata incontrollabile. Proprio lì, davanti a miei occhi, lo hanno ucciso a bastonate».

Il giorno seguente, Giacomo si era congedato da Nunn mentre Korbis lo aveva accompagnato fin fuori da villaggio. Quando si lasciò alle spalle anche l'ultima casa, Korbis si fermò.

«Qui ci separiamo, amico Giacomo», lo aveva salutato con il suo onnipresente sorriso, che ora era ancora più attraente.

«Anche se non mi accompagnerai, sarai sempre con me, amico Korbis», aveva risposto Giacomo con una mano sul petto.

«Mi piacerebbe poter fare qualcosa di più per te».

Giacomo ci aveva riflettuto molto. Avrebbe voluto chiedere a Korbis un favore ma, a vederlo così felice accanto a Nunn gli dispiaceva che si assumesse una responsabilità che l'avrebbe allontanato da lei.

«C'è qualcosa che puoi fare», disse infine, decidendosi. «Se ogni tanto dovessero arrivare nel tuo villaggio degli sconosciuti chiedendo ciò che entrambi sappiamo, promettimi che invierai qualcuno fino ai confini della terra ad avvertire Teodosio e Adonai e coloro che gli succederanno, in modo che possano proteggersi e portare avanti la loro missione».

Korbis lo fissò a lungo, quindi annuì.

«Così sia», aveva concluso. «Puoi aver fede che sarò la sentinella che proteggerà i nostri amici da visite indesiderate. Di tanto in tanto, andrò io stesso a vedere come stanno. Forse un giorno chiederò perfino ai miei figli di assumersi questa responsabilità».

Fu più di quanto Giacomo potesse desiderare e lo aveva ringraziato commosso. Ora poteva partire tranquillo sapendo che qualcuno avrebbe vegliato su Teodosio e Adonai.

Si erano abbracciati con sentimento, entrambi consapevoli che non si sarebbero mai più visti. Si erano detti addio guardandosi negli occhi. Giacomo girò su sé stesso e cominciò a camminare. Dopo qualche passo, si era girato per un cenno di saluto con la mano a Korbis che lo osservava immobile.

Quindi aveva riprese il cammino con lo sguardo fisso davanti a sé.

81
Anno 1199

Il cavaliere nero si svegliò ma impiegò un po' a liberarsi della nausea di cui era preda. Aveva la bocca asciutta e brancolava nel buio più totale. Ci volle qualche minuto perché ricordasse quanto era successo: la fuga da Santo Domingo, il freddo delle montagne, la fame, il cavaliere templare, la ferita… un brivido lo percorse ovunque, si guardò intorno e si accorse di trovarsi in un'umile capanna. Tastò il pagliericcio su cui era stato adagiato. Il profumo di stufato che aleggiava nell'aria gli risvegliò l'appetito e cercò di alzarsi, ma una fitta al fianco lo fece desistere.

All'improvviso, in fondo alla capanna, parve materializzarsi una sagoma. Il cavaliere nero cercò a testoni la spada sui due lati del letto, senza però trovarla.

«Stai tranquillo», lo rassicurò una voce di donna. «Se avessi voluto ucciderti, mi sarebbe bastato aspettare senza fare nulla. Tieni, prendi un po' di brodo, ti sentirai meglio».

«Dove sono? Dov'è Jean?».

La donna si puntò le braccia massicce sui fianchi e scosse la testa.

«Domande, domande! E i ringraziamenti? Ti ho vegliato per ore, ti ho tamponato il corpo con panni umidi per abbassare la febbre di cui bruciavi», un sorriso malizioso le si dipinse sulle labbra, «ed è così che mi ringrazi?»

«Perdonami!», rispose il cavaliere senza poter evitare di restituirle il sorriso. «Senza dubbio ti devo la vita e non so come potrò mai ringraziarti». La donna sembrò soddisfatta, ma il suo cipiglio non si addolcì. «Se non trovo Jean», continuò, «avrò fallito nella mia missione e a niente allora saranno valsi i tuoi sacrifici».

«Se n'è andato», rispose la donna con un gesto vago della mano. «Stamattina è montato a cavallo e ti ha affidato alle mie cure. È il mio destino, gli uomini mi abbandonano sempre», aggiunse senza però apparire particolarmente avvilita.

Al cavaliere piacevano quella donna e il suo senso dell'umorismo, ma non aveva tempo per quelle facezie.

«Che direzione ha preso? Ti ha lasciato messaggi per me? Stava bene?»

«Ancora domande!», rispose la donna di nuovo con una smorfia infastidita. «Quando se n'è andato stava bene e si dirigeva verso il mare a toccare pietre o almeno così mi ha detto. Questo mi fa pensare che non stava poi così bene», disse portandosi un dito alla tempia e girandolo in cerchio, «anche se mi ha detto che tu avresti capito». Lotaria fece spallucce dando a intendere che metteva in dubbio anche la capacità di discernimento del cavaliere nero.

Il cavaliere scostò il mantello che lo ricopriva e osservò la ferita con occhio critico. Guardò la donna, che gli strizzò l'occhio, e cercò di alzarsi.

«Non ci pensare neanche», si affrettò a consigliare la guaritrice. «Non stai ancora bene. I punti potrebbero saltare e la ferita potrebbe gonfiarsi e annerirsi».

Il cavaliere ignorò il consiglio e si alzò, ma fu sopraffatto dalla nausea. Aspettò quindi che scemasse sotto lo sguardo sconcertato della donna. Si trascinò fino alla porta, quindi si voltò. Sudava copiosamente e lo sforzo lo aveva sfinito. Tornò a letto e si coricò di nuovo, con gran sollievo di Lotaria che ora lo osservava preoccupata.

«Hai fatto un buon lavoro, donna. Non so né quando né come potrò ripagarti, ma ti ringrazio dal profondo del cuore. Ora dormirò fino all'alba e partirò al sorgere del sole».

Con un gesto represse le obiezioni della guaritrice e chiuse gli occhi. Aveva bisogno di dormire, ma la sua mente non smetteva di pensare e tracciare piani. Era solo, ferito, appiedato e disarmato. Aveva un giorno di svantaggio su Jean e forse persecutori avanti e alle spalle. Gli serviva un cavallo.

82
Anno 2019

Il gesto di girare la chiave nella porta di casa diede a Marta una sensazione strana. Entrava in un territorio conosciuto, ma non da sola, con Iñigo. Il sacerdote avrebbe avuto accesso a una sua sfera molto personale e Marta temeva il suo eventuale giudizio. Da quando aveva acquistato quella casa, l'unico uomo a esservi entrato era stato Diego.

Quando entrarono nel salone, Iñigo si guardò intorno con curiosità.

«Hai un appartamento molto carino», disse con il suo eterno sorriso.

«Grazie», rispose Marta un po' a disagio. «Ti faccio vedere la tua camera e il resto della casa», si affrettò ad aggiungere, rimproverandosi mentalmente l'incapacità di accettare i complimenti.

Era convinta di aver lasciato tutto in ordine prima di partire invece, entrando nella sua camera da letto, si accorse che, nel preparare lo zaino, aveva lasciato diverse stampelle sul letto oltre a vari capi di intimo. Li raccolse in fretta e furia con le guance in fiamme. Iñigo fece finta di niente e Marta gradì quella sua discrezione, salvo poi rendersi conto che aveva provato il suo stesso disagio.

Consumarono una cena veloce e andarono subito a dormire. Il giorno dopo, di prima mattina, li attendeva la chiesa di san Vicente dove era stato rivenuto il cadavere; forse lì avrebbero trovato qualche pista. Era un tentativo disperato, ma intanto che vi si dedicavano, avrebbero comunque potuto continuare a leggere il libro sul cellulare.

Marta stampò la parte di testo che le restava da leggere e, avvolta tra le lenzuola familiari del suo letto, pensò a tutto quello che era successo, al libro, all'oggetto misterioso, al suo viaggio, ma soprattutto a Iñigo che dormiva a pochi metri da lei. Ormai non poteva più negare l'attrazione che provava. Era molto diverso da Diego; era attento e divertente e a volte ingenuo, aveva un sorriso ammaliatore e il gesto tipico di inclinare la testa da una parte quando si concentrava su una spiegazione. Le piaceva quell'atteggiamento, le sembrava sempre di star parlando dell'argomento più importante del mondo. Varie volte fu tentata di alzarsi e andare in camera sua, ma a frenarla fu sempre il ricordo di quando lo aveva conosciuto, con la tonaca e il colletto.

O forse il timore di un rifiuto.

83
Anno 1199

Mi ero perduto.

Quelle maledette montagne e la pioggia insistente mi avevano disorientato. All'inizio, mentre avanzavo verso nord fiancheggiato nel mio cammino da catene montuose, l'impresa mi era parsa semplice. All'improvviso, però, tutto si era confuso, sommerso dal fango, dalla pioggia e dalla nebbia e avevo dovuto andare a piedi, smontando da cavallo, per un terreno infido e scivoloso tra densi boschi e profonde vallate. L'autunno avanzava e la luce del sole, se così si poteva chiamare quel chiarore smorto che i nuvoloni neri lasciavano appena intravedere, calava rapidamente.

Vagavo in un inferno grigio e verde senza che neanche la provvidenziale presenza di un vecchio pastore mi fosse d'aiuto. Si era espresso in una lingua gutturale e a me estranea e, dopo vari tentativi di intavolare una conversazione, avevo desistito. Deciso a proseguire verso nord, il terzo giorno intravidi in lontananza un mare grigio, rabbioso e ostile. Nonostante ciò, sospirai di sollievo. Se il mio orientamento era corretto, un sentiero a me ancora sconosciuto mi avrebbe condotto prima a Sanctus Sebastianus e poi a nord.

L'abate Guy Paré sbraitò contro il suo aiutante che, forte dell'esperienza, ne sopportò stoicamente il malumore; forse le notizie che portava quel cencioso mercante avrebbero calmato il suo padrone, o forse no e allora sarebbe ritornato a fare da bersaglio alle sue urla e ai suoi insulti. Aveva istruito il mercante su come rivolgersi all'abate, ma nutriva poca fiducia che seguisse le sue istruzioni.

«Uno dei due era ferito gravemente», cominciò a riportare il mercante in uno stato di nervosismo che rasentava il panico.

Era stato trascinato contro la sua volontà davanti a quell'uomo dall'aspetto crudele che lo trattava come un appestato. Alla locanda aveva parlato troppo e vari soldati del Tempio lo aveva ascoltato. Si rimproverò per quel suo pavoneggiarsi con i presenti in merito a una storia che gli aveva raccontato un salinaro. Come gli ripeteva sempre sua moglie, il vino gli scioglieva la lingua e lo metteva nei guai; odiava darle ragione.

«Dove? Dove è successo? Parla, che sto perdendo la pazienza», lo aggredì l'abate puntandogli contro il dito compiacendosi del terrore che infondeva in quella bestiolina.

«A ovest», rispose deglutendo a fatica. «Nei pressi delle saline di Agnana».

«Quando?».

Il mercante voleva solo che tutto finisse alla svelta per poter tornare a casa.

«Due giorni fa, tre, voglio dire, da che sono arrivati. Staranno ancora lì, quello che era ferito gravemente è stato ricoverato nella baracca di una guaritrice e, date le condizioni, avrà bisogno di molto tempo prima di riprendere a camminare, se avrà la fortuna di rimettersi in piedi».

L'abate si voltò verso il suo aiutante, ma questi già usciva a predisporre la partenza.

"Uno di quelle due carogne è ferito gravemente", pensò soddisfatto. Purtroppo però Cedric era morto e se ne sarebbe dovuto occupare di persona. Il pensiero delle urla di un uomo quando gli si frugava nelle ferite lo fece sorridere. La salivazione aumentò, così come l'accenno di erezione tra le gambe; gli toccava stringere il cilicio. Presto avrebbe avuto una soddisfazione simile a quella provata nell'uccidere l'ultimo di quei monaci bianchi che lo avevano fatto impazzire. Congedò il mercante come ci si libera di un insetto molesto.

84
Anno 2019

Marta aveva il polso accelerato, ma davanti a Iñigo finse indifferenza.

Nel varcare l'inferriata che delimitava l'antica chiesa di san Vicente, le tornò alla mente l'immagine del cadavere che la osservava nel buio della nicchia murata. Il corpo era stato sicuramente rimosso, eppure permaneva l'infantile timore di trovarselo di nuovo davanti. Stava giusto cercando di scacciare quella sensazione tanto puerile quando l'incaricato dei lavori le si avvicinò per salutarla.

«Marta, che gioia rivederti!», la salutò con affetto. «Come stai?»

«Molto bene, Simón, grazie per l'interessamento. Sono ancora in vacanza», si giustificò stringendosi nelle spalle.

Fingeva tranquillità non solo per dissimulare la reazione che le provocava tornare in quel luogo, ma anche per non lasciar trasparire le vicissitudini in cui si era ritrovata coinvolta.

«Si può sapere allora cosa ci fai qui?», si informò l'uomo perplesso.

«Ho bisogno di rivederlo. Mi riferisco al posto», spiegò di fronte allo sconcerto di Simón. «Devo convincermi di essere in grado di affrontarlo».

Simón annuì preoccupato. Si era sempre comportato come un padre per Marta, proteggendola con la tipica premura di certi uomini un po' all'antica.

Marta gli presentò Iñigo come un suo vecchio amico e Simón li accompagnò fino al muro posticcio, illustrandole come procedeva il restauro. Di fronte alla breccia, che nel frattempo era stata allargata, Simón si ritirò premurandosi di ricordarle di non farsi problemi a chiedere il suo aiuto. Marta e Iñigo rimasero a guardare l'apertura nella parete.

«A che scopo fu costruita?», chiese Iñigo. Era una domanda che Marta si era posta già molte volte.

«Riesco a ipotizzare solo due spiegazioni. La prima è che, a volte, alcune chiese costruivano piccole camere come questa per nascondere sculture di santi, reliquie o altri tesori in caso di imminenti saccheggi».

«E la seconda?»

«Alcuni religiosi», Marta sogghignò maliziosamente, «costruivano corridoi che permettessero un passaggio segreto dalla chiesa alla sacrestia quando volevano incontrarsi con una donna».

Iñigo strabuzzò gli occhi.

«Ma dove sarebbero le porte di accesso a questo corridoio?», obiettò poi non appena riavutosi dalla sorpresa.

«La chiesa era ancora in costruzione al tempo in cui la visitò Jean. Forse il progetto iniziale del *magister muri* le prevedeva, ma con l'avvento di un nuovo abate dalla morale un po' più severa, venne modificato. Non lo sapremo mai».

«Preferisci che entri prima io?», le propose Iñigo.

«Credi che abbia paura?», ribatté Marta scuotendo il capo. «Quella che ho accampato con Simón era solo una scusa, non mi crea alcun problema entrare qui dentro», e indicò la breccia.

Non era vero.

Era spaventata, ma non aveva certo intenzione di ammetterlo con Iñigo. Senza pensarci due volte, e prima di pentirsene, attraversò la parete. La stanza dall'altra parte era piccola, più di quanto ricordasse, appena quattro metri di lunghezza e profonda uno. Era vuota: solo alcuni caschi, tanta polvere accumulata e alcune ragnatele a completare il quadro. Tirò fuori la torcia e si mise a cercare.

«Cosa pensi di trovare?», chiese Iñigo che faceva capolino dal buco.

«Non lo so. Un segno, un indizio. Magari la firma da muratore di Jean».

Un quarto d'ora dopo, Marta ne usciva delusa e con varie ragnatele impigliate nei capelli.

«Trovato qualcosa?», chiese Iñigo serio, ancora preoccupato per lei.

«Niente», rispose Marta con fare deluso. «Altro vicolo cieco».

Iñigo allungò la mano per toglierle una ragnatela dai capelli e la lasciò cadere a terra. Poi, quando sembrava che volesse ripetere il gesto, prese una ciocca sciolta e gliela mise dietro l'orecchio, come faceva sempre lei. Si guardarono negli occhi e calò il silenzio. Marta pensò che stesse per baciarla già decisa, in caso contrario, a farlo lei per prima. L'arrivo di Simón, però, interruppe la magia del momento.

«Come è andata?», chiese avvicinandosi senza rendersi conto di ciò che aveva interrotto.

«Bene», rispose Marta sussultando. «Tutto a posto». Agitò i capelli e ingoiò tutta la sua frustrazione.

«Quando tornerai al lavoro?»

«Presto», rispose. «C'è ancora molto da fare qui e siamo in ritardo».

«Sì», confermò Simón. «Con tutta la confusione del ritrovamento non siamo riusciti ad andare avanti. Prima è venuto il giudice a rimuovere il corpo, poi gli scienziati dell'Aranzadi per prelevare i campioni e requisire il foglio».

Marta e Iñigo sobbalzarono all'unisono.

«Un foglio?», chiese Marta cercando di non apparire troppo interessata.

«Sì», rispose Simón leggermente stupito dalla loro reazione. Diede un'alzata di spalle. «A quanto pare c'erano delle parole scarabocchiate sopra, forse le ultime volontà di quel poveraccio».

«E chi hai detto che lo ha preso?», chiese Iñigo che dissimulava la propria eccitazione peggio di Marta.

«Quelli dell'Aranzadi», rispose Marta mettendogli una mano sull'avambraccio per invitarlo alla calma.

Iñigo la guardò interrogativo e Marta assentì, dandogli a intendere che sapeva già dove trovarli. Salutarono Simón e lasciarono la chiesa. Presto avrebbero conosciuto l'ultimo messaggio scritto da Jean prima di morire.

Alla guida della sua auto, l'Ombra rifletteva. La chiave non era in quel libro, o perlomeno lui non era riuscito a scovarla. Doveva cambiare tattica. Era arrivato il momento di fare due chiacchiere faccia a faccia con Marta, così si diresse a Leyre, dove sapeva che l'avrebbe trovata sola, dato che per tutto il tragitto l'unica cosa che aveva ascoltato era la musica dell'autoradio.

Nel corso della mattinata, arrivò a Leyre dove trovò la macchina del suo obiettivo nel parcheggio dell'abbazia. Il piano era semplice: controllare che Marta fosse all'interno del monastero, abbordarla all'uscita, somministrarle un blando sonnifero e cercare un posto tranquillo in cui svegliarla. Era meraviglioso ciò che si riusciva a ottenere con alcune corde e un bisturi.

L'Ombra era cosciente che l'essere oscuro e sfrenato che abitava dentro di lui cominciava a prendere il comando. Erano passati dieci anni dall'ultima volta. Gli tornarono in mente alcune immagini: sangue e corpi mutilati. Agitò la mano come a scacciarli; di solito riuscivano solo a turbargli il sonno. Dopo quei fatti era stato accolto dalla Chiesa e aveva imparato a controllarsi, a mostrarsi agli altri come un uomo nuovo. Che gran cosa il pentimento e il perdono dei peccati! Doveva riconoscere che era uno dei vantaggi della Chiesa cattolica: per quanto grande potesse essere il peccato, bastava mostrarsi pentiti e cancellava tutto come se non fosse mai esistito. Ovviamente solo a condizione che fosse qualcuno della stessa fede.

L'essere oscuro, però, era ancora lì e lo sapeva bene, acquattato, avido di sangue, in attesa del momento opportuno per riprendere il controllo. Si alimentava di frustrazione e frustrazione era proprio ciò che l'Ombra provava in quel momento.

Scese dall'auto ed entrò nel monastero. Passò in rassegna la chiesa, il chiostro, la cripta e il patio ma senza successo. Chiese all'ingresso se disponessero di una biblioteca, ma la risposta fu negativa. Decise di tornare al parcheggio e aspettare; forse Marta era in albergo e stava riposando in camera. Non aveva fretta.

Aitor si annoiava. Sebbene all'inizio l'impresa gli fosse sembrata divertente, più di una volta nel corso della mattinata era stato tentato di inviare un messaggio a Iñigo per avvisarlo che rientrava. Aveva desistito soltanto perché gli aveva promesso di trascorre a Leyre l'intera giornata.

Aveva visitato il monastero, ma la storia antica lo annoiava e lì non c'era nient'altro da fare. Mangiò al ristorante, riposò nella stanza d'albergo e giocò con il telefonino fino alla nausea. Quando l'orologio segnò le sette e restavano ancora quasi due ore per la cena, decise di scendere in macchina a recuperare alcuni CD che aveva lasciato nel vano portaoggetti.

Il parcheggio era quasi vuoto, le ultime visite al monastero si stavano concludendo. Aprì lo sportello del passeggero e rovistò nel cruscotto. All'improvviso percepì un respiro alle sue spalle e una puntura improvvisa sul collo; cercò di girarsi, ma due braccia lo immobilizzarono. Poi tutto si fece nero.

Quando recuperò conoscenza, aveva la bocca completamente asciutta e un accenno di emicrania. Stava ancora cercando di capire cosa fosse successo quando si accorse di non potersi muovere. Era seduto a terra, appoggiato a una parete con le mani legate dietro la schiena.

Il luogo sembrava un edificio abbandonato; era notte e tutto ciò che riusciva a vedere intorno a sé erano pavimenti, tetti e muri sgretolati. A completare il tutto un forte puzzo di muffa e urina stantia. L'intera scena gli risvegliò un'inequivocabile sensazione di incubo e un brivido di paura gli percorse la schiena. Invano cercò di liberarsi dalle corde e, una volta che la vista si fu abituata all'oscurità, vide la sagoma di un uomo seduto in un angolo. Stava in silenzio, con la schiena dritta, ma qualcosa nel suo atteggiamento e nella sua espressione lo fece sussultare.

«Ti sei svegliato finalmente», commentò l'Ombra infastidito.

Si avvicinò ad Aitor e lo guardò come il collezionista osserva l'insetto un attimo prima di infilzarlo con uno spillo. Aitor strabuzzò gli occhi, terrorizzato dalla glacialità con cui quell'uomo gli si rivolgeva.

«Chi sei?», lo interrogò mostrandogli la lama di un bisturi.

Aitor emise vari versi gutturali, pregando che quell'uomo capisse che non poteva parlare, prima di infliggergli qualche ferita.

«Sei muto!», esclamò l'Ombra inarcando un sopracciglio.

Ne aveva conosciuto più d'uno nella sua vita quindi quei versi gli erano risultati familiari. La sua mente analitica incastrò i pezzi con facilità e subito comprese tutto: Marta e Iñigo lo avevano spedito a seguire un fantasma mentre loro erano su una pista che gli avevano tenuto nascosta. La sorpresa lasciò il posto alla rabbia e questa alla frustrazione e all'ira. L'essere oscuro si faceva strada portandolo a perdere il controllo. Con gli occhi iniettati di sangue si girò verso il prigioniero.

Aitor fu preso dal terrore più puro. Sentì il cuore balzargli in gola e il sudore impregnargli il corpo. Quando quello strano uomo gli si avvicinò con il bisturi, la vescica si allentò.

85
Anno 1199

Il cavaliere nero non era molto orgoglioso di sé.

La sua visita a Gastehiz era stata breve, ma con un chiaro obiettivo: procurarsi un cavallo. Si era diretto alle stalle dove non era stato difficile entrare nelle grazie dello stalliere. Aveva un talento naturale non solo con le donne: il suo sesto senso riusciva a individuare gli uomini attratti da altri uomini. Aveva percepito lo sguardo timido e interessato dello stalliere ancora troppo giovane per acquisire l'esperienza necessaria a nascondere le proprie inclinazioni. Avrebbe dovuto imparare in fretta se voleva sopravvivere in un mondo che si mostrava ostile verso alcune debolezze dell'anima. Quanto a lui, non aveva niente in contrario verso tali deviazioni contro natura, anzi considerava l'amore una festa, sempre e in qualunque forma. La sua tolleranza cozzava però con una società che non permetteva a nessuno di discostarsi dal sentiero tracciato.

Aveva convinto lo stalliere a sgattaiolare in uno dei posti vuoti in fondo e, strada facendo, adocchiato alcuni cavalli adatti a lui. In particolare lo aveva attirato un sauro, bello ma robusto, potente ma tranquillo. Rispondeva perfettamente alle sue esigenze.

Non gli fu difficile disfarsi dello stalliere, che si sarebbe risvegliato diverse ore dopo con la testa e l'orgoglio ammaccati, ma con maggiore saggezza. Lo lasciò a riposare dietro un mucchio di paglia, sellò il cavallo, uscì dallo stallaggio e si diresse al trotto verso nord.

Conosceva a sufficienza quella zona per sapere che il cammino verso est era il più veloce ma anche il più pericoloso. Cercare Jean in quello che puntava a nord, in mezzo alle montagne, era difficile e, a giudicare dai nuvoloni neri che si ammassavano in quella direzione, sarebbe diventato presto anche intransitabile. Attraversare la Sakana gli avrebbe invece fatto risparmiare tempo prezioso, lasciandosi la sierra di Aralar alla sinistra e quella di Urbasa a destra. Era un cammino che conosceva bene. Avrebbe attraversato la valle per intero avvicinandosi agli imponenti Pirenei dove avrebbe deviato.

La ferita aveva ripreso a sanguinare e il dolore che si era riaffacciato non scemava. Strinse i denti e si aggrappò alla cavalcatura. La ferita avrebbe dovuto aspettare.

86
Anno 34

Molti mesi furono necessari perché Giacomo arrivasse a Gerusalemme. Numerosi fatti accaddero, ma nessuno che valga la pena menzionare. Tornò a piedi da ovest, ripercorrendo il tragitto inverso a quello compiuto con i suoi compagni. Stavolta, invece di girare verso sudest, aveva continuato per la fertile pianura del fiume Elaios o Flumen Oleum come lo chiamavano i romani, fino ad arrivare alla città di Caesar Augusta, che gli autoctoni continuavano a chiamare Salduie. Lì, a corto di denaro e avendo terminato le scarse provviste che portava con sé, si procurò un lavoro come aiutante nelle scuderie di una decuria romana. Da lì era partito verso est, cercando un porto dove imbarcarsi e far rotta verso la Giudea.

Il passaggio per le terre di ilergeti, beli e jacetani, fu pacifico. Una volta a Tarraco, trovare un mezzo di trasporto non fu difficile, dato che la sua esperienza di marinaio e la padronanza di diverse lingue erano ben apprezzate su qualsiasi imbarcazione. Si presentò a tutti come Daniele, ma nessuno sembrava prestare attenzione né al suo passato, né al suo presente.

Approfittò di quel tempo per scrivere. Sentiva il bisogno di raccontare la sua storia. Scelse di non rivelare il luogo in cui aveva lasciato la reliquia, ma la sua versione di tutto quanto era accaduto, di come avesse conosciuto Gesù, della sua morte e del tradimento di Pietro. Forse un giorno la verità sarebbe venuta alla luce.

La traversata durò diversi mesi, tanto che a momenti credette che non sarebbe più tornato a calcare la terra che lo aveva visto crescere. Aveva la sensazione che il destino avesse voluto mettergli fretta durante il suo viaggio verso ovest senza un obiettivo definito, mentre ora che c'era un proposito preciso a guidare i suoi passi, si prendesse gioco di lui e della sua tenacia, costringendolo a raddoppiare gli sforzi.

Massilia, Sardinia, Siracusa, Leptis Magna, Cirene e Alessandria furono i porti principali che toccò, ma molti altri, del tutto cancellati dalla memoria, scandirono il suo viaggio. Varie volte dovette cambiare compagnia, dato che le rotte delle navi in cui si imbarcava non erano dirette a est. Alla fine, già ad Alessandria, un piccolo peschereccio il cui comandante egizio lo scrutò con attenzione prima di ammetterlo nel suo equipaggio, gli offrì la possibilità di dirigersi a Gerusalemme dal momento che avrebbe costeggiato la Giudea risalendo verso Tiro.

E fu così che, più di un anno dopo la sua fuga precipitosa dalla località costiera di Bet Shemesh, Giacomo tornò a posare i piedi, stavolta in solitudine, sulla spiaggia dove tanto tempo prima si era bagnato con Attanasio e Teodosio. Ora nessuno più lo inseguiva e il ricordo di quelle notti oscure e di quei giorni eterni in cui viveva guardandosi costantemente le spalle erano rimasti nel passato. Si sentì quasi in colpa per non provare più quella sensazione che invece, con ogni probabilità, avrebbe accompagnato a vita i suoi amici, sperduti ai confini del mondo.

Lì, mentre avanzava sulla sabbia e ripensava ad Attanasio, lo attraversò un pensiero fugace: poteva ancora scegliere di cambiare strada, bastava darsi un'altra destinazione, vivere costantemente nell'anonimato del mondo sconfinato e sparire per sempre. Teodosio e Adonai avrebbero vissuto una quieta esistenza nella lontana e tranquilla terra di Hispania fino alla fine dei loro giorni.

Sarebbe stato così semplice…

Ascoltò in lontananza lo stridio dei gabbiani al di sopra del mormorio delle onde e allora ricordò qualcosa che aveva seppellito nel più profondo della mente: il colore degli occhi di Gesù. Quell'oscurità insondabile lo osservava dal passato e allora seppe che non poteva cambiare il suo destino, che la decisione era stata presa molto tempo prima. Comprese che i suoi dubbi erano solo passeggeri, un'umana debolezza che lo avrebbe messo alla prova nei giorni a venire. Recuperò i suoi pochi averi, contemplò ancora una volta quella spiaggia, si congedò da essa e diresse i propri passi verso Gerusalemme.

87
Anno 1199

Guy Paré non aveva tempo, almeno non tanto quanto gli sarebbe piaciuto. Avrebbe davvero gradito averne a sufficienza per cancellare lo sguardo di sfida negli occhi di quella vecchia volpe che non mostrava né rispetto né paura. Vista la mostra di unguenti e sbobbe che custodiva nell'immonda capanna in cui viveva era di certo una strega. C'erano i testimoni del fatto che avesse offerto ospitalità e cure ai due ladri che inseguiva, eppure si ostinava a negarlo. Aveva la sensazione che più tempo avesse impiegato per obbligarla a cambiare idea, maggiore sarebbe stato il piacere che avrebbe ottenuto. La fissò con disprezzo, lasciandole intendere che era ben cosciente dei suoi rapporti con Satana e che sarebbe tornato, o meglio, avrebbe inviato qualcuno a punirla. Uscì dalla capanna, ordinò di rimontare a cavallo e partì al galoppo di ritorno a Gastehiz.

Al loro arrivo, il paese era in pieno fermento. Le informazioni di cui aveva bisogno gli furono offerte da un uomo piccolo e meschino disposto a fornirgliene in cambio di una modica cifra. Le tessere cominciarono a incastrarsi: il giorno avanti, di mattina presto, uno dei due fuggitivi era passato di là su un cavallo da guerra che era stato immediatamente identificato come quello del cavaliere templare ucciso. Quella stessa mattina, un cavaliere vestito di nero aveva rubato un cavallo a pochi metri dal posto di guardia della muraglia.

Tali informazioni portavano però con sé altri interrogativi: perché i due uomini si erano separati? Avevano forse litigato come doveva essere tipico tra i ladri della loro lega? Uno aveva abbandonato l'altro convinto che sarebbe morto o si trattava di uno stratagemma per eludere la sorveglianza e incontrarsi più avanti? Troppi erano gli interrogativi senza risposta.

Ciononostante, conoscevano la direzione che avevano preso entrambi: a nord il primo e a est il secondo. Dove andare? I Templari raccomandavano il cammino verso est; quello a nord era insidioso e le impronte si erano probabilmente già cancellate. Guy Paré prese una decisione: avrebbe mandato alcuni uomini a nord mentre lui si sarebbe diretto a est con un buon numero di cavalieri templari, più affidabili negli scontri. Se davvero quel molesto cavaliere nero era ferito, non avrebbero tardato a raggiungerlo.

L'abate impartì ordini precisi specificando chiaramente che voleva Jean vivo. Voleva o meglio sentiva il bisogno di portare a termine il lavoro cominciato da Cedric, per poterne vendicare la morte e scaricare la frustrazione che ne era conseguita. In quanto al cavaliere nero, la sua vita non aveva per lui nessun interesse e i Templari sarebbero stati ben felici di vendicare il proprio compagno. L'avrebbe lasciato a loro.

88
Anno 2019

L'Aranzadi aveva la sede centrale ai piani alti di un antico edificio di pietra arenaria situato su una piccola altura. Nata come Società della Scienza, si era specializzata in campi diversi come micologia, studio della natura, astronomia e archeologia. Il giudice aveva proceduto con la rimozione del cadavere e, appurato che non c'era alcun crimine recente su cui indagare, vi aveva inviato i resti perché gli specialisti facessero un po' di luce sul mistero che avvolgeva quel corpo.

«Sono la restauratrice della chiesa di San Vicente», si presentò Marta alla reception. «Mi accompagna padre Iñigo, inviato del vescovo». Sentì sulla nuca l'occhiata di rimprovero di Iñigo, ma non vacillò. «Vorremmo parlare con la persona incaricata dello studio dei resti umani che sono stati rinvenuti lì», aggiunse con un sorriso che sperava apparisse innocente.

Due minuti dopo si ritrovarono seduti con Fermín Maiztegi che, senza altre domande, riassunse loro quanto aveva scoperto fino a quel momento.

«Si tratta di un cadavere abbastanza antico», disse risistemandosi gli occhiali. «Di sicuro è lì da diversi secoli. Il luogo è buio e asciutto, quindi lo stato di conservazione è abbastanza buono, sia del corpo che dei vestiti e di gran parte degli oggetti».

«Ci hanno detto», sollecitò Marta tamburellando impaziente con le dita sul tavolo, «che insieme al cadavere c'era un foglio manoscritto».

L'antropologo assentì per niente insospettito da quell'improvviso cambio di discorso.

«Esatto. Ce l'hanno portato il giorno dopo. I tratti sono molto irregolari, probabilmente tracciati in gran fretta. Abbiamo trovato anche i residui di una candela di sego, il che suggerisce che sia stato scritto in penombra».

«È possibile vederlo?», chiese Marta cercando di non far trasparire quanto fremesse per poter leggere quel pezzo di carta.

«È molto delicato. Non so se sia consigliabile», rispose Fermín Maiztegi con un gesto contrariato.

Marta non si stupì di quel diniego, ma era preparata.

«Sa, è che mi piace documentare tutto. Come responsabile dei restauri della chiesa, devo registrare tutto quello che viene trovato. Sono certa che comprenderà», aggiunse cercando di darsi un tono professionale.

«Lo capisco», rispose l'uomo dopo un attimo di dubbio che a Marta parve eterno. «Le andrebbe bene anche una fotocopia?»

«Sarà più che sufficiente», rispose la restauratrice trattenendo a stento l'entusiasmo. «Ha notato qualcosa di insolito nello scritto?», chiese per sicurezza.

«Niente che io ricordi, ma non è il mio campo», disse Fermín facendo spallucce.

Un'ora dopo, Marta e Iñigo erano a casa, elettrizzati dalla prospettiva di scoprire ciò che aveva lasciato scritto Jean in quell'ultimo foglio. Prepararono il caffè e si sistemarono sul divano con la busta contenente la nota in mezzo a loro. Iñigo guardò Marta spronandola con un gesto ad aprirla e leggerne il contenuto.

Sono solo. Egli è fuggito e gli auguro di trovare ciò che cerca. Non so dove si trovi la reliquia, ma sospetto che la risposta sia da cercare alla luce delle candele fino a trovare la firma del muratore tra le pietre antiche. Io sto morendo.

Marta e Iñigo si guardarono perplessi senza capire. Sembravano vaneggiamenti di un alienato. Avevano tanto sperato di aver messo le mani sul tassello mancante e invece l'unica traccia che si ritrovavano non faceva che confondere ulteriormente le acque. Dopo aver tentato di interpretare quelle righe per un po' di tempo, decisero di andare a cena fuori.

Marta propose a Iñigo uno dei suoi ristoranti preferiti. Era un piccolo locale all'angolo della piazza del suo quartiere. Offrivano porzioni abbondanti e piatti deliziosi e, come al solito, le riservarono un trattamento di favore. Kike, il cameriere le assegnò un tavolo in un angolino tranquillo in fondo alla sala. Mentre lo raggiungevano, Iñigo osservò con interesse l'enorme fotografia di un lupo che dominava il locale. Chiesero vari piatti da dividere e una bottiglia di Habla del Silencio, il vino preferito di Marta. Mentre si godevano la cena, discussero del criptico significato delle parole di Jean senza arrivare ad alcuna conclusione.

Quando uscirono dal ristorante, camminando per la piazza molto frequentata, si imbatterono casualmente in Diego. Questi fece una smorfia nel vedere Marta insieme a un altro e li avvicinò staccandosi dai suoi amici che invece puntarono a un bar a pochi passi.

«Non mi presenti il tuo amico?», esordì a bruciapelo con una smorfia infastidita.

Istintivamente, Marta intrecciò la mano a quella di Iñigo che le rispose con una stretta di incoraggiamento.

«Ma certo», disse Marta con voce apparentemente calma. «Iñigo, lui è Diego. Diego, lui è Iñigo un...».

«Amico speciale», terminò Iñigo con il suo sorriso incantatore.

Diego lo guardò, poi guardò Marta ed entrambi lo videro farsi rosso di rabbia e interdetto dalla sfacciata provocazione del sacerdote, tanto da non sapere bene come replicare.

«Tua madre è molto preoccupata», sbottò poi. «Non ha tue notizie da giorni. Abbi almeno la delicatezza di chiamarla».

Se ne andò prima che potessero rispondere. I due si guardarono e scoppiarono a ridere.

«Mi viene in mente una frase di una delle mie canzoni preferite degli Spandau Ballet», disse infine Marta. «"E ascolto l'eco dei fantasmi dell'amore che ci siamo lasciati alle spalle"».

Si avviarono di nuovo verso casa tenendosi per mano. Presero in silenzio l'ascensore, occhi negli occhi ed entrarono in casa senza dire niente, come se le parole fossero superflue. Quindi si avvicinarono e si baciarono, lentamente. E Marta guidò Iñigo in camera da letto.

89
Anno 1199

I piedi bagnati erano appesantiti dal fango e rallentavano la mia avanzata. Mi trovavo vicino a Sanctus Sebastianus, ma ora procedevo a piedi. Ancora mi stupivo di essere uscito vivo da quel territorio, in cui solo il muschio sembrava trovarsi a suo agio, ma avevo pagato un prezzo altissimo. Un errore di calcolo, un pendio ripido e il fango mi avevano fatto perdere il controllo del cavallo. Ero sopravvissuto alla caduta senza un graffio, ma così non era stato per l'animale che avevo dovuto uccidere per via di una zampa rotta. Non mi fu facile affondare la spada nel collo di quel nobile destriero. Il suo sguardo di terrore e dolore, di confusione, mi era parso più umano di quello di molti uomini che avevo visto morire.

Ero arrivato in cima a quella collina interminabile proprio nel momento in cui il sole si faceva largo tra le nubi e una magnifica vista si aprì davanti ai miei occhi. Distinsi verdi colline in riva al mare e, in fondo, ancora tra nuvole nere, intravidi le sagome delle grandi montagne che digradavano in alture più basse, colline e abbondanti rupi. Sulla riva del mare c'era un piccolo villaggio accanto a un'ampia baia delimitata da due isolotti. Il più lontano era sicuramente un tombolo, visto che la bassa marea lasciava intravedere un sentiero, mentre diverse case e perfino una chiesa in costruzione confermavano che era possibile, e perfino abituale, il passaggio di persone e attrezzature tra quell'altura che sorgeva in mezzo alla baia e la terraferma. Un molo di pescatori e alcuni terreni coltivati accanto a un piccolo monastero completavano la scena.

Animato da quella visione, ripresi il cammino.

Alcune ore più a sud, il cavaliere nero udì l'inconfondibile rumore di cavalli al galoppo. Ebbe appena il tempo di nascondersi dietro gli alberi. Il dolore al fianco era aumentato ed era ricomparsa la febbre; si sentiva rallentato e intorpidito. Un duello di spada, seppure contro un unico contendente, non era un'opzione percorribile. Inoltre, se l'orecchio non lo ingannava, quello che si avvicinava era un gruppo numeroso.

I suoi peggiori presagi si videro confermati. Una dozzina di cavalieri templari scortavano l'abate Guy Paré come un piccolo esercito che passò in un soffio e si perse dietro una curva del sentiero. Arrivava tardi e in pessime condizioni per poter affrontare nemici numerosi e implacabili. Sospirò. La discrezione era la sua arma migliore. Con grande sofferenza, rimontò a cavallo e riprese la marcia. Sarebbe arrivato a destinazione quella notte stessa.

Credeva di aver intuito cosa stesse tentando di fare Jean. Era in fuga verso nord, ma non aveva più con sé la reliquia. Doveva averla nascosta da qualche parte lungo il cammino, chissà dove. Aveva però il sospetto che nel libro fosse nascosta la chiave per recuperarla. Doveva trovare Jean prima che i suoi persecutori lo raggiungessero e lo mettessero a morte ed entrare in possesso del libro. Forse sarebbe riuscito a convincerlo a farsi dire dove l'aveva occultata. Sperava solo che non fosse troppo tardi.

L'abate Guy Paré scrollò il mantello, inzuppato dalla pioggia di due giorni. Entrò nel monastero di Sanctus Sebastianus, un modesto edificio sulla riva del mare che da una collina dominava l'insolita baia. Sentendo annunciare ospiti illustri, il priore si affrettò alla porta e li ricevette con grande premura.

«La vostra gradita visita in questo umile monastero ci riempie di onore, abate Guy Paré», cominciò con un lieve tremore nella voce. «Non ne riceviamo molte in questo sperduto angolo di mondo, nonostante, da quando fu fondato dal nostro illustre sovrano re Sancho de Navarra, la popolazione del villaggio non cessi di aumentare. In cosa posso servirvi, reverendissimo padre?».

Di fronte a un atteggiamento tanto servile, l'abate Guy Paré guardò il priore con palese disprezzo.

«Un bagno caldo, cibo e informazioni», rispose brusco.

A quel punto l'atteggiamento del priore di Sanctus Sebastianus cambiò facendosi più formale di fronte all'ostilità del suo visitatore.

«Certamente», rispose stringendo gli occhi che mostrarono un'astuzia che colse di sorpresa Guy Paré. «Sono tutti desideri facili da soddisfare. E, se mi è dato domandare, in che ordine preferite vederli attesi?».

Guy Paré rimase attonito di fronte all'arroganza di un priore di una stalla pidocchiosa che avevano l'ardire di definire monastero. Sapeva che si trovava sotto la protezione di Leyre e quell'appartenenza a un ordine diverso dal suo limitava di molto la sua autorità. Aveva perfino il sospetto che Leyre servisse gli interessi degli eretici catari al di là dei Pirenei e che quell'insopportabile cavaliere che aveva salvato la vita a Jean fosse al servizio dell'abate Arnaldo. Decise di cambiare strategia.

«Mio buon priore», rispose addolcendo il tono e assentendo con soavi movimenti della testa. «Siamo umili servi di nostro Signore e accetteremo come un dono per i nostri corpi stanchi tutto ciò che ci offrirà».

Sul viso del priore si accesero prima stupore, poi diffidenza.

"Bene", pensò Guy Parè, "proseguiamo la commedia. Faremo i conti quando sarò nella condizione di schiacciare questo lurido insetto con il mio lungo braccio papale".

90
Anno 2019

L'Ombra sorrise con soddisfazione. Ottenere informazioni da quel giovane si stava rivelando meno complicato di quanto si aspettasse. Aveva dovuto slegargli la mano destra e portargli carta e penna ma, a partire da quel momento, bastava porre la domanda e Aitor collaborava rispondendo. Il processo, lento, aveva avuto l'effetto di pacificare l'essere oscuro e l'Ombra aveva ripreso il controllo di sé.

Quel ragazzo gli faceva pena. Si era pisciato addosso quando il bisturi gli aveva inciso il primo taglio profondo sul braccio destro. Non gli avrebbe dato alcun piacere ucciderlo una volta avute le informazioni, quindi si ripromise di dargli una morte rapida e professionale.

L'Ombra venne in questo modo a sapere del ritorno di Marta e Iñigo a Donostia e, a partire da quel dato, dedusse tutto il resto. Quella puttanella aveva inscenato l'intera farsa. Poche persone ancora in vita potevano vantarsi di averlo ingannato in quel modo, ma la soluzione c'era. Decise che, a differenza di Aitor, Marta avrebbe avuto una morte lenta e dolorosa. La immaginò distesa su un tavolo, nuda, lui con il bisturi in mano e tutto il tempo del mondo.

Una volta ottenute tutte le informazioni possibili, recuperò le sue cose e le ripose nel portabagagli dell'auto. Somministrò prima altro anestetico al suo prigioniero, onde evitare di attirare ficcanaso. Stava giusto per rientrare e portare a termine la sua opera quando vide arrivare un fuoristrada. L'Ombra maledisse in silenzio l'interruzione inopportuna. Ora i cadaveri sarebbero stati due. Aspettò immobile l'arrivo del veicolo, ma quello si fermò a più di dieci metri e ne scese un uomo che non si avvicinò. Si mostrava prudente ed era armato di un fucile da caccia.

«Non puoi stare qui», lo ammonì con voce calma sputando poi pigramente a terra.

«Posso almeno...?», cominciò l'Ombra cercando di prendere tempo.

«No, non puoi», lo interruppe bruscamente il nuovo arrivato scuotendo la testa. «Sali in macchina e vattene. Subito».

L'Ombra ebbe un presentimento. Quell'uomo non era un contadino che cacciava un intruso dalle sue terre. L'atteggiamento da militare era molto disinvolto. Capì di aver scelto il luogo sbagliato, forse un punto di spaccio di droga. Sapeva riconoscere quando era meglio evitare lo scontro e, se anche quell'uomo avesse ricordato la sua faccia e la targa dell'auto, non avrebbe avuto alcun interesse a chiamare la polizia; forse avrebbe perfino fatto il lavoro sporco al posto suo. E comunque, che venisse ucciso o no, Aitor sarebbe comunque rimasto fuori combattimento per diverse ore. Un tempo sufficiente.

Federico indietreggiò lentamente e salì in auto senza mai neanche per un attimo voltare le spalle al nuovo arrivato. Dal retrovisore lo trovò a fissarlo con la mano sempre pronta sul fucile. Quindi mise in moto e ritornò sulla via principale per lo stesso sentiero percorso dal fuoristrada. Una volta lì, gettò un ultimo sguardo allo specchietto: l'uomo era risalito in auto, si era acceso una sigaretta e aspettava. L'Ombra se lo levò dalla testa e fece rotta su Donostia.

91
Anno 34

La sera del terzo giorno dopo il suo arrivo a Bet Shemesh, Giacomo raggiunse le porte di Gerusalemme un attimo prima che venissero chiuse. I ricordi gli si affollavano nella mente e fu preso da un'emozione intensa ma controllata.

Aveva deciso di andare nell'antica casa in cui vivevano la maggior parte degli apostoli prima della cattura di Gesù, per cercare di ottenere informazioni su dove trovare i discepoli. Quando le ultime luci del giorno abbandonarono quel lato del mondo, vi si avvicinò. Ripensò che molti mesi prima e con la stessa furtività si era recato al fatidico incontro con Gesù, non lontano da lì. Dovette aspettare un po' prima di vedere apparire un'ombra in fondo alla strada. Era una sagoma minuta, senza dubbio una donna. Si avvicinava a lui come se avesse indovinato chi fosse e si fermò a un paio di metri di distanza.

«Giacomo». La voce era calma, come se avesse atteso a lungo quel momento. «Alla fine sei tornato, ti ho aspettato per così tanto tempo. Sapevo che eri fuggito e che Pietro non era riuscito a fermarti. Continua a cercare te e quelli che ti sei portato via. Dove sono Attanasio e Teodosio? Stanno bene?»

«Maria!», esclamò Giacomo sentendo di nuovo il sangue affluire al cuore. «Che gioia rivederti dopo tanto tempo! Non ci vediamo da...».

«Puoi dirlo, Giacomo. Da quando mio figlio è tornato con suo padre. Non sono triste, Giacomo, e non dovresti esserlo neanche tu, perché egli ha portato a termine la sua missione; ora siamo noi a dover portare a termine la nostra. È per questo che sei qui, non è vero?».

Gesù era il degno figlio di quella donna, il cui sguardo sereno era un balsamo che sanava le preoccupazioni e i cuori. Era anche intelligente, con un'insolita capacità di scrutare l'animo umano.

«Mi piacerebbe dire di avere la tua forza d'animo e la tua temperanza. Ho attraversato grandi pericoli, ma la necessità mi ha riportato a Gerusalemme».

«Necessità? Capisco cosa vuoi dire, Giacomo, anche se io non la definirei così. Di tutti i fratelli di mio figlio, tu sei stato sempre il più onesto».

Giacomo soppesò le parole di Maria. Sentiva gli occhi di quella donna guardarlo dentro.

«Voglio parlare con Pietro. Devi aiutarmi a incontrarlo». Giacomo la guardò dritto negli occhi e le appoggiò le mani sulle braccia per sottolineare quanta premura avesse.

Il dolore nello sguardo di Maria comunicava che la donna vedeva compiersi i suoi timori.

«Lo farò, Giacomo», accettò infine, «ma stai attento con lui, perché è cambiato. Da quando te ne sei andato ha preso il comando e si sente l'unto, il successore di Gesù. Ha fatto molto e bene per mantenere viva la fiamma di mio figlio, ma quello che per Gesù era un mezzo, per lui è diventato un fine ed è disposto a sacrificare tutto e tutti. Forse Gesù aveva ragione e Pietro è l'unico in grado di far sì che il suo messaggio perduri nel tempo. Ma non parliamo qui sulla strada, davanti a occhi indiscreti. Oggi dormirai nella mia casa e domani andrò a trovare Pietro e lo informerò che lo stai cercando. Vivo con Maria Maddalena ora, ci facciamo reciproca compagnia in questo mondo senza Gesù».

L'incontro con Maria Maddalena fu molto commovente. Non si vedevano da quella notte al sepolcro di Gesù. I tre consumarono una cena frugale mentre si aggiornavano sui fatti accaduti dopo la partenza di Giacomo.

«Quella notte Giuda è sparito, Giacomo», raccontò Maria Maddalena. «Non l'abbiamo più visto e non credo che potremo contare sul suo aiuto».

Maria Maddalena non volle o non poté chiarire cosa gli fosse successo, ma la tristezza nel suo sguardo fece presagire a Santiago che ormai poteva contare solo su coloro che si trovavano all'altro capo del mondo.

Si avvicinò cercando di non pensare a ciò che sarebbe successo il giorno seguente ed ebbe un sonno tranquillo e profondo dal quale si risvegliò a mattina inoltrata.

«Giacomo», lo chiamò Maria appena lo vide, «hai già ottenuto ciò che desideravi. Ho parlato con Pietro come mi hai chiesto. Ti aspetterà al calar del sole alle falde del monte Getsemani».

«Grazie, Maria», abbozzò un sorriso che sperava risultasse rassicurante.

Aveva percepito della tristezza nelle sue parole e avrebbe voluto chiederle se dipendeva dal destino di suo figlio o da quello di Giacomo stesso. Forse era meglio non saperlo.

Nel corso del pomeriggio, mentre aspettava che si facesse l'ora dell'incontro con Pietro, Giacomo, Maria e Maria Maddalena parlarono a lungo, ricordando aneddoti della vita di Gesù e il mistero che li circondava. Maria riconobbe che neanche lei era riuscita a penetrare l'insondabile dietro quell'uomo. Maria Maddalena invece rimase in silenzio, avvolta da un alone di sconforto che entrambi rispettarono; anche lei aveva perso molto.

«Prendete», disse infine Giacomo tirando fuori dalla borsa le pagine che raccontavano la sua vita con Gesù. «Conservatelo per me, affinché resti traccia di tutto ciò che è accaduto».

La conversazione si incentrò allora sul viaggio di Giacomo attraverso il Mediterraneo. Raccontò loro di Hispania, di Adonai e di Amiel, di Korbis e Nunn, delle strane usanze delle terre lontane. Non servì spiegare la causa del viaggio né le circostanze: entrambe sembravano già a conoscenza di ogni dettaglio. Narrò della morte di Attanasio e del suo esempio e piansero insieme.

Poco prima del tramonto, Santiago si preparò all'incontro con Pietro. Si congedò dalle due donne ma, quando già stava per uscire di casa, Maria Maddalena lo trattenne sulla soglia.

«Sei un brav'uomo, Giacomo, il migliore che Gesù potesse avere a fianco. Parlava sempre di te con affetto. Sii prudente con Pietro, è cambiato, lo sento nel cuore».

Giacomo si allontanò. Non poteva saperlo per certo, ma aveva il sospetto che quello fosse stato il loro ultimo incontro.

92
Anno 1199

Ero in preda a un profondo sconforto. Sedevo su una pietra dietro alcuni arbusti, con l'angoscia che mi attanagliava la bocca dello stomaco. Avevo pensato che quel piccolo monastero appartato e lontano dai sentieri principali mi avrebbe fornito qualche ora di riposo prima di varcare i Pirenei e addentrarmi in quella terra di eterne dispute e, pertanto, brulicante di soldati e di spie.

Invece, nell'avvicinarmi, avevo visto quello che doveva essere il priore ricevere l'abate Guy Paré in persona e il suo piccolo esercito. Mi ero nascosto nella boscaglia, rintanandomi alla meglio e meditando il passo successivo. Alla fine mi alzai con in mente la bozza di un nuovo piano. Facendo il giro largo, mi sarei avvicinato alla chiesa che sorgeva dall'altro lato della baia, accanto alla foce del fiume. Impiegai all'incirca due ore, ma in serata avvistai le mura del tempio ancora in costruzione. La chiesa si ergeva già maestosa su robusti contrafforti, tanto che era possibile intuire il progetto architettonico del mastro costruttore.

Scivolai in silenzio lungo il muro sud fino al vano che in futuro avrebbe ospitato la porta laterale. La chiesa era vuota e sarebbe stata quindi un buon posto dove passare la notte, recuperare le forze per poi, sul far del mattino, continuare in parallelo lungo la costa. Per prima cosa avrei dovuto scoprire come guadare quel fiume la cui foce sull'altra sponda sembrava cedere a un'ampia zona paludosa.

Le conoscenze che avevo acquisito lavorando con Thomas mi aiutarono a orientarmi all'interno dell'edificio e a trovare un luogo dove pernottare senza correre rischi. Ero totalmente ignaro della figura appostata che mi sorvegliava fin dal mio arrivo e che mi aveva visto cercare riparo nella chiesa.

Quell'uomo meditò qualche istante, quindi prese una decisione. Si sarebbe avvicinato al monastero di Sanctus Sebastianus per parlare con il priore. Lo aveva già avvertito della necessità di sorvegliarla, ma non gli aveva dato ascolto. Se si fosse sparsa la voce, quella chiesa sarebbe diventata un ricovero di vagabondi, lebbrosi e chissà cos'altro.

La figura ammantata accelerò il passo.

Mi svegliai nel pieno di un'oscurità oppressiva e angosciosa, con la mente ancora più confusa, cercando di ricordare dove fossi. Il suono di voci e passi mi riportò alla realtà, alla piccola chiesa in costruzione in riva al mare, a Sanctus Sebastianus. Tesi l'orecchio per averne conferma e, difatti, i miei persecutori avevano scoperto che mi nascondevo lì dentro.

Decisi di muovermi e fuggire prima di restare intrappolato. Subito, però, un braccio mi afferrò da dietro e una mano mi tappò la bocca per impedirmi di gridare. Feci forza per cercare di liberarmi e sentii il grugnito del mio assalitore quando lo colpii con una gomitata al fianco, ma la presa non si allentò.

«Silenzio!», mi intimò una voce che riconobbi immediatamente come quella del cavaliere nero.

La gioia di riaverlo di nuovo a fianco, ristabilito, durò il tempo di vederne il viso smunto, dimagrito e perfino invecchiato, evidente conseguenza della grave ferita.

«Ci staranno addosso in un attimo. Ho già individuato una via di fuga. Scenderemo da quella scala e salteremo dalla facciata est ancora incompleta».

«Ma è un salto di diversi metri e nelle tue condizioni...», obiettai.

«Non preoccuparti per me. Arrivato il momento, farò ciò che devo».

Le voci si avvicinavano, quindi corremmo verso la scalinata e raggiungemmo le mura in un silenzio di tensione.

Mi avvicinai allo strapiombo. L'oscurità della notte non mi permetteva di distinguerne il fondo, ma dallo schema dell'edificio doveva essere un'altezza di circa tre metri. Il cavaliere nero mi spinse ad andare per primo; mi prese la bisaccia per alleggerirmi e, guardandomi negli occhi, mi rivolse un gesto di incoraggiamento e affetto insieme.

Ero arrivato ad apprezzare quell'uomo, non solo perché mi aveva salvato la vita, ma perché si era sempre dimostrato persona integra, giusta, premurosa con gli oppressi e arrogante solo con i potenti. Difficile non volergli bene.

Spalle al muro, mi staccai e mi avvicinai al bordo con le mani. Guardai giù e, per un attimo, fui preso dall'angoscia. Se non fossi atterrato bene mi sarei fatto molto male e a quel punto più niente avrebbe impedito all'abate di catturarmi. Bastò il pensiero a convincermi, così raccolsi le forze e, dopo un ultimo sguardo al mio compagno, saltai. Atterrai sul suolo duro e l'impatto riverberò dalle gambe alla colonna vertebrale. Mi alzai ma, per quanto dolorante, non avevo sofferto alcun danno. Guardai in su, verso il viso del cavaliere. Con un gesto del capo gli confermai che stavo bene e che poteva gettarmi la bisaccia.

«Addio, Jean. Abbi cura di te», mi rispose invece, chinando il capo in un gesto di scuse.

E scomparve.

Rimasi per un attimo impalato, cercando di capire cosa fosse successo. Il cavaliere nero mi aveva tradito. Aveva architettato tutto per abbandonarmi e sottrarmi la bisaccia. Eppure ero sicuro che sospettasse che non avevo più con me la reliquia.

Ma c'era il libro! Sicuramente sapeva che conteneva la chiave per ritrovarla. Avvilito per essere stato ingannato, provai al contempo un intenso sollievo: non avrei più dovuto preoccuparmene. Guardai di nuovo in su, meditando il da farsi quando, all'improvviso, un viso si affacciò dal bordo del parapetto. Pensai si trattasse del cavaliere nero, forse pentito o magari messo alle strette dai soldati, ma scoprii con orrore che non era lui.

«Eccolo!», gridò un cavaliere templare quando mi vide. «Ormai è nostro!».

Mi diedi alla fuga nel momento in cui altri volti si avvicinarono e il primo soldato cercò di saltare giù. In quel momento la perdita del libro mi pareva irrilevante e l'unica cosa di cui mi importava era salvarmi la vita. Mi misi a correre e intanto vidi che a est l'oscurità cominciava a ritirarsi. Avevo poco tempo per far perdere le mie tracce e non farmi catturare.

Mi lasciai alle spalle alcune capanne e mi addentrai in un orto. Dietro di me sentivo il clangore delle spade di quelli che saltavano giù, seguito da passi mescolati a ordini impartiti con voci taglienti. L'orto terminava contro un muretto dietro al quale l'oscurità si stendeva come un manto. Scavalcai il muro e mi ritrovai sulle rive di un mare nero, selvaggio e infuriato, la cui profondità mi era ignota. Alla mia destra si apriva una zona paludosa che riceveva acqua da un fiume che ora retrocedeva spaventato dall'impeto dell'alta marea. Udii le voci farsi sempre più vicine, mi guardai alle spalle nell'istante in cui il primo dei cavalieri templari faceva la sua comparsa al di là dell'orto. Mi vide e lanciò un grido acuto. Tornai a guardare il mare che, gelido, sembrava chiamarmi dal basso. Davanti all'unica scelta che mi si prospettava, chiusi gli occhi.

Saltai.

Il cavaliere nero si occultò dell'ombra, avvolto dal mantello; il dolore al fianco si stava diffondendo ormai in tutto il corpo. Monaci e cavalieri templari gli passarono accanto senza vederlo. Aveva poco tempo per tornare al nascondiglio che aveva scoperto per caso, una piccola stanza che presto avrebbero finito di murare.

Si infilò nella breccia che ancora restava aperta chiudendola dall'altra parte con la pietra che l'avrebbe isolata dal mondo esterno. Lo sforzo di spostare quel peso si trasformò in un dolore lancinante che gli causò un leggero capogiro. Gli restava poco tempo. Sentiva che le forze lo abbandonavano, la nausea lo prendeva alla bocca dello stomaco e un torpore gli offuscava la mente.

Si assicurò che il muro non avesse crepe che potessero attirare l'attenzione dei suoi persecutori e, quando si ritenne soddisfatto, accese una candela di sego che sarebbe durata appena qualche minuto. Poteva bastare. Aprì la borsa di Jean e cercò il libro, la penna e l'inchiostro.

Cominciò a scrivere.

93
Anno 2019

Lo squillo del telefono ridestò Marta da un sonno profondo e da una sensazione piacevole e sfuggente. Impiegò qualche secondo a orientarsi. Era a casa sua e la luce del giorno filtrava dalla persiana; accanto a lei Iñigo si stiracchiò. Ripensò alla sera precedente e subito le tornarono in mente le relative immagini. Le scacciò: ci sarebbe stato tempo. Intanto si alzò per prendere il telefono che suonava insistente. Era nuda, ma non le importava più ormai.

Trovò il telefono ancora nella tasca posteriore dei jeans e girò le spalle al letto dove Iñigo, ormai sveglio, si godeva la visuale con un sorriso. Era bellissimo, nudo anche lui, con i capelli spettinati e la barba di due giorni. La voce di sua madre all'altro capo della linea la riportò alla realtà.

«Marta, tutto bene?»

«Sì, mamma, alla grande». Non poteva immaginare quanto.

«Visto che non mi chiami mai», continuò come se non avesse proprio risposto alla sua domanda, «ho dovuto sapere da Diego che ti vedi con un altro. Spero che tu sappia quello che fai, ma se vuoi recuperarlo…».

«Ma non voglio, mamma. Per me Diego è una storia chiusa».

Dovette trattenere la risata perché dal letto Iñigo annuiva serio, con una smorfia schifata.

«E poi c'è tutto il resto», disse sua madre cambiando discorso come faceva sempre quando non poteva averla vinta su un argomento. «Il morto che hai trovato, tutte quelle ossa e quei vestiti neri e chissà cos'altro non mi hai raccontato».

Marta sobbalzò come se avesse ricevuto uno schiaffo. Il cuore prese a batterle forte per ciò che implicavano le parole di sua madre.

«Cos'hai detto, mamma?», chiese cercando di non far trapelare l'emozione.

«Lo vedi? Non mi ascolti mai quando parlo...», disse l'altra scocciata.

«Sì che ti ascolto», ribatté Marta sforzandosi di non sbuffare, «ma puoi ripetere quello che hai appena detto?»

«Cosa, delle ossa e del morto?», rispose la madre confusa.

Marta cominciava a disperare, ma aveva bisogno di sentire di nuovo quello che pensava di aver sentito. Iñigo la guardava con la faccia di chi capisce che si trattava di qualcosa di importante.

«No», insistette Marta. «Dopo».

«Dei vestiti neri? Così dice il giornale. Da quello che si vede, il cadavere era vestito di nero dalla testa ai piedi».

Ed ecco la conferma. Marta si sentì invadere da ansia ed eccitazione.

«Grazie, mamma, ora ti devo lasciare. Domani ti vengo a trovare, promesso».

Riagganciò senza aspettare la risposta e si girò verso Iñigo che la guardava perplesso.

«Ci siamo! Ho capito tutto!».

Marta frugò nervosa tra le sue cose fino a che non trovò la fotocopia del foglio manoscritto.

«Che cosa hai capito?», chiese Iñigo.

«Non era Jean! Era il cavaliere nero! Per tutto il tempo abbiamo dato per scontato che il cadavere che ho trovato fosse quello di Jean, ma dicono che era vestito tutto di nero! Ora queste righe scritte acquistano un senso. "Sono solo. Egli è fuggito e gli auguro di trovare ciò che cerca. Non so dove si trovi la reliquia, ma sospetto che si dovrà cercare la risposta alla luce delle candele fino a trovare la firma del muratore tra le pietre antiche"».

La sua eccitazione aveva contagiato anche Iñigo ed entrambi si guardarono con uno sfavillio negli occhi di chi si trova di fronte a una scoperta fondamentale.

«Dobbiamo metterci al lavoro», decretò Iñigo. «Facciamo una doccia, ci vestiamo e...».

«Non così in fretta», lo corresse Marta. «Abbiamo trovato la pista giusta, non ci corre dietro nessuno e possiamo prenderci qualche minuto per noi», concluse con un sorriso complice.

Iñigo la guardò e assentì con un gesto che a Marta richiamò alla mente l'immagine del lupo nel suo ristorante preferito.

«Magari anche più di qualche minuto», la corresse Iñigo.

La notte dell'Ombra era stata molto meno piacevole di quella di Marta e Iñigo. Prima era arrivato in macchina fino a Puente la Reina, dove aveva avuto la conferma dell'assenza di Iñigo, non ancora tornato dal suo viaggio. Aveva frugato tra le sue cose in cerca di qualche indizio che potesse essergli utile, ma senza trovare nulla. Aveva allora proseguito verso Donostia. Durante il tragitto aveva fatto un paio di telefonate e, prima di arrivare a destinazione aveva già l'indirizzo di Marta e sapeva che il giorno prima a Pamplona era stata noleggiata un'auto a nome suo; ne conosceva marca, modello, colore e targa. Prima di giorno aveva già localizzato la macchina e installato un nuovo sistema di ascolto e tracciamento, l'ultimo che gli restava.

Alle nove del mattino cominciò a vedere luci e movimento di persiane nell'appartamento di Marta. Un'ora dopo la coppia usciva per mano dal portone. «Non perdono tempo», commentò acido.

Li seguì a piedi fino a un piccolo bar del quartiere, di quelli in cui il proprietario conosce tutti i propri clienti. Aveva un nome strano e un enorme disegno di una coccinella su una parete laterale. Seduti davanti a una vetrata, Marta e Iñigo fecero colazione in tutta calma; solo alla fine Marta tirò fuori dallo zaino un foglio e si misero a studiarlo. Anche se l'Ombra non poteva ascoltare la conversazione, capì immediatamente che parlavano della reliquia; i loro gesti erano seri e sembravano nel pieno di uno scambio di opinioni.

La quantità di informazioni che non aveva lo rese inquieto e si arrovellava su cosa ci fosse su quel foglio. Ma l'avrebbe scoperto presto.

94
Anno 34

Giacomo si recò all'incontro con Pietro, nel giardino del Getsemani non sapendo bene cosa avrebbe trovato, anche se ormai non lo preoccupava più. Era in pace in con sé stesso. La decisione era già stata presa molto tempo prima e in quel momento restava solo il dubbio di essere in grado di mostrarsi fermo davanti a ciò che sarebbe inevitabilmente accaduto. Pietro lo aspettava. Era solo, come aveva promesso a Maria. Osservò Giacomo avvicinarsi e si tennero entrambi a qualche metro di distanza l'uno dall'altro senza dire nulla.

Giacomo prese coscienza di quanto fossero vere le ultime parole di Maria Maddalena. Pietro era cambiato, glielo leggeva nello sguardo. Mostrava la sicurezza di sempre, ma la sua espressione era come quella del falco che avvista la preda un attimo prima di avventarglisi addosso con gli artigli aguzzi.

«È passato molto tempo dal nostro ultimo incontro, Giacomo», esordì Pietro con calma, le mani raccolte in grembo.

Giacomo cercò di rispondere con la stessa tranquillità, ma sentiva il cuore sul punto di scoppiare.

«Così è, Pietro. È passato più di un anno e molte cose sono accadute».

«Vedo che sei cambiato, Giacomo», attestò Pietro con un gesto affermativo, «e nel cuore mi si apre un soffio di speranza. Desidero che torni al mio fianco per costruire insieme sulle fondamenta gettate da Gesù. Non sai quanto mi sei mancato e quanto abbia desiderato condividere con te questo gravoso incarico».

Giacomo fu travolto dalla tristezza. Le parole di Pietro suonavano vuote, avvolte dal grave mantello della bugia.

«E dimmi, Pietro», cambiò allora discorso, «che ne è stato dei nostri fratelli?».

Pietro lo guardò con diffidenza e sospirò impaziente; avrebbe penato per portare Giacomo dalla parte in cui desiderava ansiosamente che si schierasse.

«La maggioranza porta avanti l'opera di Gesù», disse con un vago gesto della mano, come se fosse di poca importanza, «e insieme cerchiamo di ricostruire la sua Chiesa. Desideriamo tutti che ti riunisca a noi e condivida il nostro destino».

«Tutti, Pietro?», rispose. «E dimmi, che ne è stato di Giuda? Non riesco a rintracciarlo».

Giacomo si rese conto della rabbia che continuava a montare in Pietro e dello sforzo che questi faceva per controllarsi. Per quanto però si sforzasse di restare indifferente, Giacomo lo conosceva abbastanza da capire che era roso dal desiderio di scoprire dove fosse la reliquia e se fosse possibile recuperarla.

«Ah, mio buon Giacomo! Quanto abbiamo pianto la perdita di nostro fratello. Alcuni giorni dopo la tua fuga è stato trovato impiccato non molto lontano da qui. Da quanto mi hanno detto è stata la sua coscienza, perché pare che sia stato lui a tradire il nostro Maestro. Gesù è stato arrestato per colpa sua. Triste fine per il nostro amato fratello. Ma ora dimmi, Giacomo, desideri riunirti a noi nel nostro compito?»

«Ma certo, Pietro, portami davanti agli altri. Non sai quanto desideri rivederli e parlare con loro».

«Che gioia, Giacomo! Ma prima devi consegnarmi l'oggetto della nostra discordia perché possa conservarlo e proteggerlo».

Un lampo di avidità attraversò il volto di Pietro, che ora sembrava in ansia, schiacciato dal dubbio e dall'urgenza.

«Non mi hai capito, Pietro», negò Giacomo con un gesto sicuro. «Non ne avremo bisogno. Insieme, con le nostre mani e il nostro cuore costruiremo il futuro».

«Credevo ti fidassi di me. Mi riempie di dolore vedere che in te ancora si annida la diffidenza».

«Quell'oggetto è stato solo fonte di discordia; forse è stata solo una prova alla quale il nostro Maestro ci ha sottoposto e che, senza dubbio, non siamo riusciti a superare. Per questo ti offro la possibilità di dimenticarcene e di costruire insieme, con il nostro lavoro, la Chiesa di Gesù. E per quello non abbiamo bisogno di alcuna reliquia», insistette.

Pietro si avvicinò a Giacomo e gli appoggiò la mano destra sulla spalla. Rimase così qualche istante, a guardarlo negli occhi con un'espressione curiosa; quindi, si ritrasse.

«Mio buon Giacomo, su una cosa almeno hai ragione: a me non serve. Forse prima sì e, in ogni caso, ti ho offerto la possibilità di rimediare al tuo errore, in ricordo di tutto ciò che abbiamo vissuto insieme. Puoi tenertela per te, tanto sarò io a portare avanti l'opera. La tua figura si andrà rimpicciolendo e la Storia ricorderà solo Pietro, la pietra su cui il Maestro ha costruito la sua Chiesa».

Le maschere erano cadute e Pietro si era mostrato qual era. Non si poteva cambiare, ma sapevano entrambi che ad aver vinto era stato Giacomo.

«No, Pietro», disse con un sorriso pietoso. «Continui a non capire. Confondi il fine con i mezzi ed è un errore che ti porterai dietro e contaminerà il tuo operato per sempre. Sarà il tuo peccato originale e solo il giorno in cui chi ti segue lo comprenderà, il lavoro del Maestro avrà avuto valore. È questo il motivo per cui Gesù non ha lasciato a te la reliquia e per cui non lo farò neanch'io adesso. Sarà il simbolo del tuo insuccesso, ma anche della nostra speranza».

«Credo che la nostra conversazione finisca qui», tagliò corto Pietro con espressione indurita. «Sei egoista, desideri per te ciò che non puoi avere. Ti offro la mia mano aperta e tu la rifiuti. Così sia».

Pietro passò davanti a Giacomo e si allontanò senza aspettare risposta, lasciandogli l'amaro in bocca. La notte era calata e il suo cuore, a poco a poco, recuperò un ritmo normale. Nonostante il copioso sudore alle mani, era riuscito a mantenere la calma. Rimase pensieroso nella crescente oscurità, si sentiva triste e solo, con la stanchezza del reo che attende l'inesorabile condanna e che non spera neanche più nella promessa di un miracolo.

Era così assorto nelle sue riflessioni che non si accorse del loro arrivo. Girandosi, si trovò davanti diversi soldati romani accompagnati da due sacerdoti ebrei.

«Sei tu Giacomo, figlio di Zebedeo? Vieni con noi, sei accusato dal gran sacerdote Abiatar di predicare la dottrina di Gesù. Abbiamo ordine di portarti al cospetto di Erode Agrippa per essere giudicato».

Giacomo ricordò il modo strano in cui Pietro aveva posto la mano sulla sua spalla e in quel momento comprese le sue parole. Non aveva bisogno di lui, diventato d'intralcio ai suoi piani. Ora, con Giacomo arrestato e la reliquia sperduta ai confini del mondo, più niente si interponeva tra lui e la sua ambizione. Giacomo era caduto nella sua trappola.

Quella notte meditò su quanto era accaduto nella sua vita in quegli ultimi anni, dal momento in cui Gesù gli si era avvicinato e lo aveva invitato a seguirlo. Giacomo aveva accettato, abbandonando la sua vita, il suo passato e il suo futuro. Ora, nell'oscurità della cella in cui era recluso non si pentiva, tuttavia, di nessuna delle decisioni prese. La sua eredità sarebbe stata un'altra, forse non così importante come quella che bramava Pietro ma quella che, all'altro capo del mondo, occultata, sarebbe cresciuta come un giovane germoglio nel deserto e un giorno sarebbe tornata alla luce. A volte, invece, era la consolazione di colui che ha sacrificato la vita a un ideale e non ha più niente a cui aggrapparsi negli istanti finali.

95
Anno 2019

«"Sono solo. Egli è fuggito e gli auguro di trovare ciò che cerca"», ripeté Iñigo con lo sguardo perso nel vuoto.

«L'inizio sembra abbastanza facile da interpretare. Il cavaliere nero ha raggiunto Jean a Donostia, ma per qualche motivo si sono separati e il cavaliere ha dovuto nascondersi». Marta cercava di dare un senso a quella storia, ma le tracce del passato erano deboli.

«Forse», disse Iñigo azzardando un'ipotesi, «l'abate Guy Paré li ha raggiunti, Jean è riuscito a fuggire e il cavaliere nero no. È rimasto con il libro e ha scritto queste poche righe».

«Sì», affermò Marta riflettendo sulle parole di Iñigo. «È una spiegazione valida, ma cosa stava cercando di fare Jean?»

«A quanto pare non lo sapeva neanche il cavaliere nero. Forse di nascondere di nuovo la reliquia, come avevano fatto i guardiani per dodici secoli, e sparire. In modo che nessuno lo trovasse più».

L'ipotesi era sensata. Jean aveva dei dubbi e il suo iniziale desiderio di tornare a Cluny avrebbe significato prendere parte a una guerra per la quale non era preparato.

«E così arriviamo alla chiave di tutto», proseguì Marta. «"Dovrà cercare la risposta alla luce delle candele"».

«Potrebbe voler dire che la risposta è in una chiesa. Lì di solito ci sono molte candele», sorrise Iñigo.

A Marta piaceva che conservasse il senso dell'umorismo anche quando affrontavano argomenti seri.

«È una possibilità», annuì restituendogli un sorriso complice, «ma come facciamo a sapere di che chiesa parla? Ne avevano visitate molte prima di dividersi», rispose demoralizzata.

«Non mi vengono in mente molti altri luoghi in cui ci siano candele e in cui si potrebbe trovare la risposta».

Iñigo aveva ragione; la chiesa era il posto adatto, eppure Marta percepiva che ci fosse dell'altro.

«In uno *scriptorium*», affermò all'improvviso. «Anche lì ci sono candele e restringerebbe molto la lista».

«Siamo già stati nei due *scriptoria* menzionati da Jean e non abbiamo trovato niente».

«E quelli precedenti?», chiese lei speranzosa.

Iñigo negò con la testa.

«Li hanno visitati prima che Jean prendesse quella decisione. Possono essere solo quello di San Millán de la Cogolla e di Santo Domingo de Silos.

«Nel primo non ha quasi avuto tempo, quindi lo scarterei. Nel secondo si è fermato di più. Dev'essere quello».

«Ci abbiamo già passato un giorno intero e non abbiamo trovato niente. Perché perderci di nuovo tempo?».

Iñigo aveva appena sepolto l'ultima speranza di Marta. Inoltre, se Jean avesse nascosto un oggetto in uno *scriptorium* lo si sarebbe scoperto facilmente.

«"Fino a trovare la firma del muratore tra le pietre antiche"». Marta lesse a voce alta la conclusione della frase manoscritta.

«Uff!», sbuffò Iñigo. «Non abbiamo fatto altro che guardare vecchie pietre nelle ultime settimane. Non possiamo mica dedicare il resto della nostra vita a cercare su ognuna un minuscolo segno distintivo di un muratore».

Marta sospirò sconfitta. Non voleva arrendersi ora che avevano scoperto una pista che dava loro un vantaggio su Federico.

«Aspetta!», esclamò a un'idea improvvisa che le venne in mente. «Il relatore della mia tesi mi diceva sempre di non guardare le pietre dalla nostra prospettiva moderna, ma di osservarle dal punto di vista del tempo in cui furono utilizzate».

«E questo significa che...», la incalzò Iñigo inarcando le sopracciglia senza capire dove volesse andare a parare.

«Che possiamo scartare le chiese dell'epoca e concentrarci su quelle che loro consideravano antiche», concluse con un gesto di trionfo.

«Non lo so», rispose Iñigo che sembrava scartare ogni ipotesi.

«Anche così rischiamo di passare la vita sepolti dentro i monumenti».

Marta lo fissò a bocca aperta. Aveva senso, metteva in relazione tutti i pezzi tra loro e faceva combaciare il messaggio del cavaliere nero con il libro di Jean. Anche Iñigo fissò Marta, rendendosi conto che era arrivata a una conclusione importante.

«Aspetta!». Marta si girò di scatto verso il suo zaino. Era nervosa, si era ricordata un dettaglio che ora gli sembrava fondamentale.

Prese il quaderno degli appunti e cercò con ansia un particolare al quale non aveva dato troppa importanza a Silos, ma che ora assumeva un significato speciale. Quando lo trovò, guardò Iñigo trionfante.

«Ecco! Guarda qui! Quando abbiamo visitato Silos, cercavamo un significato occulto nelle *Glosas silenses*».

«Sì, e non abbiamo trovato niente», le ricordò Iñigo perplesso.

«Questo perché non sapevamo cosa stessimo cercando. Ma c'era un piccolo particolare che aveva attirato la mia attenzione e che ho finito per disegnare per due motivi. Primo perché era un dettaglio che non sembrava esulare dal contesto generale delle glosse. E secondo perché, stando all'autore, era anteriore al passaggio di Jean da lì».

«E questo non lo esclude?», chiese Iñigo che non capiva dove volesse arrivare.

Sembrava ancora più disorientato, ma Marta aveva bisogno di pensare a voce alta per riorganizzare le idee e, con un gesto, gli chiese di pazientare.

«Risale all'inizio del XII secolo, non alla fine. La datazione potrebbe essere errata».

«E il fatto che non sembrasse fuori contesto?», chiese allora Iñigo che cominciava a capire.

«Anche questo può avere senso. Se Jean avesse scritto qualcosa di totalmente avulso, sarebbe stato eliminato. Doveva camuffare il messaggio nel contesto dell'opera».

Iñigo assentì, intuendo alla fine che quel dettaglio poteva effettivamente essere valido.

«D'accordo, diamo per assodato che il messaggio è contenuto lì, ma dove?».

«Qualche istante fa hai usato l'espressione "sepolti dentro i monumenti"».

«Ah sì?», disse Iñigo stupito.

Marta non poté fare a meno di sorridere. Iñigo aveva molte virtù, ma di sicuro la memoria non era tra quelle.

«Sì, lo hai detto», disse alzando gli occhi al cielo in un gesto esasperato. «Credimi».

«D'accordo. Mettiamo il caso che l'abbia detto. Quindi?»

«A Silos lessi un articolo a proposito delle glosse. Ce n'era una speciale che lo stesso autore aveva considerato diversa, la numero 39. Diceva che non era stata scritta dalla stessa mano del resto. La scartai perché era solo un ulteriore esempio del castigo da imporre se veniva infranta una regola».

Marta non voleva distrarsi, ma il volto di Iñigo che la guardava così concentrato, come se stesse discutendo una verità universale, le fece saltare qualche battito del cuore. Si costrinse a tornare alla realtà, ma dovette riconoscere che era tanto tempo che non si sentiva così viva. Iñigo parve leggerle nella mente. Sorrise, le prese la mano e la incoraggiò a continuare. Quanto le piaceva quella sua capacità di comprendere e prevedere i suoi sentimenti.

«Sai qual era la penitenza?», domandò. «*Qui sepulcrum violaberit, V annis peniteat*. Cinque anni di penitenza a chi profana una tomba».

Iñigo strabuzzò gli occhi man mano che prendeva coscienza di cosa significasse tutto ciò.

«Che grandioso nascondiglio! Un luogo che nessuno oserebbe violare. In quali dei luoghi che visitò Jean c'erano dei sepolcri?».

«Solo in due», rispose Marta facendo mente locale. «Jean deve aver nascosto l'oggetto nel monastero di Las Huelgas o in quello di Silos».

Rimasero entrambi ammutoliti, considerando le implicazioni di quella scoperta. Sembrava impossibile a loro per primi aver risolto l'enigma.

«Dobbiamo andare lì e verificarlo», disse infine Iñigo rompendo il silenzio con determinazione.

«Dammi un minuto», rispose lei con un ampio sorriso. «Prima

di risolvere il più grande mistero della storia della cristianità faccio una sosta al bagno».

Si diresse alla toilette dove approfittò per guardarsi allo specchio e ritoccare il trucco. Si sentiva esultante, viva. Mentre si asciugava le mani, udì la voce di Iñigo al bar. Parlava al telefono. Le si contrasse lo stomaco. Tutta la sua gioia sfumò così come era apparsa e al suo posto si instillarono i dubbi. Finì di sistemarsi, mise su il suo sorriso migliore e tornò al tavolo. Fingendo la più totale indifferenza, chiese: «Parlavi con qualcuno?».

Iñigo la guardò sorridendo.

«Sì», disse con un gesto a tranquillizzarla, «ma non è quello che pensi, fidati di me».

«Posso? Devo?», ribatté lei dubbiosa.

«Sono un sacerdote», rispose Iñigo, «Non penserai che quello che è successo in questi ultimi giorni non avrebbe avuto conseguenze?!».

Marta si sentì percorrere da un brivido. L'obbedienza di Iñigo alla Chiesa sembrava avere un peso maggiore di quanto accaduto tra loro, al punto da tradirla rivelando la scoperta ai propri superiori. Non era arrabbiata, provava però una profonda delusione. Iñigo la guardò dritto negli occhi con un'espressione che Marta non riuscì a decifrare.

«Ieri quando ti sei addormentata, ho tirato fuori il mio specchio», disse Iñigo. «Sì, quello che mi hai visto il primo giorno. Mi sono guardato e, come sempre, mi ha restituito la verità».

«E qual è questa verità?», chiese Marta con un nodo in gola.

«La mia telefonata è stata alla sede del vescovo. Ho appena presentato la mia rinuncia», disse chinando il capo.

Un misto di determinazione e vergogna si sprigionava dalle sue parole. Marta si chiese cosa volesse dirle veramente.

«Quindi», azzardò senza dubitare neanche un attimo, pronunciando con cura le parole, «non sei più un sacerdote?»

«Temo non sia così facile. Si è sacerdoti per sempre, ma non importa quello che dice la Chiesa, io non lo sono più. Per colpa tua», aggiunse con un sorriso che comunicava tristezza e un sentimento che Marta interpretò come affetto.

Rimase a bocca aperta. Non sapeva cosa fare né cosa dire. Significava che non c'era stato tradimento, che Iñigo era al suo fianco, che aveva scelto lei. Alla fine fu lui a rompere il silenzio per primo.

«Ma di questo ne parleremo più avanti. Ora dobbiamo profanare un sepolcro».

Mentre Marta e Iñigo scoprivano il significato delle ultime parole del cavaliere nero, Aitor si disperava. Si sforzava inutilmente di sciogliere le corde che gli impedivano di muoversi e cominciava ormai a ferirsi i polsi. Anche se non aveva più paura dopo che quell'essere orribile se n'era andato via, sapeva che Iñigo e Marta erano in pericolo. Ancora una volta si chinò in avanti e abbassò la testa per esercitare più forza. "Niente", pensò frustrato.

Quando rialzò gli occhi incontrò lo sguardo di un uomo che lo osservava con un sorriso beffardo, con un fucile e un coltello in mano.

«E tu chi cazzo sei?», chiese il nuovo arrivato puntandogli contro il coltello.

Aitor rispose con un gemito, incastrato in un incubo che sembrava non finire mai. Indicò il foglio e la penna che aveva accanto con la vaga speranza che gli desse una possibilità.

«Spero che tu abbia una spiegazione valida», rispose lo sconosciuto con un lampo di durezza nello sguardo. «Se la risposta non mi piace, finirai la giornata in un fosso come cibo per i sorci».

Aitor gemette di nuovo e implorò con lo sguardo lo sconosciuto. L'uomo parve disposto a dargli una possibilità. Gli mostrò il fucile e il coltello, quindi lo slegò con l'ammonimento a non fare gesti inconsulti. Aitor si sfregò i polsi sollevato e chiese il permesso di prendere la carta per scrivere. Quando finì, passò il foglio con uno sguardo a metà tra la supplica e la disperazione. L'uomo l'osservò a lungo, poi cominciò a leggere a voce alta.

«Sono muto, mi hanno sequestrato. I miei amici sono in pericolo. Devo avvisarli. Per favore mi aiuti».

Lo sconosciuto rilesse con calma la nota. Aitor ne approfittò per osservarlo. Era un uomo robusto, spalle larghe e il viso che ricordava un vecchio pugile. Spalle, braccia e collo erano pieni di tatuaggi, i capelli rasati a zero e lo sguardo, tra il duro e il rassegnato, era quello di chi ha visto tutto e non si sorprende più di niente. Qualcuno che non conveniva contrariare.

«È una spiegazione così assurda», decretò scettico, «che può solo essere vera. Sei fortunato, oggi mi trovi in una giornata buona, gli affari mi sono andati bene. Ti lascerò andare, ma se rivedo la tua faccia da queste parti, non sarò così comprensivo».

Aitor fece un gesto di sollievo e gratitudine e scrisse altro sul foglio.

«Ma sì, certo», disse l'uomo fuori di sé. «Non farmene pentire. Vattene, hai un bel tratto di strada fino al prossimo villaggio».

Aitor uscì dall'edificio diroccato proprio mentre a est spuntava l'alba. Fu come risvegliarsi da un sogno che non avrebbe mai voluto ripetere.

«Che si fotta!», esclamò l'uomo tra sé e sé quando Aitor se ne fu andato. «Ci mancava solo che gli lasciassi il cellulare per mandare un messaggio!».

L'Ombra non dormiva ormai da più di trenta ore. Non era un tempo eccessivo per lui, ma doveva svuotare la vescica, quindi si fermò in una stazione di servizio e sostò qualche minuto prendendo un caffè. Seguiva Marta e Iñigo a qualche chilometro di distanza mentre ascoltava la loro conversazione, perlopiù irrilevante.

Non si stupì affatto che fossero andati a letto insieme. Avevano aspettato fin troppo. Chissà poi perché il mondo dava tutta questa importanza al sesso. Da parte sua, quando sentiva l'impulso sessuale, contattava una prostituta abituale che faceva un lavoro serio e professionale, come piaceva a lui. Ne approfittava anche per ottenere informazioni su altri clienti, cosa che gli dava molta più soddisfazione.

Lo stupì di più che Iñigo avesse rinunciato al sacerdozio. Non era certo la prima volta che vedeva una cosa simile, anzi, era molto più frequente di quanto la Chiesa volesse ammettere. Inoltre Iñigo aveva il profilo tipico: la sua non era mai stata una vera vocazione, piuttosto una fuga e l'Ombra sapeva che prima o poi sarebbe successo.

Quello che più lo sconcertava, però, fu la nuova destinazione dei due che tornavano a Burgos. Per qualche motivo che ancora non aveva scoperto, avevano ritenuto di doverci tornare. L'Ombra rifletté. Forse volevano rivedere alcuni degli *scriptoria* per consultare qualche testo antico. Si chiese se non fosse solo una perdita di tempo. In ogni caso, aveva approntato un piano: seguirli fino alla loro pensione, albergo o hotel, registrarsi e, in piena notte, intrufolarsi nella loro stanza. Sfiniti dopo un nuovo incontro carnale, al risveglio, avrebbero avuto una bella sorpresa.

L'Ombra pagò il caffè e si diresse allo spaccio della stazione di servizio. Comprò corde e nastro adesivo. Per prima cosa si sarebbe fatto raccontare tutto quello che sapevano. Buffo come alcune persone riuscissero a sopportare il dolore proprio, ma si arrendessero facilmente di fronte a quello altrui, soprattutto se di una persona amata. Soddisfatta la sua curiosità, avrebbe sguinzagliato la bestia oscura. Voleva sangue, dopo il fallimento dei suoi piani con Aitor. E ora che ci pensava, era molto tempo che non sfogava i propri impulsi sessuali.

96
Anno 34

Il giudizio arrivò più in fretta di quanto Giacomo sperasse, come se il tribunale avesse premura di disfarsi di un invitato molesto. Fu accusato di aver predicato la dottrina di Gesù e di aver indotto pubblicamente la conversione di Ermogene, che neanche conosceva.

Visse quei momenti come chi contempla una situazione che gli è totalmente estranea. Non rigettò nessuna delle accuse; anzi, si dichiarò pubblicamente orgoglioso di aver trasmesso la parola del suo Maestro. Che senso aveva difendersi quando nell'espressione dei membri del tribunale già si leggeva il verdetto di condanna?

Giacomo neanche li ascoltava più; cercava di pensare a tutti coloro che erano stati suoi fratelli, compreso Pietro al tempo in cui si erano conosciuti, attirati dalla predicazione del Maestro. Tuttavia le immagini gli tornavano in mente lontane e sfocate. Poi d'improvviso notò che era calato il silenzio. Guardò il tribunale, perplesso dall'attenzione che gli dimostravano.

«Giacomo, figlio di Zebedeo. Ti è stato chiesto se desideri aggiungere qualcosa in tua difesa che il tribunale dovrebbe conoscere».

Giacomo guardò gli uomini a uno a uno e valutò se valesse la pena dire qualcosa. Era certo che non avrebbe influenzato in alcun modo la sentenza che il tribunale avrebbe emesso, ma il suo silenzio o le sue parole sarebbero state il suo lascito. Così si alzò, cercando in fondo al cuore ciò che desiderava davvero comunicare: «Dirò che non mi vergogno di aver conosciuto Gesù, né di parlare di lui davanti a voi. Per due anni non ho provato il minimo astio, dato che accanto a lui ho dimenticato tutte le mie pene. Non temo la povertà né mi spaventa la morte. Ho allontanato la mia vita dall'odio, dall'avarizia e dal potere. Il Maestro mi insegnò anche che ingaggiamo una lotta eterna contro il male e che quel male si può riassumere nella frase "*cum finis est licitus, etiam media sunt licita*", quando il fine è lecito, sono leciti anche i mezzi. Niente e nessuno farà tanto male all'uomo come colui che, abbracciando in pieno questa visione del mondo, insegua i propri obiettivi».

Fece una pausa per riordinare le idee e vide che Maria gli sorrideva, incoraggiandolo a proseguire. Gli parve perfino di scorgere un lampo di orgoglio nel suo sguardo.

«Mi insegnò a restare vigile davanti a quelli che pur avendo un fine indiscutibile, lodevole e desiderabile, sono disposti a cedere, senza alcuno scrupolo di fronte al modo di conseguirlo. Non è solamente il fine che importa, ma è ancora più essenziale il cammino che percorriamo per raggiungerlo. Se questo non è adeguato, perderemo tutto ciò per cui lottiamo. Gesù mi ha insegnato a non deviare mai da quel cammino e mi ha avvertito che, nel corso dei secoli, lo avrebbero fatto in molti e solamente quando fossero riusciti a incontrare lui, solo allora, il regno di Dio avrebbe abitato tra noi. La verità non è il fine, ma solo il cammino. E io, contrariamente ad altri, non me ne sono discostato e so che molti altri mi seguiranno e che solo allora Gesù, ci contemplerà benevolo dalla destra del Padre».

Giacomo fu riportato in cella. La mattina dopo sarebbe stata eseguita la sentenza. Era in pace con sé stesso e il tempo trascorreva lentamente, non come le ultime ore di un condannato a morte, ma come quelle che si vivono prima di intraprendere un viaggio a lungo sognato. A poco a poco, la luce dell'aurora cominciò a filtrare attraverso un'alta finestra sopra la sua testa.

97
Anno 2019

«Che faremo una volta arrivati lì?».

La domanda colse Marta di sorpresa. Non potevano presentarsi davanti ai responsabili del monastero e chieder loro di lasciargli ficcare il naso nei sepolcri per cercare segni e oggetti occulti. Rimase pensierosa fin quando il suono di un messaggio sul cellulare di Iñigo non la riportò alla realtà.

«Bella domanda», rispose lui mentre Iñigo guardava il telefono. «Al momento andremo a Burgos e daremo un'occhiata, cercando con discrezione il segno nei…».

Si interruppe di colpo quando Iñigo le strinse con forza il braccio. Lo guardò spaventata, ma lui la invitò con un gesto a non dire nulla e intanto le mostrava il telefono. Marta comprese che il messaggio ricevuto era importante e aspettò impaziente che le spiegasse cosa diceva.

«Fermiamoci alla prossima area di servizio», suggerì Iñigo con una nonchalance che cozzava con l'atteggiamento serio. «Non abbiamo fretta e mi andrebbe proprio un altro caffè».

«Sì, certo», rispose lei perplessa.

Iñigo cominciò un discorso insignificante e Marta decise di non fare domande fin quando non si fossero fermati. Parlarono di visitare la cattedrale di Burgos e di approfittare per mangiare lì in qualche ristorantino della città. La curiosità per il contenuto e il mittente del messaggio la rodeva, ma capiva che doveva stare al gioco di Iñigo. Era chiaro che li stessero ascoltando. Al pensiero di Federico e dei suoi occhi inespressivi un brivido le percorse la schiena.

Pochi chilometri più avanti si fermarono a prendere il caffè promesso. Quando scesero dalla macchina, Iñigo, dopo essersi guardato intorno, le fece leggere il messaggio sul telefono.

Fate attenzione. Ha scoperto la verità. Vi sta seguendo da ieri notte. Aitor.

I suoi peggiori presagi si erano compiuti. Marta lo guardò spaventata e tremante, immersa nella profonda oscurità che avvolgeva la stazione di servizio. Federico avrebbe potuto essere nascosto dietro ogni albero.

«Se è da ieri notte sulle nostre tracce ci ha già localizzato». Iñigo diede voce alla stessa conclusione cui era arrivata Marta, «e forse ci ascolta e ci segue».

«E come ha scoperto la macchina noleggiata? Non credi di esagerare?»

«Vuoi correre il rischio?», chiese Iñigo con un sorriso ironico.

«Certo che no. Che proponi?»

«Ho pensato e ripensato a come agire una volta arrivati a Burgos», rispose Iñigo con una calma che stupì e fece piacere a Marta. «Parcheggeremo in centro e ci registreremo in un hotel, anche se in macchina parleremo d'altro. Poi andremo a piedi al monastero de Las Huelgas. Lo visiteremo la sera, poco prima della chiusura e cercheremo di restare chiusi dentro per avere la notte a disposizione».

Marta guardò la nuova versione di Iñigo, fino a quel momento sconosciuta. In poco tempo aveva ideato una strategia che li avrebbe protetti dal pericolo. Forse erano ancora in grado di schivare Federico. Stava per fargli i complimenti per quell'idea, ma cambiò parere e lo baciò. L'oscurità all'esterno e il freddo interiore parvero allontanarsi.

«Significa che sei d'accordo?», rise lui quando si staccarono.

«Sì, però il tuo piano ha un difetto», replicò con l'aspetto di chi rifletteva seriamente. Stavolta fu Marta a stupire lui.

«E quale?». Iñigo sapeva che stava scherzando.

«Avremo bisogno di torce e di vestiti neri».

«Io posso usare la tonaca».

«Ascoltami bene, non voglio vederti mai più con una di quelle addosso».

Ridendo, entrarono nel bar e comprarono ciò che ritennero potesse tornare utile. Marta vide che Iñigo aggiungeva anche un coltellino svizzero.

«Non credo sia necessario», osservò con la massima serietà.
«Non è un'arma. Non crederai mica che quella reliquia ci aspetti appoggiata sopra ai sepolcri?».
Era un dettaglio a cui Marta non aveva pensato. Un oggetto nascosto da così tanto tempo non sarebbe stato facile da recuperare.
«Per niente al mondo danneggeremo un'opera d'arte», decretò.
«Buffo, non ti importa di profanare una tomba ma ti preoccupa danneggiare un'opera d'arte».
«Ognuno ha le sue priorità».

Dal folto del bosco buio che circondava la stazione di servizio, l'Ombra vide la coppia risalire in macchina. «Adesso questi due si comportano come se stessero in vacanza», commentò sprezzante tra sé e sé. «Ma non mi inganneranno di nuovo».
L'Ombra sapeva bene come agire in questi casi. Quando spiava dei soggetti non prevenuti, prestava attenzione a tutte le informazioni fornite. Se invece, come in quel caso, sapeva di dover essere diffidente, difficilmente prendeva qualche affermazione per buona se non trovava prima altre conferme. Per questo, quando Marta e Iñigo cominciarono a pianificare gli spostamenti successivi, non si fidò. Prese mentalmente nota del nome dell'albergo che avevano menzionato e del ristorante in cui avevano prenotato, così come della loro intenzione di visitare la cattedrale di sera. Alle porte di Burgos, diminuì la distanza che li separava e li seguì fino al centro della città fin quando il segnale del GPS si fermò in un parcheggio. A distanza di cinque minuti parcheggiò a sua volta, confermando che si trovava ad appena duecento metri dall'albergo citato, una struttura modesta con una piccola reception.
Aspettò al di fuori indeciso se rischiare o aspettare. Entrando troppo presto, correva il rischio di incontrarli nell'atrio. Aspettando, poteva incrociarli mentre uscivano. Decise di affidarsi alla fortuna; quella missione si era molto complicata. Per quanto odiasse agire fuori dalla sua zona di controllo, si risolse a entrare.
«Mi scusi», approcciò l'impiegata della reception tentando un sorriso amabile, «Ho appuntamento con due amici che alloggiano qui. Potrebbe dirmi se sono arrivai i signori Etxarri e Arbide?».

La donna controllò brevemente una lista stampata, il tempo sufficiente perché l'occhio allenato dell'Ombra vi leggesse che la stanza a loro assegnata era la 204.

«C'è una camera prenotata a nome del signor Etxarri, ma non sono ancora arrivati. Forse sono in ritardo», aggiunse notando l'espressione contrariata dell'Ombra. «Desidera che l'avverta quando arrivano?».

«Non sarà necessario», rispose l'Ombra. «Li chiamerò sul telefonino. Grazie».

L'Ombra sorrise, ma il sorriso non era diretto alla receptionist, quanto a sé stesso. Stavolta non sarebbero riusciti a imbrogliarlo. Marta e Iñigo sarebbero dovuti arrivare in albergo prima di lui e, tuttavia, non era stato così. Stavano giocando a nascondino, ma stavolta era lui in vantaggio.

Salì nella sua camera, lasciò la valigetta sul tavolo e l'aprì. Tirò fuori un sistema di ascolto e un grimaldello, scese al secondo piano per la scala di servizio, controllò che non ci fosse nessuno in corridoio e si fermò davanti alla porta 204. Venti secondi dopo era già dentro. Sistemò la cimice e tornò in camera sua. «Eccesso di scrupolo», pensò soddisfatto. Era certo che Marta e Iñigo non avrebbero alloggiato lì, ma preferiva non dare niente per scontato. Ora avrebbe cominciato la sua piccola indagine per capire dove si nascondessero davvero.

In un altro hotel a cinque minuti da dove si trovava Federico, la porta della stanza 512 si aprì. Marta e Iñigo lasciarono i bagagli sul letto e si guardarono. Iñigo fece di no con la testa come se le avesse letto nel pensiero.

«Abbiamo una missione», spiegò in tono affettuoso. «Tutto il resto dovrà attendere».

Marta gli diede un leggero pugno sul petto.

«Per adesso», lo corresse lei ammiccando. «Abbiamo ingannato Federico, ma cosa credi che farà quando scoprirà l'imbroglio?»

«Si arrabbierà molto», il tono di Iñigo era serio. «E poi ci darà la caccia per tutta città. Se fossi in lui aspetterei accanto alla macchina nel parcheggio. Se ci ha rintracciato, è la sua pista migliore».

«Bene, allora la macchina non è un'opzione. Dovremo andare a piedi. Qual è il tuo piano?».

Iñigo annuì dando a intendere che era arrivato alla sua stessa conclusione.

«Il monastero chiude alle sette e mezza. Arriveremo mezz'ora prima, vale a dire che usciremo dall'albergo alle sei e mezza. Una volta lì, cercheremo un punto dove nasconderci fin quando non chiuderanno».

«Non starai mica pensando di infilarti dentro uno dei sepolcri...», disse Marta in tono scherzoso.

«No», rispose Iñigo dopo aver finto di prendere seriamente in considerazione quella possibilità. «Ho un'altra idea, ascolta».

98
Anno 2019

L'Ombra guardò la cartina che aveva in mano. Era il quinto hotel che visitava da una lista di otto e fino a quel momento non aveva avuto successo. All'inizio aveva pensato di appostarsi nei pressi del parcheggio, in un punto da dove potesse controllare le tre entrate pedonali, ma ci aveva ripensato; se la macchina si fosse mossa lo avrebbe avvisato il GPS. Aveva allora ideato un piano, una scommessa sicura. Aveva stilato un elenco di tutti gli hotel e pensioni entro cinquecento metri dalla rotonda. Scartò il suo e tutti quelli da tre stelle in su e troppo costosi. La lista si era ridotta a otto. Chiamò il proprio contatto a Roma e diede ordini precisi. Nonostante le richieste astruse, il suo contatto acconsentì, come sempre, senza muovere obiezioni.

Segnò gli otto alberghi sulla cartina e tracciò il percorso che gli avrebbe permesso di girarli tutti nel minor tempo possibile. Raggiunse il primo e si recò dritto alla reception. La sua tattica era di richiedere una camera e, durante la fase di registrazione, informarsi se i suoi amici fossero già arrivati. Se gli rispondevano che non c'era nessuna prenotazione a quel nome, inviava uno squillo di nascosto al suo contatto a Roma. Qualche secondo dopo, riceveva una telefonata e rispondeva senza allontanarsi dal bancone, fingendo che fosse accaduto qualcosa di grave. A quel punto annullava la prenotazione e usciva dall'albergo diretto al successivo della lista. Al quinto, ci fu la svolta.

Chiese una camera e completò, stavolta sì, la prenotazione. Marta e Iñigo occupavano la 512. A lui fu assegnata la 406. Il cortesissimo addetto al ricevimento lo informò che erano usciti insieme appena una mezz'ora prima.

«Grazie», rispose con un sorriso studiato. «Non dica loro niente se rientrano. Dev'essere una sorpresa».

Salì in camera sua e preparò il materiale. Aveva utilizzato l'ultima cimice e valutò se fosse il caso di tornare all'albergo iniziale per recuperare l'altra, ma avrebbe perso molto tempo prezioso. Prese la scala per il quinto piano e arrivò fino alla camera. All'improvviso, la porta di fronte alla 512 si aprì e ne uscì un'attempata coppia di giapponesi. L'Ombra finse di cercare la chiave nella tasca.

Stavolta non utilizzò il grimaldello, dato che la serratura era elettronica. Tirò fuori il telefono e aprì una App non scaricabile sulle piattaforme convenzionali. In pochi secondi, premette un tasto, si accese una luce verde e la porta si aprì. In pochi istanti era già dentro. Quanto facilitava la vita la tecnologia! Accese la luce e, fermo al centro della stanza, la osservò. A malapena c'era qualcosa fuori posto e il letto era totalmente rifatto. Si girò e scoprì accanto alla porta due pezzi di carta accuratamente piegati. L'Ombra sorrise, un vecchio trucco per sapere se era entrato qualcuno. Se la porta si fosse aperta, i due pezzi di carta, sistemati in maniera strategica, sarebbero caduti a terra.

Entrò nel bagno; neanche quello era stato utilizzato, ma c'era qualcosa nel cestino. Trovò l'incarto di una torcia e una confezione vuota di batterie. Ci mise pochi secondi a capire: Marta e Iñigo sapevano dove si trovava la reliquia, per questo erano tornati a Burgos, al monastero de Las Huelgas, a pochi minuti a piedi dall'albergo.

Le torce. La notte. L'ora di chiusura. Guardò l'orologio: erano già le otto, troppo tardi per andarci, ma quei due dovevano essere ancora dentro. Avrebbe aspettato che uscissero per confermare la sua teoria. Se poi fossero tornati in albergo, avrebbe avuto la sua occasione. Risistemò i pezzi di carta nella porta e la richiuse con cura.

Alcuni passi risuonarono nella cripta. Il monastero aveva chiuso da cinque minuti e il custode controllava la zona visitabile in cerca di qualche turista ritardatario.

Iñigo aveva ritenuto la cripta il luogo più adatto a nascondersi. Dato che era per la maggior parte visibile dall'esterno, il custode si sarebbe limitato a uno sguardo generico. Marta e Iñigo lo osservarono tesi dietro un angolo, sperando che non fosse troppo scrupoloso. Ebbero fortuna. Dopo pochi secondi di silenzio, la serratura della porta scattò e i passi si allontanarono. Rilasciarono il respiro e la tensione che avevano trattenuto. Erano chiusi dentro.

«Come faremo a uscire?», sussurrò Marta, un po' preoccupata dalla situazione.

Iñigo le mise un dito sulle labbra a chiederle silenzio. L'assenza di rumori, eccetto il loro respiro, era soffocante. Aspettarono altri cinque minuti e salirono la scala della cripta proseguendo verso i sepolcri, di una pietra così bianca che sembravano brillare di luce propria. Marta accese la torcia e Iñigo fece altrettanto. Indicò le sei tombe già esistenti al tempo in cui Jean era passato per il monastero, ottocento anni prima e disegnò in aria il simbolo da muratore per ricordare a Iñigo cosa dovessero cercare. L'altro annuì e si avvicinò al primo sepolcro mentre Marta andava al secondo.

Cominciò da un fianco, seguendo la luce della torcia che teneva nella mano sinistra, toccando, quasi accarezzando, la pietra. Quando ebbe completato i quattro lati, controllò la lapide. Niente. Si alzò e guardò Iñigo negando con il capo; Iñigo le rivolse lo stesso gesto. Ognuno di loro ripeté per tre volte lo stesso procedimento fino a che non ebbero esaminato tutti e sei i sepolcri. Niente.

Spensero le torce e si incontrarono nel buio.

«E adesso?», chiese Iñigo.

Marta rifletté qualche istante. Non avevano trovato niente e si sentiva frustrata, ma non voleva ancora arrendersi. C'era qualcosa che la spingeva a insistere.

«Ripeteremo tutto cambiando sepolcri», rispose sottolineando la frase con un gesto affermativo del capo.

«Non ti fidi di me?». Iñigo sembrava dispiaciuto.

«Lo sai che mi fido», disse lei sorridendo nel buio come una sciocca, «ma quattro occhi vedono meglio di due».

Li ricontrollarono tutti da capo. Man mano che andava avanti, quasi meccanicamente, Marta si convinse che fosse inutile. I sepolcri erano di marmo bianco e non sarebbe stato facile per Jean inciderli, neanche per lasciare solo la firma da manovale. Avrebbe fatto troppo rumore. Non condivise le sue riflessioni con Iñigo, però, perché voleva arrivare fino alla fine. Mezz'ora dopo, indolenziti dalla posizione e scoraggiati dal risultato, decisero di lasciar perdere.

«E adesso? Come usciamo da qui?», si avvilì Marta ricordandosi che erano chiusi dentro a chiave.

«Seguimi», disse Iñigo come se non fosse un problema.

Marta lo seguì sconcertata fino alla porta chiusa a chiave e Iñigo le chiese di fargli luce mentre, con sua grande sorpresa, tirava fuori il coltellino svizzero. Aprì uno degli accessori e lo introdusse nel buco della serratura. Lo mosse per qualche secondo strizzandole l'occhio con un sorriso di scuse.

«Ricordi che ti ho raccontato che da ragazzo ho avuto dei guai? Credimi, meglio non sapere quali».

Marta decise che prima o poi avrebbe conosciuto nel dettaglio i guai di cui parlava, ma al momento poteva aspettare; per prima cosa dovevano uscire da lì.

99
Anno 34

La cella in cui era stato gettato Giacomo puzzava di muffa e urina. Era angusta e senza finestre, cosa che lo obbligava a restare avvolto dalla più assoluta oscurità. La porta dava su un corridoio in cui le torce restavano spente quasi tutto il tempo. Erano diversi giorni che si trovava isolato e aveva avuto molto tempo per riflettere sulle vicende della sua vita. Non si aspettava che il suo ritorno a Gerusalemme sarebbe finito così, la sua ingenuità lo aveva portato a credere che sarebbe riuscito a convincere Pietro, che questi si sarebbe dimostrato riflessivo dopo così tanto tempo. Quanto si era sbagliato…

Lo scatto della serratura lo riportò al presente, allontanandolo dal ricordo di Attanasio, Teodosio e Adonai e da quello ancora più lontano di Gesù. Due soldati romani, la cui espressione voleva essere solenne, aprirono la porta della cella e lo condussero attraverso innumerevoli corridoi fino a un cortile esterno. La luce del sole lo obbligò a proteggersi il viso e gli ci volle un attimo per poter aprire gli occhi e capire dove si trovasse.

Una nausea inaspettata gli risalì la gola quando prese coscienza di stare assistendo ai preparativi della sua esecuzione. C'era appena un pugno di spettatori disposti a presenziare una morte senza senso tra tante altre. Subito individuò Maria e il suo sguardo lo trapassò come una freccia. I suoi occhi trasmettevano tranquillità, ma anche tristezza e rassegnazione; Giacomo poté vedere, o forse volle, intravedere anche una dose di speranza.

Accanto a lei c'era Maria Maddalena, il viso contratto e bagnato di lacrime sconsolate. Sopraffatto dall'emozione, Giacomo faticò a trattenersi. Maria Maddalena lo guardò con pietà e mosse le labbra pronunciando in silenzio una parola. A Giacomo ci volle qualche secondo per capire ciò che aveva mormorato: "Perdonami", gli aveva detto. Non capì perché dovesse perdonarla.

Tra i presenti c'era anche Pietro che lo osservava con uno sguardo strano, forse impressionato dalla sua serenità, o forse semplicemente sdegnato.

Giacomo provò una calma interiore inaspettata. Non serbava rancore, anzi aveva la sensazione che quell'epilogo fosse stato scritto molto tempo prima e che né lui né Pietro fossero padroni del proprio destino. Giacomo gli rivolse uno sguardo di perdono, ma Pietro lo rifuggì, come se per un secondo fosse stato in grado di leggergli nel pensiero e avesse provato vergogna.

Ancora legato, Giacomo fu costretto a inginocchiarsi davanti a un ceppo su cui il carnefice gli appoggiò la testa. Da quella posizione riusciva ancora a vedere Maria, Maria Maddalena e Pietro. Impiegò il suo ultimo respiro per ricordare Gesù e pregare per Teodosio, Attanasio e Adonai.

Il boia sollevò la spada e sferrò il colpo con forza.

100
Anno 2019

L'Ombra tirò fuori il suo coltello con un gesto studiato, acquisito con la pratica e, con assoluta precisione, cominciò a pulirsi le unghie. Stava appoggiato a un albero, protetto dall'oscurità crescente, il suo territorio preferito. Da lì poteva osservare le mura del monastero di Las Huelgas che gli rimandavano lo sguardo silenziose. Qualsiasi altra persona avrebbe messo in dubbio che Marta e Iñigo potessero effettivamente essere ancora dentro. Lui no. Per questo, quando vide due mani apparire sul muro perimetrale non si sorprese né si mosse di un centimetro. Marta e Iñigo scivolarono giù dalla parete, si spazzolarono gli abiti, si guardarono intorno e ripresero la strada di ritorno a Burgos.

Vedendo che si avvicinavano, meditò il da farsi. Era notte e aveva un coltello. Poteva rivelarsi molto facile oppure complicato. I due passarono a pochi metri da lui, tanto che li sentì perfino lamentarsi di non aver avuto fortuna a Las Huelgas. Quel commento lo fece decidere di aspettare; forse speravano di avere più fortuna in qualche altro posto. Li seguì a prudente distanza intenzionato ad agire in albergo, di notte, come aveva pianificato.

Marta e Iñigo tornarono a piedi e andarono direttamente al ristorante senza passare in camera. L'Ombra avrebbe dovuto attendere ancora qualche ora, così rientrò in albergo e ordinò la cena con il servizio in camera. Mangiò poco senza godersi il cibo, ma assaporando ciò che sarebbe venuto dopo. Era ansioso di concludere e mettersi al lavoro. Lasciò il vassoio vuoto in corridoio, appese il cartellino di "non disturbare" e aprì la valigetta, dalla quale estrasse una scatolina che collocò con estrema precisione al centro del tavolo. La aprì con cura e contemplò le quattro siringhe e le tre fialette di vetro.

La prima, un veleno molto potente che dava al malcapitato una fine rapida e spiacevole, l'aveva già utilizzata due volte. Ricordava ancora la sofferenza nello sguardo della sua ultima vittima, l'intenso dolore e la consapevolezza dell'arrivo della morte. In un gesto di riflesso, l'Ombra si passò la lingua tra le labbra.

La seconda era la sua preferita, pur essendo l'ultima spiaggia, anche quella utilizzata diverse volte. Il siero della verità serviva solo con le persone refrattarie al dolore, ma non era quello il caso, quindi lo scartò infastidito.

Per quell'occasione scelse la terza. Garantiva un sonno tranquillo di un paio d'ore; l'incubo cominciava al risveglio. Percepì montare l'eccitazione e si lasciò sfuggire un impercettibile gemito.

Prese la terza fiala e staccò le siringhe. Una la riempì al minimo, calcolando che Marta non dovesse raggiungere un peso superiore ai cinquantacinque chili. Quando ebbe preparato entrambe le siringhe, il grimaldello e una quantità sufficiente di nastro adesivo, puntò la sveglia sull'orologio alle due e si preparò a schiacciare un pisolino senza neanche spogliarsi.

Si svegliò un minuto prima del suono della sveglia, con il sesto senso del soldato ben addestrato. Prese il materiale, salì la scala come aveva affatto la sera prima e girò a destra verso la camera. Il corridoio era buio, ma si illuminò quando lo imboccò. Odiava quel tipo di luci.

Si avvicinò alla porta e tirò fuori il cellulare. Doveva essere silenzioso. All'improvviso sentì dei passi dietro di lui.

«Posso aiutarla?», si offrì una voce allegra alle sue spalle.

Si girò e si trovò davanti una donna di servizio il cui sorriso disponibile si tramutò in una smorfia di sconcerto e infine di allarme. L'Ombra reagì in modo automatico, la bloccò con un braccio e le sferrò un pugno allo stomaco. La donna cadde a terra con un lieve grugnito.

L'Ombra controllò il corridoio: ancora vuoto. Senza perdere un secondo, trovò l'armadio dei detersivi e vi rinchiuse l'inserviente. Tirò fuori la siringa inizialmente destinata a Iñigo e le iniettò il liquido. Avrebbe dormito fino all'alba.

Tornò in camera sua senza cambiare espressione, ma maledicendosi per aver deviato dal piano. La sua ansia era esplosa proprio nel momento che richiedeva il massimo sangue freddo. Andò al lavandino e si sciacquò il viso con l'acqua fredda; era fuori di sé. Si schiaffeggiò con forza e sembrò recuperare la calma. Preparò un nuovo ago. I polsi tremavano impercettibilmente. Salì di nuovo al piano di sopra, verificò che la donna fosse ancora incosciente, tornò alla porta di Marta e Iñigo, l'aprì senza fare alcun rumore e, quasi senza respirare e con la forza dell'abitudine, scivolò nella stanza. All'interno regnava un'oscurità quasi totale, dato che la persiana era abbassata e in sottofondo si udiva il ronzio dell'aria condizionata. Rimase immobile per qualche secondo, lasciando adattare la vista al buio e cercando di udire il respiro delle due vittime. Avanzò verso il letto con le due siringhe già pronte. Il procedimento sarebbe stato semplice: avrebbe prima iniettato il contenuto di una nel collo di Iñigo, mentre gli tappava la bocca nel caso gridasse; poi...

Sentì la rabbia debordare dentro di sé. Il letto era vuoto. Guardò nel bagno e intanto sentiva di star perdendo il controllo. Accese la luce e si guardò intorno. L'essere oscuro stava subentrando. Niente, né vestiti, né zaini. Sedette sul letto cercando di calmarsi, ma era già troppo tardi; la furia lo dominava e chiedeva sangue, non gli bastava più recuperare la reliquia. Erano riusciti a ingannarlo ancora una volta e non se ne capacitava. Non voleva neanche ucciderli, solo vederli soffrire, contorcersi e gridare fino a farsi scoppiare i polmoni e, alla fine, lasciargli addosso segni che gli ricordassero per tutta la vita che erano stati puniti per essersi opposti all'Ombra.

I primi raggi del sole del mattino si infiltravano nelle fessure della persiana. Marta si stiracchiò e guardò Iñigo al suo fianco, che dormiva ancora. Erano nudi. Gli si avvicinò e lo abbracciò di schiena, attaccandosi al suo corpo. Sentì il suo odore e il calore della sua pelle e si riscoprì piena di vita, come non si sentiva da tantissimo tempo. Quel contattò svegliò Iñigo che emise un leggero grugnito. Quindi si girò e la baciò.

«Che ora è?», chiese ancora insonnolito.

«Le sette e mezza», rispose Marta.

Ripensò alla sera prima e l'eccitazione si ravvivò come brace dentro di lei. Iñigo la guardò con un sorriso di affetto che si tramutò in malizia quando capì cosa le stesse passando per la testa.

«Ah, perfetto!», decretò prima di baciarla di nuovo. «C'è ancora tempo prima della colazione».

Un'ora dopo scesero a mangiare.

«All'inizio avevo pensato che fosse una sciocchezza», disse Marta scura in volto. «Mi riferisco al pezzo di carta lasciato nella porta per vedere se qualcuno fosse entrato e un altro a terra perché, se fosse entrato, Federico li avrebbe rimessi entrambi a posto. Pensavo esagerassi. Quando però siamo entrati e ho visto i due pezzi di carta lì, ho capito fino a che punto siamo esposti e quanto sia alta la posta in gioco».

Iñigo annuì in silenzio. Per Marta era impossibile vederlo con gli stessi occhi di sempre. L'uomo divertente e loquace e la sua versione misteriosa e taciturna si erano tramutati in un Iñigo dolce che le piaceva molto più dei primi due.

«È un altro dei piccoli trucchi che ho imparato nella mia vita precedente», disse con un sorriso, ignaro dei pensieri di Marta.

«Credo che tu abbia parecchie cose da spiegarmi». Marta si finse offesa.

«Più avanti», acconsentì lui scuotendo il capo. «Prima dobbiamo andare a Silos».

«E come? Se andiamo in macchina ci seguirà ed è troppo lontano per andare a piedi; saranno una cinquantina di chilometri».

«Sessanta, per la precisione. Sarà mica che una come te, abituata a spostarsi in macchina, non sappia che esistono i pullman?».

L'Iñigo provocatorio che tanto le piaceva era tornato.

«Senti, ragazzo di strada, non prendermi per una snob. A che ora parte il nostro?»

«Ce n'è uno alle undici che ci porterà lì prima di mezzogiorno».

«Vedo che hai pianificato tutto alla perfezione».

«Sì», rispose lui con sicurezza. «Dobbiamo ritirare dei soldi al bancomat, ma sarà l'ultima volta che utilizzerai le carte di credito. A partire da ora, pagheremo solo in contanti. Ah!», aggiunse vedendo l'espressione stupita di Marta. «E niente cellulari, li accenderemo solo se non avremo altra scelta».

Camminare zaino in spalla e viaggiare in pullman riportò Marta ai suoi diciassette anni, quando andava in vacanza con le amiche. Provava di nuovo il senso di libertà di allora. Quand'è che aveva perso quella sensazione? "Con Diego", si rispose. Diego, tanto maturo e sensato, l'aveva estraniata dal mondo, dal divertimento, dalla follia. Ora però, con Iñigo, aveva recuperato tutto quanto.

Alle dodici e trenta arrivarono a Silos. Erano passati solo pochi giorni dalla loro prima visita, ma sembravano molti di più.

«Come faremo?», rifletteva Marta ad alta voce osservando il paesaggio sfilare dal finestrino.

«Entreremo per vedere il sepolcro di san Domenico e per cercare un luogo dove nasconderci la sera, nella nostra seconda visita poco prima dell'orario di chiusura».

Quando arrivarono a Silos, Marta era abbastanza nervosa. Si misero nella breve fila insieme al resto dei turisti e accedettero al chiostro. Si unirono a una visita guidata, ma più volte ebbero la tentazione di abbandonarla perché avanzava troppo lentamente. Svoltando l'angolo del chiostro, Iñigo le indicò il sepolcro. La guida ne stava giusto parlando in quel momento.

«E qui c'è la tomba di san Domenico», recitò l'uomo in tono metallico e provato fino allo sfinimento, «o, per essere più precisi, l'incisione del sepolcro, opera del dodicesimo secolo».

Senza capire Iñigo guardò Marta che gli chiese di pazientare. Mentre la guida continuava la sua spiegazione, gli si avvicinò e gli sussurrò in un orecchio: «Quello che vedi è solo la lapide ed è posteriore al passaggio di Jean. Quello che conta è ciò che c'è sotto. Vedi la grata?».

Iñigo fece un passo indietro e si abbassò per vedere quello che c'era sotto l'iscrizione.

«Non starai mica insinuando di voler sollevare la grata e infilarci là dentro?», chiese lui incredulo alzando la voce.

«Cosa pensi che significhi profanare un sepolcro?», ribatté Marta abbassando la voce con l'intenzione di far capire a Iñigo di fare lo stesso.

Lo prese per un braccio e si allontanarono dal sarcofago aspettando che il gruppo seguisse la guida già impegnata in un'orgogliosa descrizione del cipresso centenario, sentinella del chiostro.

Dopo pochi minuti, si avvicinarono di nuovo alla tomba fingendo di ammirarla, quando in realtà stavano cercando la firma di Jean accanto alla grata. A Marta cominciò a battere forte il cuore e le si seccò la gola. Batté le palpebre sopraffatta e si voltò verso Iñigo. Il segno era lì, scolpito con delicatezza accanto all'angolo inferiore destro della grata, come appena inciso, invece che impresso lì da secoli in attesa di essere scoperto. Un sudore freddo la ricoprì ovunque. Aveva ragione. Ottocento anni dopo, l'aveva trovato lei.

Guardò Iñigo con gli occhi sgranati per la sorpresa e l'emozione; Iñigo le restituì un gesto affermativo e si avvicinò. Marta gli indicò il segno, piccolo ma inequivocabile, superficiale ma sufficiente, tracciato in fretta ma visibile. Rimasero lì imbambolati finché non si resero conto di attirare l'attenzione. Si ricongiunsero al gruppo e passarono il resto della visita a cercare un nascondiglio. Fu Iñigo a trovarlo, lo stanzino del pannello elettrico della zona del museo, lasciato incautamente socchiuso.

Uscirono dal monastero trattenendo a stento l'eccitazione, non vedevano l'ora che calasse la sera per darsi da fare. All'improvviso qualcuno li avvicinò.

«Un'altra volta qui!», esclamò una voce. «Si può sapere perché vi interessa tanto il nostro monastero?».

Era Ricardo, il monaco che li aveva seguiti con tanta premura nello *scriptorium* durante la loro prima visita. Iñigo fu il primo a reagire.

«Ehm… sì! Nella nostra ultima visita non abbiamo avuto il tempo di ammirare il chiostro, siamo stati troppo occupati nello *scriptorium*. Sulla via del ritorno abbiamo approfittato per rivederlo».

«Mi piace la vostra passione per Silos», commentò Ricardo con un sorriso innocente. «Mi auguro che troviate ciò che cercate», disse diretto a Marta.

Marta quasi sussultò nel timore che Ricardo li avesse scoperti.

«Sì, certo», rispose Marta forse troppo in fretta. «mi aiuterebbe nei miei studi», proseguì cercando di calmarsi.

«E di cosa trattano, si può sapere?», chiese Ricardo in tono amabile.

La conversazione cominciava a sembrare uno scomodo interrogatorio. Era chiaro che Ricardo trovava strano il loro comportamento. Marta cominciò ad angustiarsi. Erano vicinissimi all'obiettivo e quell'incontro sembrava complicare tutto.

«È la mia tesi di dottorato», rispose riprendendo il controllo della conversazione. «Cerco di capire la relazione tra i testi su carta o pergamena del dodicesimo secolo e quelli trovati sulle pietre».

«Interessante! Mi auguro di poterla leggere una volta finita», commentò come a congedarsi.

Marta e Iñigo si allontanarono tesi e, in un silenzio preoccupato, si avviarono in uno dei ristoranti del paese.

«Che facciamo?», chiese Iñigo guardando a terra confuso. «È chiaro che sospetta qualcosa, forse sarebbe meglio far passare qualche giorno».

«Può anche darsi che sospetti», confermò Marta cercando di non farsi prendere dal panico e di mantenersi lucida. «Ma di cosa?»

«Non lo so. Ma mi preoccupa e comincio a non vederci chiaro».

«Anche se non ti fidi, agendo oggi stesso non gli daremo il tempo di scoprire niente. E poi», aggiunse mentre un brivido le attraversava la schiena, «non voglio che Federico riprenda a seguirci».

«Allora è deciso», decretò lui con un sorriso rassegnato. «Sai, la tua sicurezza è davvero attraente».

Marta si sorprese che gli piacesse quell'aspetto. Era abituata ad avere a che fare con uomini protettivi che preferivano donne insicure. Da quel punto di vista Iñigo era molto stimolante.

«Bene», concluse con un gesto di sicurezza esagerata. «Ho fame, approfittiamo dell'attesa. Poi parleremo di quanto trovi attraente la mia sicurezza».

Mentre mangiavano, preoccupati ma senza fretta, altri fatti precipitavano. Presto sarebbe stato chiaro che i loro timori nei confronti di Ricardo erano infondati.

101
Anno 2019

L'Ombra si tolse il sangue dal viso. «Non è stato facile», commentò al proprio riflesso nello specchio. Lo sorprendeva sempre la quantità di sangue che ospita un corpo umano. Era stato un atto necessario per calmare, almeno temporaneamente, l'essere oscuro che si portava dentro.

Vide due profonde occhiaie intorno agli occhi arrossati. Quante notti erano che non dormiva otto ore filate? Non aveva tempo, mancava poco al sorgere del sole e per allora doveva aver lasciato l'hotel. Sarebbe toccato agli addetti al turno della mattina scoprire il cadavere dell'inserviente o, meglio, ciò che ne restava. Gli era costato fatica svegliarla, ma non c'era gusto a torturare qualcuno che dormiva. Lo aveva fatto nella stanza di Marta e Iñigo per coinvolgerli nel crimine ma soprattutto per piacere, un piacere che ancora gli riverberava nei polpastrelli e del quale avrebbe goduto nei prossimi mesi nell'angolo più segreto della sua mente che non rivelava mai a nessuno.

Tornò nella sua camera, fece una lunga doccia e si cambiò d'abito. Gli dispiaceva perdere il dolce aroma del sangue attaccato alla pelle, ma odiava l'odore acre del proprio sudore. Una volta vestito, sedette sul letto e meditò il passo successivo.

Non aveva alcun mezzo per seguire Marta e Iñigo, ma neanche ne aveva bisogno. Sapeva con certezza che li avrebbe trovati nel monastero di Santo Domingo di Silos. Li aveva ascoltati mentre parlavano di entrambi i monasteri ed era chiaro che a Las Huelgas non avevano avuto fortuna. Stavolta, quando avrebbero tentato di localizzare la reliquia, lo avrebbero trovato pronto. Sarebbe stato lì ad aspettarli e a portargliela via proprio mentre assaporavano il successo.

Lasciò la camera e scese alla reception. Ebbe la tentazione di ripassare nella camera di Marta e Iñigo per ammirare la sua opera, ma già aveva corso troppi rischi e desistette. L'essere oscuro ricominciava a cedere il controllo e l'Ombra lo recuperava. Così doveva essere fin quando non si fosse impossessato di quell'oggetto; poi avrebbe avuto tempo di saziare il suo altro io. Uccidere Iñigo e divertirsi con Marta gli avrebbe provocato molto più piacere di quella cameriera.

Mentre l'Ombra usciva dall'albergo, Marta e Iñigo tentennavano. Si trovavano nel parcheggio del monastero pronti per entrare e nascondersi nel luogo che avevano individuato, ma li frenava il timore di incontrare Ricardo.

«Cosa stiamo aspettando?». Fu Iñigo a dare voce alla sua inquietudine.

«Niente», rispose Marta aprendo lo sportello, decisa a centrare il proprio obiettivo.

Attraversò il parcheggio senza guardare né dubitare, seguita da Iñigo che sembrava aver recuperato il suo aplomb. Guardò l'orologio: le sette di sera. La ragazza della biglietteria diede loro gli ingressi senza battere ciglio, nonostante mancassero solo trenta minuti alla chiusura.

Ripercorsero i corridoi in preda alla tensione, ma ostentando tranquillità agli occhi degli altri visitatori. Non attraversarono il chiostro per evitare il sepolcro e andarono diretti al museo. Marta guardò di nuovo l'orologio: le sette e dieci. Il custode cominciava ad avvisare i turisti che mancavano venti minuti alla chiusura. Obbedienti, tutti si avviarono all'uscita, tranne Marta e Iñigo che giocavano a fingersi disorientati.

Alle sette e venti il museo si svuotò, così si avvicinarono alla porta di servizio interdetta da un cordone e dal cartello "Privato – Divieto di Accesso".

Marta e Iñigo si guardarono. Tutto era in silenzio. Iñigo fu il primo a scavalcare la corda e a spingere la maniglia. La porta, però, non si aprì. Marta fu presa dal panico. Iñigo ci riprovò invano e le fece ceno di andare a controllare se si avvicinasse il custode. Tremante, Marta obbedì mentre Iñigo tirava fuori il coltellino e cominciava ad armeggiare con la serratura. Marta cercava di non guardarlo e concentrarsi sul corridoio, ma quei secondi sembravano non avere fine. All'improvviso udì avvicinarsi dei passi in corridoio e subito dopo lo scatto della serratura. Corse verso la porta ora socchiusa ed entrambi si precipitarono all'interno riuscendo a richiuderla nell'istante in cui il custode arrivava alla sua postazione. Trattennero il fiato, non sapendo se li avesse visti o no. Dopo un minuto, tornò il silenzio e cominciarono a tranquillizzarsi.

«Ce l'abbiamo fatta», mormorò Marta con un filo di voce.

Iñigo rispose con un cenno del capo e il suo corpo, attaccato a quello di Marta, si rilassò.

«E adesso c'è solo da aspettare. Almeno un'ora», aggiunse con un sorriso inaspettato. «Come possiamo intrattenerci tutto questo tempo?».

L'orologio sul telefono di Marta segnava le otto e mezza. L'ultima ora era trascorsa più in fretta di quanto avesse sperato. Il sole era calato qualche minuto prima, segno che era il momento di mettersi all'opera. Confidavano nella protezione del buio.

Aprirono la porta e, dopo un cigolio quasi assordante, li accolse il più assoluto silenzio. Il museo, illuminato appena dalla tenue luce d'emergenza, sembrava osservarli. Iñigo aprì la porta dal museo senza troppo sforzo ed entrambi uscirono nel chiostro. Si guardarono tesi.

Il chiostro era al buio, ma non avevano bisogno di luce per orientarsi. Sfilarono davanti al bassorilievo raffigurante l'incredulità di san Tommaso e Marta non poté fare a meno di pensare che Jean aveva fatto lo stesso otto secoli prima per nascondere la reliquia. Quando furono davanti al sepolcro, Marta lo guardò carica d'apprensione. La coppia di leoni che lo sorreggeva sembrava ammonirla contro il sacrilegio che andavano a commettere e le fecero tornare in mente la glossa 39: "*Qui sepulcrum violaberit, annis peniteat*". Quale sarebbe stata la sua penitenza?

All'improvviso, il rumore di una porta in lontananza in qualche corridoio del monastero li riportò alla realtà. Istintivamente si schiacciarono contro la parete e attesero terrorizzati.

Con il cipresso centenario che vegliava sul chiostro del monastero come unico testimone, Marta si avvicinò al sepolcro, si accovacciò e passò la mano sulla firma di Jean a terra. Mai aveva percepito maggiore vita in una pietra; era fredda, ma la sentiva ardere contro la pelle. Accanto a lei Iñigo sembrava leggerle nel pensiero ma, optando per un approccio più pratico, tirò fuori il coltellino e cominciò a lavorare alla grata. Era incrostata nel pavimento, ma nel giro di pochi secondi cominciò a muoversi lì dove Iñigo scavava e, a poco a poco, a cedere. Iñigo passò il coltellino a Marta, sollevò la grata e la mise da parte con delicatezza per non fare rumore. Venne allo scoperto un buco nero come una bocca senza denti.

Marta si chinò e, non senza qualche timore, vi introdusse la mano. Scorse tutto il perimetro cercando di stimarne le dimensioni: non era molto grande. Dopo un attimo di riflessione, si azzardò a infilare la testa tenendo la torcia con la mano sinistra. Il pavimento era di pietra, ma le pareti di terra compatta. A prima vista non vide nulla e temette di aver fallito di nuovo, ma il simbolo di Jean era chiaro: non potevano essersi sbagliati.

Appoggiò la torcia a terra, prese il coltellino e cominciò un lavoro metodico. Cercò di concentrarsi nel procedimento senza indugiare su ciò che stava effettivamente facendo, come quando usava il laser per ripulire le sculture, con metodo e pazienza. Cominciando dalla parte superiore, picchiettò con la lama per scalfire e rimuovere pezzi di terra. L'odore di terreno smosso, polvere e muffa accumulata le riempì le narici. Una ragnatela le cadde in faccia, ma la tolse e proseguì. Completò uno dei lati tracciando un solco ogni pochi centimetri senza che apparisse niente di interessante. Iñigo rimaneva in silenzio alle sue spalle, probabilmente pensando che fosse meglio lasciarla lavorare tranquilla. Marta lo immaginava teso, a guardarsi intorno con circospezione e abbozzò un sorriso.

Sul secondo lato del sepolcro, la lama incontrò qualcosa di duro e il cuore le si fermò per un attimo. Eccitata, scavò fino a dissotterrare un piccolo sasso tondeggiante. Nient'altro. Sentiva già la stanchezza per quella posizione scomoda e il braccio sinistro su cui era appoggiata cominciava a indolenzirsi. Vide qualcosa camminarle sulla faccia e la scacciò con una manata. Alla fine del terzo lato, trovò di nuovo qualcosa di duro. Continuò a scavare, cercando di non farsi illusioni, finché non rimosse un grosso pezzo di terra. Pensò di aver trovato solo un'altra pietra più grande, ma quando grattò la terra intorno, il cuore le si fermò di nuovo. In mano aveva un oggetto a quattro punte, di un colore e una brillantezza difficile da valutare alla fioca luce della torcia. Era pesante, metallico ma caldo al tatto. Nel tentativo di pulirlo quasi le sfuggì e, nel rialzarsi, sbatté contro la lapide del sepolcro.

Trionfante, si girò verso Iñigo.

«Lo hai trovato, vedo», Federico Costanza parlò con un sorriso terrificante. Aveva immobilizzato Iñigo per il collo e gli puntava la pistola alla tempia. Nei suoi occhi gelidi si leggeva la gioia del trionfo ma, anche così, la colpì il suo aspetto trasandato, i vestiti sporchi e gli occhi iniettati di sangue. Iñigo non si muoveva né emetteva alcun suono nel timore che gli sparasse a bruciapelo.

«Che cosa vuoi?», lo aggredì Marta.

Si stupì della sua stessa voce, fredda come se non si trattasse di una questione di vita o di morte.

«Non lo indovini?», rispose Federico socchiudendo gli occhi. «Dai! Non mi sottovalutare. Potrei semplicemente spararvi e fuggire, ma sceglieremo la via più facile. Tu mi dai quello che hai trovato e io sparisco. Senza feriti, senza sangue».

Federico pronunciò le ultime parole con le pupille dilatate e al lieve gemito che emise, Marta si sentì agghiacciare.

«Che cosa?», prese tempo Marta sentendo vacillare la sua sicurezza.

«Non mi provocare!», l'Ombra aveva alzato il tono voce. «Non credo che vorresti vivere con il ricordo del sangue e del cervello del tuo fidanzato schizzato ovunque».

«Non gli dare niente», le intimò Iñigo recuperando il coraggio.

La voce risuonò acuta, falsamente sicura e Federico scoppiò in una risata sprezzante. Marta non era disposta a sacrificare Iñigo. Tirò fuori la reliquia e la guardò. Impossibile credere che avesse causato così tanti morti in passato e che continuasse a farlo ancora oggi.

«Prendi», acconsentì tendendo la mano. «È tua».

Si avvicinò e l'appoggiò a terra, a un metro di distanza da Federico. Poi indietreggiò. Era tranquilla, non le importava più di niente, contavano solo lei e Iñigo e uscire vivi da quel monastero. Il suo tono era spassionato e, per la prima volta, Federico parve tentennare. Forse gli sembrava fin troppo facile.

«Prendila», ordinò allora a Iñigo. «Senza stupidaggini e senza fare l'eroe. Se ti comporti bene, non ti succederà niente».

Qualcosa nella voce comunicò a Marta che Federico non avrebbe mantenuto la promessa. Quell'uomo aveva un piano che comprendeva non solo recuperare la reliquia. Iñigo si accovacciò. La raccolse e si fermò a osservarla.

«Dammela», ordinò Federico con gli occhi come padelle, le pupille dilatate dal desiderio di ottenere ciò che agognava.

Quando Iñigo gli consegnò la reliquia, l'Ombra la ripose in fretta nella tasca e puntò di nuovo la canna della pistola alla tempia di Iñigo.

«Lasciaci andare», intervenne Marta. «Ce lo hai promesso».

«Non c'è fretta», rispose l'altro recuperando il suo sorriso crudele. «Godiamoci il momento. È l'ora delle confidenze. Iñigo, comincia tu. Non hai niente da confessare?».

Iñigo rimase in silenzio. Il viso non cambiò espressione se non per una leggera sorpresa. Marta lo guardò: non capiva a che gioco giocasse l'Ombra.

«E va bene», concluse Federico, «te lo racconto io. Il tuo fidanzato», e indicò Iñigo con la pistola, «ti ha imbrogliato per tutto il tempo. È lui ad avermi portato fin qui. Ha fatto bene il suo lavoro e bisogna riconoscere che se l'è anche goduta. Non è così, Iñigo?»

«È una bugia», sostenne lui parlando più a Marta che a Federico.

A Marta si contrasse lo stomaco come se le avessero dato un pugno. Non voleva credere a quanto aveva appena ascoltato, ma ormai il seme del dubbio era stato piantato. Ricordò tutte le volte in cui lo aveva visto parlare al telefono quando lei non c'era, gli sbalzi d'umore, i suoi segreti. Aveva sempre una risposta alle sue domande, ma ora tutto le si confondeva nella testa.

«Se così fosse», rispose cercando di non cedere all'abisso che le si apriva davanti, «perché hai installato dei trasmettitori sulla mia macchina?»

«Eccesso di scrupolo», rispose con disprezzo. «Bisogna sempre avere un piano B. Non ci si può fidare di nessuno», aggiunse scuotendo il capo.

«Però sei stato tu», Marta ora si rivolgeva a Iñigo con il cuore che divenne di ghiaccio, «che poi hai suggerito di lasciare la macchina, prendere il pullman, andare a piedi...».

«Quale modo migliore per guadagnarsi la tua fiducia?», si intromise Federico. «È perfino venuto a letto con te. Devi riconoscere che è un magnifico attore».

«Non credere a niente di quello che dice», il tono di Iñigo era grave e le parlava come se fossero soli, come se Federico non fosse proprio presente. «Era tutto vero».

«Alla fine, Marta, vivrai nel dubbio gli ultimi secondi che ti restano», concluse Federico facendo spallucce. «È ora di salutarsi. Iñigo, ormai non mi servi più».

E riecheggiò uno sparo.

Gli eventi precipitarono sovrapponendosi nello stesso momento, alcuni a ritmo vertiginoso, altri al rallentatore. Marta aveva chiuso gli occhi alla detonazione e qualcosa di vischioso le era schizzato in faccia. Un odore di sangue, polvere da sparo e altro che non riconobbe le invase i seni nasali. Forse aveva anche gridato, ma non ne era certa. Poi udì voci, passi affrettati e ordini gridati.

Quando riaprì gli occhi, il chiostro era illuminato a giorno. Davanti a lei c'era Iñigo pallido, ma vivo. Aveva il lato destro della testa coperto di sangue, ma Marta si rese conto che non era suo. A terra, dietro di lui, giaceva il corpo di Federico dal viso ormai irriconoscibile. In mano teneva ancora la pistola che non aveva fatto in tempo a sparare.

«State bene?», chiese un uomo rivolto a Marta.

«Sì», rispose lei con un filo di voce. «Che è successo?».

Non udì la risposta perché Iñigo si lanciò verso di lei per abbracciarla. Marta lo lasciò fare, ma qualcosa in lei si era spezzato. Era contenta che fosse ancora vivo, ma non riusciva a dimenticare le ultime parole di Federico. Si staccò, sorprendendolo con la freddezza di quel suo gesto.

«Non puoi avergli creduto», mormorò Iñigo.

«Non so cosa credere», ammise Marta.

In quel momento un uomo in divisa le si avvicinò e le mise una coperta sulle spalle. «Venga», la invitò. «Prenda qualcosa di caldo e si riprenderà».

Marta lo seguì quando vide che anche Iñigo era assistito. Un infermiere gli faceva delle domande, ma Iñigo aveva occhi solo per lei. Marta non avrebbe mai dimenticato quell'espressione, vivido ritratto della desolazione.

102
Anno 2019

«Sono il tenente Luque», si presentò il poliziotto porgendole un cappuccino.

Era un uomo imponente, alto, dalle spalle larghe, ma con un viso amabile, incoerente con tutto ciò che Marta aveva appena vissuto.

«So che è appena uscita da una situazione terribile, ma devo farle alcune domande», proseguì l'uomo prendendo posto al tavolo di fronte a lei.

Infilò la mano in tasca e tirò fuori la reliquia. La guardò per qualche secondo e la depositò sul tavolo con delicatezza, come in una mossa degli scacchi.

«Che cos'è questa?», chiese.

Marta chiuse gli occhi e cercò di dimenticare il sangue e il corpo sfigurato di Federico a terra. Aveva la sensazione che non avrebbe mai dimenticato quella scena per il resto della vita.

«Niente, in realtà», rispose.

«Sarà anche niente, ma qualcuno è morto e hanno ucciso per causa sua».

«Ucciso?», chiese senza capire.

«Uno dei miei uomini ha dovuto sparare e uccidere, cosa che odio. Inoltre una donna, Ana María Rodríguez», aggiunse leggendo sul suo quadernino, «addetta alle pulizie nell'albergo in cui avete alloggiato a Burgos, è stata trovata squartata nella camera in cui avete passato la notte».

«Ma… noi non…».

«Non si preoccupi di questo. Già lo so. Le videocamere dell'albergo ci hanno permesso di individuare il responsabile in Federico Costanza. Sa chi era?»

«In realtà no». Marta cercava di assimilare tutte le informazioni, ma non riusciva a pensare con lucidità. «Sappiamo che ci seguiva e che era un inviato del…», vacillò prima di muovere quell'accusa.

«Del Vaticano?», azzardò il tenente Luque.

«Così credevamo, sì».

«Ha qualche prova a sostegno di questa informazione?», chiese tranquillamente il tenente.

«No».

«E perché vi seguiva?».

Il tenente Luque guardò la reliquia sul tavolo ed entrambi rimasero qualche istante in silenzio a osservarla come se dovesse fornire la risposta.

«Torniamo alla mia prima domanda. Cos'è questo?», chiese indicando la reliquia.

«È un oggetto antico, antecedente al dodicesimo secolo, anche se probabilmente ha più di duemila anni. Fu nascosto qui circa ottocento anni fa da un pellegrino in fuga».

«In fuga da chi?», la incalzò il tenente vedendo che cominciava a rispondere con qualcosa di più che monosillabi.

«Da un inviato di Roma, un abate, e dai cavalieri templari. Lo aiutava un soldato cataro, di cui è stato rinvenuto il cadavere qualche settimana fa. E poi c'è il libro. È stato scritto dal pellegrino, ma…».

Il tenente Luque tese la mano per interromperla.

«Si rende conto di quanto sia inverosimile la sua storia?»

«Ma è che…».

«Le dirò come la vedo io. Lei e il suo amico, il prete rinnegato, potreste essere accusati di violazione di proprietà privata e tentato furto di opere d'arte per non parlare dalla profanazione di una tomba».

Marta sorseggiò il caffè e si ritrasse sulla sedia. Avrebbe voluto sparire.

«Ma qualcosa mi dice», continuò il tenente, «che nessuno sporgerà denuncia formale contro di voi».

«No?», chiese lei stupita.

«Conosco la Chiesa. Nel caso non se ne fosse resa conto, dirigo il Gruppo Patrimoni dell'Unità centrale operativa della Guardia Civil. Ci occupiamo dei tentativi di furto di opere d'arte, soprattutto religiose». Fece una pausa e guardò Marta prima di proseguire. «Sappiamo chi è lei, una nota restauratrice della Sovrintendenza. Non ha prove di niente e non credo che voglia mettere in pericolo la sua carriera professionale senza una solida base. La Chiesa avrà quello che vuole», concluse guardando l'oggetto sul tavolo. «Nessuno chiederà notizie del signor Costanza e il Vaticano negherà di avere alcun legame con lui».

«Ma l'uccisione della donna in albergo...». Marta era scandalizzata.

«Opera di un folle, diranno in giornali. Uccisa da uno psicopatico che voleva fare lo stesso con voi».

«E grazie alla Guardia Civil», completò Marta con un sorriso ironico, «queste due morti sono state evitate».

«Esatto», ammise il tenente in un tono a metà tra tristezza e rassegnazione. «In realtà quella sarà la verità per il resto del mondo, ma mi permetta di farle una domanda: perché era così importante quest'oggetto?»

«Perché cambierebbe totalmente la storia del cristianesimo, perché la Chiesa cattolica tremerebbe fino alle fondamenta e potrebbe non riprendersi più. Ma se davvero vuole la verità, cerchi tra la roba di Federico. Troverà un libro, è tutto scritto lì».

«Io non sono un erudito, non credo che capirei niente. Indago solo sui furti. Il libro sarà restituito al legittimo proprietario: il Vaticano. Mi sembra di capire, infatti, che è stato trovato proprio in una chiesa».

«Così resterà nascosto altri mille anni e il tempo e l'oblio faranno in modo di cancellare la memoria di Jean e del valore del cavaliere nero che sacrificò la propria vita».

Il tenente Luque fece spallucce e si alzò.

«La lascio nelle mani dei miei uomini che raccoglieranno la sua deposizione. Pensi bene a cosa raccontare prima di rispondere. Forse le converrebbe parlare con il suo amico per mettersi d'accordo sulla versione da presentare».

«Amico?», chiese Marta. «Gli amici sono solo quelli di cui ci si può fidare».

«Infatti, mi permette di darle un consiglio?», chiese il tenente.

Marta annuì incuriosita. «Fiducia e sfiducia non si possono basare su ciò che sentiamo dire da altri. Meno che mai quando si tratta di psicopatici».

«E allora come si fa a conoscere la verità?»

«Chiedendo, parlando, valutando e alla fine fidandosi della nostra capacità di giudizio».

Il tenente Luque se ne andò e Marta rimase a riflettere sulle sue parole; entrò un giovane agente che ricominciò con le domande.

«Mi concede una pausa, agente? Vorrei parlare con il mio amico».

Il poliziotto si girò per guardare il tenente Luque che fece un lieve cenno affermativo. Marta e Iñigo si riunirono in un angolo con un caffè. Parlavano a voce bassa, ma con la sensazione che tutti i presenti li guardassero di sottecchi.

«Stai bene?», si informò Iñigo.

«Dovrei chiederlo io a te», rispose Marta. «Non è a me che hanno puntato una pistola alla testa».

«Lo sai a cosa mi riferisco. Alle ultime parole di Federico…».

Marta alzò una mano a bloccarlo.

«Ho solo bisogno di farti una domanda. Lavoravi per Federico?».

Iñigo la guardò negli occhi e scosse la testa.

«Dal giorno in cui abbiamo entrambi scoperto il nostro gioco in quella stanza d'albergo a Carrión de los Condes, ti ho sempre e solo detto la verità. Ricordi il mio specchio?

«Sì», rispose Marta non capendo cosa volesse dire.

«Non ce l'ho più. Lo usavo perché ero solo e avevo bisogno di guardare in faccia qualcuno per affrontare la verità. Ora mi basta guardare te. Nei tuoi occhi c'è tutta la verità che mi serve».

103
Anno 2019

Città del Vaticano

Il cardinale girò su sé stesso diretto alla porta da cui era entrato senza neanche accertarsi che lo seguisse. Dopo qualche istante di sorpresa, Marta dovette affrettarsi negli interminabili corridoi e stanze che attraversarono. Durante il tragitto non incontrarono nessuno e riuscì a vedere solo altri cardinali avviarsi silenziosamente chissà dove.

Si bloccò davanti a una porta finemente lavorata e sorvegliata da due guardie. Una delle due la aprì ed entrambi accedettero a una sala di grandi dimensioni in cui una scrivania, un grande tavolo per riunioni e un'area salotto occupavano solo una minima parte della superficie totale.

Un uomo, che Marta riconobbe immediatamente come il papa, era seduto alla scrivania. Alzò la testa al rumore dei passi e un sorriso gli illuminò il volto in cui si aprivano due luminosi occhi azzurri.

«Avevo una gran voglia di conoscerla, signorina Arbide, o posso chiamarla Marta?»

«Ma certo, Santità», disse lei cercando di apparire tranquilla, «può chiamarmi come desidera».

Con un cenno della mano il sommo pontefice chiese al cardinale di lasciarli soli e, prendendo Marta per il braccio, la condusse alle poltrone in fondo alla sala. Le offrì di sedersi e prese posto di fronte a lei.

«Qui staremo più comodi, non crede? Vuole qualcosa da bere? Non posso offrirle alcol, i medici me l'hanno proibito», scherzò con una rapida strizzata d'occhio.

«No, grazie».

Marta non sapeva bene come comportarsi. Non si sarebbe mai aspettata un atteggiamento tanto amichevole e cordiale e quella cortesia la sconcertava.

«Magnifico», riprese il pontefice. «Così potremo concentrarci su quello che ci preoccupa. Immagino che sappia perché è stata portata fin qui. Signorina Arbide, ha rappresentato un grosso problema per noi nelle ultime settimane».

«Ora però avete quello che desiderate. Non so a cosa possa servirvi io», rispose.

Il papa la guardò valutandola e il suo atteggiamento si fece più affilato, conferendogli un'aria molto meno benevola. Marta ricordò di doversi muovere con circospezione.

«A questo ci arriveremo, ma prima mi piacerebbe sapere qualcosa di più di lei e del suo interesse per ciò che è in nostro possesso».

«Presumo che già conoscerà il modo in cui mi sono trovata coinvolta in questa storia e cosa sia successo alla fine. Siamo stati quasi uccisi».

Il suo interlocutore non riuscì a trattenere una smorfia di disgusto, come se il commento di Marta fosse stato inappropriato.

«Comprendo la sua angoscia, ma deve capire che tutto è stato compiuto per volontà di Dio, per recuperare qualcosa che non avrebbe mai dovuto abbandonare le mani del legittimo proprietario: la Chiesa. Lei, che è stata educata in una famiglia cattolica, sicuramente lo comprenderà».

«Si sbaglia di nuovo», rabbrividì da capo a piedi nel rendersi conto di star parlando in quel modo alla massima autorità religiosa del pianeta, «e confonde il bene della Chiesa con il bene di Dio».

Vide che il papa cercava di trattenersi dietro una faccia di marmo.

«E non è forse la stessa cosa? Dio ha istituito la Chiesa perché proseguisse la sua opera e da allora è stato il nostro cammino comune».

«Non lo è stato più nel momento in cui si sono separati, quando Pietro commise il tradimento che ci ha portato fin qui».

Per un attimo, il sommo pontefice perse la propria compostezza e sul suo viso apparve un lampo di irritazione, ma riprese rapidamente il controllo.

«In ogni caso, è il passato».

«No, non per me», lo interruppe Marta, «né per tutti quelli che non conoscono la verità».

«La verità è un termine troppo complesso per essere alla portata di chiunque. Ma torniamo alla sua prima domanda, voleva sapere la ragione per cui l'ho fatta venire qui. Il motivo è che l'oggetto che lei ha ritrovato e che ci appartiene...».

«Le sta creando imbarazzo, vero?».

Stavolta la sorpresa si riflesse chiaramente sul viso del sommo pontefice. Gli occhi si spalancarono considerevolmente e le mani mostrarono un leggero tremore. Riuscì a dominarsi e, molto lentamente, socchiuse gli occhi valutando la nuova situazione.

«Quindi lei già lo sapeva. Certo, abbiamo dimostrato che è autentica. Lo hanno appurato le più moderne tecniche di datazione e studio».

«Tuttavia non sapete come funziona, vero?».

Marta rimase a osservare quell'uomo che la guardava ansioso, cercando di scoprire in lei il maggior segreto mai perseguito dalla Chiesa nei suoi duemila anni di storia.

«Ancora non lo capisce», disse Marta scuotendo la testa. «È molto semplice. Non riuscite né riuscirete a farlo funzionare... perché quell'oggetto non ha alcun potere. Non l'ha mai avuto. Lo avreste capito se aveste guardato il mondo con gli occhi della ragione. La ragione è una luce invisibile, ma l'unica che illumini il nostro cammino verso la verità».

Passata l'iniziale sorpresa, il papa arrivò infine a capire le implicazioni delle parole che Marta aveva appena pronunciato. Marta si alzò e si avviò alla porta. Prima di uscire dalla stanza, si fermò un attimo, si girò e lo guardò negli occhi.

«Era una prova. La sua prova. La prova definitiva per i discepoli e il suo ultimo insegnamento; credo che voi la chiamiate parabola. E hanno fallito. Il gallo non aveva ancora cantato tre volte che già avevano sostituito Gesù con un mero oggetto decorativo. E in duemila anni non siete stati capaci di capirlo. Fatevene una ragione».

Marta uscì dalla stanza e ripercorse da sola i vari corridoi del Vaticano in direzione dell'uscita. Quando arrivò a piazza San Pietro,

Iñigo l'aspettava sotto l'obelisco centrale. Marta gli si avvicinò, gli prese la mano e lo baciò. Quindi gli sorrise.

«Andiamo. Non posso andarmene da Roma senza aver visto la Cappella Sistina».

104
Anno 1200

Dalla finestra dell'abbazia di Chateliers, l'abate Isaac contemplava il mare rabbioso che già da quattro giorni frustava l'isola di Ré. Le onde si alzavano furiose, sospinte da un vento tenace che sembrava voler durare per sempre. Era uno spettacolo terrificante e impressionante insieme. Tuttavia non era quel mare a preoccupare l'abate, quanto qualcosa che accadeva dentro le mura del suo stesso monastero. Nonostante il violento temporale, il monaco lavorava la terra, come ogni giorno, al caldo o al freddo, col vento o con la pioggia, da mattina a sera. Era arrivato da sei mesi all'abbazia e aveva chiesto asilo senza pronunciare una sola parola. Partecipava a tutti i riti religiosi, ma nessuno lo aveva mai sentito cantare i salmi o pregare. Il resto dei monaci si erano abituati alla sua presenza, nessuno si lamentava del suo lavoro e il suo comportamento era irreprensibile. All'apparenza aveva abbandonato il mondo terreno per rifugiarsi in quell'isola sperduta, come se fuggisse da qualcosa o avesse qualche segreto da nascondere. Ma chi era?

L'abate si voltò nel sentire aprirsi la porta della sua camera. Era il priore Gerlan che si avvicinò alla finestra, fermandosi alla destra dell'abate. Entrambi osservavano in silenzio il monaco che lavorava tenacemente la terra. Come se l'abate avesse parlato, il priore Gerlan diede voce ai suoi stessi pensieri.

«Chi è quell'uomo?»

«Mi stavo ponendo la stessa domanda. È arrivato qui sei mesi fa e ancora non sappiamo niente di lui».

«Un proscritto, forse. Un amante risentito che si è recluso qui fuggendo le tentazioni del mondo».

L'abate Isaac non era d'accordo. Quell'uomo non era un proscritto. Si comportava da religioso e solo tra le mura di un monastero si apprendeva a mantenere un silenzio simile.

«Qualcosa mi dice che non è così», scosse il capo. «Lavora instancabilmente, ma nei pochi momenti in cui l'ho visto riposare, il suo strano comportamento mi ha incuriosito».

«Ah, sì? E qual è la bizzarria che avete osservato?»

«Niente di grave. Di solito lo trovo nello *scriptorium*, a leggere. E poi c'è quella cosa delle pietre».

«A leggere?», chiese il priore con tanto d'occhi.

Non era usuale che qualcuno sapesse leggere, quindi non poté far altro che concordare con l'abate che non si trattava di un proscritto.

«Non mi pare un crimine pericoloso. E cosa leggeva?», chiese incuriosito.

«Il *Codex Calixtinus*. Sempre lo stesso libro, come se non ce ne fossero altri nel nostro *scriptorium*. Un libro singolare sui pellegrinaggi a Compostela».

Il priore si strinse nelle spalle, come se ciò non avesse alcuna importanza per lui.

«E a cosa vi riferite con "la cosa delle pietre"?»

«Le accarezza», spiegò l'abate corrugando la fronte.

«In che senso le accarezza?». Il priore era sempre più strabiliato.

«Nel senso che quando nessuno lo vede, si avvicina alle mura dell'abbazia, della chiesa e del chiostro e accarezza le pietre. Le segue con le mani e le guarda come se potessero parlare. A volte sembra perfino che sia egli stesso a parlare alle pietre».

«Ma non è muto?».

L'abate sorrise. Capiva che tutti nel monastero erano arrivati a quella conclusione: neanche una parola in sei mesi.

«No», e accompagnò la negazione con un gesto del capo. «Ricordo ancora il giorno in cui è arrivato. Riuscii a strappargli un'unica parola».

«Credevo che nessuno lo avesse mai sentito parlare».

«Io sì», contestò l'abate, compiaciuto di essere l'unico depositario di quell'informazione. «Ha risposto a una sola delle mie domande. Alle altre si è negato».

«E cosa gli avete chiesto?»

«Semplicemente il suo nome: Jean».

105
Anno 34

Maria camminava assorta nei propri pensieri. Si sentiva in colpa per non essere riuscita a evitare l'esecuzione di Giacomo, proprio come l'anno precedente non era riuscita a scongiurare quella del suo stesso figlio. Si sentiva in colpa anche per non aver pianto la sua morte. Non aveva più lacrime.

Accanto a lei camminava Maria Maddalena. A lei sì che restavano lacrime da versare. Era ancora giovane, impetuosa e ribelle, una donna unica, la prescelta da suo figlio. Aveva molto da imparare se voleva occupare il ruolo che Gesù le aveva affidato.

Il potere nell'ombra.

La prima di una stirpe.

Entrarono in casa e, finalmente sole, si permisero di parlare liberamente.

«Sono colpevole per la morte di Giacomo», dichiarò Maria Maddalena con uno sguardo tormentato. «Non è giusto che lui sia morto e io sia ancora viva».

«Nessuno è colpevole più di Pietro. Non ti torturare con questo pensiero. Gesù sapeva che sarebbe successo».

Maria Maddalena negò ostinatamente con la testa. Maria pensò che a quella giovane restava ancora molto da imparare e a lei non restava più molto tempo per insegnarle.

«Che faremo adesso?», gemette Maria Maddalena.

«Impariamo dall'esempio che ci ha offerto oggi Giacomo. È stato il depositario della reliquia, l'ha protetta e ha dato la sua vita pur di tenerla nascosta».

«Dovrò morire anch'io?»

«Tutti dobbiamo morire, non è questo che conta. L'unica cosa importante è ciò che facciamo prima che accada».

Maria Maddalena guardò il tavolo. Lì c'era l'oggetto del suo sacrificio, la ragione per cui si sentiva colpevole della morte di Giacomo, l'amico fedele di Gesù che aveva attraversato il mondo e pagato con la vita l'aver affrontato Pietro. E ora quell'oggetto era una sua responsabilità e lo sarebbe stata per il resto della vita.

«Prendila, è tua ora», la incalzò Maria indicando la reliquia sul tavolo. «Gesù ne ha affidata una a Giacomo e l'altra a te. Sapeva ciò che faceva. Nessun altro sa che esiste. Conservala con cura».

Maria Maddalena contemplò la reliquia. Sembravano due pietre di fiume infilzate l'una nell'altra.

«E a che serve questa reliquia senza quella che Giacomo ha nascosto in Hispania?», chiese Maria Maddalena.

«Un giorno torneranno a unirsi», rispose la madre di Gesù. «Da sole sono inutili; insieme, invece, compongono la chiave che aprirà l'Arca dell'Alleanza».

«E cosa c'è dentro l'Arca? Dov'è conservata?»

«Non lo so. Nessuno lo sa. Mio figlio ha portato il segreto con sé. Un giorno però l'Arca riapparirà e allora le due reliquie saranno necessarie. Il tuo dovere è proteggerla fino a quel giorno».

Accanto alla reliquia c'era il testamento di Giacomo, il vangelo scritto durante il viaggio di ritorno dalla lontana Hispania. Maria Maddalena prese la reliquia e il vangelo di Giacomo senza guardarli e li nascose sotto la tunica. Si congedò da Maria e uscì di casa senza una destinazione precisa.

L'avrebbe guidata Gesù.

Nota dell'autore

Ogni libro è difficile da scrivere e questo non fa eccezione. Mi ci sono voluti quindici anni per convertire l'idea che mi venne durante un viaggio nel Perigord francese nel romanzo che ora è nelle vostre mani.

Devo riconoscere che la difficoltà deriva in parte dal fatto che si tratta della mia prima opera letteraria e che, indubbiamente, scriverla è stata un'impresa al di là delle mie capacità. Solo che non lo sapevo.

Un altro fattore è stata la complessità di dover creare, definire, scrivere e assemblare una storia che si svolge in tre epoche diverse e in decine di enclave storiche geograficamente sparse e che prevede una grande varietà di personaggi, alcuni reali, altri ispirati a persone realmente esistite e altri ancora perfino inventati.

Ho cercato di mantenere una certa fedeltà al contesto storico in cui si sviluppa il romanzo, ma devo riconoscere che non ne ho fatto un'ossessione. A volte l'ho sacrificata a favore di una narrazione più dinamica e avvincente.

Tutti i luoghi visitati dai protagonisti sono reali, alcuni esistono tuttora altri solo nell'epoca in cui si svolge la storia. Molti sono ancora oggi in ottime condizioni, piccoli paesi incantevoli, chiese conservate come i tesori che furono, sono e saranno. Altri sono caduti nell'oblio, nell'abbandono o sono semplicemente scomparsi, lasciando solo una tenue traccia che ho cercato di seguire. Chi fosse interessato, può visitarli uno per uno, come ho fatto io stesso e, se può tornare utile, dirò quali sono i miei preferiti.

L'eccentrica chiesa del Santo Sepulcro a Torres del Río, sorprende per le sue ridotte dimensioni e il buono stato di conservazione. La chiesa di San Martín de Fromista, molto più conosciuta, è per me, in accordo con l'opinione dei protagonisti del libro, la più bella chiesa romanica che abbia avuto modo di visitare. Il monastero di Suso, più antico e suggestivo di quello di Yuso, mi ha sopraffatto ogni singola volta in cui l'ho visitato. Quello di San Miguel de Escalada è una gemma incastonata tra i monti di León, dove riposa lontano dal rumore mondano, imponente riflesso dell'evoluzione di un monastero attraverso i secoli; cercate gli uccelli incisi nella pietra. Infine, non posso dimenticare il monastero dei cappuccini a Sintra, un luogo magico, sede dei monaci bianchi di questo romanzo.

Anche molti dei protagonisti de *Il falso manoscritto* sono esistiti davvero, come l'abate Guy Paré, il cui vero nome, Arnaud Amaury ancora risuona in alcune zone della Linguadoca, dove seminò il terrore per due decenni. Chi fosse interessato a scoprire altro su di lui, potrà farlo nel prosieguo di questo romanzo che non avrò ancora terminato per quando avrà letto queste righe. Anche il cavaliere nero, Pierre Roger de Mirepoix, prende il nome da un altro personaggio storico e, logicamente, lo stesso accade per gli apostoli. Altri, come Federico Costanza, l'Ombra, sono solo frutto della mia immaginazione.

Tutti i manoscritti antichi menzionati nel libro, tranne quello di Jean, esistono e furono copiati in quell'epoca negli *scriptorium* citati nel libro. Ho avuto l'occasione di tenerne in mano uno (in realtà il fac-simile), il famoso Beato Corsini, nel monastero della Peregrina a Sahagún. È esposto lì per chi volesse avvicinarsi a vedere un oggetto reale menzionato nel libro. Ce ne sono altri, però, come il crocifisso nell'omonima chiesa di Puente la Reina.

Infine, anche la musica e i poemi che appaiono sono reali. È stato un vero piacere scovarli e riportarli in vita.

Altri due appunti per il lettore curioso.

Il primo è una questione personale. Mi sono deciso a scrivere un libro che si svolge nel dodicesimo secolo, ambientato in chiese e monasteri, perché io stesso ho dedicato diversi anni della mia vita a indagare e restaurare monumenti; perfino la mia tesi di dottorato è su questo tema. Sebbene la mia vita professionale mi abbia poi portato su altre vie, toccare le pietre è un veleno che, una volta inoculato, non ha antidoto.

Il secondo è un commento sulla base del libro, su quello che c'è dietro la storia. Avevo voglia di scrivere sulla lotta tra fede e ragione e mi sono deciso a farlo dalla prospettiva di chi ha perso. Si dice sempre che la Storia la scrivono i vincitori, mentre io ho voluto dare voce a chi abitualmente non ce l'ha. Di solito sono proprio le vicende di questi ultimi a essere più interessanti e a volte più vere di quelle dei vincitori, che non solo hanno bisogno di vincere, ma anche di cancellare dalla storia le tracce e le verità dei propri nemici. Per quanto riguarda gli aspetti più filosofici, restano all'interpretazione personale. Questo libro non vuole convincere nessuno di niente, ma di certo non nuoce riflettere sul proprio credo e sulla caparbia realtà.

Ringraziamenti

Ci sono scrittori che hanno il terrore della pagina bianca. Personalmente ho avuto la fortuna di non rientrare in questa categoria, fino a che la mia pagina bianca non si è presentata nei ringraziamenti. A quel punto sono stato colto dal timore di dimenticare qualcuno di importante. Se così è stato, chiedo perdono in anticipo e mi auguro di dimostrare più talento nella scrittura che nella memoria.

Il primo ringraziamento non può andare ad altri che a mia moglie, Karmele. In quindici anni ha accettato una mia ulteriore stravaganza con questo progetto del romanzo. È stata inoltre la mia prima lettrice e la sua critica, costruttiva ma diretta, mi è servita a migliorare la prima bozza fino a farne un romanzo. Devo anche molti ringraziamenti agli altri lettori zero. A Maider, per aver creduto nel libro e avermi incoraggiato durante tutto il procedimento; a Tamara, per l'entusiasmo che mi ha trasmesso dopo averlo letto; a Ester e Guillermo, per essersi arruolati volontariamente e avermi incoraggiato.

Voglio ringraziare Manu Manzano per le correzioni, i consigli e i miglioramenti al manoscritto. È stata una grandiosa correttrice di stile, con elevate dosi di pazienza nei confronti di un principiante che ha goduto molto delle conversazioni su Medioevo ed Età Antica.

Ci sono anche due persone che hanno reso realtà questo sogno d'infanzia; senza di loro il presente libro sarebbe rimasto a prendere polvere in qualche armadio di casa mia. Il primo è Pablo Álvarez, il mio agente letterario di Editabundo. C'è sempre bisogno di una persona che per prima creda in te e ti dia la spinta necessaria e Pablo lo ha fatto con cordialità, entusiasmo e professionalità. La seconda è Carmen Romero, la mia editor alla Penguin Random House che mi ha introdotto nel mondo sconosciuto ma eccitante dell'editing, dimostrando una pazienza infinita con l'ultimo arrivato e scommettendo su uno sconosciuto contro ogni pronostico. A tutti e due: mille grazie. Il mio desiderio è che questo sia solo l'inizio dell'avventura.

In questo libro un ulteriore protagonista è il patrimonio culturale. Ci sono diverse persone che mi hanno aiutato nella mia carriera di studi sulla conservazione della pietra. È cominciato tutto con Simón Garín, convinto che i miei studi avrebbero aiutato la TEUSA, azienda da lui diretta, e che mi ha imbarcato in questo appassionante viaggio. A lui e tutta la squadra TEUSA, soprattutto a Itziar, vanno i miei ringraziamenti.

Se c'è una persona che mi ha contagiato con il suo amore per il patrimonio culturale è, senza dubbio, Marius Vendrell, professore di Cristallografia e Mineralogia dell'Università di Barcellona e una delle persone che meglio unisce la conoscenza della conservazione della pietra e il buonsenso per applicarla. A lui e Pilar Giráldez con cui ho condiviso ore e ore di lavoro, di visite a edifici e discussioni sul trattamento della pietra, infiniti ringraziamenti: questo libro ha anche molto di vostro. Cito anche José Delgado Rodrígues, del Laboratorio Nazionale di Ingegneria Civile di Lisbona, uno dei maggiori esperti mondiali in conservazione di monumenti, che mi ha trasmesso la sua passione per il contatto con le pietre. A questa lista se ne possono aggiungere molti altri, come Ana Galaz, Rachael Wakefield, Maureen Young o Wolfgang Krumbein.

Durante il lavoro sul campo necessario a questo libro mi hanno aiutato diverse persone: Cristina, la cui disponibilità a mostrarci il museo del monastero della Peregrina a Sahagún e il fac-simile del *Beato Corsini* è andata al di là di quanto potessimo sognare. A tutti i membri del personale dell'hotel Monasterio de San Zoilo, a Carrión de los Condes, che si sono fatti in quattro per mostrarci l'albergo: soprattutto Zoilo, nipote dell'antico custode di San Zoilo che ci ha messo a parte dei segreti del monastero con una passione contagiosa. Ai priori e bibliotecari dei monasteri di Silos e Yuso che ci hanno illustrato le rispettive biblioteche e hanno risposto a tutte le mie domande.

A tutti loro, grazie infinite.

Indice

Alex Connor

Venezia enigma

Volume di 384 pagine. € 12,00

Venezia, XVI secolo. Dopo un disperato tentativo fallito di assassinare il suo aguzzino, Marco Gianetti fugge con la sua amante, Tita Boldini. Angosciato dai crimini che pesano sulla sua coscienza, in cerca di redenzione si è rivolto all'enigmatico olandese Nathaniel der Witt. Ma der Witt brama vendetta: è giunto a Venezia per indagare su una serie di brutali omicidi che hanno sconvolto la città; omicidi legati ai famigerati Lupi di Venezia, ai quali non perdona l'assassinio di sua figlia. Con il suo nuovo alleato, sotto la minaccia dello spietato Pietro Aretino, der Witt inizia la sua ricerca. Mentre a uno a uno i Lupi cominciano a essere scoperti, Marco Gianetti crede di aver trovato finalmente la pace. Ma la vita di qualcuno che gli è molto vicino potrebbe essere in grave pericolo e una spia un tempo fedele ad Aretino, Adamo Baptista, minaccia di svelare i segreti di Marco: la Serenissima è sempre più un luogo sinistro e la sete di sangue dei Lupi di Venezia non è ancora placata…

Luis Zueco

Il libro maledetto

Volume di 576 pagine. € 9,90

1517. Il giovane Thomas attraversa l'Europa rinascimentale, in fuga dal suo passato. Sono gli anni che seguono la scoperta dell'America e l'invenzione della stampa, un periodo di profondi cambiamenti che segna ormai la fine del Medioevo. La curiosità per il Nuovo Mondo, che Thomas ha accresciuto con numerose letture, lo conduce in Spagna, dove comincia a lavorare come mercante di libri. Con il compito di localizzare un volume avvolto da un'aura di mistero arriva a Siviglia, città che prospera grazie ai commerci con le Indie e che ospita, tra le sue mura, la più importante biblioteca dell'Occidente, creata dal figlio di Cristoforo Colombo e chiamata La Colombina. È proprio lì che Thomas fa una scoperta sconvolgente: qualcuno ha rubato il libro che sta cercando ed è disposto a qualunque cosa, anche uccidere, per fare in modo che nessuno lo trovi. In un'epoca in cui i libri permettono di scoprire nuovi mondi, abbattono anche i dogmi più sacri e cambiano il corso della Storia, la parola stampata può essere l'arma più pericolosa...

NEWTON COMPTON EDITORI

Alex Connor

I cospiratori di Venezia

Volume di 352 pagine. € 9,90

Venezia, XVI secolo. Marco Gianetti, l'assistente di bottega del celebre Tintoretto, deve fare i conti con le conseguenze delle proprie azioni. Corrotto dallo scrittore Pietro Aretino, al cui ricatto ha piegato il suo volere, è ormai odiato dagli ebrei del ghetto, che lo incolpano di un crimine atroce. Più passa il tempo e più Gianetti si convince che il denaro sia un subdolo alleato: invece di proteggerlo, ha messo in pericolo la sua vita. Ma mentre si appresta a fare i conti con la propria coscienza, una serie di brutali delitti sconvolge la città. Una delle vittime è la figlia dello speziale olandese Nathaniel der Witt, che non riesce a darsi pace per la sua morte e decide così di indagare per scoprire la verità. La sua indagine lo metterà sulle tracce di personaggi come Tintoretto; ma anche Adamo Battista, una spia; la cortigiana Tita Boldini; il mercante francese Lauret e la donna più desiderata di Venezia, Caterina Zucca. I Lupi di Venezia sono di nuovo a caccia...

Marcello Simoni

Il segreto del mercante di libri

Volume di 352 pagine. € 9,90

Anno Domini 1234. Dopo due anni trascorsi presso la corte di Federico II, in Sicilia, il mercante di reliquie Ignazio da Toledo torna in Spagna per una nuova, rischiosa impresa: trovare la Grotta dei Sette Dormienti. In questo leggendario sepolcro, sette martiri cristiani si sarebbero letteralmente "addormentati", secoli prima, in un sonno eterno. Ma non è certo la ricerca di una reliquia a muovere il mercante, bensì il mistero dell'immortalità che pare nascondersi dietro la storia dei Sette Dormienti. Gli indizi di cui Ignazio è in possesso lo conducono tra Castiglia e Léon: la terra da cui viene e dove ha lasciato la propria famiglia. Al suo ritorno, il mercante è costretto però a fare i conti con spiacevoli novità, delle quali la prolungata assenza lo ha tenuto all'oscuro: Sibilla, sua moglie, è scomparsa, forse per sfuggire a una terribile minaccia; Uberto, il figlio, è rinchiuso in prigione con l'accusa di aver ucciso un uomo. Chi si cela dietro queste sciagure? Forse un infido frate domenicano, confessore personale di re Ferdinando III di Castiglia. E una setta di vecchi nemici del Mercante: la Saint-Vehme...

NEWTON COMPTON EDITORI